DIE GLÜCKLICHEN TOTEN

DIE GLÜCKLICHEN TOTEN

DAVID PENNY

Übersetzt von

NATHALIE HOPPER

Für Mum

Betty Penny 1928-2017

Nie ohne ein Buch an ihrer Seite oder einen Scherz auf den Lippen.

Und sie nannte **mich** *frech?*

SPANIEN 1487

Málaga, Andalusien

KAPITEL EINS

„Sag mir, wie genau hast du es geschafft, eine Leiche zu verlieren?"

Thomas Berrington starrte auf eine Holzpalette, deren Oberfläche von jahrelanger Zweckentfremdung befleckt war. Er wischte sich mit einem feuchten Tuch das Blut von den Händen, aber es nützte wenig. Nur ein langes Bad konnte ihn wieder sauber machen.

„Ich habe sie nicht verloren", sagte Lubna mit fester Miene. „Ich habe die Frau vor dem Mittag auf dieser Palette abgelegt und den Zuständigen der Leichenhalle darüber informiert."

„Vielleicht hat die Familie sie abgeholt. Hast du das überprüft?" Thomas machte wenig Anstalten, seine Ungeduld zu verbergen. Lubna hatte nach ihm geschickt, als er gerade versuchte, ein gebrochenes Bein zu richten, bei dem der Knochen das Fleisch durchbohrt hatte. Er hatte es so gut repariert, wie er konnte, aber er vermutete, dass der Mann das Bein verlieren würde. Dieser Gedanke hatte ihn in eine schlechte Stimmung versetzt.

„Natürlich habe ich es überprüft. Würde ich nach dir

schicken, wenn es so einfach wäre? Niemand ist gekommen, um sie zu holen."

„Und du bist dir sicher, dass sie tot war?"

Lubna warf ihm einen Blick zu, der mehr sagte als Worte. Vielleicht wollte sie die Atmosphäre zwischen ihnen nicht noch mehr versauern lassen, indem sie sprach, und Thomas erkannte, dass er vielleicht zu hart zu ihr war. Ihm waren in der Vergangenheit selbst schon Leichen abhandengekommen. Das Krankenhaus von Malaka war sowohl groß als auch überfüllt und manchmal fragte er sich, wie irgendein Körper den Weg zu seiner Familie fand, nachdem er aufgehört hatte zu atmen. Thomas berührte Lubnas Schulter, aber sie wich zurück. Also noch nicht verziehen.

Er fragte sich, ob sie von Gedanken an das Kind, das sie austrug, abgelenkt war. Mehr als sechs Monate waren vergangen, seit sie ihr erstes verloren hatte. Sie hatten damals in Ixbilya gelebt, damit Thomas die spanische Königin medizinisch versorgen konnte. Der Verlust ihres ersten gemeinsamen Kindes hatte ihn in letzter Zeit sehr beschäftigt, sie auch, da war er sich sicher. Er wusste, dass er vielleicht zu aufmerksam, zu fürsorglich gewesen war. Lubna war keine Frau, die man verhätscheln konnte, schon gar nicht in diesem letzten Jahr. Sie waren nach Malaka gekommen, damit sie hier am Krankenhaus lernen konnte, an jenem Ort, an dem Thomas seine eigenen Fähigkeiten erworben hatte. Das war vor vielen Jahren gewesen, vor einem halben Leben, und seitdem hatte sich Vieles verändert. Außer, dass Malaka immer noch der Ort war, an den die Menschen kamen, um die Fähigkeiten eines Arztes zu erlernen, seit Persien an die mongolischen Horden gefallen war.

Für Lubna war es nicht einfach gewesen. Als Frau war sie hier nicht willkommen und wurde letztlich nur akzeptiert, weil sie die Frau von Thomas Berrington war und jeder seinen Ruf kannte. Es war ein Ruf, der Respekt, aber wenig Zuneigung einbrachte. Das Fehlen von Letzterem machte ihm nichts aus. Kompetenz und ein offener Geist bedeuteten mehr, und Lubna besaß beides.

„Woran ist sie gestorben?“, fragte er.

„Spielt das eine Rolle?“

„Ich bin neugierig.“

„Nun, ich weiß es nicht. Sie wurde nach einem Sturz eingeliefert, bei dem ihr Schädel verletzt wurde, aber sie war dabei, sich zu erholen. Sie kam gestern wieder zu Bewusstsein und wir unterhielten uns kurz. Sie erzählte mir, dass ihr Mann vor Kurzem gestorben war und dass ihr Name Dionora sei, aber ihren Familiennamen erwähnte sie nicht. So wie sie sprach, schien es, als ob sie nicht mehr leben wollte.“

Thomas runzelte die Stirn. „So etwas ist möglich.“

„Deshalb wollte ich, dass du sie siehst. Darum habe ich dich holen lassen. Ich habe im letzten Jahr viel gelernt, aber nicht genug, um zu erklären, was mit ihr passiert ist. Sie war auf dem Weg der Besserung, da bin ich mir sicher.“

„Wir wenden uns an den Urkundsbeamten. Die Leiche könnte mit einer anderen verwechselt und der falschen Familie übergeben worden sein. Das ist schon vorgekommen.“

Lubna fiel neben ihm in den Schritt. „Wie oft?“

„Nicht oft, das gebe ich zu, aber vier oder fünf Mal im Laufe der Jahre. Es ist erstaunlich, wie viele Menschen sich dafür entscheiden, nicht in das Gesicht eines geliebten Menschen zu sehen, nachdem sein Leben vorüber ist. Vielleicht ist es gar nicht so überraschend.“

Die Verwaltungsbüros lagen in der Nähe des Krankenhauses und erforderten die Überquerung einer belebten Straße und den Aufstieg über Marmortreppen unter der Ungnade der glühenden Sonne. Während sie die Stufen erklommen, brach hinter ihnen ein Tumult aus, und

Thomas drehte sich um, um zu sehen, worum es bei dem Geschrei ging.

Ein großer Mann ging die Straße entlang und hielt den Körper einer Frau in den Armen. Er rief lauthals in schlechtem Arabisch, immer und immer wieder: „Rettet sie! Jemand muss sie retten!"

Das war alles, was Thomas brauchte. Er rannte auf den Mann zu und wusste, dass Lubna nicht weit hinter ihm sein würde.

„Was ist passiert?" Er streckte die Hand aus und berührte das Gesicht der Frau, seine Augen registrierten den Grauton ihrer Haut.

„Sie haben sie ins Wasser geworfen wie ein Stück Müll. Ich war zu spät." Der Mann hob den Blick zu Thomas, seine Augen musterten ihn. „Können Sie ihr helfen?"

Thomas griff nach ihr, um dem Mann das Gewicht abzunehmen, aber er machte einen Schritt zurück.

„Ich werde sie tragen. Zeigen Sie mir, wohin."

Thomas ging voran in das Krankenhaus, entlang der Korridore zu einem leeren Raum, in dem er die meiste Zeit des Morgens verbracht hatte. Er war froh zu sehen, dass jemand hinter ihm aufgeräumt hatte, nachdem er gegangen war.

Er klopfte mit der flachen Hand auf den Holztisch und wartete, bis der Mann die Frau darauf ablegte. Thomas legte ihm eine Hand auf den Arm und schob ihn weg, wobei er auf Widerstand stieß.

„Ich brauche Platz zum Arbeiten. Stellen Sie sich an die Wand und kommen Sie nicht an den Tisch, bis ich es sage." Er wartete, schob den Mann immer noch beiseite, unsicher, ob er nachgeben würde, bis mit einem Mal die Spannung seinen Körper verließ und er sich umdrehte.

„Ist sie Ihre Frau?" Es war Lubna, die die Frage stellte, aber Thomas fiel das Nicken des Mannes auf, bevor er begann, den Körper der Frau zu untersuchen. Er nahm eine

Klinge und schnitt ihr Gewand auf, um die blasse Haut darunter freizulegen, dann drehte er sich um und blickte den Mann an, als dieser wieder auf ihn zukam. Sein Blick schien zu reichen.

Thomas rollte die Frau auf ihre Seite und drückte auf ihre Brust und ihren Rücken. Er erwartete, dass Wasser aus ihrem Mund sprudeln würde, aber es kam nichts. Dann sah er, was man ihrem Körper angetan hatte. Blut befleckte ihre Oberschenkel und ihr Rücken wies Schnitte und blaue Flecken auf.

„Wer hat das getan?"

„Sie warfen sie ins Wasser, als sie fertig waren. Wie einen verschmutzten Lappen. Ich werde sie töten. Sie alle." Der Mann sprach mit einer Kälte, die Thomas vertraut war. Er hatte sie selbst oft genug verspürt.

„Wer war es?", fragte er erneut.

„Drei Männer." Der Mann hob seinen Blick und traf den von Thomas. „Aber ich kenne ihre Gesichter. Sie werden dafür bezahlen, aber zuerst müssen Sie sie gesund machen."

„Wo waren Sie?"

„Boot. Ich war auf einem Boot. Zu weit weg." Ein Schauder durchzuckte ihn. „Sie wussten, dass ich sie sehen konnte, aber sie taten es trotzdem. Ich war zu weit weg. Sie wussten, dass ich zu weit weg war."

Thomas seufzte. Malaka war normalerweise eine sichere Stadt, aber dies waren keine normalen Zeiten und in letzter Zeit waren immer mehr Fremde hier aufgetaucht. Dieser Krieg zog, wie alle Kriege, gewalttätige Männer an. Sie suchten die Gasthäuser und Märkte auf. Standen an den Straßenecken und suchten andere Männer zum Kämpfen oder Frauen zum Missbrauchen. Sie nahmen sich, was sie wollten, wann sie es wollten. Für manche Menschen schien es einfacher zu sein, sich zu ergeben, aber die Frau dieses Mannes hatte sich gewehrt. Hätte sie es nicht getan, hätte sie vielleicht überlebt, es sei denn, ihre Schande hätte sie getötet.

„Es tut mir leid, aber ich kann nichts für sie tun." Thomas legte seine Hand auf den geschwollenen Bauch der Frau und wartete. „Wie weit ist sie?"

Der Mann blickte auf die Stelle, wo Thomas' Hand auf seiner Frau lag und schüttelte den Kopf. „Kurz davor. Nur noch Wochen. Ich habe ihr gesagt, sie solle zu Hause in Sevilla bleiben, aber sie hat darauf bestanden, mit mir zu kommen. Und jetzt das. Sie werden dafür büßen. Ich habe ihre Gesichter gesehen. Sie haben nicht einmal so getan, als ob sie verbergen wollten, was sie tun."

Thomas spürte eine leichte Bewegung und schaute zu Lubna. Der Mann durfte für das, was jetzt kam, nicht hier sein, aber das, was er gleich tun musste, musste sofort geschehen, je eher, desto besser, wenn er eine Chance haben sollte, ein Leben zu retten.

Er sah Lubna nicken und den Raum verlassen, dann begann er mit den Vorbereitungen. Er würde versuchen, sich mit dem Schneiden zurückzuhalten, bis sie mit ein paar Wachen zurückkehrte, aber wenn es dazu kommen sollte, hatte er bereits beschlossen, den Mann bewusstlos zu schlagen, bevor er mit dem Eingriff begann.

„Was machen Sie da?" Der Mann kam Thomas zu nahe, war größer als er, breitschultrig, und Thomas fragte sich, ob er ihn niederschlagen könnte, wenn es nötig wäre. Er vermutete nicht. Der Mann hatte etwas Vertrautes an sich, das er nicht recht einordnen konnte. Vielleicht waren sie sich irgendwo in Malaka begegnet, oder schon früher, als er noch in Sevilla gelebt hatte. Vielleicht auch irgendwo anders, denn der Mann war Spanier und Thomas hatte viel Zeit in Spanien verbracht, oft gegen seinen Willen.

„Ich glaube, ich kann Ihr Kind retten. Ihre Frau nicht. Sicherlich ist ein Leben besser als keines."

„Wie?"

Thomas hatte Mühe zu entscheiden, ob der Mann zu geschockt von der Trauer war, um zu verstehen.

„Ich muss sie aufschneiden, für etwas anderes ist keine Zeit."

Noch einmal nahm er eine Bewegung wahr, aber sie war schwach, langsam, und er fürchtete, dass er schon zu lange gewartet hatte. Lubna kam mit zwei Wachen zurück. Sie näherten sich dem Mann, der sich umdrehte und sich ihnen gegenüberstellte, die Arme auf eine Weise ausgebreitet, die Thomas vertraut war. Er hatte diese Haltung bei jenen gesehen, denen er selbst in der Vergangenheit gegenübergestanden hatte. Die Wachen hatten sie auch schon gesehen. Sie näherten sich langsam und mit Bedacht.

Der Mann schlug nach einem von ihnen, ein krachender Schlag, der den Wachmann nach hinten taumeln ließ.

„Geh", sagte Thomas zu Lubna, aber sie blieb, wo sie war, an seiner Seite.

Er wartete einen Moment, dann setzte er einen Schnitt quer über den Bauchansatz der Frau und griff in die Wunde. Er hörte den Mann aufschreien, ein tiefes kehliges Brüllen. Die Wachen hielten ihn jetzt zwischen sich, aber wie lange, konnte er nicht vorhersagen. Thomas arbeitete schnell. Es war nicht schön, aber das musste es auch nicht sein. Er fand das Kind und befreite es, wischte den winzigen Körper mit einem Leinentuch sauber, dann schnitt er die Nabelschnur durch. Er packte es an den Fersen und hielt es hoch, klopfte ihm auf den Rücken. Nachdem er den Vorgang wiederholt hatte, legte er den Säugling neben seine Mutter. Er beugte sich nahe heran und pustete in den offenen Mund, schob einen Finger hinein und entfernte Schleim, legte seine Hand auf seine zerbrechliche Brust und drückte sie mehrfach. Schließlich richtete er sich auf und fluchte. Zu viel Zeit war vergangen. Als er sich umdrehte, sah er, dass der Mann allein dastand. Die Wachen waren geflohen, als sie sahen, was Thomas tat.

Der Mann starrte Thomas an, aber es gab keine Anzeichen für einen bevorstehenden Angriff.

„Jetzt sind es vier Männer, die ich töten muss." Er blickte zur Seite. „Oder soll ich Ihre Frau nehmen und sie töten, wie Sie meine getötet haben? Wie ich sehe, trägt sie auch ein Kind in sich. Das wäre nur gerecht."

Thomas stellte sich zwischen den Mann und Lubna, starrte hinauf in sein Gesicht. Er hatte schon oft gegen große Männer gekämpft – große Männer, starke Männer – und vertraute auf sich selbst. Lubna bewegte sich an ihm vorbei, begann, auf die Brust des Säuglings zu drücken, seine Gliedmaßen zu bewegen.

„Es gab nichts, was ich für sie hätte tun können. Es ist zu viel Zeit verstrichen. Wenn Sie die Männer identifizieren können, die das getan haben, müssen Sie sie anzeigen, damit sie so etwas nie wieder tun können."

„Oh, ich werde dafür sorgen, dass sie es nicht wieder tun können." Die Augen des Mannes bohrten sich weiter in seine.

Thomas hörte ein Geräusch hinter sich und drehte sich um. Der Säugling bewegte einen Arm und saugte Luft in seine gebrechlichen Lungen, während Lubna ihn in ihre Arme hob. Sie lächelte, als das Kind die Augen öffnete und sie anstarrte, als würde es sie erkennen.

Thomas trat erneut zwischen sie und den Mann. „Lubna wird Ihre Frau vorbereiten. Holen Sie sie in einer Stunde ab. Sie wird Ihren –" Er zögerte und blickte auf die kleine Gestalt, die Lubna an ihre Brust drückte, „Ihre Tochter versorgen. Nennen Sie mir Ihren Namen und ich sorge dafür, dass Sie sie mitnehmen können, wenn Sie zurückkommen." Ein weiterer Blick auf den verstümmelten Körper der Frau. „Und Sie werden eine Amme finden müssen."

„Ich werde bleiben."

„Dann bleiben Sie, aber wir brauchen trotzdem Ihren Namen", sagte Lubna. „Es gibt hier Regeln."

Der Mann sah sie nicht an, sondern starrte weiterhin zu

Thomas, in seinen Augen tobten Flammen tief empfundener Wut.

„Mein Name ist Guerrero. Pedro Guerrero. Merkt ihn euch gut, ihr beiden, merkt ihn euch, wenn ich euch holen komme."

Lubna wandte sich ab, als hätte er nichts gesagt. Sie machte ein behelfsmäßiges Bettchen für das Kind zurecht, holte dann eine Schüssel mit Wasser und Tüchern und begann, den Körper der Frau zu waschen. Guerrero bewegte sich nicht. Thomas tat es auch nicht. Er wartete und beobachtete, wie die Wut endlich begann, ihren Griff um den Mann zu lockern.

Guerrero wandte sich abrupt ab. „Eine Stunde, obwohl es länger dauern kann. Das hängt davon ab, wie lange ich brauche, um die Männer zu finden, die das getan haben."

Thomas sah ihm zu, wie er ging, dann brachte er das Neugeborene zu einem Becken und begann, den winzigen Körper zu waschen, erstaunt wie immer über das Wunder der Geburt, selbst einer so unglücklichen und blutigen wie dieser.

KAPITEL ZWEI

Der Urkundsbeamte fuhr mit dem Finger über eine Liste von Namen, die in ein dickes Buch geschrieben standen, bevor er anhielt. „Dionora Jinto Jiminez", sagte er und blickte auf. Thomas und Lubna hatten es endlich geschafft, zu ihrer eigentlichen Aufgabe zurückzukehren. „Sie wurde vor fünf Tagen eingeliefert und Lubna war ihr als Hauptpflegekraft zugewiesen. Ihr Tod wurde heute Morgen festgestellt. Ich habe eine Nachricht an ihre Familie geschickt. An ihren Sohn." Sein Finger schwebte über einer Notiz am Rand. Er las sie, runzelte die Stirn und blätterte einige Seiten zurück. „Ihr Mann starb hier vor vier Wochen. Name: Miguel Jiminez." Er las noch etwas weiter. „Schädelbruch, verursacht durch einen Treppensturz, heißt es hier. Gefunden von seiner Frau, hergebracht von ihrem Sohn." Er blickte wieder auf und sagte zu Lubna: „Nicht einer deiner Patienten", als ob es ein Vorwurf wäre. „Seltsam, dass beide innerhalb weniger Wochen gestorben sind, aber das kommt öfter vor, als man denkt."

„Die Familie hat ihre Leiche nicht abgeholt, oder?", fragte Thomas.

„Es würde hier stehen, wenn sie es getan hätten." Der

Beamte schüttelte den Kopf. „Was soll ich ihnen sagen, wenn sie kommen – dass sie zu spät sind?"

„Könnte eine andere Familie sie irrtümlich mitgenommen haben?"

„Das sollte nicht passieren."

„Aber das tut es manchmal, nicht wahr?"

„Es ist ungewöhnlich", sagte der Mann.

„Aber möglich."

„Möglich, ja."

Thomas drehte sich um, um die niedrigeren Angestellten zu mustern, die daran arbeiteten, Geburts- und Sterberegister zu schreiben. Er erhob seine Stimme. „Wer von Ihnen kennt diese Dionora Jinto Jiminez?"

Eine Hand erhob sich. „Ich habe ihre Einlieferung registriert, Sir. Ich habe sie Lubna zugewiesen, die ihr Weidenrinden-Tinktur und ein wenig Mohn gegeben hat, als sie zusehends unruhiger wurde."

Thomas blickte zu Lubna, die nickte. Er versuchte, sich zu erinnern, ob sie von der Frau erzählt hatte, aber es kam keine Erinnerung. Manchmal erzählte sie detailliert von ihrem Tag, sondierte nach Informationen, die zu ihrer Bildung beitragen könnten.

„Erinnern Sie sich an all das?", sagte er zu dem Mann.

„Ich habe Lubnas Notizen in das Hauptbuch geschrieben, also erinnere ich mich natürlich."

Thomas war beeindruckt. Die meisten Angestellten hatten die Angewohnheit, sich nichts zu merken, aus Angst, es könnte ihre Köpfe mit nutzlosen Informationen füllen und das verdrängen, was sie sich merken mussten.

„Und heute?", fragte er.

„Wir haben die Arztbriefe für heute noch nicht erhalten", sagte der Urkundsbeamte.

Lubna griff in ihren Kittel, der sich durch die Bewegung zusammenzog und die Wölbung ihres Bauches enthüllte. „Meine sind hier", sagte sie.

„Nein, nein, Sie müssen sich an das Prozedere halten." Der Mann schüttelte den Kopf, als sei er beleidigt worden. „Sie wissen, dass Sie sie dem Stationssekretär überlassen müssen, der sie zusammensammelt und zu mir bringt. Stecken Sie sie wieder weg."

Thomas ließ die Idiotie der Sache für den Moment unkommentiert. Er schaute weg von dem Beamten und seinen Männern und dachte über das nach, was er wusste. War die Leiche falsch identifiziert und von jemand anderem mitgenommen worden? Oder war sie sogar als Leiche ohne Familie identifiziert worden? In diesem Fall würde sie in Leinen eingewickelt und zu den anderen gelegt werden, die nicht abgeholt wurden, um bei Sonnenuntergang verbrannt zu werden. Es gab einen Ort außerhalb der Stadt, der für solche Verbrennungen vorgesehen war, sodass der Rauch und der Geruch die Bürger nicht störten.

Als Lubna an seinem Arm zupfte, blickte Thomas gerade zu Boden. Sie machte ein ungeduldiges Gesicht und als er sich umsah, stellte er fest, dass die Angestellten alle zu ihren Aufgaben zurückgekehrt waren.

„Lass uns gehen und sehen, was wir herausfinden können", sagte er und Lubna nickte und folgte ihm, als er sich umdrehte. Keiner der Männer im Raum sah auf, als sie gingen.

Lubna blieb oben auf den Marmorstufen vor dem Verwaltungsgebäude stehen und Thomas drehte sich um, besorgt, als er sah, wie müde sie wirkte. Sie starrte über die breite Straße, aber er bezweifelte, dass sie überhaupt etwas wahrnahm. Als sie sich seiner Aufmerksamkeit bewusst wurde, schenkte sie ihm ein Lächeln.

„Warum hast du dem Mann geholfen? Du konntest genauso gut sehen wie ich, dass seine Frau bereits tot war."

Thomas ging die Stufen zurück hinauf und nahm ihre Hand, spürte ein Zittern. „Wir haben sein Kind gerettet, nicht wahr? Außerdem ist es das, was wir tun. Wir helfen den Kranken, Verletzten und Verzweifelten."

„Ich bin mir nicht sicher, ob die Rettung des Kindes eine gute Tat war. Ein Mann allein mit einem Säugling?"

„Hätte ich denn einfach beide sterben lassen sollen?"

„Nein, natürlich nicht." Lubna blickte mit suchenden Augen auf die belebte Straße. „Glaubst du, dass er diese Männer wirklich umbringen wird?"

Thomas ließ ihre Hand los. „Wenn jemand dir oder Will etwas antun würde, würde ich ihn bis ans Ende der Welt verfolgen. Also ja, er wird es versuchen, vermute ich, und vielleicht sogar Erfolg haben. Er hat den Eindruck vermittelt, dass er durchaus in der Lage ist, Vergeltung zu üben."

Lubna fröstelte trotz der Hitze. „Manchmal fühlt sich die Welt nicht sicher an. Nicht nur in Malaka – überall."

„Seit wann ist das jemals anders gewesen?"

„In Gharnatah war es so. Das dachte ich jedenfalls. Gibt es irgendeinen Ort, der sicher ist? Wo wir unser Leben in Frieden leben können und uns keine Sorgen um Krieg machen müssen, oder um Männer, die sich gegenseitig umbringen, oder um die Frauen anderer Männer? Dieses England, aus dem du kommst, ist es dort sicher?"

Thomas begann zu lachen, bis er die Ernsthaftigkeit in Lubnas Gesicht sah. Dieses Thema lag ihr am Herzen und er fragte sich, wie lange sie es schon mit sich herumgetragen hatte, ohne ihm etwas zu sagen, und warum sie es ausgerechnet jetzt ansprach. War es das Kind, das sie in sich trug? Sein Kind und ihres, das Kind, das sie dieses Mal gebären würde.

„Dieser Mann, Guerrero, hätte seine Frau nicht unbeschützt lassen dürfen. Sie war allein jenseits der Stadtmauer, auf den Felsen über dem Meer, während er in irgendeinem Ruderboot davonfuhr. Kein Wunder, dass sie angegriffen wurde."

„Eine Frau allein außerhalb der Stadtmauer ist jetzt also Freiwild, meinst du das?"

„Nein, das habe ich nicht gemeint."

„Aber ich habe es so verstanden."

Thomas wollte seine Arme um Lubna legen, aber sie drehte sich weg, was in ihm einen Anflug von Wut auslöste. Sie hatten beide schwierige Tage hinter sich, aber es war Lubna, die eine Leiche verloren hatte. Oder zumindest das Krankenhaus … Denn er war sich sicher, dass es nicht Lubnas Schuld war, obwohl er nicht wusste, ob sie das auch glaubte.

„Weißt du, an wen er mich erinnert hat?", fragte Lubna.

„Wer?"

„Dieser Mann. Guerrero. Er hätte Mandanas Doppelgänger sein können, nur fünfzig Jahre jünger."

Natürlich, dachte Thomas, und die Idee setzte sich in seinem Kopf fest wie eine verlorene Antwort, die sich weigerte, ans Tageslicht zu kommen.

„Nur ohne Bart, ohne graue Haare und mit zwei Händen."

„Du sagst es." Lubna schenkte ihm ein halbherziges Lächeln und Thomas hoffte, dass es den Beginn ihrer Vergebung bedeutete, nur wofür, da war er sich noch nicht sicher. „Vermutlich lag es an seiner Größe."

„Nein, du hast recht, mich hat er auch an ihn erinnert, aber ich konnte es nicht zuordnen. Vielleicht wollte ich es nicht."

„Ich vergesse ihn auch gerne", sagte Lubna. „Sollte er nicht bald wieder zu Besuch kommen? Du kennst meine Meinung zu diesem Thema, aber ich bin nur deine Frau."

„Ich weiß es nicht mehr. Es ist einige Zeit her, seit er das letzte Mal hier war, also kann es nicht mehr lange dauern, denke ich."

„Du solltest ihn fortschicken und sterben lassen."

Die Vehemenz in ihrer Stimme überraschte ihn, aber sie hatte unrecht. Ein Arzt konnte den guten oder bösen Charakter eines Menschen nicht als Entscheidungsgrundlage dafür hernehmen, wen er behandelte.

Thomas begann wieder, die Stufen hinunterzusteigen, gerade als eine zerlumpte Gestalt durch die Menge unten auf eine Gruppe von Musikern zulief, die zu spielen begonnen hatten. Tänzer wirbelten umher und ihre Stimmen erhoben sich in Jubelrufen. Als er näher kam, hörte Thomas Menschen lachen und johlen und sah, dass es nicht nur die Musiker waren, die angegriffen wurden, sondern auch ein gut gekleideter Mann, den er als Ali Durdush erkannte, Großmeister der Gilden von Malaka und mit ziemlicher Sicherheit der reichste Mann der Stadt, wenn nicht sogar von ganz al-Andalus.

„Was ist hier los?", fragte er einen Schaulustigen.

„Es ist dieser idiotische Prediger, al-Antiqamun. Jeder ist heute sein Feind. Er hat schon Durdushs Mantel zerrissen und jetzt sind es die Frauen, die er im Visier hat."

Thomas beobachtete, wie der Mann in zerlumptem Gewand, dessen wirres Haar ihm fast bis zur Taille fiel, zwei Tänzerinnen beschimpfte. Vier andere versuchten, ihren Tanz fortzusetzen, aber die Musiker gerieten bereits ins Stocken. Ein paar legten ihre Instrumente nieder und näherten sich dem Prediger.

Als die Aufmerksamkeit von ihm abgelenkt wurde, eilte die rundliche Gestalt von Ali Durdush davon. Er warf einen Blick in Thomas' Richtung und nickte ihm anerkennend zu, bevor er weiterhastete.

Als Thomas zu dem Prediger zurückblickte, hatte dieser den Arm einer der Frauen gepackt und versuchte, sie auf die Knie zu zwingen. Die anderen hatten aufgehört zu tanzen und sich um sie versammelt. Stimmen erhoben sich. Und dann tauchte ein Messer aus dem Nichts auf. Das gleißende

Sonnenlicht ließ die Klinge aufblitzen. Al-Antiqamun taumelte zurück und fiel auf ein Knie.

Thomas drängte sich durch die Menge. Sie hatten aufgehört zu lachen, aber einer oder zwei riefen jetzt Drohungen aus. Er erreichte den Prediger und versuchte, eine Wunde zu finden, aber bevor er das tun konnte, schob ihn einer der Musiker zur Seite.

„Lass mich ihn fertigmachen. Dieser Verrückte folgt uns schon seit einer Woche und ich werde es nicht länger dulden."

Thomas sah, wie die Klinge lose in der Hand des Musikers baumelte und ein Blutstropfen an ihrer Spitze hing. Der Mann war klein, schlank, mit definierten Muskeln an seinen Armen. Sein Akzent verriet, dass er von der Nordküste Afrikas stammte.

„Lass ihn in Ruhe." Etwas in Thomas' Blick ließ den Musiker innehalten. Thomas wandte sich wieder dem Prediger zu und hob Teile seines schmutzigen Gewandes an, bis er die Wunde fand. Ein Schnitt quer über den Arm. Nichts Ernstes, aber die Wunde würde verbunden und mit einer Salbe behandelt werden müssen, um eine Infektion zu verhindern. Er sah ältere Narben und wusste, dass dies nicht der erste Angriff auf den Mann gewesen war. Doch al-Antiqamun hatte niemandem außer sich selbst die Schuld dafür zu geben.

„Ich muss Sie behandeln." Thomas stützte den Prediger, als er sich erhob. Er war groß, mit einem zerzausten Bart, der zu seinem Haar passte. Sein Ausdruck wirkte erstaunlich intelligent, aber seine Augen leuchteten vor Wahnsinn – oder Wut.

„Ein Heide wird mich nicht flicken. Allah wacht über die Seinen." Er blickte über Thomas hinweg und sah finster zu den Musikern, die ihre Instrumente wegpackten und weiterziehen wollten.

„Sie sollten sie in Ruhe lassen. Sie wollen niemandem Böses."

„Allah verbietet es. Musik. Tanzen. Frauen, die Kleidung tragen, die ihren Körper enthüllt. Es ist gegen alles, was im Koran geschrieben steht." Er sah sich um. „Und wo ist dieser fette Narr hin? Ich bin noch nicht fertig mit ihm." Sein Blick kehrte zu Thomas zurück. „Ich kenne Sie, nicht wahr?"

„Viele tun das. Und ich kenne Sie, aber nicht Ihren wahren Namen."

„Ich bin al-Antiqamun."

„Das weiß ich, aber es ist nicht Ihr Geburtsname, nicht wahr."

„Ich bin al-Antiqamun. Ich habe keinen anderen Namen."

Thomas wusste, dass dies die einzige Antwort war, die er von ihm kriegen würde, vielleicht die einzige Antwort, die der Mann kannte. Das Kind, das er einmal gewesen war, war nun verloren in seinen Visionen von Himmel und Hölle. Oder Rache. Denn das war es, was sein Name auf Arabisch bedeutete. Rache.

„Sie sind der Fremde." Al-Antiqamuns Augen waren ruhig, jetzt, da die Tänzer sich entfernt hatten. „Sie nennen Sie den Metzger, nicht wahr?" Er lächelte. „Wenn Allahs Feuer dieses Land von den Ungläubigen säubert, wird es Ihnen das Fleisch von den Knochen brennen, *Qassab*." Sein Kopf drehte sich, als er nach neuen Opfern suchte. Dabei fiel sein Blick auf Lubna, die an der Treppe auf Thomas wartete. „Aber deine Frau ist fromm, also wird sie leben." Al-Antiqamun runzelte die Stirn, als ob er überlegte, ob es in seiner Macht stand, jemandem ein solches Geschenk zu machen. In seinem Wahnsinn glaubte er zweifellos, dass es so war.

Thomas wandte sich ab. Der Mann konnte von ihm aus verbluten. Diejenigen, die bereits tot waren, warteten auf ihn, und es gab Zeiten, in denen er sie für die Glücklichen hielt – all die Prüfungen und Mühen des Lebens lagen hinter ihnen. Nicht, dass er das Gefühl hatte, der Tod hätte viel zu bieten, und wenn er die Wahl hätte, würde er immer das Leben wählen, als wie schwer es sich auch manchmal erwiesen hatte.

Dann schüttelte er den Kopf und ärgerte sich über sich selbst und seine Gedanken. Er schaute dorthin, wo Lubna wartete, geduldig und schön. Zweifelte sie jemals, fragte er sich?

KAPITEL DREI

In der Leichenhalle war es so still, wie es nur in einer Leichenhalle sein konnte. Ein einzelner lebender Mann saß in einer Nische und schrieb in ein dickes Buch. Er blickte auf, als Thomas und Lubna eintraten. Als er sah, wer es war, stand er auf und schüttelte den Kopf.

„Sie ist immer noch weg." Er deutete auf die Palette. Da waren noch andere Paletten, die ebenfalls leer waren, aber keine, die gerade in Gebrauch war. Das Kommen und Gehen der Todesfälle im Krankenhaus bedeutete, dass dieser Raum zu manchen Zeiten leer war, zu anderen Zeiten fast voll. Jetzt war es Frühling und das Wetter war mild, es gab keine winterlichen Stürme oder die Hitze des Sommers, um einen Tod zu beschleunigen.

„Wann haben Sie die Frau zuletzt gesehen?"

Ein Kopfschütteln. „Als Lubna sie herbrachte. Ich habe nicht die Angewohnheit, meinen Toten viel Aufmerksamkeit zu schenken. Sie haben die Angewohnheit, dort zu bleiben, wo man sie liegen lässt."

„Abgesehen von dieser einen", sagte Thomas. „Ist sonst noch jemand gekommen?"

„Die Ärzte brachten andere Leichen, aber nicht so viele.

Sie wissen ja, wie das ist." Der Mann war nicht jung, in seinen Fünfzigern, und Thomas fragte sich, ob er schon hier gearbeitet hatte, als er selbst in diesem Krankenhaus gelernt hatte. Wenn ja, konnte er sich nicht an sein Gesicht erinnern.

„Keine Fremden?"

„Ein seltsamer Junge, das ist alles. Er kam hierher, hatte sich wohl verirrt. War nicht wie andere Leute. Hirnlos." Er klopfte sich auf den Schädel, nicht um zu urteilen, nur um eine Tatsache festzustellen.

„Hat er etwas gesagt?"

„Ja, aber ich habe ihn nicht verstanden. Er sprach einen Mischmasch aus Spanisch und Arabisch und ich verstehe nur eines davon."

„War die Frau hier, als er kam?"

Der Mann runzelte die Stirn und starrte in eine Ecke des Raumes. „Ja, ich glaube schon."

„Und als er ging?"

„Ich glaube, es wäre mir aufgefallen, wenn er eine Leiche hinausgetragen hätte."

„Sie waren seither die ganze Zeit hier?"

„Abgesehen von –" Der Mann warf einen Blick auf Lubna, der deutlich machte, dass er den Grund für das kurze Verlassen seiner Station lieber nicht nennen wollte.

„Wie viele Male –", begann Thomas zu fragen, wurde aber durch einen Tumult am Gang unterbrochen. Erhobene Stimmen, männliche und weibliche, und als er sich umdrehte, betraten fünf Personen die Leichenhalle. Zwei von ihnen blieben stehen, sobald sie merkten, wo sie waren, und kehrten um. Der Urkundsbeamte war einer derjenigen, die blieben, begleitet von zwei Fremden, einem Mann und einer Frau.

„Ah gut, Lubna, du bist noch da." Er wandte sich an das Paar. „Das ist die Ärztin, die Ihre Mutter behandelt hat, sie kann Ihnen die Situation erklären." Damit machte er einen eiligen Rückzug.

„Feigling“, sagte Thomas, aber zu leise, als dass jemand anderes als Lubna es hätte hören können.

„Was haben Sie mit unserer Mutter gemacht?“, sagte die Frau mit harter Miene, das Haar zu einem strengen Dutt gebunden. Sie war so extravagant gekleidet, dass Thomas sicher war, dass Jorge es gutgeheißen hätte, aber eine solche Kleidung war in Malaka, wo sich viele verschiedene Kulturen vermischten, nicht ungewöhnlich.

„Meine Frau hat nichts mit Ihrer Mutter gemacht.“ Thomas blickte in Richtung des Schreibers. „Als Sie von Ihren Pausen zurückkamen, haben Sie da zufällig bemerkt, dass sie nicht mehr hier war? Oder den Jungen?“

„Junge? Welcher Junge?“ Die Frau blickte den Mann an, vermutlich ihr Ehemann oder vielleicht ihr Bruder, obwohl sie sich nicht ähnlich sahen. „Hat ein Junge den Körper unserer Mutter gestohlen?“

„Sie wurde nicht gestohlen, sie ist nur unauffindbar“, sagte der Schreiber.

Und wie sie gestohlen wurde, dachte Thomas, sagte aber nichts, da er wusste, dass es wichtig war, dem Paar eine einheitliche Front zu präsentieren.

„Dieser Junge“, sagte der Mann. „War er wirklich ein Junge oder sah er nur so aus?“

„Ich hielt ihn für einen Jungen“, sagte der Schreiber. „Aber er war groß.“

„Diego“, sagte die Frau, ihr Gesicht verzerrt von ihrer unterdrückten Wut. „Ich sagte doch, man hätte ihn ihnen wegnehmen sollen. Oder bei der Geburt ertränken.“

„Er ist mein Bruder“, sagte der Mann, der sich von der Frau abwandte, um den Schreiber anzusprechen. „War er dunkelhaarig, freundlich, immer mit einem Lächeln auf den Lippen? Aber schwer zu verstehen, wenn man ihn nicht gut kennt?“

„Möglicherweise.“ Es war klar, dass der Schreiber nicht bereit war, irgendetwas zuzugeben, bevor er nicht wusste, in welche Art von Schwierigkeiten er dadurch geraten könnte.

„Wer ist dieser Diego?" Thomas trat näher an das Paar heran. Er blickte einen Moment über sie hinweg, aber ihre Begleiter waren nirgends zu sehen. „Ist er wirklich ein Verwandter von Ihnen?"

„Das ist er", sagte der Mann. „Mein jüngster Bruder. Er ist nicht … wie andere Männer."

„Wie viel jünger?" Thomas schätzte den Mann auf knapp vierzig Jahre, nicht so weit von seinem eigenen Alter entfernt.

„Meine Mutter bekam ihn, als sie älter war, als ich jetzt bin. Zu alt. Alle sagten, sie sei zu alt, aber sie liebten ihn trotzdem. Vielleicht liebten sie ihn zu sehr – jedenfalls mehr als der Rest von uns."

„Sie haben ihn verhätschelt", sagte die Ehefrau des Mannes, denn langsam wurde deutlich, dass sie genau das war.

„Wo leben sie?"

„Hat er wirklich ihren Leichnam gestohlen?" Der Mann schüttelte den Kopf. „Diego mag es an Verstand mangeln, aber er hat einen ausgeprägten Sinn für Recht und Unrecht. Er würde so etwas nie tun. Obwohl …" Er fuhr sich mit einer Hand über den Kopf und schob das schüttere Haar zurück. „Es stimmt, dass er in letzter Zeit abgelenkt war, genau wie meine Mutter, seit mein Vater gestorben ist. Ich bin sicher, dass das der Grund für ihre Krankheit war. Diego konnte sich nicht um sie kümmern und sie konnte sich nicht mehr um sich selbst kümmern. Wir hätten sie zu uns nehmen sollen, aber …" Er unterbrach sich mit einem kurzen Blick auf seine Frau.

„Wer hat sie in das Krankenhaus gebracht?" Thomas richtete die Worte hauptsächlich an Lubna, die den Kopf schüttelte.

„Der Urkundsbeamte könnte es wissen", sagte sie.

„Ich werde diesen Mann nicht noch einmal fragen. Wie lange war sie schon deine Patientin?“ Er berührte Lubnas Arm und zog sie weg, damit ihr Gespräch nicht von dem Sohn der vermissten Frau mitangehört wurde.

„Vier Tage. Nein, fünf. Erinnerst du dich, dass ich dich in der Nacht nach ihrer Ankunft wegen ihr befragt habe? Ich fragte, wie man jemanden zum Essen zwingt, wenn er nicht will.“

Thomas erinnerte sich nicht, aber es gab Zeiten, in denen seine eigenen Gedanken alles andere verdrängten. Er konnte sich unterhalten und sogar sehr schlüssige Antworten von sich geben, aber oft waren sie eher automatisch. Zweifellos hatte er ihr irgendeinen Ratschlag gegeben, obwohl er sich nicht daran erinnern konnte, welcher das gewesen sein könnte.

„War es der Hunger, der ihren Tod verursacht hat?“ Vielleicht hatte er Lubna zuvor zu wenig Aufmerksamkeit geschenkt, aber jetzt wollte er sich mehr Mühe geben.

„Nicht direkt. Sie war auf jeden Fall krank. Ich wollte dich heute Abend noch einmal um Rat fragen, aber als ich heute Morgen kam, war sie über Nacht verstorben.“ Lubna wischte sich eine Träne aus dem Augenwinkel. Als Thomas die Bewegung beobachtete, fragte er sich, ob sie nicht zu emotional für den Beruf war, den er sich für sie erhofft hatte, und er fragte sich auch, ob er sie zu sehr gedrängt hatte, nach Malaka zu kommen, um hier zu studieren. Vielleicht hätte er sensibler auf Lubnas Bedürfnisse eingehen sollen. Oder zumindest mit Jorge darüber sprechen, der sich mit solchen Dingen viel besser auskannte. Zweifellos hätte Lubna ihre Ängste mit Jorge geteilt, auch wenn sie es mit ihm nicht konnte.

„Es ist möglich, dass dieser Junge seine Mutter entführt hat“, sagte Thomas.

„Dann wird sich die Familie darum kümmern“, sagte

Lubna mit einem Anflug von Erleichterung. „Es liegt nicht mehr in unserer Verantwortung."

„Ich fühle mich aber verantwortlich", sagte Thomas. „Hätte ich dir besser zugehört, wäre die Frau vielleicht nicht gestorben. Und jetzt, wo sie tot ist, bin ich verpflichtet, die Sache zu Ende zu bringen." Er blickte den Mann und die Frau an. Sie sprach mit ihm, ihr Gesicht nur knapp vor seinem. „Außerdem bin ich mir nicht sicher, ob es das Beste ist, dass die Frau involviert ist, wenn der Junge sensibel ist, und nach dem, was ich gehört habe, ist er das. Wir sollten Jorge holen; er kann mit solchen Situationen besser umgehen als ich."

„Ich schaffe das schon", sagte Lubna.

„Ich will dich dabei haben, aber auch Jorge. Bitte lass mich das tun." Thomas wollte seine Beweggründe nicht erklären. Er war besorgt, dass der Junge nervös werden könnte, wenn sie seinen Diebstahl aufdeckten. Nach dem Verlust ihres Kindes wusste Thomas, dass sein Beschützerinstinkt Lubna gegenüber sehr stark geworden war, aber es zu wissen, machte es noch nicht falsch. Er wollte sie weit weg von jedem Verhör haben.

Lubna wandte sich ab und verschränkte unbewusst die Arme, spiegelte damit die Haltung der Frau auf der anderen Seite des Raumes.

Thomas ging zu dem Paar. „Sagen Sie mir, wo Ihre Mutter gewohnt hat."

„In der Nähe der Ataranzana. Sie haben ein Haus in der Nähe der anderen Kaufleute. Mein Vater war bis zu seinem Tod erster Schreiber des Waffenmeisters."

„Waffen?", sagte Thomas, bemühte sich aber, seine Gedanken davon abzuhalten, sich in eine Verschwörungstheorie zu verstricken. Er machte eine verwerfende Handbewegung. „Egal. Können Sie mir zeigen, wo? Ich muss erst noch jemanden abholen, aber können Sie mich in einer Stunde hier treffen?"

„Ich bleibe nicht", sagte die Frau. „Wir haben unsere Kinder schon zu lange alleine gelassen." Sie warf dem Mann einen boshaften Blick zu und wandte sich ab. Thomas sah ihr nach, als sie ging, ihre Bewegungen steif von all der Wut, und er fragte sich, wie Menschen ihr Leben auf diese Weise leben konnten.

Als Thomas den Mann wieder ansah, schüttelte er den Kopf. „Zwei unserer Kinder haben selbst schon Kinder", sagte er. „Sie sind alle gemeinsam zu Hause. Wir leben Tür an Tür mit ihren Schwestern. Nicht in der Nähe meiner Eltern, aber eine ganz nette Gegend. Jedenfalls finde ich das." Er warf einen Blick auf Lubna, als würde er sich fragen, wo er eine ebenso gefügige, ganz zu schweigen schöne Frau finden könnte. Dann sah er weg, weil er merkte, dass Thomas ihn beobachtete. „Gut, in einer Stunde. Ich werde schon etwas finden, was ich eine Stunde lang tun kann. Sollen wir uns hier treffen?"

„Am Haupteingang in der Straße der Salinas", sagte Thomas. „Eine Stunde, nicht länger."

KAPITEL VIER

Der Mann brachte Thomas und Jorge zu einem stattlichen Haus am Ende der Eisenstraße und verschwand, bevor sie hineingingen, mit dem Hinweis auf ein dringendes Geschäft. *Eher Feigheit,* dachte Thomas, als er die unverschlossene Haustür öffnete und hineinrief. Es kam keine Antwort, aber das hatte er auch nicht erwartet. Obwohl das Haus verlassen wirkte, war er erleichtert, dass es ihm gelungen war, Lubna zu überreden, nicht mitzukommen.

Eine Treppe stieg zu einer schmalen Galerie auf, alle sichtbaren Türen waren geschlossen. Thomas versuchte es mit der ersten Tür zu seiner Rechten im Erdgeschoss. Sie offenbarte einen Platz zum Kochen, aber er nahm keinen Essensgeruch wahr und nichts auf dem Tisch oder in den Regalen zeugte von kürzlich zubereiteten Mahlzeiten. Es war die dritte Tür, die in einen großen Raum führte, der von hohen Fenstern mit Sonnenlicht durchflutet wurde, hinter der er entdeckte, was mit der vermissten Frau geschehen war.

Sie saß fast aufrecht in einem verzierten Stuhl, von beiden Seiten durch gepolsterte Kissen gestützt, damit sie nicht umfallen konnte. Ein blaues Seil mit Quasten war um ihre obere Brust gewickelt und hinter dem Stuhl festgebunden. Ein passendes Seil hielt einen der Vorhänge zurück, der vor einem Fenster hing, das einen Blick entlang der Straße auf den Turm der Moschee und das Herz der Stadt bot. Auf einem zweiten Stuhl saß eine weitere Leiche, die beiden Stühle standen sich gegenüber, als ob die Toten mitten im Gespräch aus dem Leben geschieden wären. Ein Gedanke, der durch die Fesseln, die jede der Leichen an ihrem Platz hielten, schnell gestört wurde.

„Du hast nicht erwähnt, dass wir Leichen finden würden", sagte Jorge. „Du hast nur gesagt, dass du meine Hilfe brauchst." Er wandte sich ab, mit einem Ausdruck von Abscheu im Gesicht.

„Das tue ich immer noch. Es gibt hier irgendwo einen Jungen."

„Und zwei Leichen." Jorge schnupperte in die Luft. „Von denen eine, wenn meine Sinne mich nicht trügen, schon seit einiger Zeit tot ist."

Thomas runzelte die Stirn und studierte die männliche Leiche. Hatte der Urkundsbeamte nicht gesagt, der Mann sei vor einem Monat gestorben? Was bedeutete, dass dieser Mann nicht ihr Ehemann sein konnte. Wer war er dann? „Mindestens vier Tage tot, würde ich sagen", sagte er.

„Du weißt das besser als jeder andere", sagte Jorge. „Mir gefällt die Sache trotzdem nicht."

„Ich erwarte nicht, dass es dir gefällt, ich erwarte, dass du mir hilfst. Wenn du mit dem Jungen gesprochen hast, kannst du gehen. Falls es einen Unterschied macht, die zweite Leiche habe ich auch nicht erwartet."

„Solange das nicht wieder eines deiner Geheimnisse ist." Jorge sah von einem Stuhl zum anderen und verzog das Gesicht. „Es sieht aus wie einer deiner mysteriösen Mordfälle. Sagtest du nicht, der Vater sei vor nicht allzu langer Zeit gestorben? Könnte er das sein?"

Thomas hatte kaum einen Blick auf die Leiche des

Mannes geworfen. Auch er saß auf einem Stuhl, jedoch mit einer orangefarbenen Kordel gefesselt. Zweifelsohne würden sie die gleiche Schnur an einem Vorhang irgendwo im Haus finden. Die Haut des Mannes begann bereits, sich zu verdunkeln, während die Fäulnis um sich griff. Die Fenster füllten den Raum sowohl mit Licht als auch mit Wärme und Thomas wusste, dass vier Tage vielleicht zu hoch geschätzt waren.

„Der Vater wurde von der Familie abgeholt und jenseits der Stadtmauer auf dem christlichen Friedhof beigesetzt, vor mindestens einem Monat. Wer dieser Mann ist, kann ich nicht sagen."

„Jemand muss ihn vermissen", sagte Jorge. „Wir sollten versuchen herauszufinden, wer er ist."

„Siehst du, du kannst sehr gut ohne mich ermitteln."

„Ich habe es nicht so gemeint, es ist reine Höflichkeit, es zu versuchen."

„Hm." Thomas sah sich in dem Zimmer um. Feine Wandbehänge. Teure Tische und Stühle aus dunklem Holz. Ein Haus im spanischen Stil. Das mochte anderswo in al-Andalus ungewöhnlich sein, aber nicht in Malaka.

Als er still dastand und lauschte, hörte er nichts. Besser gesagt war es nicht nichts, denn von draußen drang Lärm herein, zeitweise sogar ziemlich viel Lärm. Erhobene Stimmen, die Schreie eines Händlers. Aber im Inneren des Hauses vernahm er nur die Geräusche, die alle Häuser machten. Ein leises Pfeifen, wenn der ständige Wind vom Meer um eine Ecke jagte. Ein Knarren, wenn sich Holz ausdehnte oder zusammenzog. Nichts Menschliches. Kein Junge, falls er einer war. Sein Bruder hatte sie hergebracht und sich damit herausgeredet, er sei zu beschäftigt, um einzutreten.

„Wir sollten wenigstens die Behörden informieren", sagte Jorge. „Und die Leichen wegbringen lassen."

„Die Familie wird die Frau mitnehmen. Was den Mann

betrifft ... Du hast wahrscheinlich recht, wir sollten Fragen stellen. Und sosehr es mich schmerzt, es zu sagen, du hast auch damit recht, dass es jemanden geben wird, der ihn vermisst –" Thomas unterbrach sich und hielt sich einen Finger an die Lippen.

Beide verstummten und lauschten. Da war ein Geräusch gewesen, schwach, fast gar nicht wahrnehmbar, aber jemand hatte sich im Zimmer über ihnen bewegt. Das Knarren einer Bodendiele. Das Kratzen eines Schuhs auf dem Holz.

Thomas gab Jorge ein Zeichen, leise zu gehen, drehte sich um und machte sich auf den Weg zur Tür, zögerte einen Moment und begann dann, die Treppe hinaufzusteigen, wobei er jede Stufe testete, bevor er sein volles Gewicht daraufsetzte.

Ein weiteres Geräusch. Zwei, vielleicht drei Schritte, lauter, jetzt, wo er näher kam. Und dann ein Wimmern, wie von jemandem, der Angst hatte.

Hinter Thomas knarrte eine Treppe laut, als Jorges zusätzliches Gewicht härter auf die Diele drückte als sein eigenes. Wer auch immer sich oben versteckte, hörte es ebenfalls und gab, ebenso wie Thomas, jeden Versuch von Heimlichkeit auf. Er erwischte die Gestalt, als sie den oberen Korridor erreichte. Sie bewegte sich schnell weg, aber nicht so schnell wie Thomas. Wer auch immer es war, erwies sich als stärker als erwartet. Kein Junge, mit Sicherheit kein Junge, sondern ein Jugendlicher von fast zwanzig Jahren. Als Thomas sich zu ihm umdrehte, stand er vor einer Gestalt, die nur zwei Zoll unter seiner eigenen Körpergröße lag. Auf dem Gesicht des Jungen sah er einen Ausdruck unverhohlener Angst, der von der Sanftheit eines Geistes verdeckt wurde, der sich um nichts anderes sorgte als darum, wann er seine nächste Mahlzeit erhalten würde.

„Wir sind Freunde, Diego", sagte Thomas, der annahm, dass es sich um den Sohn der Frau handeln musste, aber der Junge wand sich weiter und versuchte, sich loszureißen.

Thomas' Griff war stark und er war dankbar, als Jorge dazukam und den Jungen zwischen ihnen festhielt.

„Ah – ah – tut das weh!"

Thomas zögerte und lockerte seinen Griff, aber nur ein wenig, um abzuwarten, ob der Junge versuchte zu fliehen. Stattdessen wurde sein Körper weich und erschlaffte.

„Diego?"

Ein schnelles Nicken. „Wo sind sie?" Seine Stimme war undeutlich, die Worte schwer zu entziffern, noch schwerer, weil, wie der Leichenbestatter gesagt hatte, einige auf Spanisch waren, andere auf Arabisch, als ob die beiden Sprachen zu einer verschmolzen wären. Vielleicht waren sie das für ihn.

„Deine Mutter?"

Wieder ein Nicken. „Und Pa. Ma und Pa. Sie tun nichts. Sitzen nur da. Alles, was sie tun, ist sitzen." Ein Ausdruck der Hilflosigkeit huschte über sein Gesicht. „Ich habe Hunger. So viel Hunger." Er blickte von Thomas zu Jorge, zurück zu Thomas und dann weg, wobei er Jorge weniger beängstigend fand. „Ma kocht", erklärte er. „Aber sie … sie *sitzt* nur *da*."

„Hast du sie aus dem Krankenhaus geholt?"

Ein Nicken. „Ich habe auch gesehen, wie sie hingebracht wurde."

Thomas fragte sich, wie er Diego erklären sollte, dass die beiden Personen im Erdgeschoss tot waren, und zwar auf eine Art und Weise, die er verstehen würde, aber er vermutete, dass es nicht nötig war. Er musste wissen, dass sie nicht mehr aufwachen würden.

„Wer ist der Mann?"

Ein Blick zur Seite. „Pa."

„Dein Vater ist vor einem Monat gestorben. Ich habe mit deinem Bruder gesprochen, sie haben ihn weggebracht und begraben."

Wieder ein Nicken. „Diego zurückbringen."

„Dieser Mann ist nicht dein Vater."

„Er ist ein Mann. Pa weg, also findet Diego einen anderen Pa. Sie sind so still." Eine Träne sammelte sich in seinem Augenwinkel und kullerte über seine Wange. „Ich rede, frage, was zu essen gibt. Aber keine Worte. So still."

„Er ist der Vater von jemand anderem. Verdienen diejenigen es nicht zu wissen, wo er ist, Diego?"

„Niemand vermisst ihn. Was passiert mit mir?" Noch mehr Tränen. „Ma und Pa, beide tot."

„Ich werde mit deinem Bruder sprechen. Vielleicht nimmt er dich auf."

Ein Kopfschütteln. „Nein. Die Frau mag Diego nicht. Sie hat Angst, dass ich den Kleinen wehtue. Diego tut kleinen Kindern nie weh. Diego liebt sie."

Thomas löste seinen Griff und ging einen halben Schritt weg, wobei er auf jedes Anzeichen davon achtete, dass Diego wieder versuchen könnte zu fliehen. Seine Flucht mochte das Leben für alle anderen leichter machen, aber nicht für Diego selbst.

„Das ist Jorge", sagte Thomas. „Er ist ein Freund."

„Groß."

„Ja, er ist groß, aber das bist du auch. Fast so groß wie Jorge."

Diego runzelte die Stirn. „Nein. Diego klein." Aber er sah Jorge an und bemerkte vielleicht, dass an dem, was Thomas sagte, etwas dran war. Im Gegenzug schaute Jorge zurück und Thomas beobachtete, wie sich seine Gesichtszüge veränderten und sich sein Ausdruck in das verwandelte, was er niemals würde nachahmen können. Jorge wurde vor ihren Augen zu jemandem, den man unmöglich ablehnen konnte. Und Diego reagierte. Er streckte eine Hand aus. Jorge nahm sie.

„Ich habe eine Freundin, die gutes Essen macht", sagte Jorge. „Willst du sie kennenlernen?"

Obwohl er beim Sprechen zwei Sprachen vermischte, schien Diego Arabisch problemlos zu verstehen.

„Diego hat viel Hunger."

„Dann werde ich dich zu Belia bringen."

„Belia? Ein Name?"

„Sie ist meine Frau."

„Ma?"

„Nein. Wie eine Ehefrau."

„Deine Ehefrau?"

„So ähnlich."

Diego nickte. „Ja. Deine Ehefrau. Diego versteht Ehefrau. Ist sie hübsch?" Ein verschmitztes Lächeln huschte über ein Gesicht, das zu unschuldig war, um es zu verbergen.

„Sie ist wunderschön."

Ein weiteres Lächeln.

„Und die Ehefrau von Thomas ist auch schön."

„Thomas?"

Jorge nickte dorthin, wo Thomas ganz vergessen stand. Diego drehte sich nicht um, denn er hatte ihm noch nicht verziehen, dass er ihn eingefangen hatte.

„Gutes Essen?", fragte er.

„Sehr gutes Essen."

„Und Ma und Pa?"

„Thomas wird sich um sie kümmern."

„Diego liebt Ma." Mehr Tränen füllten seine Augen, Emotionen rasten durch seinen Verstand und zeigten sich ungefiltert auf seinem Gesicht.

„Ich weiß, dass du das tust. Thomas wird sich um sie kümmern. Er ist ein Arzt. Der beste Arzt in al-Andalus."

Diego kicherte und schüttelte den Kopf. „Niemand so gut."

Also doch nicht so dumm, wie sein Bruder es dargestellt hatte, dachte Thomas. Er wartete schweigend, während Jorge Diego zur Treppe führte. Als er hörte, wie die Haustür sich schloss, stieg er hinunter in den Raum, über dem der Dunst des Todes hing. Er löste die Fesseln von Diegos Mutter und legte sie auf den Boden. Irgendwo würde es Laken und

Decken geben und er würde sie zudecken, bevor er die Familie holte. Er untersuchte die Leiche kurz, denn Lubna wollte ursprünglich seine Meinung hören, und er fand, dass er ihr zumindest eine flüchtige Untersuchung schuldete. Die Frau war nicht mehr jung, zumindest weit in ihrem fünften Lebensjahrzehnt, und ihre Arme und Beine waren spindeldürr. Lubna hatte gesagt, sie sei mit einer Kopfwunde eingeliefert worden, und Thomas sah sie deutlich und auch den Bluterguss, der jetzt gelblich verfärbt war. Die Verletzung war schlimm, aber nicht schlimm genug, dass sie daran gestorben wäre, und Lubna hatte gesagt, dass sie auf ihre Behandlung angesprochen hatte.

Er rollte sie auf die Vorderseite, fand aber sonst nichts, bis er ihr dünnes Haar anhob und einen dunklen, frischeren Bluterguss auf der Rückseite ihres Schädels entdeckte.

Thomas fragte sich, ob Diego seine Mutter angegriffen haben könnte. Aber als er näher hinsah, entschied er, dass der blaue Fleck eher durch einen Unfall verursacht worden sein musste, eine Art Sturz, der mit ziemlicher Sicherheit zu ihrem letztendlichen Tod geführt hatte. Er würde Lubna fragen, ob sie den Fleck bemerkt hatte, würde ihr aber keinen Vorwurf machen, wenn sie ihn übersehen hätte. Und auch keinen Vorwurf wegen des Todes der Frau. Sie hatte zweifellos in ihren Schädel geblutet und kein Chirurg der Welt hätte sie retten können. Es war seltsam, dass der Bluterguss weniger weit fortgeschritten war als der andere, und er fragte sich, ob sie versucht hatte aufzustehen und gestürzt war, während sie bereits im Krankenhaus gelegen hatte.

Und ihr erster Sturz, wenn dieser die Ursache für die ältere Wunde war, war ihr Mann auf dieselbe Weise gestürzt? Das schien ein zu großer Zufall zu sein und Thomas fragte sich, ob er Diego zu schnell vertraut hatte. Hatte er sie beide die Treppe hinuntergestoßen? Thomas ließ den Gedanken auf sich wirken und schüttelte den Kopf. Er konnte es sich nicht vorstellen. Diego hatte sowohl seine Mutter als auch seinen Vater geliebt, das war deutlich zu erkennen.

Er drehte die Frau wieder um und wandte sich nun dem Mann zu, wobei er den Gestank ignorierte, der von ihm aufstieg, als er die Leiche zu Boden zog – er war solches und Schlimmeres längst gewohnt. Und dann, weil er nicht anders konnte, untersuchte er auch diese Leiche. Dabei entdeckte er, was den Mann getötet hatte. In seinem Fall war es kein Sturz gewesen, sondern ein Messer, das von der Seite in die Brust des Mannes gestoßen worden war und zweifellos sein Herz durchbohrt hatte. Thomas entfernte die Kleidung des Mannes, bis er nackt vor ihm lag, doch er fand keine weiteren Wunden. Ein einziger Hieb. Entweder ein Glückstreffer, oder er war von jemandem ausgeführt worden, der wusste, was er tat. Kein Unfall, sondern vorsätzlicher Mord.

Thomas fuhr sich mit einer Hand durch die Haare, die ihm ins Gesicht gefallen waren, und hockte sich auf seine Fersen. Warum war der Mann getötet worden? Und warum hatte Diego die Leiche hierher zurückgebracht? War er Zeuge des Mordes gewesen? Brachte ihn das auch in Gefahr? Thomas wusste, dass er den Tod des Mannes den Behörden melden musste, aber er wusste auch, dass nichts dagegen unternommen werden würde.

Er kleidete den Mann wieder an und erhob sich, um sich auf die Suche nach Decken zu machen. Lubna würde nicht erfreut sein, das wusste er, denn jetzt gab es ein Rätsel und Fragen, die ihm bereits auf der Seele brannten.

KAPITEL FÜNF

Diego schlief. Belia erzählte ihm, der Junge habe mindestens drei volle Mahlzeiten gegessen und sei dann mit dem Kopf auf dem Tisch eingeschlafen. Als Thomas zu dem Haus zurückkehrte, das sie jetzt ihr Zuhause nannten und das jenseits der Stadtmauern auf einer niedrigen Anhöhe über Malaka lag, hatte Jorge Diego in Wills Zimmer ins Bett gebracht, und Thomas stand jetzt neben seinem Freund auf der breiten Veranda. Im Westen erstreckte sich eine weite Ebene mit Bäumen und verstreuten Feldern, auf denen Reis, Zuckerrohr und eine Reihe von Gemüsesorten und Feldfrüchten angebaut wurden. Schafe und Rinder grasten auf kleinen Weiden und das reflektierte Sonnenlicht glitzerte von den Bewässerungskanälen herauf. Dies war ein reiches Land, ein gutes Land, gut gepflegt und kultiviert. Das Testament derjenigen, die dort lebten.

Thomas fragte sich, ob er jetzt hier lebte. Dieses schöne Haus sollte eigentlich nur eine Übergangslösung sein, aber je länger er sich darin aufhielt, desto weniger schien das noch der Wahrheit zu entsprechen. Es begann sich wie ein Zuhause anzufühlen und das beunruhigte ihn, denn sein Zuhause sollte eigentlich in Gharnatah sein. Nur war in

Gharnatah nur noch wenig, was ihn hielt, und die Leute dort wollten ihn tot sehen.

„Ich nehme an, du willst, dass ich mit ihm rede?“, fragte Jorge.

„Ich würde dem Jungen nur Angst machen.“

„Er ist kein Junge, außer hier oben.“ Jorge tippte sich an den Schädel. Er hatte aufgehört, sich den Kopf zu rasieren, als sie Gharnatah vor fast einem Jahr verlassen hatten, und nun war sein Haar fast so lang wie das von Thomas, aber natürlich viel gepflegter. Es war in einem hellen Braun gewachsen, von der Sonne noch weiter aufgehellt. Sein Kinn und seine Wangen waren glatt, nicht nur aus freien Stücken, sondern weil Thomas, als er ihn im Alter von dreizehn Jahren entmannt hatte, seine normale Entwicklung als Mann unterbrochen hatte. Wenn Jorge nun versuchte, sich einen Bart wachsen zu lassen, war er lückenhaft, sodass die perfekte Haut seines Gesichts, anders als die von Thomas, nicht von Stoppeln verunstaltet wurde.

Er sah großartig aus.

Thomas konnte sich an keine Zeit erinnern, in der er das nicht getan hatte.

„Deshalb ist es besser, du befragst ihn. Wir müssen herausfinden, wer der tote Mann ist. Es muss jemanden geben, der ihn vermisst.“

„Vielleicht hat er keine Familie“, sagte Jorge. „Ich habe kein Gerücht über einen vermissten Mann gehört und jemand, der fast eine Woche vermisst wird, würde Fragen aufwerfen. Du hast gesagt, er sei erstochen worden – ermordet?“ Er schüttelte den Kopf und ließ seinen Atem in einem langen Seufzer heraus. Er brauchte nichts zu sagen, um seine Gedanken deutlich zu machen. *Ermordet. Schon wieder.*

Thomas fragte sich, ob er die Ereignisse einfach ignorieren konnte. Er warf einen Blick in das Haus und sah, dass Lubna auf einem Stapel Kissen eingeschlafen war. Die

Luft im Haus duftete nach den Kräutern, die Belia zur Herstellung ihrer Salben und Tränke verwendete. Außerdem duftete es nach der Anwesenheit der beiden Frauen. Unbehagen rührte sich in Thomas. Ihr Leben hier war stabil geworden, bequem. Glücklich. Er wollte diese Zufriedenheit nicht stören, indem er eine weitere Investigation begann. Er hatte schon zu viel Tod gesehen und auch zu viel davon verursacht. In ein paar Monaten würde er siebenundvierzig Jahre alt werden. Ein gutes Alter für einen Mann. Er hatte noch nicht die Absicht, seine Augen für immer zu schließen, aber ein einfacheres Leben war verlockend. Wenn er nur seine Neugierde ignorieren könnte. Er spürte, wie sie an ihm nagte, als sie dort in der Hitze des frühen Nachmittags standen. Wer war der tote Mann? Und warum war er getötet worden? Thomas war klar, warum Diego die Leiche zu seinem Haus gebracht hatte – als Ersatz für seinen vermissten Vater –, aber wo hatte er ihn gefunden? Zweifellos ergab das alles für den Jungen irgendeinen Sinn, wenn auch für niemanden sonst. Man würde mit ihm reden müssen, ihm Fragen stellen. Thomas seufzte.

„Lass ihn erst mal schlafen", sagte Jorge. „Heute Abend ist früh genug."

„Kannst du jetzt schon meine Gedanken lesen?"

„Natürlich, und das war auch schon immer so. Du bist ein offenes Buch für mich, Thomas Berrington. Deine Gedanken sind wie Worte, die dir ins Gesicht geschrieben stehen."

Thomas lächelte. „Wenn das wahr wäre, könnte man sie sicher nicht lesen."

Jorge winkte mit der Hand ab, um solche Nebensächlichkeiten abzutun. „Wir sollten ihn schlafen lassen. Ich bezweifle, dass er viel Ruhe bekommen hat, seit er seine Mutter in das Krankenhaus gebracht hat."

Was Thomas an etwas erinnerte. Er blickte zu Lubna und freute sich, dass sie aufgewacht war und ihn wieder ansah. Ein Lächeln erweichte ein Gesicht, das bereits weich vom

Schlaf war. Thomas ließ Jorge allein auf der Terrasse zurück und kniete sich neben den Stapel von Kissen.

„Kann ich dich etwas fragen?"

Lubna nickte.

Ein Schatten huschte vorbei und Thomas blickte zur Seite, um zu sehen, wie Belia sich zu Jorge auf die Terrasse gesellte. Sie umarmten einander, eine lockere Vertrautheit zwischen ihnen. Sie lebten nun schon seit über einem Jahr als Mann und Frau zusammen und entgegen Thomas' Erwartung, dass es jeden Moment enden könnte, schienen sie sich immer noch sehr zu lieben. Er wandte sich ab, um ihnen einen Moment Privatsphäre zu gönnen, obwohl er wusste, dass es keinem der beiden etwas ausmachte, wenn sie ein Publikum hatten.

„Sag mir noch einmal, wann wurde Diegos Mutter in das Krankenhaus eingeliefert?"

„Vor vier Tagen, inzwischen ein bisschen mehr. Warte hier." Lubna rollte sich zur Seite, dann erhob sie sich in einer einzigen, geschmeidigen Bewegung. Sie tappte auf nackten Füßen davon, wobei bei jedem Schritt kleine Zehen unter ihrem Seidengewand zum Vorschein kamen. Thomas wartete darauf, dass sie wieder auftauchte, was sie auch bald tat, mit einem ledergebundenen Buch in der Hand, das sie aufschlug, während sie sich im Schneidersitz hinsetzte. Thomas lehnte sich dicht an sie, als sie durch Seiten aus Papier blätterte, das hier in Malaka hergestellt worden war. Thomas erkannte es, denn er hatte das Tagebuch für Lubna am Tag nach ihrer Ankunft gekauft, als sie noch in einer kleinen Mansarde in der Nähe des Fischmarktes gewohnt hatten, noch bevor sie im Krankenhaus aufgenommen worden war. Er lächelte, als er sah, wie viele Seiten jetzt mit Lubnas sauberer Schrift gefüllt waren. Ein Finger fuhr über die Notizen und sie sah zu ihm auf, ein Stirnrunzeln angesichts der Intensität seines Blicks, und Thomas wusste, dass er zu sehr gestarrt hatte, wie er es oft tat.

„Ja, vor vier Tagen", sagte Lubna. „Kurz nach Sonnenaufgang, obwohl ich sie erst später am Tag untersucht habe."

„Steht da, wer sie hingebracht hat?"

„Das tut es. Ein Nachbar." Sie fuhr mit der Fingerspitze über die Notizen. „Er sagt, er habe sie in der Nähe ihres Hauses auf der Straße liegend vorgefunden und sie direkt ins Krankenhaus gebracht. Er muss Diego später gesagt haben, wo sie war." Lubnas Finger bewegte sich weiter. „Es war kein schlimmer Schlag auf den Kopf und wie ich dir gesagt habe, ist sie innerhalb von zwei Tagen aufgewacht. Ich war sicher, dass sie sich vollständig erholen würde."

„Ich habe einen blauen Fleck von einem weiteren Schlag gefunden, unter ihrem Haar", sagte Thomas. „Ich habe ihn gefunden, als ich sie untersucht habe."

„Ich habe überall nachgesehen. Auch in ihrem Haar, wie du es mir beigebracht hast. Ich hätte es gesehen, wenn da etwas gewesen wäre."

„Wann hast du zuletzt nachgesehen?"

Lubna sah noch einmal in ihren Notizen nach. „*Al-Khamis*, also vor zwei Tagen. Könnte der Bluterguss so lange brauchen, um sich zu zeigen?"

„Er sah frischer aus. Du sagtest, Diego war auf der Station?"

„Er würde seine Mutter nicht schlagen. Ich weigere mich, das zu glauben."

„Kennt er dich? Habt ihr geredet?"

„Kurz. Er wollte wissen, wann sie nach Hause kommt. Er tat mir leid."

„Ich muss ihn morgen früh befragen. Ich wollte Jorge bitten, dabei zu sein, aber vielleicht wärst du besser geeignet. Ich glaube, Diego mag hübsche Frauen."

„Ich sage dir noch einmal, er würde seiner Mutter nichts antun. Und ich habe nichts an ihrem Kopf übersehen."

„Ich glaube dir."

„Aber du hast doch etwas gefunden." Lubna wirkte niedergeschlagen und Thomas griff nach ihrer Hand und hielt sie mit all ihrer Wärme in seiner eigenen.

„Du hast nichts übersehen, denn als du sie untersucht hast, war nichts da."

Lubna runzelte die Stirn. „Das verstehe ich nicht."

„Das wirst du, wenn du einen Moment darüber nachdenkst." Er wartete und beobachtete das Spiel der Gedanken auf ihrem Gesicht, wohl wissend, dass Jorge die Menschen so sehen musste, nur mit weitaus mehr Geschick, als Thomas es je besitzen konnte.

Lubna sah zu ihm auf. „Wer? Warum?"

„Ich weiß es nicht. Wenn ich es wüsste, wären wir vielleicht nahe dran, die Antwort auf meine anderen Fragen zu erfahren. Hat noch jemand die Station besucht?"

„Mehrere Personen. Angehörige von anderen Patienten. Ein paar Schreiber, die gerufen wurden, um ein Testament neu zu verfassen. Du kennst das Krankenhaus besser als ich, die Leute kommen und gehen ständig, es ist unmöglich, sie zu zählen oder zu kontrollieren." Lubnas Blick erkundete Thomas' Gesicht, ein Stirnrunzeln bildete sich auf ihrem eigenen. „Du wirst die Sache nicht auf sich beruhen lassen, oder?"

„Du weißt, ich wäre nicht der Mann, den du liebst, wenn ich es täte."

„Manchmal wundere ich mich über die Liebe", sagte Lubna, aber ihr Lächeln negierte die Worte. „Ich hätte misstrauischer sein müssen, als sie starb, nicht wahr?"

„Sie erlitt einen Schlag auf den Kopf. Wir wissen beide, dass es danach zu Komplikationen kommen kann. Ein beschädigtes Blutgefäß im Schädel kann plötzlich platzen. Oder es könnte einfach ihre Zeit zum Sterben gekommen sein. Ein Arzt zu sein bedeutet, dass wir den Tod genauso akzeptieren müssen wie ein gerettetes Leben."

„Nein." Lubna schüttelte den Kopf und ihr Haar, das sie

im Haus offen trug, legte sich dunkel und glänzend um ihr Gesicht. „Das werde ich niemals akzeptieren. Wir heilen Menschen. Wir sehen ihnen nicht beim Sterben zu."

„Dann wirst du nie eine gute Ärztin werden." Thomas wusste, dass seine Worte ihr wehtun würden, aber sie mussten gesagt werden. „Tun dein Bestes, nutze dein Können, aber du musst akzeptieren, dass nicht jeder gerettet werden kann. Und das Wichtigste von allem: Lass den Tod hinter dir. Halte dich nicht damit auf. Selbst wenn du denkst, du hättest einen Fehler gemacht, lass ihn hinter dir. Lerne daraus, verdränge ihn, aber mach nie wieder denselben Fehler." Er hob ihre Hand zu seinem Mund und küsste ihre Handfläche. Ihre seidige Haut weckte eine plötzliche Erregung, die er unterdrückte. „Du wirst eine bessere Ärztin sein."

„Was, willst du mir sagen, dass es mir egal sein soll, … so wie es dir egal ist?"

„Ich habe mir selbst beigebracht, über die Dinge hinwegzukommen. Das musst du auch tun."

Lubna zog ihre Hand weg. „Kein Wunder, dass man dich den Metzger nennt." Sie schlug das Buch zu und begann aufzustehen.

Thomas streckte seine Hand aus. „Kann ich mir das für eine Weile ausleihen?"

„Warum? Damit du meine Notizen benoten kannst?" Sie hielt das Journal an ihre Brust.

„Ich möchte die Ereignisse im Zusammenhang mit ihrer Aufnahme und Behandlung nachverfolgen."

„Ich habe getan, was ich konnte und so gut ich konnte", sagte Lubna. „Mir ist klar, dass ich nicht der große Thomas Berrington bin, aber du hast gesagt, sie wäre vielleicht sowieso gestorben."

„Du bist als Ärztin gleich gut wie jeder andere, den ich kenne. Und du wirst besser werden. Besser als ich, eines

Tages, da bin ich mir sicher, denn wie du sagst, fehlt es mir an Mitgefühl."

„Du hast mir immer gesagt, das sei ein Vorteil." Aber Thomas sah, dass sie über seine Bemerkung erfreut war.

„Ein Mann kann seine Meinung ändern, nicht wahr? Zweifellos hast du mich weich gemacht." Er streckte eine Hand aus. „Ist es mir erlaubt, deine Notizen zu lesen?"

„Mach damit, was du willst", sagte Lubna und reichte sie ihm. „Aber wage es nicht, sie zu kommentieren."

Thomas lächelte und sah zu, wie sie sich abwandte, immer noch genauso verzaubert von ihr, wie er es in dem Moment gewesen war, als sie sich vor fünf Jahren zum ersten Mal trafen.

Thomas blätterte durch das Buch, begann am Anfang und machte sich mit der Art vertraut, wie Lubna ihre Notizen führte. Sie waren kurz und bündig, eine Eigenschaft, die ihm gefiel. Sie hielt sich an die Fakten und verschönerte sie nur, wenn sie eine Behandlung geändert hatte und die Gründe dafür erklären wollte. Während er blätterte, sah Thomas, dass die Worte, die er als Schmeichelei gemeint hatte, sich als wahr herausstellen würden. Lubna war sowohl geschickt als auch gebildet. Sie könnte ihn durchaus übertreffen, wenn sie nur ihr Herz abhärten und die erforderlichen schwierigen Entscheidungen treffen konnte. Aber er wusste, wenn das geschähe, wäre sie nicht mehr die Frau, die er liebte.

Erst nach einiger Zeit blätterte er zu den neueren Seiten. Die Notizen, die sich auf Diegos Mutter bezogen, waren zwischen anderen verstreut, aber wieder einmal zeigte Lubna Intelligenz. Die einzelnen Patienten waren klar gekennzeichnet, eine dünne linierte Linie trennte jede Untersuchung, jede Erkenntnis, die sie gewonnen hatte. Lubna notierte jedes Mal den Namen, Dionora Jinto Jiminez. Eine Spanierin, die in einer maurischen Stadt lebte. Thomas erinnerte sich, dass Diegos Vater auch Spanier gewesen war. Malaka war die einzige Stadt in al-Andalus, in der so etwas unkommentiert durchgehen konnte. Nirgendwo auf der Welt gab es eine Stadt, die ein solcher Schmelztiegel der Kulturen und Religionen war.

Als Thomas aufblickte, schmerzte sein Nacken vom Vorbeugen und die Schatten waren über den Boden gewandert. Es blieb kaum mehr als eine Stunde Tageslicht, aber es würde reichen.

Er sah nach Diego, der in einem improvisierten Ersatzbett in Wills Zimmer schlief. Diego lag auf dem Rücken, die Arme gerade an den Seiten, das Gesicht entspannt. Thomas sah in seinen Zügen den Mann, der er hätte werden können, wenn er mehr Glück in seiner Entwicklung gehabt hätte. Gut aussehend. Groß. Klug. Aber wäre dieser Mann auch so liebevoll gewesen, wie Diego es zu sein schien? Thomas hatte andere wie ihn kennengelernt und war oft von ihrer Intelligenz überrascht gewesen, von ihrer Art, die auch anderen gut zu Gesicht stehen würde.

Neben ihm lag Will an Diegos Seite gerollt, sein eigenes Bett war leer. Thomas starrte seinen Sohn an und spürte einen Schmerz in seiner Brust. Jorge hatte ihm einmal gesagt, dieser Schmerz sei Liebe. Thomas war sich da nicht so sicher. Eher etwas, das er gegessen hatte und das ihm nicht behagte. Nicht, dass er Will nicht liebte, denn das tat er, mit jeder Faser seines Seins, ... auch wenn er vielleicht nicht sein wahrer Vater war, eine Gewissheit, die ihm weiterhin verwehrt blieb.

Er wandte sich nach links, durch die breite Tür an der Seite des Hauses, und ging in Richtung des Weges, der ihn zum nördlichen Buenaventura-Tor führen würde, das dem Krankenhaus am nächsten lag.

KAPITEL SECHS

Als Thomas sich auf den Weg nach Osten in Richtung des Muralla-Viertels machte, wo das Krankenhaus lag, zerrte eine starke Brise an seiner Kleidung und peitschte ihm die Haare ins Gesicht. Weit im Landesinneren, jenseits der Gipfel, die sich über der Stadt abzeichneten, versprachen dunkle Wolken schweren Regen, und er fragte sich, ob er bereits auf Gharnatah fiel. Er hatte seit einiger Zeit kaum noch an die Stadt gedacht und fragte sich, ob es eine Art Zeichen war, dass er die Stadt mit solcher Leichtigkeit vergessen konnte. Er wusste, dass sich sein Leben in den letzten Jahren verändert hatte. War es ein Anzeichen dafür, dass sich auch seine Gewissheiten verändern würden? Er hatte sich vorgestellt, in Gharnatah zu sterben, hoffentlich in einem guten Alter. Er hatte das Gefühl, dass sein fünfzigster Geburtstag wie ein trabendes Pferd auf ihn zukam, ein Alter, das einst unmöglich zu erreichen gewesen schien. Jetzt dachte er, sechzig Jahre wären interessant, siebzig ein Traum. Wenn Thomas das Alter von sechzig Jahren erreichte, wäre Will ein Mann von achtzehn Jahren, fast so alt wie Thomas gewesen war, als er zum ersten Mal nach Malaka kam, mit einem Empfehlungsschreiben eines alten Mannes, den er in den Pyrenäen kennengelernt hatte. Was würde aus Will werden? Eine Kopie von Thomas oder etwas anderes? Eine eigenständige Persönlichkeit, hoffte er.

Und dann verlangsamten sich seine Schritte und er hielt inne. Für einen Moment hatte er fast vergessen, dass Will vielleicht nicht sein wahrer Sohn war. Er liebte ihn wie einen Sohn und Will wusste das, Thomas fühlte es in seinem Herzen. Aber war er das wahre Produkt seiner Lenden? Er hatte mit Helena geschlafen, das ließ sich nicht leugnen, und doch verweigerte sie ihm eine Bestätigung.

Manchmal sah Thomas, wie Will sich auf eine Weise verhielt, die so sehr ein Spiegelbild seiner eigenen Handlungen war, dass er Gewissheit empfand. Und dann, zu anderen Zeiten, besonders als Will älter wurde und seine Persönlichkeit entwickelte, schien es Züge an ihm zu geben, die überhaupt nichts mit Thomas zu tun hatten. Oft führte er das auf den Großvater des Jungen, Olaf Torvaldsson, zurück. Will teilte die gleiche Wildheit beim Kämpfen, die gleiche Härte, die gleiche sture Ader. *Aber,* dachte Thomas, *war das wichtig?* Was ihn anging, waren er und Lubna Wills Eltern, auch wenn vielleicht keiner von ihnen beiden an seiner Zeugung beteiligt gewesen war.

Er wollte gerade weitergehen, als ein Donnergrollen die Luft erschütterte, aber als er aufblickte, hing ein blauer Himmel über Malaka. Seltsame Zeiten bringen seltsames Wetter, dachte er, als er sich wieder auf den Weg machte, in Richtung von Diegos Haus in der Eisenstraße. Lubna hatte gesagt, ein Nachbar habe Dionora in das Krankenhaus gebracht. Die meisten Leute würden jetzt von der Arbeit nach Hause kommen und die Straße war nicht so lang, dass er nicht an jeder Tür klopfen konnte. Er hatte sein Ziel fast erreicht, als eine vertraute heisere Stimme seinen Namen rief. Thomas blieb stehen und brauchte sich nicht umzudrehen, um zu wissen, wer es war.

„Hast du vergessen, dass es vierzig Tage sind?" Die

skelettartige Gestalt von Abt Mandana schritt langsam auf ihn zu. Dahinter stand ein halbes Dutzend seiner Männer und sah ausdruckslos zu.

Thomas starrte den Mann an. Nein, er hatte es nicht vergessen, aber er hatte gehofft, dass diese Begegnung nicht stattfinden würde, und ausgerechnet jetzt konnte er darauf verzichten. Aber es war seine eigene Schuld. Er hatte sich von Mandana erweichen lassen. Hatte sich erlaubt, Mitleid mit ihm zu haben. Mit einem alten Mann. Einem alten, kranken Mann, der vielleicht schon tot wäre, wenn Thomas ihn nicht behandelt und Belia ihn nicht mit Salben versorgt hätte.

„Ich bin beschäftigt", sagte Thomas.

„Und du glaubst, ich nicht? Ich habe einen Auftrag von Fernando, aber dennoch habe ich mir die Zeit genommen, zu dir zu kommen." Er hielt seine linke Hand quer über die Brust und wiegte den Stumpf, denn mehr war nicht davon übrig.

„Dann muss es bis später warten. Vielleicht sogar bis morgen. Ich bin sicher, dass du heute Abend in Malaka etwas finden wirst, das dich amüsiert, auch wenn du ein Mann Gottes bist, wie du es immer behauptest."

Mandana schüttelte langsam den Kopf, als sei er von einem seiner Anhänger enttäuscht. „Und ich dachte, wir wären Freunde geworden."

„Dann hast du dich geirrt. Morgen, bei mir zu Hause. Du weißt, wo das ist." Thomas wandte sich ab. Er musste Diegos Nachbarn finden und hatte ein Rätsel zu lösen.

„Hat sich dein Ausflug gelohnt?", fragte Lubna, als Thomas das Tagebuch über den Tisch zu ihr schob. Sie saß zwischen Jorge und Belia und sie alle waren neugierig darauf zu hören, was er wohl herausgefunden hatte.

„Ich bin mir nicht sicher. Möglicherweise."

Lubna stützte die Ellbogen auf den Tisch, das Kinn auf ihre Fäuste, und starrte Thomas an. „Erkläre es uns."

Er lächelte. Das war es, was er auch gesagt hätte.

„Ich habe den Nachbarn fast auf Anhieb gefunden. Ein Schmied, der ein kleines Geschäft in der Nähe der Stadtmauer betreibt. Er behauptet, er habe Stimmen gehört, einen Streit, und dann, wie jemand floh. Als er nachsah, was los war, sah er Dionora zusammengebrochen auf der Fahrbahn liegen und eilte ihr zu Hilfe. Er sagte, er konnte sehen, dass sie schwer verletzt war, und brachte sie direkt ins Krankenhaus."

„War er es, der es Diego gesagt hat?", fragte Lubna.

„Ja. Er kennt den Jungen. Ich fragte, ob er in ihr Haus gegangen sei, aber er sagte Nein. Ich fragte, ob Diego sich verdächtig verhalten habe, aber auch das verneinte er. Dann fragte er mich, ob er misstrauisch hätte sein sollen. Daraufhin sagte ich ebenso Nein."

„Das sind ganz schön viele Neins. Hast du etwas Brauchbares herausgefunden?"

„Ja." Thomas lächelte. „Es waren vielleicht nur negative Antworten, aber das sagt mir trotzdem etwas. Diego war aufgebracht, sagte der Schmied, was ein noch besserer Grund ist, ihn für unschuldig zu halten, seine Mutter angegriffen zu haben." Thomas hielt eine Hand hoch, als Lubna zu widersprechen begann. „Es sagte mir auch, dass, wer auch immer dieser andere Mann im Haus ist, zu dieser Zeit noch nicht dort war."

„Warum sollte er das auch sein? Diegos Mutter würde sicher keine Leiche in ihr Haus bringen lassen."

„Natürlich nicht. Also ging ich ins Krankenhaus und befragte die Leute auf der Station, um herauszufinden, ob sie etwas Verdächtiges gesehen haben. Die meisten von ihnen hatten Diego das eine oder andere Mal gesehen, aber er kam und ging, die meiste Zeit allein. Zweifellos fand er dabei die

Leiche des Mannes. Er muss verzweifelt gewesen sein. Sein Vater war bereits tot, seine Mutter krank. Es ist keine Entschuldigung, aber angesichts der Art, wie er die Welt sieht, kann ich verstehen, warum er tat, was er tat."

„Ich bin froh, dass es irgendjemand tut. Was noch?"

„Wie du schon gesagt hast, viele Leute gehen im Krankenhaus ein und aus. Die Angestellten und anderen Ärzte erinnerten sich an niemanden, außer eine der Krankenschwestern. Sie hatte Nachtdienst, als ein Mann hereinkam. Sie sagte, sie hätte sich überhaupt nicht an ihn erinnern können, aber er sprach kein Arabisch und sein Spanisch war wirklich schrecklich. Er erkundigte sich nach Dionora und erzählte, dass Diegos Vater Geld hinterlassen habe, von dem die Stadt erst kürzlich erfahren habe. Er wollte wissen, wohin man es schicken könne."

Jorge schnaubte, sagte aber nichts.

„Genau das dachte ich auch", sagte Thomas.

„Hat die Schwester ihm geglaubt?", fragte Lubna. „Ich glaube, ich weiß, wen du meinst. Sie ist scharfsinnig und aufmerksam."

„Ihre Meinung über die Geschichte des Mannes war die gleiche, zu der du gekommen wärst. Sie hat ihn weggeschickt, aber es scheint, dass er zurückgekommen ist."

„Ist er es, der sie getötet hat? Der ihr den Schlag an den Schädel verpasst hat?"

„Ich glaube schon. Es würde helfen, wenn ich wüsste, warum sie getötet wurde."

„Manchmal gibt es kein Warum", sagte Jorge. „Das weißt du besser als jeder andere."

„Aber ich würde gerne sicher wissen, dass es keinen Grund gibt, und ansonsten würde ich ihn gerne erfahren."

Jorge schüttelte den Kopf. „Manchmal sprichst du in Rätseln."

„Pa! Diego sagt, er ist wach."

Thomas drehte sich um und sah Will in der Tür stehen.

Er wusste, dass dieses Gespräch bis zu einem späteren Zeitpunkt warten musste.

„Dann geh und sag ihm, er soll herunterkommen."

„Er weint", sagte Will. „Er sagte, jemand sei gestorben. Ich habe ihm gesagt, er soll nicht traurig sein, aber er hört nicht auf."

„Ich werde zu ihm gehen." Belia erhob sich und strich im Vorbeigehen über Wills weiches Haar. Haar, das so fein wie Seide war, wie das seiner Mutter.

Thomas streckte seine Arme aus und Will kam zu ihm. Er ging schnell und versuchte dabei, nicht zu rennen. Dann zog er sich auf Thomas' Schoß und schmiegte sich an ihn. Der Schlaf ließ nicht lange auf sich warten. Er hatte einen langen Körper für sein Alter und er hatte angefangen, das Fett der Kindheit zu verlieren, obwohl er noch weit davon entfernt war, ein Mann zu sein. Aber Thomas konnte erkennen, dass er ein gutaussehender Mann sein würde. So groß wie sein Großvater und so attraktiv, wie seine Mutter schön war.

„Ich mag ihn", sagte Will. „Diego."

„Das tun wir alle."

„Er ist ein Mann, aber er ist kein Mann. Wir haben geredet."

„Worüber?", fragte Thomas und fürchtete, wenn er zu sehr drängte, könnte Will den Faden verlieren.

„Seine Ma und seinen Pa. Er vermisst sie. Er sagte, er wollte sie bei sich behalten, aber du hast sie ihm weggenommen. Sogar seinen neuen Pa, den er mit nach Hause gebracht hat." Will sah zu Thomas' Gesicht auf. „Warum hast du das getan, Pa?"

„Sie waren … nicht lebendig." Thomas hatte keine Lust, die Wahrheit vor Will zu verbergen. Lügen halfen niemandem, selbst wenn man sie erzählte, um die Wahrheit zu beschönigen.

„Tot? Das hat Diego nicht gesagt." Ein Stirnrunzeln bildete sich auf Wills Gesicht, so langsam und tief, dass

Thomas fast gelacht hätte, und er hob eine Hand, um seinen Ausdruck zu verbergen. „Wie?"

„Er war alt, mein Schatz."

Das Stirnrunzeln blieb.

„Wie alt?"

„Diegos Vater war fast sechzig Jahre alt und seine Mutter ein bisschen jünger." Thomas stellte sich das Bild der Leiche vor, die Diego in einen Stuhl gesetzt hatte. Der andere Mann war jünger als sechzig gewesen, aber nicht viel. Für Diego hatte es gereicht, um ihn als seinen Vater zu akzeptieren. Oder um sich selbst davon zu überzeugen.

Will nickte. „Du bist jetzt sechsundvierzig Jahre alt, Pa, nicht wahr?"

Jetzt war Thomas an der Reihe zu nicken.

„Wie viel ist zwischen sechsundvierzig und ..." Er zögerte, dachte darüber nach, „... und sechzig?"

„Vierzehn Jahre."

„Ich bin fast fünf", sagte Will. „Wie viel mehr ist vierzehn?"

„Fast dreimal mehr", sagte Thomas. „Das kannst du dir selbst ausrechnen. Nimm deine Holzklötze und zähle sie. Ich weiß, dass du weiter als bis vierzehn zählen kannst."

„Aber nicht sechsundvierzig", sagte Will und dieses Mal konnte Thomas ein Lachen nicht unterdrücken. Er zog Will an sich und küsste seinen Kopf, atmete seinen wundersamen Duft ein. Er spürte Lubnas Augen auf sich und erkannte einen Ausdruck auf ihrem Gesicht, der ihn mit Wärme erfüllte. Und dann kam Belia mit Diego zurück und die Nacht verwandelte sich in eine seltsame Art von geselligem Beisammensein, während sie alle versuchten, ihn aufzumuntern.

Thomas schob die Gedanken an die Todesfälle beiseite, aber sie kehrten zurück, als er sich auszog und in das breite Bett schlüpfte, das sie nach der Übernahme des Hauses hoch über Malaka erworben hatten. Er verschränkte die

Handflächen hinter seinem Kopf und starrte an die Decke, während er darüber nachdachte, was er wusste und was er nicht wusste. Das Letztere überwog wie immer das Erstere.

Lubnas Stimme kam aus dem Zimmer am Gang, als sie die beiden Jungen ins Bett brachte. Nein, korrigierte Thomas sich, einen Jungen und einen Mann. Es war so einfach, Diego für einen Jungen zu halten, aber er hatte die Größe und die Muskeln eines ausgewachsenen Mannes. Nur sein Verstand hatte sich geweigert, zu wachsen. Vielleicht war das ein Vorteil. Thomas hatte im Erwachsenenalter wenig gefunden, das er weiterempfehlen würde. Aber in seiner Kindheit hatte es auch wenig gegeben, was für dieses Alter sprach.

Er blickte von seinen eigenen Gedanken auf, als Lubna den Raum betrat und die Tür hinter sich schloss.

„Schlafen sie?", fragte Thomas.

„Nicht ganz, aber fast." Sie lächelte, während sie ihren *Hijab* löste, dunkelblaue Seide, die wie Wasser durch ihre Finger floss. „Will mag Diego und Diego mag Will. Aber er ist traurig. Diego, meine ich."

„Es wird vorübergehen." Thomas sah zu, wie Lubna die Bänder ihres Gewandes löste und die Haut darunter langsam zum Vorschein kam. Die Schwellung einer Brust. Die Wölbung ihres Bauches, in dem ihr Kind lag. Er hoffte, dass es überleben würde, aber das Austragen eines Babys war eine gefährliche Angelegenheit, die Geburt noch viel gefährlicher. Allerdings war Lubna mit dem besten Arzt Spaniens verheiratet und so wusste er, dass diesmal alles gut gehen würde.

„Was soll aus ihm werden?" Nackt ging Lubna nun zu einer Marmorschüssel und schüttete Wasser aus einem Krug hinein. Sie wusch sich behutsam und langsam.

Thomas bewegte sich auf dem Bett. „Er hat eine Familie."

„Die ihn nicht will. Oder habe ich mich verhört, als sein Bruder im Krankenhaus war?" Lubna trocknete sich ab, drehte sich um und war sich dessen bewusst, was sie tat, als sie sich Thomas präsentierte und Anzeichen ihrer eigenen Erregung zeigte.

„Das hast du nicht, aber irgendetwas wird sich schon finden."

„Er kann doch wenigstens eine Weile bei uns bleiben, oder? Für Will?" Sie kniete sich neben das niedrige Bett und zog die Decke beiseite, sodass Thomas darunter auftauchte, so nackt wie sie selbst. Lubna lächelte und griff nach ihm.

Thomas fing ihr Handgelenk auf und Lubna runzelte die Stirn.

„Willst du mich heute Abend nicht?"

„Das tue ich. Aber ich habe heute noch mit jemand anderem gesprochen und habe dir noch nicht gesagt, mit wem."

Lubna lachte, als sie neben ihm lag, ihre Haut an seine geschmiegt, während ihre Finger die Narben nachzeichneten, die seine Brust und seine Arme zierten, jede von ihnen vertraut.

„Ist das wichtiger als das, was ich mit dir machen will?"

„Wahrscheinlich nicht, aber ich muss es dir trotzdem sagen, weil Mandana morgen hierherkommt. Wie ich ihn kenne, wird es im Morgengrauen sein."

„Ist es vierzig Tage her, dass er zuletzt hier war? Weiß Belia davon?"

„Ich habe es ihr vorhin gesagt, weil sie frische Salben vorbereiten muss." Thomas zeichnete die Unterseite von Lubnas Brust nach, die Wölbung ihres Bauches, in der ihr Kind heranwuchs. „Ich werde ihn behandeln und ihn so schnell wie möglich wieder wegschicken."

„Bis weitere vierzig Tage vergangen sind." Lubna seufzte. „Keiner von uns weiß, warum du es tust."

„Ich bin mir selbst nicht sicher."

„Über solche Dinge können wir morgen früh reden. Für den Moment möchte ich, dass du mir zu Ende erzählst, was du noch herausgefunden hast."

„Jetzt?“ Thomas griff nach ihr und sie ließ es zu, verschmolz mit seiner Berührung, ihre Haut seiden und samtig und heiß unter seinen Händen.

„Es wird unsere Liebe umso besser machen, wenn wir warten.“ Lubna lächelte. „Und du kannst mich ein bisschen necken, während du redest, wenn du willst.“

„Wie kann ich mich an etwas erinnern, wenn ich dich berühre?“

„Der große Thomas Berrington?“ Sie lag über ihm, ihr Mund bedeckte den seinen, und was immer er wusste oder nicht wusste, verschwand aus seinen Gedanken, als er sich ihr hingab.

KAPITEL SIEBEN

Mandana kam allein zum Haus. Er ließ seine Männer eine Viertelmeile entfernt zurück, wo sie ein kleines Feuer anzündeten, um etwas über den Flammen zu braten. Ein Kaninchen oder einen Hasen, etwas, womit sie ihr Fasten brechen konnten.

Thomas sah ihn kommen, langsamen Schrittes, gealtert und innerlich zerbrochen. Es war nicht nur der Verlust seiner Hand, sondern noch etwas anderes. Der Mann hatte eine Position innegehalten, war bewundert und von Hunderten verehrt worden. Jetzt war das Dutzend Männer auf dem Kamm vielleicht alles, was er noch hatte. Aber er stand wieder in Fernandos Gunst und tat Dinge, die andere ablehnten.

Thomas wartete, bis Mandana auf die Terrasse trat, nickte dann zur Seite des Hauses und ging voran in einen kleinen Behandlungsraum. Lubna hatte deutlich gemacht, dass sie nichts mit dem Mann zu tun haben wollte. Belia ebenso wenig. Sie hatte die Salben vorbereitet, um die Thomas gebeten hatte, aber er würde sie selbst auftragen müssen. Thomas fragte sich, ob er vielleicht aufgehört hätte, Mandana zu behandeln, wenn Lubna und Belia nicht so dagegen gewesen wären, aber ihr Widerstand festigte seine Entschlossenheit nur noch. Ja, Mandana war ein böser Mann gewesen und war es vielleicht immer noch, aber er verdiente die gleiche Behandlung wie jeder andere auch. War es nicht das, was ein Arzt tat – alle gleich zu behandeln?

In dem Raum angekommen stellte er fest, dass sie nicht allein waren. Will saß auf einer Bank und untersuchte einen der Töpfe, die Belia dort abgestellt hatte.

„Madana!“ Er sprang herunter und ging zu dem Mann, der sich hinkniete und Wills Schulter in seine gute Hand nahm.

„Ah, mein kleiner Freund. Hat dein Vater dich gut behandelt?“

Will nickte.

„Und warst du auch brav?“

Ein weiteres Nicken.

„Dann hier, ein kleines Geschenk für dich.“ Mandana griff in sein Gewand und zog etwas heraus, ließ es in Wills Hand fallen. Der Junge eilte davon und Thomas wusste, dass er später nachsehen musste, was es war. Mandana sah Will hinterher und verweilte auf einem Knie, nachdem er gegangen war. „Er wächst schnell.“ Er drehte sich um und starrte Thomas an. „Ich glaube, er wird dich überholen, bevor er erwachsen ist.“ Mandana streckte seine Hand aus, um deutlich zu machen, dass er wollte, dass Thomas ihm auf die Beine half.

Mit einem scharfen Ausatmen gehorchte Thomas. „Hast du starke Schmerzen?“

„Mehr in der letzten Woche, aber ich bin an Schmerzen gewöhnt, sie sind gut für die Seele. Hast du alles da, was ich brauche?“

„Zeig mir deinen Arm.“

Mandana krempelte seinen Ärmel zurück, um den fleckigen Stumpf zu entblößen, wo die Wölfe Jahre zuvor seine Hand von seinem Unterarm gefetzt hatten. Er hatte

Glück gehabt, dass er den Angriff überlebt hatte. Glück, dass ihm Fernando nach der Entführung seines einzigen Sohnes verziehen hatte. Thomas verstand immer noch nicht, was geschehen war, das die Meinung des Königs über diesen Mann hatte ändern können.

Er beugte sich näher heran, um den Stumpf zu begutachten und tastete ihn mit seiner Hand ab, während er auf jedes Anzeichen von Schmerz auf Mandanas Gesicht achtete, aber der Ausdruck des Mannes war eine Maske.

„Du wäschst ihn zweimal am Tag?“

„Sofern ich kann.“

„Solange die Haut unversehrt ist, genügt jedes Wasser, wenn du kein sauberes findest.“

„Ich werde es versuchen.“

„Streng dich mehr an. Ich sehe Anzeichen für eine Infektion. Wenn sie sich ausbreitet, kann ich wenig für dich tun. Also wasche dich – und wasche dich oft.“

Thomas verwendete warmes Wasser und eine von Belia hergestellte Seife, die die Luft mit einem scharfen Duft erfüllte, bevor er Mandanas Arm trocken wischte und die erste von drei Salben auftrug.

Mandana schloss die Augen und sein Gesicht verlor seinen üblichen finsteren Ausdruck.

„Du hast hier ein wunderschönes Haus, Berrington.“ Seine Stimme war sanft. „Aber ich würde dir raten, so weit wie möglich von Malaka wegzuziehen.“

„Natürlich würdest du das.“ Thomas hatte die erste Salbe eingerieben und ließ sie nun einziehen, damit Belias Zauber wirken konnte. „Möchtest du vielleicht auch, dass ich nach England zurückkehre?“

„Jeder von uns hat ein Zuhause. Vermisst du deines nicht? Aber bitte, geh nicht, bevor du mich geheilt hast.“

Thomas musste laut auflachen. „Es tut mir leid, aber ich kann dir keine neue Hand zaubern. Und ich vermisse meine Heimat ganz und gar nicht.“ Während er die Worte sprach, wurde Thomas klar, dass seine Erinnerungen an das Grenzland zwischen England und Wales, in dem er aufgewachsen war, für ihn fast zum Mythos verblasst waren. Grüne Felder, Regen, Schnee, Eis an den Fenstern, Schlamm. Es war keine schöne Erinnerung. Lieber würde er sein Gesicht der Sonne zuwenden, als es ständig mit Regenwasser vollgespritzt zu kriegen.

Mandana öffnete seine Augen und studierte Thomas. „Ich verrate vielleicht etwas, das ich nicht verraten soll, aber selbst du musst wissen, dass die Spanier kommen. Und sie kommen bald." Er streckte seinen Arm aus, als Thomas die erste Salbe davon abwischte und begann, die zweite aufzutragen, die adstringierender war als die erste. Er sah, wie Mandana zusammenzuckte und sagte: „Die andere hat mir besser gefallen."

„Schmerz ist Teil der Heilung. Und warum sollte ich die Ankunft der Spanier fürchten? Ich nehme an, du meinst die Armee?"

„In diesem Sommer wird Malaka fallen. Du solltest nicht hier sein, wenn das passiert, es sei denn, du hast vor, die Seiten zu wechseln. Ich weiß, dass du gefragt wurdest, und ich weiß auch, dass man dich mehr als freudig willkommen heißen würde." Er schüttelte den Kopf. „Du bist ein Narr, aber das weiß die ganze Welt."

„Ein Narr mit zwei Händen", sagte Thomas.

„Ja, das ist wahr. Zumindest im Moment."

Während Thomas die letzte Salbe auftrug, beobachtete er wieder Mandanas Gesicht, das ausnahmsweise entspannt war. Er hielt die Augen geschlossen und eine Erinnerung tauchte auf.

„Ich habe kürzlich jemanden getroffen, der dein Doppelgänger hätte sein können. Ohne den Bart und mit zwei Händen. Und viel jünger, natürlich."

Mandana lächelte, die Augen immer noch geschlossen. „Also überhaupt nicht wie ich."

„Vielleicht nicht."

„Vermutlich war es mein Sohn. Er war mit seiner Frau in Malaka, im Auftrag von Fernando. Er hat mir erzählt, was passiert ist, und was du damit zu tun hast."

Thomas hielt mitten in seiner Behandlung inne und Mandana öffnete die Augen.

„Du hast einen Sohn?"

Mandana lächelte. „Ist die Welt nicht ein seltsamer Ort? Bis vor zwei Jahren wusste ich es nicht einmal selbst."

„Wie?"

„Oh, auf die übliche Weise, nehme ich an. Du bist ein kundiger Mann, also muss ich dir nicht sagen, wie so etwas vonstattengeht."

„Du bist ein Abt, oder zumindest warst du einer."

„Ein Abt mit Zugang zu vielen Orten. Einschließlich ..." Mandana starrte ins Leere, sein Gesicht veränderte sich, wurde jünger. „Ich half einem religiösen Orden. Frauen. Und ... ich gebe zu, dass ich eine Schwäche für das Fleischliche habe. Ich bin ein Mann wie jeder andere auch. Und wenn der Papst eine Frau und Kinder haben kann, warum nicht auch ein Abt?" Er schüttelte den Kopf. „Vielleicht habe ich noch weitere Kinder, ich weiß es nicht, ich weiß nur von diesem einen. Pedro Guerrero, so nennt er sich, ein Name, den ihm die Nonnen gegeben haben. Er ist zu mir gekommen, hat mich aufgesucht, nachdem sie ihm gesagt haben, wer sein Vater ist."

„Warum?"

„Warum haben sie es ihm gesagt oder warum ist er zu mir gekommen?"

Thomas wischte die Salbe mit einem Leinentuch von Mandanas Stumpf. Er beugte sich nahe heran, um die Wunde noch einmal zu untersuchen. Sie sah jetzt besser aus, aber irgendwann würde die Wunde ihn umbringen, wenn sie nicht regelmäßig behandelt wurde. Etwas, das Thomas nur widerwillig tat.

„Beides."

„Die Antwort auf beide Fragen ist Neugierde. Das verstehst du doch bestimmt. Er hat gefragt und sie haben es ihm gesagt. Sie sind schließlich Frauen Gottes und müssen die Wahrheit sagen. Er kam zu mir, weil er aufsteigen wollte. Ich verschaffte ihm eine Stellung im Dienste von Fernando und eine Frau. Den Rest hat er selbst erreicht." Mandana drehte den Kopf und starrte Thomas an. „Er hat mir erzählt, was du getan hast, und dass er dich umbringen wird, wenn er die Gelegenheit dazu bekommt."

„Ich habe ein Kind gerettet. Die Frau war jenseits der Fähigkeiten eines jeden Arztes. Vielleicht hätte er sich besser um sie kümmern sollen. Was passiert ist, war nicht meine Schuld. Sag ihm das, denn wenn er mich holen kommt, wird er sein eigenes Leben lassen."

„Ich habe versucht, ihm zu sagen, dass, wenn jemand sie hätte retten können, du es gewesen wärst, aber sein Herz sagt ihm etwas anderes. Du lebst unter Heiden, Berrington, und bekennst dich doch zu meinem König und meiner Königin. Sag mir, wo liegt deine Loyalität?"

„Ehrlich? Wir sind doch gerade ehrlich, oder nicht?"

Mandana nickte.

„Nun, ehrlich gesagt, ich weiß es nicht. Spanien, al-Andalus, England. Ich habe keine Loyalitäten mehr. Keine Bündnisse. Alles, was mich interessiert, sind meine Familie und meine Freunde."

Mandana schenkte ihm ein kleines Lächeln. „Wie es sein sollte. Mein Sohn ist auf Anweisung von Fernando hier. Du und ich wissen, dass Malaka fallen wird, und wenn es so weit ist, müssen wir vorbereitet sein. Mein Sohn hilft dabei, aber er hatte keine Ahnung, dass der Preis für seinen Dienst so hoch sein würde." Mandana erhob sich, groß, dürr bis auf die Knochen, ein gebrochener Mann und ganz anders als der, den Thomas vor über vier Jahren in Qurtuba zum ersten Mal getroffen hatte.

„Also, sind wir fertig?“ Mandana zog sein Gewand um sich.

Thomas ging zur Tür und schaute hinaus, atmete saubere Luft ein, während er beobachtete, wie Mandana zu seinen Männern zurückkehrte. Will und Diego waren hinter dem Haus und hockten sich hin, um etwas im trockenen Gras zu untersuchen. Er hoffte, dass es weder eine Schlange noch ein Skorpion war, aber er wusste, dass Will vorsichtig genug war, und er hatte ihn über die wenigen Gefahren aufgeklärt, denen er begegnen konnte. Zumindest bei den Tieren. Menschen waren eine andere Sache.

Nachdem Mandana gegangen war, kam Belia in das Behandlungszimmer, während Thomas aufräumte. Sie stellte sich in seine Nähe und sagte nichts, bis er seine Arbeit unterbrach und sich ihr zuwandte. Er studierte eine Zeit lang ihr Gesicht, während sie weiter schwieg, und er war wie immer fasziniert von ihrer Andersartigkeit. Sie war eine schöne Frau – nur einer der Gründe, warum Jorge sie liebte –, aber da war mehr als nur Schönheit an ihr. Manchmal ertappte Thomas sie dabei, wie sie ihn anstarrte, und fand ihre Aufmerksamkeit fast beängstigend, als könne sie durch alle Schichten seines Wesens hindurch bis zu seinem Innersten sehen – an einen Ort, den er lieber nicht sehen oder gar kennen würde.

„Er ist weg. Danke für die Salben.“ Thomas berührte ihre Schulter, aber sie schob seine Hand weg.

„Er wird in vierzig Tagen zurückkehren, nicht wahr? Ich verstehe nicht, warum du das für ihn tust, Thomas. Du bist diesem Mann nichts schuldig. Überhaupt nichts.“

„Er hat sich verändert.“

„Oder du denkst, er hat sich verändert.“

„Und du nicht?“

„Ich kannte ihn vorher nicht, aber jetzt traue ich ihm nicht. Schick ihn weg, wenn er das nächste Mal kommt.“

„Aber du wirst auf jeden Fall die Salben für mich vorbereiten?"

„Nicht nur für ihn. Es gibt Patienten, die sie eher verdienen."

„Dann werde ich ihm sagen, dass er das nächste Mal zum Krankenhaus kommen soll." Er warf einen Blick auf die Tür. „Vielleicht schaffe ich es, ihn einzuholen und es ihm jetzt zu sagen."

„Sie sind weg. Ich habe gesehen, wie sie auf ihre Pferde gestiegen und weggeritten sind."

Thomas schaute über Belia hinweg, als Lubna das Behandlungszimmer betrat, der kleine Raum plötzlich überfüllt mit ihnen dreien. Er dachte an das viel größere Behandlungszimmer, das er in Gharnatah zurückgelassen hatte, und wünschte sich, er könnte jetzt dort sein.

„Der Mann hat das hier Will gegeben", sagte Lubna und hielt ihm ihre Hand hin.

„Ich sah, wie er ihm etwas gab. Was ist es?"

„Es sind Würfel."

Einfache Würfel schienen nicht auszureichen, um Lubnas Tonfall zu erklären, bis sie sie auf die Bank warf. Sie klapperten gegen eine Holzkiste, drehten sich einen Moment lang und blieben dann liegen. Thomas streckte die Hand aus und hob sie auf, dann ließ er sie wieder fallen, sodass sie über den Boden klapperten. Er hatte angenommen, dass sie aus hellem Holz oder Elfenbein gefertigt waren. Bei näherer Betrachtung erkannte er jedoch, dass sie aus den Fingerknochen einer Hand geschnitzt worden waren. Ein kleiner Scherz von Mandana. Oder eine Drohung.

Als er aufblickte, lächelte Belia, als ob sie eine Art Wettbewerb gewonnen hätte.

„Ein letztes Mal", sagte Thomas, „und dann werde ich ihm sagen, er soll sich jemand anderen suchen."

Thomas fand, was er suchte, weit hinten in einer Schublade in dem Zimmer, das er und Lubna sich teilten. Er hielt die kleinen Gegenstände in der Hand, als er sich auf die Suche nach Will und Diego machte. Mandana war eine Ablenkung gewesen, eine, über die er sich nicht gefreut hatte, auch wenn er den Mann weiterhin behandelte. Er dachte an sein Versprechen, ihn wegzuschicken, und fragte sich, ob er es würde tun können. Er hatte das Gefühl, dass es besser war, den in Ungnade gefallenen Abt in seiner Nähe zu haben, wo er sehen konnte, was er vorhatte. Und dann fragte er sich, wie viel länger Mandana wohl noch auf dieser Erde verweilen würde. Sein Stumpf war mit Belias Salben ein wenig verheilt, aber Thomas wusste, sobald die Behandlung aufhörte, würde sich die Wirkung bald wieder umkehren. Konnte er den Mann zu dieser Art von Tod verurteilen? Es würde schmerzhaft sein, sehr schmerzhaft.

Er fand Diego und Will zusammen, wieder in der Nähe desselben Rasenstücks, und Thomas sah, warum. Auf dem Boden entdeckte er einen freigeräumten Kreis aus Erde, wo sie mit den knöchernen Würfeln gespielt hatten. Er kniete neben ihnen nieder und war amüsiert, als Diego sein Gesicht abwandte wie ein treuer Hund, der wusste, dass er etwas falsch gemacht hat.

Thomas schüttelte seine Hand und ließ sie beide das Klappern darin hören. Dann warf er die Würfel. Zwei Würfel aus Elfenbein, größer als Mandanas Geschenk, und hoffentlich mit weniger Angst verbunden.

„Pa!“ Will streckte die Hand nach den Würfeln aus, noch bevor sie aufgehört hatten, sich zu bewegen. Er untersuchte sie und begann zu lächeln. „Gute Würfel, Pa. Danke.“

„Sie sind für euch beide.“

Will nickte und hielt die Würfel Diego hin, der weiter seinen Blick abwandte.

„Ich muss dir ein paar Fragen stellen“, sagte Thomas.

Diegos Schultern strafften sich ein wenig.

„Du weißt doch noch gar nicht, was. Es könnten gute Fragen sein."

„Diego weiß Dinge", sagte Will.

„Jeder weiß Dinge." Thomas tippte seinem Sohn auf den Scheitel. „Sogar du weißt ein paar Dinge."

Will warf die Würfel, die Augen starr auf ihren Tanz gerichtet, bis sie reglos dalagen, und Thomas beobachtete, wie sich seine Lippen bewegten, als er die Zahl zusammenzählte. Eine Drei und eine Fünf. Die Zahlen hatten keine Bedeutung für ihn, nur, sie zu zählen.

„Ich möchte, dass du etwas für mich tust, Diego. Für mich und Jorge. Dafür müssen wir nach Malaka gehen."

Diego starrte weiter hinaus, wo sich die Berge auftürmten, spitz und von Dunst umgeben, während die Hitze des Tages unerbittlich stieg. Windböen kamen und gingen.

„Wir können irgendwo etwas essen", sagte Thomas. „Das würde dir gefallen, nicht wahr?"

Diego aß gerne. Es war, als ob das Essen, das Belia kochte, etwas war, das er noch nie zuvor gekostet hatte. Das mochte auch stimmen, denn sie hatte ihr Können am Herd von woanders her erworben, auch wenn sie in Ixbilya geboren war.

Diego verlagerte seine Aufmerksamkeit kurz auf Thomas, aber nur für einen flüchtigen Moment, bevor er wieder wegsah.

„Will auch kommen."

„Will muss hier bleiben."

„Dann bleibt Diego auch."

Thomas seufzte. „In Ordnung, dann also Will auch." Er blickte zu seinem Sohn, der weiter würfelte.

„Spiel", sagte Will, seine Aufmerksamkeit halb auf Diego gerichtet. „Zeig Pa, was du kannst."

Diego schüttelte den Kopf.

„Ist es ein Trick?", fragte Thomas. „Was kannst du damit machen, Diego?"

„Kein Trick", sagte Will. Er streckte seine Hand aus und die Würfel ruhten auf seiner Handfläche. „Zeig es Pa. Fünf und Fünf." Er berührte die Seite eines der Würfel, um Diego die Zahl, ihre Form, zu zeigen.

Diego blickte auf die Würfel, auf Thomas und zurück zu Will. Langsam streckte er die Hand aus und nahm die beiden Elfenbeinwürfel. Er drehte sie herum, studierte die Zahlen, und Thomas fragte sich, wie viel er von ihnen wusste. Er hatte nicht genügend Zeit mit Diego verbracht und angenommen, dass er überhaupt keinen Verstand besaß, obwohl er wusste, dass es falsch war, so zu denken.

„Fünf und fünf?", fragte Thomas verwirrt.

Diego lächelte verschmitzt und warf die Würfel. Sie flogen durch die Luft, taumelten. Einer traf einen Stein und prallte zur Seite ab, rollte zurück. Als sie zum Liegen kamen, zeigten die obenliegenden Seiten beide eine Fünf.

Thomas musterte Diego, dessen Aufmerksamkeit sich wieder auf die Berge gerichtet hatte. Er wollte fragen, wie er das gemacht hatte, und woher Will wusste, dass Diego so etwas konnte. Höchstwahrscheinlich war es ein Zufall, der sich nicht wiederholen ließ.

„Bitte ihn, es noch einmal zu tun", sagte Thomas. „Diesmal andere Zahlen. Eine Drei und eine Eins."

Will lachte.

„Was ist so lustig?" Thomas unterdrückte seine aufkeimende Verärgerung. Er verstand nicht, was gerade passiert war, und es löste ein unterschwelliges Gefühl der Angst in ihm aus. Er war an Logik gewöhnt, an Wissenschaft und Wissen. Das hier hatte nichts mit etwas zu tun, was er verstand.

„Diego kennt keine Zahlen, nur … nur Formen. Du willst eine Eins und Drei?"

Thomas nickte.

Will nahm die Würfel hoch, drehte sie in seinen kleinen Händen und zeigte Diego die Zahlen. Diego starrte, sah zu Will auf und nickte. Dann sah er zu Thomas und lächelte. Das war etwas, das er tun konnte. Er nahm die Würfel in seine Hände, schüttelte sie und warf sie wieder. Wie zuvor taumelten sie einen Moment über den Boden, bevor sie zur Ruhe kamen. Sie zeigten eine Eins und eine Drei.

„Wie …“, sagte Thomas mehr zu sich selbst und erwartete keine Antwort, unsicher, ob er es überhaupt wissen wollte. Er stand auf und streckte seine Hand aus. „Wir sollten in die Stadt gehen, bevor es zu heiß wird.“

KAPITEL ACHT

Diego wurde unruhig, sobald Thomas begann, ihn zu befragen, und noch unruhiger, als die Fragen weitergingen. Er stützte den Kopf in seine Hände, hielt sich die Ohren zu und kauerte sich in eine Ecke. Thomas hatte Will weggeschickt, weil er ihn nicht dem Thema aussetzen wollte, das besprochen werden musste. Jetzt wusste er, dass es falsch gewesen war, von Diego zu erwarten, dass er es ertragen könnte. Er hatte vergessen, dass er nur körperlich ein Mann war.

„Schick nach Will", sagte Jorge. Er nahm Diego in seine Arme, aber es war offensichtlich, wie schwer es wurde, ihn zu halten. „Sie haben in kurzer Zeit eine tiefe Bindung aufgebaut. Will kann helfen."

„Ich werde ihn da nicht mit hineinziehen."

„Will ist stärker als du denkst."

„Er ist vier Jahre alt!", sagte Thomas.

„Fast fünf. Und er ist dein Sohn. Das muss doch etwas wert sein."

Ist es das? Diego war unruhig geworden, als die anderen gegangen waren. Sie waren alle in die Stadt hinabgestiegen und hatten in einem Gasthaus gegessen, bevor sie zu dem

Haus gegangen waren, das bis vor kurzem Diegos Zuhause gewesen war. Und dann hatte Thomas Belia und Lubna mit Will weggeschickt.

Die Zeit, die sie in Diegos Haus verbracht hatten, war angespannt, aber machbar gewesen. Erst als Thomas ihm die Geschichte entlockte, wie es dazu gekommen war, dass er einen toten Mann nach Hause gebracht hatte, war Diego unruhig geworden. Thomas hatte das erwartet, deshalb war Jorge bei ihm. Diego mochte Jorge. Oder hatte ihn gemocht.

„Schhh …“ Jorge streichelte Diegos Gesicht, flüsterte ihm leise Worte ins Ohr, zu leise, als dass Thomas sie hätte hören können, aber das wollte er ohnehin nicht. Stattdessen wartete er, denn es gab nichts anderes, was er tun konnte.

Langsam beruhigte sich Diego, aber nur oberflächlich – seine Augen huschten weiterhin von Ort zu Ort, hoben sich häufig, um die Berge zu betrachten, die Malaka umgaben, wie sie es schon früher an diesem Tag getan hatten. Die Berge, die sie vor einer Invasion schützten, außer vom Meer aus, und eine Invasion vom Meer aus war schwierig, umso mehr, als die Stadt auf dieser Seite durch eine hohe, starke Mauer geschützt war.

„Ist es weit?“, fragte Jorge. Sie hatten das Haus verlassen und folgten Diegos widerstrebenden Anweisungen.

Diego schüttelte den Kopf. Deutete.

Thomas schaute in die Richtung. Eine breite Straße mit beeindruckenden Häusern. An ihrem Ende stand ein schmales Tor offen, das Leute durch eine Mauer ein- und ausließ, die zu dem dahinter liegenden Felsvorsprung und dem Meer wollten.

„Wenn du jetzt brav bist, wird Belia dir einen besonderen Kuchen backen. Was möchtest du?“

Diego sah Jorge an, eindeutig verunsichert über diesen Bestechungsversuch. Dann traf er eine Entscheidung. „Honig und Zucker. Aber Mama sagt, ich kann das nicht dauernd haben. Nur als Belohnung.“

„Dann wird Belia dir einen Honigkuchen machen", sagte Jorge.

Diego nickte.

„Nachdem du Thomas gezeigt hast, wo du den Mann gefunden hast."

Diego zog sich weg, aber so stark er auch war, Jorge war stärker.

„Es wird nicht lange dauern", sagte Jorge, seine Stimme hypnotisierend, beruhigend. Irgendwo begann ein Hund zu bellen, draußen jenseits der Stadtmauer, und Diego zuckte zusammen, als ein weiterer miteinstimmte, dann noch einer, bis es schien, als würde jeder einzelne Hund in Malaka heulen.

„Denk an den Kuchen", sagte Jorge. „Belia wird ihn so klebrig machen, dass du dir die Finger ablecken musst. Süß von all dem Honig und Zucker. Ist es dieses Haus?"

Diego schüttelte den Kopf. „Da." Er zeigte darauf. „Gelb, neben der Wand."

Das Haus erhob sich über drei Stockwerke, sodass die oberen Fenster über die Mauer hinausragten. Auf der einen Seite, abseits der Straße, ging es in das Gebäude der Ataranzana über. Jorge setzte sich in Bewegung, zunächst langsam, und zog Diego neben sich her, sodass er keine andere Wahl hatte, als seine Füße zu bewegen.

„Wie hast du ihn gefunden?"

„Lärm", sagte Diego. „Der Schrei."

Jorge hörte auf zu laufen.

„Was für Schreie?", fragte Thomas.

„Ein Schrei", sagte Diego.

„Welcher Mann?"

„Der *andere* Mann, Mann mit dem Messer. Verletzt Pa-nicht-Pa."

„Wann war das?"

„Früh. Ich war früh, weil niemand zu Hause und Diego Hunger."

„Warum hat sonst niemand den Schrei gehört?"

„Früh!", sagte Diego. „Ich sage, es war früh. Licht gerade gekommen, aber Diego hat Hunger. Die ganze Stadt schläft."

Stimmt nicht, dachte Thomas, denn in Malaka gab es immer welche, die arbeiteten oder mit Sorgen wach lagen oder nach einer Nacht des unerlaubten Vergnügens nach Hause schlenderten. Jemand anderes musste es auch gehört haben, aber so, wie die Stadt nie schlief, konnte sie auch Geräusche ignorieren, die sie nicht hören wollte.

„Der kleine Mann Pa geschnitten."

Thomas starrte Diego an. „Du hast das gesehen?"

Eine Reihe von Nicken.

„Und der Mann mit dem Messer, hast du den auch gesehen?"

Ein weiteres Nicken.

„Zeig mir, wo."

Diego riss sich von Jorge los und schritt auf das gelbe Haus zu. Thomas rannte, um ihn einzuholen, aus Angst, er könnte weglaufen, aber Diego kam vor einem gewölbten Eingang zum Stehen. Dies war kein gewöhnliches Haus, sondern ein Geschäftsgebäude.

„Du bist hier reingegangen?", fragte Thomas und wieder nickte Diego. Thomas streckte eine Hand aus und Diego nahm sie, aber es war Thomas, der ihn durch den Eingang führen musste. „Zeig mir, wo es war."

Er spürte die Spannung in Diegos Körper, sein Zögern, war froh, als Jorge dicht hinter ihm folgte. Diego ging zu einer Steintreppe, zögerte wieder, und Thomas begann, hinaufzusteigen, wobei er den Jungen mit sich zog.

„Wie viel Honigkuchen kannst du essen?", fragte Jorge. „Muss ich Belia bitten, einen großen zu machen?"

„Ja." Diego nickte. „Großen. Diego mag Kuchen."

Er wurde langsamer, als sie in den dritten Stock kamen, und Thomas wusste, dass sie nahe an dem Ort waren, an dem der Mord stattgefunden hatte. Diego zögerte noch einmal, dann schien er sich zu rüsten und marschierte zügig voran, als ob er den Schwung brauchte, um dorthin zu gelangen, wo er nun hin musste – in etwas, das ein Büro zu sein schien. Thomas schaute den Korridor entlang, bevor er eintrat, und sah, dass das Gebäude, das sie betreten hatten, in die viel größere Ataranzana hineinreichte, in der der Großteil des Gildenhandels abgewickelt wurde. Dies war kein privates Haus, sondern offen für jeden, der eintreten wollte.

Thomas ging in das Büro. „Ist es hier passiert?"

Diego schüttelte den Kopf und machte damit weiter, unfähig, aufzuhören.

„Wo?"

Das Schütteln verwandelte sich in ein langsames Nicken in Richtung einer Verbindungstür, die einen Spalt breit offen stand.

„Da drin?"

Nicken. Nicken. Nicken.

Jorge ging zu Diego und legte seinen Arm um ihn.

Thomas hingegen ging zu der Tür und stieß sie auf, trat in den nächsten Raum ein. Er war dem anderen so ähnlich, als wäre er eine exakte Kopie davon. Beide der Räume verfügten über ein schmales Fenster, das nach Westen über das Wadi al-Medina blickte, dahinter das Ufer aus dunklem Sand und noch weiter in derselben Richtung fruchtbares Ackerland, soweit das Auge reichte.

„Hier drin?" Er blickte zurück, wo Diego reglos verharrte. Sein Kopf begann wieder zu nicken.

„Wo genau?"

Diego sah Jorge an, der lächelte und ihn näher an die Tür zog. Diego trat ein, sträubte sich am Eingang, schaffte es jedoch noch ein paar Schritte weiter hinein. Er deutete auf die Ecke links neben dem Fenster. Thomas ging an die Stelle und kniete nieder, die Finger auf den Holzboden gestützt.

Er erkannte einen blassen Fleck, wie von vergossenem

Blut, aber es sah aus, als hätte jemand versucht, ihn zu entfernen, und er fragte sich, ob derjenige, der es getan hatte, der Verdächtige war oder nicht.

Er blickte zu Diego. „Hast du das gemacht? Versucht, den Fleck wegzuwaschen?"

Nicken …

„Sag mir, was du gesehen hast. Wo warst du – nicht hier drinnen. Im Nebenzimmer?"

Ein weiteres Nicken. Thomas wollte Diego genauer ausfragen, wusste aber, dass es ein Fehler wäre.

„Kannst du es mir zeigen? Mit Jorge?"

Diego lächelte verhalten. Es war zu einem Spiel für ihn geworden. Er zerrte Jorge voran und stellte ihn neben den Schreibtisch. Dann ging er zu der anderen Tür, die in den Korridor führte, drehte sich um und kam zurück in den Raum. Er begann zu plappern, unsinnige Worte, um die Realität dessen, was hier geschehen war, vor sich selbst zu verbergen. Er schubste Jorge, der ihn gespielt anschrie, woraufhin Diego grinste und ihn erneut schubste, bis Jorge in der Ecke des Raumes in der Falle saß. Dann trat Diego zurück, bis sie einige Fuß voneinander entfernt waren.

Thomas runzelte die Stirn. „Was dann?"

Diego duckte sich und ging dann erneut auf Jorge los. Er holte mit der Hand aus und schlug Jorge an die Seite seines Brustkorbes. Nur einmal.

Thomas beobachtete, wie Diego wieder zurückwich, sich zu seiner vollen Größe aufrichtete und noch einmal auf Jorge zuging. Er machte eine seltsame Geste mit seiner rechten Hand, schien sein Handgelenk ruckartig zu schnippen, aber es schien nichts zu bedeuten. Dann sah er Jorge an und runzelte die Stirn.

„Runter", sagte er und Jorge legte sich auf den Boden. Diego nickte zufrieden. Er stand eine Zeit lang da, dann drehte er sich um und ging zur Tür und hinaus auf den Korridor.

Thomas holte ihn ein, bevor er die Treppe hinuntergehen konnte, und führte ihn zurück.

„Und dann hast du ihn zu deinem Haus gebracht?“

„Später. Nachdem Mann kommen und gehen.“

„Was? Der Mann, der ihn getötet hat, ist zurückgekehrt? Warum?“

„Diego weiß nicht.“ Er verschränkte seine Finger so fest ineinander, dass die Haut daran weiß wurde.

„Hatte er etwas zurückgelassen?“

„Diego weiß es nicht.“ Die Finger kringelten sich umeinander und drückten so fest zu, dass jegliches Blut aus ihnen entwich.

„Wir werden dich beschützen“, sagte Thomas. „Der böse Mann kann dir jetzt nichts mehr tun, nicht jetzt, wo Jorge und ich dich beschützen.“

„Und Will“, sagte Diego.

„Ja, und Will.“

„Will ist guter Kämpfer. Er wird Diego retten.“

Thomas unterdrückte ein Lächeln. „Ja. Ich möchte, dass du mit Jorge zum Haus gehst. Sag Belia, dass du Honigkuchen möchtest, und sie wird ihn für dich machen. Ich muss noch eine Weile hier bleiben, aber ich bin bald wieder zurück.“

„Gefahr, Thomas“, sagte Diego. „Gefahr kommt bald.“

„Ich werde vorsichtig sein.“ Thomas ging zum oberen Ende der Treppe und sah ihnen nach, als sie sie hinabzusteigen begannen. Diego lachte über etwas, das Jorge sagte, aber es lag eine Spannung in seiner Stimme, und für einen Moment schaute er zurück zu Thomas, der immer noch oben auf dem Treppenabsatz stand.

Thomas wandte sich dem Büro zu, um es genauer zu untersuchen, und verlor fast das Gleichgewicht, als sich der Boden unter seinen Füßen zu bewegen schien. Nach einem Moment der Desorientierung schüttelte er den Kopf und tat es als Schlafmangel ab.

Der Raum, in dem Diego Zeuge eines Mordes geworden war, war eines von mehreren identischen Büros. Jedes enthielt einen Stuhl und einen Schreibtisch sowie leer stehende Regale. Thomas kniete nieder und fuhr mit den Fingerspitzen über die Dielen, wo der Fleck noch zu erkennen war. Er warf einen Blick auf die Verbindungstür und stellte fest, dass er sich von Diego hätte zeigen lassen sollen, wo genau er gestanden hatte, wie er Zeuge des Mordes hatte werden können, ohne selbst gesehen zu werden. Aber der Raum nebenan lag im Dunkeln und Thomas wusste, dass es möglich war, vor allem, wenn derjenige, der sich hier aufgehalten hatte, in der Nähe des Fensters gestanden und seine Augen an die Helligkeit gewöhnt hatte.

Draußen ertönte ein tiefes Grollen des Donners. Thomas warf einen Blick zum Fenster, aber der Himmel blieb wolkenlos blau. Er wusste, dass er herausfinden musste, wer das Opfer war, was vielleicht einen Hinweis darauf geben könnte, warum er getötet worden war. Dann schüttelte er den Kopf. Der Mann war bereits hier gewesen, in diesem Raum. Zweifellos war es sein Büro. Er musste nur noch jemanden im Gebäude finden, der seinen Namen kannte.

Er blickte sich um, unsicher, ob es ihm noch etwas verraten konnte. Er dachte darüber nach, was Diego ihm gezeigt hatte. Zwei Männer, schoss es ihm dann ein. Deshalb hatte Diego sich vor dem tödlichen Schlag gebückt. Es waren zwei Männer gewesen, einer größer als der andere. Einer zum Töten, einer zum Streiten. Das war es, was Diego getan hatte, als er vor sich hingebrabbelt hatte – er hatte mit dem toten Mann diskutiert.

Thomas ging zum Fenster, lehnte sich auf die Brüstung und starrte auf die Stadtmauer und dahinter auf ein Meer, das aufgewühlt war, als würde ein großer Fischschwarm unter der Oberfläche schwimmen.

„Thomas!“ Diegos Schrei unterbrach seine Gedanken. „Thomas, komm weg!“

Schritte klangen laut auf den Dielen, dann rannte Diego herein und stürzte auf Thomas zu, schlang seine Arme um seine Taille. Aber es war keine Umarmung, eher ein Drängen.

„Thomas, schnell, komm jetzt. Jetzt!“

Jorge erschien hinter ihm, schwer atmend. „Tut mir leid, er ist mir entkommen. Die Hunde fingen wieder an zu bellen und er ist losgelaufen. Tu lieber, was er sagt, sonst regt er sich wieder auf.“

Thomas ärgerte sich. Sie konnten nicht ständig auf Diegos Behinderung Rücksicht nehmen. Das wäre, als würden sie auf Eierschalen laufen, und es würde auch ihm nicht guttun. Er wollte gerade etwas sagen, als das Gefühl der Orientierungslosigkeit, das er auf der Straße verspürt hatte, zurückkehrte. Schnell legte er eine Hand an seinen Kopf, weil er befürchtete, dass etwas mit ihm nicht stimmte, bis er sah, dass Jorge dasselbe tat.

„Raus!“, rief Diego, und diesmal gehorchte er, taumelte die Treppe hinunter und auf die Straße hinaus, während der Boden unter seinen Füßen zu beben begann. Das Donnern ertönte wieder, aber nun stand er im Freien und Thomas erkannte, dass das Geräusch aus dem Boden kam und nicht vom Himmel her.

Er hatte schon einmal ein Erdbeben erlebt. Nicht oft, aber das Land zwischen Gharnatah und Malaka beherbergte heiße Quellen, die tief aus dem Untergrund kamen, und Thomas wusste, dass sie ein Zeichen für eine Schwäche in der Erde waren, wo die Feuer der Hölle nahe der Oberfläche aufstiegen. Gerade als ihm diese Erklärung einfiel, bebte die Erde wieder und er taumelte auf die Knie. Ein klagendes Geräusch erfüllte die Luft und nur langsam realisierte er, dass es Diego war, der schrie. Thomas blieb, wo er war, als sich der Boden erneut aufbäumte und ein weiteres Grollen ausstieß, begleitet von einem lauten Krachen, als hinter ihm eine Wand einstürzte. Das Gebäude, in dem der Mann gestorben war, kippte, ein tiefer Riss lief an einer der Mauern hinunter, und dann fielen die Wände in Zeitlupe in einer großen Staubwolke in sich zusammen.

KAPITEL NEUN

„Diego wusste, was passieren würde“, sagte Jorge. Er und Thomas saßen auf der großen Terrasse, der Rest des Haushalts schlief. Ihr eigenes Haus war unbeschädigt geblieben, aber als sie sich ihren Weg durch die Straßen von Malaka gebahnt hatten, hatten sie andere gesehen, die nicht so viel Glück gehabt hatten. Es würde Tote und Verletzte geben, aber Thomas vertraute darauf, dass sich jemand anderes um sie kümmern würde. Er musste über den Mord nachdenken.

„Wie auch die Hunde“, sagte er. „Und die Vögel. Die meisten Menschen hören zu sehr auf ihren Verstand. Diego tut das nicht.“

Sie hatten Wein gekauft und getrunken und er überlegte, ob er eine weitere Flasche öffnen sollte. Hinter ihnen konnte man die Umrisse von Malaka an den Lichtern erkennen, die auf der Stadtmauer angebracht waren. Kleine dunklere Flächen ließen erkennen, wo einst Häuser gestanden hatten. Dahinter war das dunkle Meer mit unzähligen Sternen übersät und eine Mondsichel begann gerade im Osten aufzugehen.

„Er hat darauf bestanden, dass wir umkehren. Und ich meine nicht nur, dass sich die Erde bewegt hat. Er wusste, dass du getötet würdest, wenn wir nicht zurückkommen. Er wusste es, Thomas." Jorge war uncharakteristisch hartnäckig. Er stand auf und verschwand im Haus. Als er zurückkam, hatte er den Wein dabei. Er drehte den Korken heraus und schenkte ihnen beiden ein, bevor er sich wieder setzte. „Der Junge weiß Dinge."

Thomas dachte daran, was Diego mit den Würfeln gemacht hatte, und verwarf dann die Idee, die in seinem Kopf aufkam, als lächerlich und unwissenschaftlich.

„Wir alle wissen Dinge. Sogar du."

Jorge schenkte ihm ein Lächeln voller glückseligem Spott. „Dann glaub es eben nicht, aber der Junge hat eine Fähigkeit, die dem Rest von uns fehlt."

„Das will ich nicht bestreiten, aber ich habe das Ergebnis miterlebt. Und dafür bin ich zutiefst dankbar."

„Also, wohin morgen Früh?"

Thomas hatte Jorge von dem Wenigen erzählt, das er bei seiner unterbrochenen Untersuchung des Büros in Erfahrung gebracht hatte. Als Nächstes ging es darum, herauszufinden, wer das Opfer gewesen war. Eine Nachricht war geschickt worden, aber es war noch nichts zurückgekommen. Die langsam verwesende Leiche lag im Kühlraum der Krankenstation und wartete darauf, abgeholt zu werden. Wenn sich bis zum Ende des nächsten Tages niemand meldete, würde sie zusammen mit den anderen nicht abgeholten Leichen eingeäschert werden.

„Bis wir wissen, wer der Tote ist, können wir wenig tun", sagte Thomas.

„Also kann ich ausschlafen."

„Du schläfst immer aus."

„Aber so kann ich mit ruhigem Gewissen ausschlafen. Warum behandelst du Mandana weiterhin, Thomas? Belia hat mir gesagt, dass sie sich weigern wird, die Salben noch länger für ihn herzustellen." Jorges Gesichtsausdruck zeigte, was er davon hielt, dass er den Mann behandelte, der einst versucht hatte, sie beide zu töten. Nur Thomas glaubte, dass Abt Mandana sich verändert hatte. Er war immer noch durchtrieben, immer noch eine Waffe, die der spanische König Fernando benutzte, aber etwas an dem Mann war jetzt anders. Seit er diesen Unterschied vor fast zwei Jahren in Ixbilya erkannt hatte, behandelte Thomas einmal im Monat Mandanas Wunden, wenn der Mann sich in der Nähe von Malaka aufhielt. Den Rest der Zeit streifte er mit seiner kleinen Schar kriegerischer Mönche durch die Lande, jeder von ihnen halb verrückt, und erledigte Dinge, die Fernando ihnen auftrug.

„Hast du den Zufall bedacht, dass Mandana in der Nähe von Malaka war, als dieser Mann getötet wurde?", sagte Jorge.

„Natürlich. Aber er ist nicht mehr der Mann, der er einmal war. Außerdem, wieso sollte er einen Fremden hier töten?"

„Das ist es, was wir herausfinden müssen", sagte Jorge.

„Wir?"

„Sind wir nicht ein Team?"

Thomas lächelte. „Wenn ich Glück habe, wird ihn jemand töten, bevor weitere vierzig Tage vergehen, und wir werden alle unsere Ruhe haben."

„Oh, so viel Glück hast du nicht. Nur heute, als Diego zurückkam, um dich zu retten."

Thomas nippte an seinem Wein, dunkelrubinrot, vollmundig. Solche Leckereien waren in Malaka leicht zu bekommen. Jede Schwäche, der ein Mann nachgeben konnte, war in Malaka leicht zu bekommen.

„Wir sollten in unsere Betten gehen", sagte Thomas.

„Ja, das sollten wir, sobald wir diese Flasche ausgetrunken haben."

„Ich bin schon betrunken."

„Gut, denn das bin ich auch." Jorge drehte sich um und starrte Thomas an. „Wird Lubna das Kind dieses Mal austragen können?"

Es war eine unverschämte Frage, viel zu persönlich, aber von Jorge war sie zu erwarten gewesen und er akzeptierte sie.

„Ich glaube schon. Sie ist gesund, das Baby bewegt sich munter, und unser Leben hier ist einfach im Vergleich zu Ixbilya. Die Reise, auf die du sie mitgenommen hattest, war hart, und dann war da noch die Pest."

„Irgendeine Plage gibt es doch immer. Und die Reise war nötig, damit sie bei dir sein konnte."

„Ich weiß, ich weiß. Ich wollte dir keine Schuld geben." Und dann, bevor Jorge noch mehr sagen konnte, und Thomas sah, dass er das wollte, sagte er: „Es war nicht deine Schuld. Nichts von dem, was passiert ist, war deine Schuld. Ich hätte mich besser um sie kümmern müssen."

„Wie du es mit der Königin gemacht hast."

„Ja. So etwas in der Art."

„Ich frage mich manchmal, ob Belia ein Kind möchte. Oder mehr als eins."

„Hat sie etwas gesagt?"

„Nein, ... aber ich frage mich trotzdem. Wenn sie es tut, werde ich dich bitten, das Kind zu zeugen. Lubna wird es erlauben, da bin ich mir sicher."

Thomas lachte. „Oh, sie ist nicht so großherzig, wie du vielleicht denkst. Und Belia möchte vielleicht ein Mitspracherecht dabei haben, wer der Vater des Kindes ist. Was, wenn sie eine Handvoll Babys will?"

„Dann wirst du ein sehr glücklicher Mann sein. Sie ist ..." Aber Jorge hielt inne und merkte, dass das, was er sagen wollte, vielleicht sogar für ihn zu viel war. Er leerte seinen Becher und füllte dann beide erneut auf.

Thomas' Augen folgten der Linie der Stadtmauer und

bemerkten die Lücken zwischen den Fackeln, wo Teile davon eingestürzt waren. Am Morgen würden die Maurer mit ihrem Wiederaufbau beginnen. Malaka war eine Stadt des Handels, ein Knotenpunkt für die gesamte Welt, wie sie sie kannten, und der Handel durfte niemals versiegen.

Thomas beäugte seinen halbvollen Becher und stellte ihn ab.

„Ich gehe jetzt ins Bett. Und ich lasse dich morgen lange schlafen."

Jorge nickte, ausnahmsweise still, und starrte über das unsichtbare Meer hinaus.

Thomas sah nach Will und weil er und Diego sich nun das Zimmer teilten, sah er auch nach ihm. Will, groß wie er für sein Alter war, sah dennoch klein aus neben seinem neuen Freund, aber sie waren unzertrennlich geworden. Er betrachtete Diego, die Sanftheit seiner Züge, das dunkle Haar auf seinem Kopf, das in alle Richtungen stand, nur nicht in die richtige, und er fragte sich, in welche Geheimnisse er eingeweiht war, die andere nicht kannten. Er glaubte Jorge, glaubte, dass Diego das Beben vorhergesehen hatte, dass er Thomas' Tod vorhergesehen hatte, weshalb er gekommen war, um ihn zu warnen. Thomas zitterte aus Angst vor etwas, das er nicht verstehen konnte.

Niemand war gekommen, um die Leiche zu holen, aber Thomas ersuchte im Krankenhaus darum, sie noch nicht für die Einäscherung freizugeben. Dann tat er, was er gerade hatte tun wollen, als ihn das Beben unterbrochen hatte. Er ging zur Ataranzana und wollte das Pferd von hinten aufzäumen.

Diego war aus einem bestimmten Grund an den Ort gegangen, an dem der Mann getötet worden war. Am frühen

Morgen hatte Thomas ihm diesen Grund entlockt und mit Jorges Hilfe war es ihm gelungen, ihn dabei nicht zu sehr aufzuregen. Das Büro, in dem die Leiche gelegen hatte, hatte dem Mann gehört, für den Diegos Vater gearbeitet hatte. Danach war es einfacher geworden. Die Ataranzana besaß Aufzeichnungen, aus denen hervorging, dass es sich bei dem Toten um Zufar al-Zaki handelte, den Meister der Waffengilde. Ein wichtiger Mann, kein Zweifel. Ein viel beschäftigter Mann. Ein wohlhabender Mann. Ein Mann mit Angestellten, von denen einer Miguel Jiminez gewesen war. Das erklärte, was Diego in dem Büro nebenan, in dem al-Zaki getötet worden war, gemacht hatte. Unwillig oder unfähig, den Tod seines Vaters zu akzeptieren, hatte er sich auf die Suche nach ihm gemacht.

Da sie sich bereits im Zentralgebäude der Gilde befanden, hielt Thomas es nur für klug, den Leiter zu befragen. Ali Durdush war der Meister der Gilden von Malaka, derselbe Mann, den Thomas gesehen hatte, als er von dem verrückten Prediger beschimpft worden war, nachdem Lubna die Leiche von Diegos Mutter verloren hatte. Thomas hatte einmal mit dem Mann zu Abend gegessen, kurz nachdem er in die Stadt gekommen war, weil Durdush der Meinung gewesen war, eine Verbindung könnte sich irgendwann als nützlich erweisen. Die Gilden der Stadt waren mächtig, aber das Krankenhaus war es auch. Es war eher eine einseitige Beziehung, aber sie ermöglichte Thomas nun den Zugang zu dem Mann und seinen Verwaltungsangestellten, die sich als die nützlicheren erweisen würden.

Durdush war jung für eine solche Position, aber seine Familie war seit vielen Generationen ein fester Bestandteil der Gilde; über ihren Reichtum wurde im Flüsterton gesprochen. Als ein Mann, der mit der Kontrolle über alle Gilden von Malaka gesegnet war, saß Durdush im Zentrum eines komplexen Netzes von Handel und Einfluss, eine

Position, die ein kluger Mann nutzen konnte, um seinen Reichtum zu verhundertfachen. Oder, wie in Durdushs Fall gemunkelt wurde, zu vertausendfachen. Thomas mochte den Mann nicht besonders, musste aber zugeben, dass es ihm offensichtlich nicht an Intelligenz und Gerissenheit fehlte, beides Eigenschaften, welche die Gilde schätzte.

Er empfing Thomas und Jorge in einem großen Raum, der sich auf der obersten Ebene des Zollgebäudes befand und einen Blick auf die Docks bot. Ein langer Korridor mit abgesetzten kleineren Büros erstreckte sich über die gesamte Länge des Gebäudes bis zu einem zweiten Komplex von Büros am anderen Ende. Hier gab es keine Anzeichen von Schäden durch die Erschütterungen. Dieses Gebäude war nur aus dem erlesensten Material und von den besten Handwerkern erbaut worden.

„Es ist eine Freude, Sie wiederzusehen, Thomas. Und unter besseren Umständen als neulich. Jemand sollte diesen Prediger auf ein Boot packen und nicht mehr ans Ufer zurückbringen. Wer ist Ihr hübscher Freund?"

„Jorge. Wir arbeiten zusammen."

„Ich verstehe. Noch ein Wundertäter?"

„So ähnlich."

Ein kurzes Stirnrunzeln huschte über Durdushs Gesicht, das so schnell verschwand, wie es gekommen war. „Und was verschafft mir die Ehre eures Besuchs?" Durdush schnippte mit den Fingern, und ein junger Mann sprang aus seinem Versteck hinter einer Säule hervor. „Hol eine Kiste mit den Datteln, die gestern aus Tunis angekommen sind." Er lächelte Thomas an. „Eine kleine Geste meiner Wertschätzung."

Thomas wusste es besser, als abzulehnen. Außerdem würde Diego ihre Süße genießen.

„Haben Sie die Nachricht von Zufar al-Zaki gehört?"

„Neuigkeiten? Was für Neuigkeiten? Bitte, setzen Sie sich." Durdush schien aufrichtig verwirrt zu sein.

„Seine Leiche wurde in einer Ecke in einem der

Gildenbüros entdeckt", sagte Thomas und beobachtete Durdush genau.

„Heute?"

„Er wurde vor fast einer Woche getötet, aber seine Identität konnte erst heute geklärt werden. Es tut mir leid, der Überbringer dieser Nachricht zu sein. Sie müssen ihn gut gekannt haben."

Durdush hob eine Schulter. „Nicht so gut, wie Sie vielleicht denken. Al-Zaki war kein einfacher Mann und hatte sein Handwerk in letzter Zeit vernachlässigt. Er praktizierte nicht mehr und zeigte wenig Interesse an den Geschäften. Die meisten Aufgaben der Waffengilde wurden von seinem Schreiber erledigt, glaube ich."

„Wäre das ein Mann mit dem Namen Miguel Jiminez?"

Durdush schüttelte den Kopf. „Das weiß ich nicht. Sie werden meine Angestellten um diese Information bitten müssen. Ah, hier ist der Junge." Durdush sah erleichtert über die Unterbrechung aus. Er nickte in Thomas' Richtung, dem daraufhin eine kleine Schachtel überreicht wurde, die mit klebrigen, dunklen Früchten fast überquoll. „Ich hoffe, Sie finden eine Verwendung dafür?"

„Mein Dank. War al-Zaki bei den anderen Gildenmeistern beliebt?"

„Nicht beliebt, aber auch nicht unpopulär. Er war reserviert. Ein diskreter Mann, würde ich sagen. Kein guter Charakterzug für jemanden, der den Handel fördern soll, aber viele Waffenmeister sind so. Männer wollen Schwerter, Musketen, alle Arten von Mitteln, um sich gegenseitig zu töten. Es erfordert wenig Gesprächsgeschick, ihnen das zu verkaufen. Aber er war auch nicht unbeliebt, obwohl es Gerüchte gab, sein Privatleben sei … kompliziert."

Ein zweiter Mann betrat den Raum und Durdush drehte seinen Kopf in offensichtlicher Erleichterung. Der Mann lehnte sich nahe heran und die Worte, die er sprach, waren zu leise, um sie zu verstehen.

„Sie müssen mich entschuldigen, es ist jemand eingetroffen, auf den ich gewartet habe. Wenn Sie noch etwas herausfinden, schicken Sie eine Nachricht. Ich bin dankbar, dass Sie der Sache nachgehen, Thomas – wie ich höre, hatten Sie in der Vergangenheit bereits Erfolg." Durdush erhob sich und verließ den Raum, seine Mitarbeiter eilten ihm hinterher.

„Meinst du, er hat hier Gold liegen?", fragte Jorge. „Er lässt uns einfach hier allein."

„Oh, ich vermute, dass uns jemand beobachtet." Thomas nickte in Richtung schmaler Öffnungen in zwei der Wände. Es war nicht zu erkennen, ob jemand auf der anderen Seite stand, aber er wäre überrascht gewesen, wenn nicht mindestens ein Wächter dort postiert gewesen wäre. „Außerdem, wozu brauchst du Gold? Du besitzt bereits die Reichtümer eines Prinzen."

„Die du mich nicht ausgeben lassen willst."

„Eines Tages."

„Demnächst?"

„Früher, als es einem von uns beiden lieb ist." Thomas erhob sich. „Glaubst du, Belia wird die hier mögen, wenn Diego sie nicht alle aufisst?"

„Sie wird sie benutzen, um eine Mahlzeit zuzubereiten, die für einen Prinzen ohne Geld angemessen ist."

Thomas bewegte sich zu einem der Rundbogenfenster, das über das Dock blickte. Unten sah er Ali Durdush, wie er über die Steinplatten auf eine hochgewachsene Gestalt zuging, die von einer Gruppe von Männern umgeben war, von denen die meisten wie Soldaten aussahen, bis auf einen, der ebenfalls groß, schlank und gut aussehend war.

„Wen trifft er da? Jemanden, den du kennst?" Jorge kniff die Augen zusammen. „Der eine gefällt mir."

Thomas schüttelte den Kopf. „Ein Spanier, so wie es aussieht." Er schenkte ihm ein knappes Lächeln. „Die Gilden wissen, wie dieser Krieg verläuft. Sie werden verhandeln, um ihre Position zu schützen. Ihren Handel."

„Dann hast du Glück, dass du nicht an den Gesprächen teilhaben musst", sagte Jorge. „Und der Mann, mit dem Durdush spricht, ist kein Spanier. Seine Kleidung deutet auf den Norden hin, würde ich sagen." Er lächelte. „Vielleicht ist er sogar aus deinem Land, aber meine Kenntnisse der englischen Mode sind leider veraltet und es bringt wenig, dich danach zu fragen."

„Es bringt gar nichts und ich bin froh, dass es so ist." Thomas beobachtete Durdush und den Mann bei ihrem Gespräch und fragte sich, worüber sie sich unterhielten. „Aber du hast recht, er sieht aus wie ein Engländer."

„Wie sehen Engländer denn aus? Abgesehen von einem blassen Gesicht und schlechten Zähnen?"

„Ich habe keine schlechten Zähne", sagte Thomas. „Und auch kein blasses Gesicht."

„Ich zähle dich auch nicht zu den Engländern."

„Mein Dank. Aber du hast recht, er ist blass und ich höre, dass viele meiner Landsleute nach Spanien gekommen sind. Sie glauben, dass es in diesem Krieg Reichtümer zu holen gibt, und wollen einen Anteil daran. Dieser Mann hat aber schon Reichtümer, wette ich. Sieh dir nur den Schnitt seiner Kleider an."

„Sie sind nicht nach meinem Geschmack", sagte Jorge.

„Nein, ich nehme an, das sind sie nicht." Thomas wandte sich ab und verlor das Interesse an den Verhandlungen, in die Ali Durdush verwickelt sein mochte, selbst wenn es sich um einen seiner Landsleute handelte. Oder vielleicht, weil es das tat. „Wir müssen mehr über Zufar al-Zaki herausfinden. Die Angestellten werden eine Adresse von ihm haben. Mit etwas Glück ist seine Frau von der eifersüchtigen Sorte und hat ihn ermorden lassen, und das Rätsel ist gelöst."

„Wir können immer hoffen", sagte Jorge, „obwohl das nicht erklären würde, was mit Diegos Eltern passiert ist."

„Sein Vater starb bei einem Sturz", sagte Thomas. „Seine Mutter … Nun, das ist wirklich ein Rätsel, aber zweifellos eines mit einer unschuldigen Erklärung. Ich habe vor, mit Diego zu sprechen. Vielleicht weiß er etwas."

„Oder nichts", sagte Jorge.

„Ja. Oder nichts, was das Wahrscheinlichere ist."

KAPITEL ZEHN

„Rette mich vor diesen Frauen!" Thomas war mit Jorge zu al-Zakis Haus gekommen, nachdem ein Angestellter widerwillig dessen Standort preisgegeben hatte. Es lag am östlichen Rand der Stadt, in einiger Entfernung von der Gegend, in der die meisten Gildenmitglieder wohnten – nahe der Ataranzana. Das Haus war in Aufruhr. Eine Gruppe von fünf jungen Frauen wuselte herum, jede ihrer Stimmen trug zu einer bedeutungslosen Kakofonie bei.

Der Leichnam des Waffenmeisters war schließlich für die Bestattung vorbereitet worden, aber nicht von jemandem aus diesem Haushalt. Stattdessen hatten sie einen der zahlreichen Bestatter bezahlt, um die Aufgabe zu erledigen. Thomas hielt es für wahrscheinlich, dass sich keine der Ehefrauen die Mühe machen würde, bei der Beerdigung dabei zu sein.

Jorge stand inmitten der ganzen Aufregung mit einem Lächeln im Gesicht, denn so etwas war er aus dem Harem gewohnt. Für Thomas war es das reinste Chaos. Er stand jenseits der Tür und lauschte, um zu verstehen, was genau gerade vor sich ging, und wagte nicht zu hoffen, dass er es jemals könnte. Die jungen Frauen bildeten den Harem des

Mannes, auch wenn er ein angeblicher Christ gewesen war. Religion verdrängt durch Lust – eine altbekannte Geschichte.

„Möchtest du, dass ich sie befrage?", fragte Jorge.

„Ja, tu das. Und während du dabei bist, werde ich mich in dem Haus umsehen. Beschäftige sie so lange wie möglich."

Jorge lächelte und es war klar, dass eine Antwort nicht nötig war. Thomas wandte sich ab, froh, von dem Geschwätz erlöst zu sein. Al-Zakis Haus war nicht klein, aber auch nicht übermäßig groß, und die Einrichtung und Dekoration war bescheiden für einen Mann seines Standes. Es schien, als sei der Waffenmeister kein Freund von Frivolität gewesen, und Thomas dachte an Jorges Bruder Daniel, der einige der feinsten Schwerter Spaniens herstellte. Auch er war ein schlichter Mann, der für die Rettung seiner Tochter auf ewig in Thomas' Schuld stand, nicht dass einer von ihnen jemals diese Tatsache erwähnen würde.

Der Klang weiblicher Stimmen wurde schwächer, als er eine Küche betrat, einen ausladenden Raum, der Herd kalt. Er fragte sich, wer hier kochte, denn keine der jungen Frauen schien fähig oder willig zu sein. Eine Haushälterin, eine Köchin, jemand, der dafür bezahlt wurde, die täglichen Aufgaben zu erledigen? Das bedeutete, dass es noch jemanden gab, der befragt werden musste. Thomas machte sich eine geistige Notiz, es herauszufinden, bevor sie gingen.

Er durchsuchte die Vorratsgläser, nicht ganz sicher, wonach er Ausschau hielt, aber nicht gewillt, etwas zu übersehen. Er wusste, dass das Haus nicht der Ort war, an dem al-Zaki gestorben war, aber es könnte der Ort sein, von dem er entführt worden war. Eine weitere Frage tat sich damit auf: Wann war er zuletzt gesehen worden? Er wandte sich um und wollte die Frage gerade stellen, als er am Fuß einer Treppe vorbeikam und ein Geräusch von oben hörte. Also stieg er die Treppe hinauf.

Er hörte das Schleifen von etwas, das über den Boden

gezogen wurde. Thomas verfolgte das Geräusch zu einem großen Raum am Ende des Korridors, in dem der Duft von Frauen schwer in der Luft hing. Vier Betten waren darin aufgestellt, eines an jeder Ecke. In der Mitte des Raumes beugte sich eine junge Frau über eine Truhe, in die sie Seidenkleider legte. Als Thomas eintrat, drehte sie sich um und eine Hand hob sich, um ihren Mund zu bedecken. Sie war eines der jüngeren Mitglieder von al-Zakis Harem, ihre Haut so dunkel wie die von Lubna, ihr Haar so dunkel und glänzend.

„Ich stehle nichts", sagte sie und machte einen Schritt von der Truhe weg, „ich nehme nur, was mir gehört."

Thomas warf einen Blick auf die Truhe, interessierte sich aber nicht für den Inhalt. „Was wird jetzt aus euch, aus dir und den anderen?"

„Was kümmert Sie das?" Ein Hauch von Rebellion zeigte sich.

„Ich untersuche den Tod deines Herrn."

„Warum?"

„Er war ein wichtiger Mann."

„Wichtige Männer sterben ständig. Untersuchen Sie alle diese Todesfälle?"

„Aber dein Herr ist doch nicht eines natürlichen Todes gestorben, oder?" Thomas ging zwei Schritte auf sie zu und ihr Duft umhüllte ihn, woraufhin ein unwillkommenes Bild von Helena, der Konkubine, die einst sein Leben geteilt hatte, ihm in den Sinn kam. Der Duft war fast derselbe und die Lebendigkeit in den Augen dieser Frau erinnerte ihn an die Frau, deren Schwester jetzt seine Ehefrau war. Thomas fand, dass diese Geschichte komplizierter klang, als sie zu leben sich angefühlt hatte. „Wann hast du ihn zuletzt gesehen?"

Die Hand, die an ihre Seite gefallen war, erhob sich wieder und berührte ihre vom Auftragen des Bienenwachses und der zerstoßenen Blumen rot gefärbten Lippen.

„Wer hat ihn getötet?"

„Das ist es, was ich herauszufinden beabsichtige. Wann hast du ihn zuletzt gesehen?“

„Vor einer Woche … zehn Tagen … Lassen Sie mich nachdenken …“ Sie starrte ins Leere, ihre Augen verfolgten eine Erinnerung. „Zuletzt habe ich vor neun Nächten sein Bett geteilt. Vor zwei Tagen wäre ich wieder an der Reihe gewesen, aber keiner von uns hat ihn seitdem gesehen …“ Sie überlegte weiter. „Acht Tage. Ja, da bin ich mir sicher, acht Tage. Sie können Alisha fragen, denn sie war an der Reihe damit, in dieser Nacht bei ihm zu sein.“ Ein Lächeln, das von roher Gerissenheit und Schalkhaftigkeit zeugte, huschte so flüchtig über ihre Züge, dass Thomas halb bezweifelte, dass es wirklich da gewesen war. Er wusste eindeutig nicht, was es bedeutete – dafür würde er Jorge brauchen.

„Hat ihn jemand als vermisst gemeldet?“

„Er war oft für längere Zeit von zu Hause weg. Für seine Arbeit, behauptete er. Bis auf das letzte Mal, als er mich mit zurückbrachte.“

„Zurückbrachte? Von wo? Du bist keine Spanierin, oder?“

„Ich lernte ihn kennen, als er über das Meer nach Tunis kam. Ich arbeitete in einem … Ich arbeitete dort und er fand Gefallen an mir. Er war ein großzügiger Mann.“ Ein Stirnrunzeln. „Wurde er deshalb umgebracht? Wegen des Geldes? Aber es ist alles noch hier, im Keller. Zumindest glaube ich das, ich habe nicht nachgesehen. Wir sollten es tun. Was, wenn ihn jemand getötet hat, um sein Gold zu stehlen?“

„Ich werde später nachsehen“, sagte Thomas. „Er könnte also tagelang weg sein und keine von euch würde sich fragen, wo er ist oder warum?“

„Er sprach mit uns nicht über seine Arbeit oder seine Pläne.“

„Hat jemand von euch in den Tagen vor seinem Verschwinden Fremde gesehen?“

„Das habe ich nicht, aber Sie sollten die anderen fragen.“

„Mein Begleiter spricht im Moment mit ihnen. Was ist mit seiner Arbeit? Sind die Leute nicht hier hergekommen, um Geschäfte zu besprechen?"

„Niemals. Er war auf sein Privatleben bedacht, auf uns alle. Er arbeitete nur nachmittags und kam immer vor Einbruch der Dunkelheit zurück, wenn er in der Stadt war."

„Arbeitete wo?"

„In der Ataranzana. Die kennen Sie doch sicher."

„Natürlich." Thomas wusste, dass er zu al-Zakis Büro zurückkehren musste. Dort würde es Personal geben, das mehr Informationen liefern konnte. Er begann zu glauben, dass diese Frauen sich als wenig nützlich erweisen würden. Ihr Leben war zu sehr eingeengt, außerdem mangelte es ihnen an Neugier, was in Thomas' Augen eine Sünde war.

„Dir fällt also niemand ein, der deinem Herrn den Tod wünschen könnte?"

Ein Kopfschütteln. „Nein. Höchstens seine Frau. Seine Ex-Frau, um genau zu sein. Sie hasst ihn."

„Ballix", sagte Jorge. „Die Frau wohnt in Ballix."

„Ex-Frau", korrigierte Thomas. „So wurde es mir gesagt."

Sie erklommen den Hang in Richtung Heimat und ließen dabei die Stadt hinter sich, aber der Geruch der Feuer und der tausenden Menschen wurde über die Brise zu ihnen geweht.

„Es ist eine strittige Angelegenheit. Sie beantragte die Scheidung von ihm, als die Mädchen zu viele wurden und sie seiner Untreue überdrüssig wurde. Aber eine Scheidung erfordert die Aufteilung des Vermögens des Mannes und bisher hat al-Zaki ihr nichts gezahlt. Sind sie damit noch verheiratet oder nicht?"

„Ich bin kein Experte für Scheidungen", sagte Thomas. „Und ich möchte auch keiner werden. Hat sie einen Namen?

Einen Vornamen?“ Er hielt einen Moment inne, die Luft brannte in seiner Lunge. Der Schlag seines Herzens klang in seinen Ohren. Er drehte sich um und überblickte die Stadt, dann sah er nach Osten, aber Ballix lag jenseits des Gipfels von Aranzo. Nicht so weit in Meilen, aber ein halber Tagesritt auf dem Pferderücken. Er wusste, dass sie mit der Frau sprechen mussten, aber es würde nicht heute sein. Im Landesinneren hingen dunkle Wolken über den Gipfeln und Regenschleier zogen über sie hinweg. Der Wind versprach, dass der morgige Tag nass werden würde, aber morgen müssten sie die Reise antreten.

„Gomez“, sagte Jorge. „Gracia Bernel Gomez.“

„Ist sie in al-Zakis Alter?“

„Nein, natürlich nicht. Er war ein Mann, der seine Frauen jung mochte, jung und willig. Sie sagten mir, sie sei nicht mehr jung, nicht so jung wie die anderen. Sie ist fast so alt wie du.“

Thomas lächelte. „Also alt genug.“

„Ja, alt genug.“ Jorge schlug Thomas sanft auf den Arm. „Hast du dich schon genug ausgeruht, alter Mann?“

Ein Donnergrollen ertönte, als sie sich dem Haus näherten, und Thomas wusste, dass sie nass werden würden, bevor sie es erreichten. Als sie kurz nach ihrer Ankunft in Malaka in dieses Haus gezogen waren, hatte er sich gefragt, warum der ursprüngliche Besitzer es so weit außerhalb der Stadtmauern gebaut hatte. Was hatte er zu verbergen gehabt, oder vor wem musste er es verstecken? Aber er mochte das Haus. Es war groß, komfortabel, und die Leute konnten ihn nicht so leicht finden, was ihm sehr entgegenkam. Thomas hatte die Menschen satt, die immer etwas von ihm wollten. Jetzt hatte er vor, nur noch das zu tun, was ihm gefiel.

Er fragte sich, ob die Ermittlungen in diesem Fall etwas waren, das ihm gefiel. In der Vergangenheit hatte man ihm keine Wahl gelassen. Beim ersten Mal hatte der Sultan von

Gharnatah keine Ablehnung geduldet und seitdem war jedes Mal Druck auf ihn ausgeübt worden. Aber jetzt?

Thomas sah zu Jorge, der vor ihm ging und dessen Jugend sich in größerer Stärke zu zeigen begann. In diesem Moment wusste Thomas, dass er alt wurde. Vielleicht war es für ihn an der Zeit, darüber nachzudenken, das Leben leichter zu nehmen, das Beste aus den Jahren zu machen, die ihm noch blieben. Nur fühlte er sich nicht alt. Lubna war erst fünfundzwanzig und Will so voller Leben und Neugier, dass Thomas jünger wirkte, als er war.

Warum also verfolgte er die dieses Geheimnis? Zufar al-Zaki bedeutete ihm nichts. War es nur die Aneinanderreihung von Umständen? Lubna, die eine Leiche verlor, und Diego, der eine zusätzliche fand? Thomas wusste, dass er Diego genauer über seine Eltern befragen musste. Er musste wissen, ob ihr Tod ein Zufall gewesen war oder mehr.

Die Verantwortung hatte sich Thomas aufgedrängt, bis er sich ihr nicht mehr entziehen konnte. Deshalb würden er und Jorge frühmorgens zwei Pferde satteln und die zwanzig Meilen nach Ballix reiten, um mit al-Zakis Frau zu sprechen, und mit etwas Glück könnte das das Ende der Angelegenheit sein.

Als sie die breite Terrasse erreichten, regnete es bereits heftig, und sowohl Thomas als auch Jorge waren durchnässt. Blitze zuckten um die umliegenden Gipfel und der Donner folgte fast sofort. Thomas war sich sicher, dass Diego Angst haben und sich irgendwo mit den Händen über dem Kopf zusammenkauern würde, aber stattdessen standen er und Will lachend auf der Terrasse und beobachteten, wie der Himmel mit der Erde kämpfte. Wasser stürzte in Bächen vom Dach, so nah, dass sie die Hand ausstrecken und es über ihre Finger rauschen lassen konnten.

Will lief zu Thomas, umarmte seine Beine und kehrte sofort zurück. Diego drehte sich nicht um, hypnotisiert von dem Sturm.

Thomas ging sich umziehen und lachte, als Lubna ihm auf eine Art und Weise zu Hilfe kam, die überhaupt nicht hilfreich war, bis er sie schließlich auf das Bett stürzte und sie quietschte, als ob das nicht die ganze Zeit ihre Absicht gewesen wäre.

Danach, als sie zusammengerollt dalagen, sagte sie: „Der Junge ist wie ein Eichelhäher."

„Diego? Wieso, kann er fliegen? Das würde mich überhaupt nicht überraschen."

Lubna lachte und fuhr mit einer Hand an Thomas' Bauch entlang, ihre Finger zeichneten die Narben nach, die große Flächen seiner Haut bedeckten und die ihr jetzt alle vertraut waren. „Er mag schöne Dinge."

„Ich auch."

„Will hat mir eine Schachtel gebracht. Darin waren ein Dutzend Schmuckstücke. Darunter auch dein Ehering."

„Ah. Ich traue mich nicht, ihn außerhalb des Hauses zu tragen, aus Angst, ihn zu verlieren."

Lubna küsste seine Schulter. „Ist schon gut, Thomas, es ist nicht der Ring, der uns verbindet." Sie hielt ihre Hand hoch, spreizte die Finger. „Siehst du, ich trage meinen auch nicht."

„Würdest du es tun, wenn ich es täte?"

„Vielleicht."

Thomas fuhr mit seiner Hand über die Wölbung ihres Bauches, hielt sie dort und wartete. Es dauerte nicht lange, bis er eine Bewegung in ihrem Inneren spürte. Das Baby drehte sich, träumte vielleicht, und er fragte sich, ob Babys im Mutterleib überhaupt träumen können, und wenn ja, wovon? Ein Bild von dem Baby, das er nur wenige Tage zuvor gerettet hatte, kam ihm in den Sinn, und die Mutter, für die jede Hilfe zu spät gekommen war. Wäre es möglich gewesen, beide zu retten, hätte er es getan, aber es musste eine Entscheidung getroffen werden. Deshalb nannten sie ihn *Qassab,* weil er immer gut darin gewesen war, solche Entscheidungen zu treffen.

Er schob den Gedanken beiseite, wollte nicht daran denken, nicht, wenn Lubna neben ihm lag, ihr Kind in sich gebettet.

„Ich muss sowieso mit ihm reden, soll ich es ansprechen?"

„Er mag dich", sagte Lubna.

„Er mag dich auch, und Jorge und Belia und Will."

„Na gut, er respektiert dich."

„War das ein ‚Ja, du solltest mit ihm reden'?"

„Es wäre gut, bevor es zu einem Problem wird. Er meint es nicht böse, er mag einfach schöne Gegenstände. Keiner von uns hat etwas dagegen und es ist ja nicht so, dass er nach Malaka läuft und sie auf dem Markt verkauft, oder?"

„Er muss es lernen", sagte Thomas. Er starrte auf das offene Fenster, das Geräusch des Regens laut, die Feuchtigkeit davon sanft auf seiner Haut. Es war nicht wie der Regen in England, der zaghaft war, schüchtern, aber nie weit weg. Wenn Regen nach Spanien kam, tat er das selten, aber er machte sich immer bemerkbar.

„Glaubst du, seine Eltern haben ihn machen lassen, was er wollte?", fragte er.

„Wir werden es nie erfahren."

„Kinder wie Diego werden meistens bei der Geburt getötet, wenn die Eltern sehen, was sie auf die Welt gebracht haben. Aber manchmal wird ihnen mehr Liebe entgegengebracht, als ihnen guttut." Er blickte Lubna an. „Sie waren alt, nicht wahr?"

Sie nickte. „Es könnte einer der Gründe sein, warum Diego so ist, wie er ist. Es gibt Aufzeichnungen in der Krankenstation, die von diesem Zustand berichten, und eine ältere Mutter ist einer der Faktoren."

„Ich werde mit ihm reden", sagte Thomas. „Wenn wir aus Ballix zurückkommen. In der Zwischenzeit solltest du ihn im Auge behalten, ihr alle. Nimm ihm nichts weg, aber versuche sicherzustellen, dass er weiß, dass es falsch ist, wenn er wieder etwas nimmt."

„Hast du die Ringe gesehen, die er an seinen Fingern trägt?"

„Nicht, dass ich wüsste."

„Ich bin sicher, er hat einen an jedem Finger. An manchen sogar zwei." Sie lächelte. „Im Gegensatz zu jemandem anderen, den ich kenne."

„Hältst du sie für gestohlen?"

„Nicht gestohlen. Sie gehörten wohl eher seinen Eltern. Keiner davon ist von großem Wert, abgesehen von einem, der aus echtem Gold ist und auf dem ein wunderschöner Stein sitzt. Warum reitet ihr nach Ballix?"

„Al-Zakis Frau wohnt dort."

„Ich dachte, du hast gesagt, er hätte sich einen Harem geschaffen."

„Deshalb lebt sie auch in Ballix. Der Harem scheint zu glauben, dass sie ihm wegen ihnen und der Tatsache, dass er keine Scheidungsabfindung gezahlt hat, böse ist."

„Jetzt wird sie nichts mehr bekommen, oder?"

Thomas schüttelte den Kopf. „Ich glaube nicht."

„Wir werden uns nie scheiden lassen, du und ich, oder?" Es war eine Aussage, keine Frage.

„Nein, werden wir nicht."

„Ich hoffe, der Regen hört auf, bevor du gehen musst", sagte Lubna und setzte sich mit einer einzigen geschmeidigen Bewegung auf ihn. „Du bist meiner doch noch nicht überdrüssig, oder, Thomas?"

Und wieder schüttelte er den Kopf.

KAPITEL ELF

Der Regen fiel weiter, sogar noch stärker, obwohl Thomas nicht verstehen konnte, wie das möglich war. Es fühlte sich an wie der Ritt unter einem Wasserfall, dem man nicht entkommen konnte. Wasser stürzte in Kaskaden die Berghänge hinunter und sammelte sich in Bachbetten, die noch am Vortag staubig und trocken gelegen hatten. Jetzt schäumten sie und rissen Bäume und Felsen mit einer unaufhaltsamen Kraft mit sich.

Jorge sagte etwas, doch seine Worte wurden von dem unaufhörlichen Rauschen des fallenden Wassers übertönt, und Thomas musste sich näher heranlehnen, um ihn verstehen zu können.

„Hätte das nicht bis morgen warten können, oder besser noch bis übermorgen?“, rief Jorge.

„Lass nie unerledigt, was getan werden muss.“

Jorge schüttelte den Kopf und sah finster drein. „Wenn diese Frau nichts weiß …“

„Selbst wenn sie es nicht tut, lohnt sich die Reise. Oft ist es die langsame Anhäufung von Fakten, die zu einer Antwort führt, auch wenn diese Fakten keinen offensichtlichen Bezug zur eigentlichen Frage haben.“

„Du machst das mit Absicht, nicht wahr?", sagte Jorge.

„Was?"

„Dinge sagen, die die Leute nicht verstehen können. Zumindest nicht die normalen Leute."

Ursprünglich hatten sie geplant, entlang der relativ ebenen Küstenroute zu reisen, aber als sie um die äußere Mauer von Malaka geritten waren, war klar geworden, dass die Menge an Wasser, die von den Bergen herabrauschte, diesen Weg unpassierbar machen würde. Thomas hatte sein Pferd nach Norden und Osten gelenkt. Nun kletterten sie über den Sattel der Aranzo-Höhen hinauf und folgten Pfaden, die von wenigen anderen als ein paar Ziegenhirten benutzt wurden. Hier war das Wasser immer noch ein Problem, aber die Schluchten waren schmäler und leichter zu überqueren.

Sie waren spät dran und würden noch später in Ballix ankommen, würden also eher eine Unterkunft für die Nacht finden müssen, als die Rückreise im Dunkeln zu riskieren. Mit etwas Glück würde der Regen bis zum Morgen aufgehört haben.

Ballix war nach Malaka die zweitgrößte Stadt entlang des Küstenstreifens von al-Andalus und besaß eine schöne Festung, die auf einem steilen Hügel innerhalb der Stadtmauern thronte. Das Meer krachte und schäumte gegen die südliche Mauer, als sie sich näherten, und das flache Land am westlichen Rand der Stadt stand knietief unter Wasser. Die Ernten hier waren überflutet, würden aber zweifellos dadurch besser wachsen. Das Wadi al-Cuevo floss irgendwo da unten, und sie würden darauf achten müssen, um es am vorgesehenen Übergang zu überqueren, oder sie riskierten, weggeschwemmt zu werden.

Die Tore waren geschlossen, als ob jemand das Hochwasser in Schach halten wollte, aber sie wurden schnell eingelassen und Thomas erkundigte sich bei der Wache, doch diese kannte die Frau nicht, nach der sie suchten.

„Bevor wir anfangen, brauche ich etwas zu essen", sagte Jorge, „und einen oder mehrere Becher Wein."

„Und einen Platz zum Übernachten."

„Wenn es sein muss." Jorge ging vor seinem Pferd her und führte es mit einem gelegentlichen Ruck an den Zügeln. Der Regen prasselte auf seinen Kopf und klebte sein Haar auf sein Gesicht. Er weigerte sich, die Kapuze seines Gewandes hochzuziehen, weil er meinte, das würde die unvermeidliche Durchnässung nur hinauszögern. Unter seiner eigenen Kapuze vermutete Thomas, dass er wahrscheinlich recht hatte.

Die Straßen waren menschenleer, aber ihr Weg führte sie zu einem Kaffeehaus, das zum Glück für Jorge auch Wein und Schnaps servierte, obwohl beides gegen die Gesetze des Islam verstieß. Al-Andalus hatte seine Strenge längst verloren und es schien, dass sich nur noch die Imame und der verrückte al-Antiqamun darum kümmerten, und nur wenige hörten auf ihre Predigten. Es war eine Welt, die dabei war, auseinanderzufallen, deren Nähte rissen, um seltsame, fremde Vorstellungen davon, wie das Leben gelebt werden könnte, hereinzulassen.

Wie sich herausstellte, bot das Kaffeehaus auch eine Unterkunft und Stallungen für die Pferde, die Thomas aushandelte, während Jorge einen Platz auf einem Stapel Kissen fand. Nachdem das Geschäftliche erledigt war, ließ sich Thomas neben ihm nieder, obwohl es ihm auch nach all den Jahren in al-Andalus noch unangenehm war, dem Boden so nahe zu sein. Um sie herum tranken Männer – und es gab hier keine Frauen, außer denen, die sie bedienten – dunklen, bitteren Kaffee, zogen Rauch durch Wasserpfeifen und schenkten Wein aus Karaffen ein. Die Luft war süßlich mit dem Duft von Haschisch und Opium, der Raum überfüllt. Es schien, als hätte die Bevölkerung der Stadt Ablenkung von dem draußen tobenden Sturm gesucht.

Thomas beugte sich zu einem dunkelhäutigen Berber

hinüber, dessen Schulter kaum mehr als einen Fuß von seiner eigenen entfernt war.

„Sir, vielleicht können Sie uns helfen. Wir suchen eine Frau mit dem Namen Gracia Bernel Gomez. Kennen Sie sie?"

Der Mann richtete seine trüben Augen auf Thomas. Er starrte ihn eine unangenehm lange Zeit an, bevor er den Kopf schüttelte und sich abwandte. Thomas seufzte. Das würde schwieriger werden, als er gehofft hatte. Dann lehnte sich der Mann zu seinem Begleiter hinüber und sprach ein paar Worte. Sein Begleiter sprach mit jemand anderem, bis sich die Nachricht im ganzen Lokal verbreitet hatte.

Am Ende machte seine Frage langsam eine Runde, Person für Person, bis sie wieder den Mann erreichte, den Thomas ursprünglich gefragt hatte. Dieser drehte sich wieder zu ihm und lehnte sich nahe heran, der Geruch von Haschisch intensiv in seinen Gewändern.

„Sie ist nicht sehr beliebt", sagte er, seine Stimme so rau wie sein Aussehen.

„Dann sind Sie sicher bereit, mir zu sagen, wo ich sie finden kann."

„Für eine Gegenleistung."

Thomas lächelte. Er beobachtete, wie sich das Gesicht des Mannes veränderte und seine getrübten Augen gut genug funktionierten, um die Absicht zu betonen. Und dann hörte er auf zu lächeln.

„Natürlich." Thomas griff in seine Geldbörse, zog Münzen heraus und hielt sie in der Faust. „Wo wohnt sie?"

„Mit einer anderen Frau am Fuße der Alcazaba."

„Das hilft mir nicht weiter."

„Dieser Straße, auf der wir uns befinden, folgen Sie bis zur Gabelung, dann nehmen Sie den linken Weg. Er wird steiler. Gehen Sie weiter, bis Sie zu einer Kreuzung kommen. Nehmen Sie dort den rechten Weg. Das Haus ist in dieser Gasse. Es ist klein und reparaturbedürftig. Wenn Sie sie nicht finden, klopfen Sie an irgendeine Tür und fragen Sie."

Thomas ließ eine der Münzen in die Hand des Mannes fallen. „Sie sagen, sie ist nicht sehr beliebt. Warum?"

Es machten weitere Worte die Runde, die etwas früher zurückkehrten als bei der ersten Frage.

„Vielleicht, weil sie mit einer anderen Frau zusammenlebt." Er zeigte Zähne, die fast schwarz gefärbt waren, dunkler als das Zahnfleisch, das sie hielt.

Thomas schüttelte den Kopf und ließ zwei weitere Münzen in seine Handfläche gleiten.

Der Mann grinste und zeigte einen einzelnen Zahn. „Ich hoffe, Sie haben mehr Münzen für die beiden, die gibt es nicht umsonst, wie ich gehört habe." Dann wandte er sich ab und ließ Thomas stehen, der ihm auf den Hinterkopf starrte.

„Heißt das, wir gehen wieder raus in den Regen?", fragte Jorge.

„Ich sehe keine andere Möglichkeit, mit ihr zu reden."

„Vielleicht ziehe ich mich dann erst einmal um."

„Du bist schon ganz nass. Zieh dich um, wenn wir zurückkommen, dann ist nicht deine gesamte Kleidung durchnässt."

Jorge sah sich im Inneren des Gasthauses um. „Sind wir hier sicher?"

„Ich schlafe mit meinem Schwert in der Hand, wenn du dich dann sicherer fühlst."

Jorge lachte. „Nein, ich glaube nicht, dass das hilft. Na gut, wenn wir schon gehen müssen, dann bringen wir es hinter uns. Ausgerechnet jetzt, wo ich mich langsam aufgewärmt habe."

Die Wegbeschreibung des Mannes erwies sich als korrekt und sie fanden das Haus. Es war eines der kleinsten in der engen Straße und dasjenige, das am meisten Zuwendung benötigt hätte. Es hatte zwei Stockwerke, aber keines davon war groß genug, dass Thomas aufrecht darin hätte stehen können. Er klopfte an die Tür, während Jorge versuchte, unter dem überhängenden Dachvorsprung Schutz zu suchen, aber er wurde noch nasser, als das Wasser vom Dach schoss und seine Beine bespritzte.

Thomas wartete, klopfte mit mehr Nachdruck, aber niemand öffnete. Das Rauschen des Regens übertönte jedes Geräusch aus dem Inneren des Hauses, sodass es eine Überraschung war, als sich die Tür öffnete und eine kleine Frau, fast in seinem Alter, ihm entgegenstarrte. Sie war hübsch, mit einem schmalen Gesicht und dunklem Haar, das unter einem roten Tuch versteckt war.

„Was wollen Sie?"

„Ich bin auf der Suche nach Gracia Bernel Gomez."

„Dann haben Sie sie gefunden. Was ist Ihr Anliegen?"

„Sie sind Señora Gomez?"

„Nein, aber sie wohnt hier. Nochmal: Was ist Ihr Anliegen?"

„Ich habe Neuigkeiten von ihrem Mann."

„Dann will sie sie nicht hören. Guten Tag, Sir." Sie begann, die Tür zu schließen.

Thomas benutzte seinen Fuß, um sie zu blockieren. Sie starrte nach unten, öffnete die Tür wieder und schlug sie zu. Thomas zuckte zusammen, behielt aber seinen Fuß an Ort und Stelle.

„Ich werde schreien", sagte sie.

Thomas schaute in beide Richtungen die Straße entlang. „Schreien Sie, was das Zeug hält." Er schüttelte den Kopf und sah der Frau in die Augen. „Ich will Ihnen beiden nichts Böses."

Jorge trat in Sichtweite und die Augen der Frau wanderten zu ihm, da ihr das, was sie nun sah, eindeutig besser gefiel.

„Welche Neuigkeiten?", fragte sie.

„Das würde ich lieber Señora Gomez erzählen."

Ein Schnauben. „Nun gut. Aber legen Sie Ihre Mäntel ab. Es kommt schon genug Wasser durch das Dach, sodass Sie nicht noch mehr hereinbringen müssen."

Thomas duckte sich durch die Tür, Jorge duckte sich tiefer, als er hinter ihm eintrat. Es war ein einziger Raum, der das gesamte Erdgeschoss ausmachte. In einem in die Wand eingelassenen Herd brannte ein Feuer und der Rauch davon hing in der Luft. Davor stand eine zweite Frau, die in einem Topf rührte, der ihre Sinne jedoch nicht anregte.

„Diese Männer wollen mit dir reden, Gracia."

„Welche Männer?" Sie drehte sich um, keine Überraschung auf ihrem Gesicht, und Thomas erkannte, dass sie das ganze Gespräch mitangehört haben musste. Sie war eine gut aussehende Frau, ihr Äußeres war gepflegt, das Haar noch dunkel und die Haut ungeschminkt. Sie trug ein langes Kleid, das in der Taille mit einem Gürtel zusammengeschnürt war, die Figur darunter üppig. Thomas fand, dass sie jünger aussah, als sie war, wenn die Frauen von al-Zaki ihm die Wahrheit gesagt hatten.

„Ich will nichts von diesem Mann hören, es sei denn, Sie sind gekommen, um das Geld zu bringen, das er mir schuldet."

„Ich fürchte nicht. Ich bringe traurige Nachrichten."

Sie lachte trocken. „Was, ist er tot? Ich würde das nicht als traurige Nachricht bezeichnen."

„Ja, Ihr Mann ist tot."

„Gut." Ihr Gesichtsausdruck veränderte sich nicht.

„Gestorben durch die Hand eines anderen."

„Das überrascht mich nicht. War es eines seiner Mädchen?" Ihr Ausdruck war zuversichtlich, fast herausfordernd. „Nun, Sie haben die Nachricht überbracht. Ich bin sicher, Sie finden den Weg nach draußen, oder muss Olivia Ihnen zeigen, wo die Tür ist?"

Die andere Frau kam zu Gracia und legte ihr eine Hand auf die Schulter. „Vielleicht solltest du mit ihnen sprechen. Das Gesetz besagt, dass du nach seinem Tod Anspruch auf sein Vermögen hast."

„Wir haben uns scheiden lassen, das weißt du."

„Aber er hat dir nicht gezahlt, was er schuldet. Also ist die Scheidung nicht vollzogen, nicht wahr? Und in diesem Fall –"

„Sein Harem wird seinen Reichtum schon weggezaubert haben." Gracia hörte endlich auf, in dem Topf zu rühren, und drehte sich zu ihnen um. Sie wischte sich die Hände an einem Tuch ab und schüttelte den Kopf. „Ihr wisst nicht, wie man innerhalb der Gilde reich wird, oder?"

Thomas dachte über die Frage nach, bevor er den Kopf schüttelte. Als er das erste Mal in Malaka gelebt und in der Krankenstation alles gelernt hatte, was er heute konnte, war er nicht mehr als ein junger Fremder gewesen, das Objekt von viel Klatsch und Tratsch, von Spekulationen und in manchen Fällen auch von Faszination. Aber er hatte sich nicht für das geschäftige Treiben in der Stadt interessiert.

„Die Gildenmeister sind sicherlich reiche Individuen, aber der Reichtum jeder Gilde wird zentral verwaltet und nur verteilt, wenn es gewünscht wird oder jemand stirbt. Sie werden ein Arrangement für Zufars Familie treffen." Sie zog einen Stuhl unter einem Tisch hervor und setzte sich, wobei sie mit einem Nicken andeutete, dass Thomas und Jorge dasselbe tun konnten, wenn sie es wünschten. Ihre Begleiterin ging an ihr vorbei und berührte sie erneut an der Schulter.

„Auch ein Arrangement für Sie?"

Sie neigte ihren Kopf. „Vielleicht. Vielleicht auch nicht." Sie fuhr sich mit den Fingern durch die Haare. „Ich werde nach Malaka reiten müssen, um vor der Gilde zu sprechen. Es könnte helfen, dass er mich um die Hälfte seines Vermögens betrogen hat, wie es mir laut Gesetz zusteht, seit ich mich von ihm scheiden habe lassen. Die Gilde ist fair gegenüber ihren Mitgliedern." Sie schenkte ihm ein bitteres Lächeln. „Sind seine Spielzeuge immer noch so dumm wie immer, weinen und jammern sie?"

„Sie weinen und jammern nicht", sagte Jorge.

Gracia legte ihren Blick auf ihn, ließ ihre Augen erkunden, was sie sah, und lächelte dann. „Meine Güte, Sie sind aber ein hübsches Ding, nicht wahr?"

Jorge erwiderte das Lächeln, sagte aber nichts.

„Wissen Sie, ob Ihr Mann Feinde hatte?", fragte Thomas, bevor die beiden Frauen begannen, Jorge die nassen Kleidung abzunehmen.

„Er war ein Mann mit Einfluss, also hatte er natürlich Feinde. Wie wurde er getötet?"

Thomas überlegte, wie er antworten sollte, und entschied dann, dass sie es verdient hatte, es zu erfahren. Zum Teil, weil er die Frau nicht mochte. Sie hatte etwas Kalkulierendes an sich, das er als unangenehm empfand.

„Er wurde erstochen."

„War es schmerzhaft? Ich hoffe es jedenfalls."

„Fatal zumindest."

„Waren Sie es, der ihn untersucht hat? Sind Sie eine Art Priester? Sie sehen nicht wie einer aus und Ihr Freund ganz sicher auch nicht. Er sieht aus wie ein Sünder."

„Ich bin Arzt im Krankenhaus."

„So gekleidet? Sie überraschen mich."

„Welches Wissen würde Ihr Mann besitzen, das seinen Tod herbeiführen könnte?"

„Nichts, was mir einfällt. Und wie kommen Sie darauf, dass er über besonderes Wissen verfügte? Könnte es nicht einfach ein Streit gewesen sein? Und er ist nicht mehr mein Mann."

„Vielleicht ein Gildengeheimnis."

Gracia stand abrupt auf. „Es ist fünf Jahre her, dass ich ihn verlassen habe. Woher soll ich wissen, was er seitdem getan hat, oder was er jetzt weiß? Fragen Sie doch die Mädchen, die er der Reihe nach in seinem Bett hat." Sie verzog das Gesicht und Thomas fragte sich, wen sie mehr hasste, ihren Mann oder die Frauen, die er um sich geschart hatte.

„Ich nehme an, Sie haben Ballix in der letzten Woche nicht verlassen?"

„Warum sollte ich?" Sie starrte Thomas an. „Denken Sie, ich habe ein Messer genommen und meinen eigenen Mann erstochen?"

„Ich habe nicht gesagt, dass es ein Messer war."

„Nein – aber was sollte es sonst sein? Ich bin keine Expertin darin, jemanden zu erstechen, aber wenn ich es tun würde, würde ich ein Messer benutzen, nur in diesem speziellen Fall würde ich ihn langsam aufspießen, Stück für Stück, bis er mir gibt, was ich will." Sie legte den Kopf schief und musterte Thomas. „Wie würden Sie es tun, Sir?"

„Ich würde es überhaupt nicht tun." Dabei tauchte eine Erinnerung an die Zeit auf, als er viel jünger war, eine Erinnerung an ein anderes Leben, eines, das er nicht mehr erkannte, außer wenn es im Kampf wiederkehrte. Er hatte oft darüber nachgedacht, ob es dieser jüngere Thomas war, den die Leute sahen, der sie verunsicherte, denn er wusste, dass er Leute verunsichern konnte, ohne es überhaupt zu bemerken. Nur schien es bei dieser Frau nicht zu funktionieren.

„Und Ihre Geliebte?", sagte Thomas und warf der Frau am Herd einen Blick zu. Er benutzte den Begriff absichtlich, um eine Reaktion zu provozieren, aber Gracia lächelte nur.

„Oh, sie würde mit seinem Schwanz und seinen Eiern anfangen, nehme ich an. Wir würden es gemeinsam tun, mit großer Sorgfalt und Freude." Sie hielt ihre Hand hoch und die Frau kam zu ihr. Gracia drehte ihr Gesicht nach oben, damit sie sich küssen konnten. „Nur haben wir das nicht. Mein Mann und sein Harem sind für mich nicht mehr von Interesse. Ich habe ihn aus meinen Gedanken verbannt. Obwohl ich zugebe, dass ein wenig Geld mir durchaus willkommen wäre. Wir sind, wie Sie sehen, hier nicht gut versorgt. Aber wenigstens haben wir ein Dach über dem Kopf, auch wenn es undicht ist."

Als sie durch den Regen zurückgingen, sagte Jorge: „Ich verstehe, warum die Leute sich nicht mit ihr anfreunden, aber ich glaube nicht, dass sie ihren Mann getötet hat. Was bedeutet, dass unsere Reise hierher Zeitverschwendung war."

„Allein zu wissen, dass sie es nicht getan hat, war die Reise wert", sagte Thomas. „Und obwohl sie die Tat vielleicht nicht selbst begangen hat, wer kann schon sagen, dass sie nicht jemand anderen damit beauftragt hat?"

„Sie hat kein Geld, um einen Auftragskiller zu bezahlen", sagte Jorge. Die Straßen waren immer noch fast menschenleer. Das Wasser stand knöchelhoch, rauschte das Kopfsteinpflaster hinunter und sammelte sich in tieferen Pfützen auf Plätzen und Höfen.

„Sie behauptet, arm zu sein, aber es gab Dinge in diesem Haus, die eine wirklich arme Frau bereits verkauft hätte, wenn sie Essen auf dem Tisch bräuchte. Aber du hast recht, ich glaube nicht, dass sie etwas damit zu tun hatte – sie hat es weder selbst getan, noch jemanden damit beauftragt. Was hätte sie davon gehabt?"

„Sie hat ihn gehasst."

„Wenn die Menschen jeden töten würden, den sie hassen, gäbe es nur noch wenige Menschen auf der Welt."

„Nur dich und mich, Thomas." Jorge klopfte ihm auf den Rücken.

„Nein. Nur dich."

KAPITEL ZWÖLF

Der Regen hatte noch nicht aufgehört, aber endlich sah es so aus, als ob er zumindest nachlassen würde. Eine hellere Linie erschien zaghaft über dem Meer und bewegte sich langsam in Richtung Land. Das munterte Jorge allerdings nicht auf, der sich weiterhin darüber beklagte, wie nass er war, aber wenigstens tat er es jetzt weniger häufig.

„Sag mir noch einmal deine Meinung über sie", sagte Thomas, mehr um Jorges Stöhnen zu beenden als alles andere. Sie hatten bei einem kärglichen Abendessen über Gracia Bernel Gomez gesprochen und waren früh in ihr gemeinsames Bett gegangen. Thomas hatte lange gebraucht, um in den Schlaf zu finden, seine eigenen Gedanken und das Prasseln des Regens auf die Dachziegel über seinem Kopf hatten ihn wach gehalten. Er hatte die Zeit genutzt, um die Fakten zu prüfen, die er bisher gesammelt hatte, aber das Geräusch des Regens war so laut geworden, dass selbst das ihn nicht ablenken hatte können. Jorge hatte ein leises Schnarchen angestimmt, kaum dass die Kerze erloschen war.

„Ich glaube, sie war nicht beteiligt an seinem Tod. Das habe ich dir doch gesagt, oder hast du das schon vergessen? Es ist eine Schande – wäre sie schuldig gewesen, hätten wir zu unserem ruhigen Leben zurückkehren können. Verflucht sei dieser Regen, hört er denn nie auf?"

„Keine Sorge, nasser kannst du nicht mehr werden." Thomas brachte sein Pferd zum Stehen und hob sich aus dem Sattel, um den Schmerz in seinen Oberschenkeln zu lindern. Er wischte sich mit einer Hand über das Gesicht, um das Wasser zu entfernen, bevor er sich wieder in Bewegung setzte. „Der Mann, der uns von ihnen erzählt hat, sagte, wir würden Geld brauchen. Sahen sie für dich wie Huren aus?"

Jorge wischte sich auch über das Gesicht und lächelte. „Sie sahen gut aus, gewiss, und erfahren waren sie auch, würde ich sagen. Zwei Frauen, die zusammen leben, wie sie behaupten, ohne zu arbeiten, bräuchten das Geld. Aber nein, ich glaube nicht, dass sie Huren sind. Und du?" Wieder ein Lächeln. „Hast du gehofft, dass sie es sind?"

„Nein. Ich habe laut nachgedacht und meine Gedanken mit mir durchgehen lassen. Ich suche nach einem Grund, warum sie ihren Mann töten lassen könnte, aber das wäre keiner."

„Sie hat es nicht getan. Warum sollte sie? Lebendig könnte er ihr Geld schicken, oder seine Meinung ändern und sie zurücknehmen. Ich würde lieber mit ihr ein Bett teilen, mit ihnen beiden, als mit all seinen Mädchen zusammen."

„Das würdest du?"

„Sie warf mir vor, ich hätte Sünde in meinen Augen. Sie konnte das erkennen, weil sie die Sünde kennt. Sie ist eine Frau, die sowohl auf Männer als auch auf Frauen Appetit hat."

„Bist du sicher? Du hast sie miteinander gesehen."

„Und du glaubst immer noch, dass ich nur mit Frauen schlafe. Es gibt mehr Wunder unter den Völkern dieser Welt, als du dir vorstellen kannst, mein Freund."

„Weiß Belia von deiner Philosophie?"

„Natürlich, und sie teilt sie. Dachtest du, sie würde es

nicht tun? Ich bin, wer ich bin, Thomas. Ich kann mein Wesen nicht ändern und sie akzeptiert mich so, wie ich bin."

„Du schläfst also mit anderen Leuten. Ihr beide?"

„Nicht, seit sie in mein Leben getreten ist. Aber wenn ich wollte, könnte ich es, und sie auch."

Thomas schüttelte den Kopf. Jorge hatte recht, er war zu unschuldig für diese Welt, aber er zog es vor, so zu sein. Er konnte sich nicht einmal ansatzweise vorstellen, wie Lubna reagieren würde, wenn er versuchen würde, ihr gegenüber das gleiche Anliegen vorzubringen.

Sie hatten einen schmalen Pass zwischen zwei hohen Bergrücken erreicht. Hinter ihnen erstreckte sich die Weite von Ballix über die Ebene, abgegrenzt von hohen Gipfeln, die sich zu dem weitläufigen Gebirgszug von Maroma erhoben. Wasser strömte von den Hängen und schnitt tiefe Gräben in das bisschen Erde, das daran klebte.

Jorge ritt einen Moment lang weiter, bevor er sich umdrehte. „Was, hast du etwas vergessen? Wenn ja, kehrst du allein zurück. Wir haben schon ein Drittel des Weges hinter uns gebracht."

„Ich dachte, ich hätte etwas gesehen." Thomas deutete auf einen der näheren Berghänge, der sich fast senkrecht vor dem Pfad, dem sie folgten, erhob.

„Eine Ziege, einen Adler, einen Geist?" Jorge zog an den Zügeln und sein Pferd drehte sich geduldig. „Wen interessiert das schon?"

Thomas starrte weiter auf die Stelle, begann aber zu glauben, dass Jorge recht hatte, denn es war nichts zu sehen, und so trat er seine Fersen in die Flanken seines Pferdes, um es wieder in Bewegung zu setzen. Der Pfad schlängelte sich bergauf und in die entgegengesetzte Richtung, bevor er wieder die Richtung einschlug, in die sie reiten wollten. Der Regen ließ nach, dann hörte er ganz auf, und ein Sonnenstrahl durchbrach die Wolken und erleuchtete das breite Tal, aus dem sie gerade herausgeritten waren. Diesmal war es Jorge, der anhielt und auf etwas zeigte.

„Ich nehme an, was du gesehen hast, war nicht das? Ein Blinder könnte sie kaum übersehen."

Von Norden her, entlang des anderen Ufers des Wadi al-Cuevo, das aus der Flut wieder aufgetaucht war, erschienen ein paar Männer auf einer Straße, die zwischen niedrigen Hügeln entlangführte. Thomas beugte sich vor und kniff die Augen zusammen, aber die Entfernung war zu groß, um zu erkennen, wer sie waren. Dann, als er sie beobachtete, tauchten weitere Männer auf. Karren, die kleine Kanonen schleppten. Andere waren mit Zelten und Vorräten beladen. Die Zahl verdichtete sich zu einer Armee. In ihrer Mitte ritt ein Mann, der nicht zu übersehen war, sein Körper in eine glänzende Rüstung gehüllt, die im Sonnenlicht hell leuchtete.

„Spanier", sagte Jorge.

Thomas nickte und ein Gefühl des Grauens machte sich in seiner Brust breit. Das Jahr war noch jung, die Feldzugssaison noch einen Monat entfernt, und doch waren sie hier. Spanische Soldaten, die, wenn er sich nicht irrte, von einem Mann angeführt wurden, den er gut kannte. Fernando, König von Kastilien und Aragon. Was bedeutete, dass diese Männer mit ernsten Absichten kamen.

Auch andere hatten ihre Anwesenheit bemerkt. Auf der überschwemmten Ebene versammelten sich winzige Gestalten, um sich dann schnell zu zerstreuen. Karren wurden eilig beladen, andere machten keine Anstalten, ihre Habseligkeiten zu retten, während sie auf das noch offene Tor von Ballix zuströmten.

Die Stadt war von hohen Mauern umgeben und gut gesichert, aber es gab nicht ausreichend Soldaten, um einen Kampf zu führen, wenn die Spanier einen ernst gemeinten Angriff starteten. Schnitt man Ballix von der Zivilisation ab, wäre die Versorgungsroute zwischen Malaka und Gharnatah unterbrochen.

„Er ist ein kluger General“, sagte Thomas, mehr zu sich selbst als zu seinem Begleiter, aber Jorge hörte es.

„Es ist also Fernando, denkst du das?“

„So muss es sein. Nur ihm wäre es erlaubt, eine so feine Rüstung zu tragen. Er ist für den Krieg gekommen.“ Als er Jorge ansah, durchströmte Eis seine Adern. „Das könnte das Ende sein. Das Ende von allem. Er nimmt Ballix ein und schneidet Malaka ab. Wenn die Stadt bis zum Frühsommer fällt, werden sich die Spanier nach Gharnatah wenden, stolze Truppen, erfüllt von ihrem Triumph. Bis zum Jahreswechsel wird es al-Andalus nicht mehr geben.“

„Al-Zagal ist nicht leicht zu besiegen.“

„Da sagst du die Wahrheit. Aber sieh sie dir an. Da sind …“ Thomas verengte seine Augen. „Fünftausend oder sechstausend und es kommen noch weitere nach. Sie haben Kanonen, Rüstzeug und genug Vorräte für einen Monat dabei. Ballix wird keine Woche durchhalten. Und dann gibt es nichts mehr zwischen dort und Malaka.“

„Malaka wird es ihnen nicht so einfach machen.“

„Vielleicht. Aber er ist älter und fauler geworden, je reicher er geworden ist. Du hast Ali Durdush kennengelernt, also weiß ich, was du von ihm hältst. Malaka wird innerhalb eines Monats fallen. Spanische Korsaren werden den Hafen säumen und weitere Truppen aus Cádiz bringen.“ Thomas wendete sein Pferd. „Wir müssen zurück. Wir müssen hier weg.“

Jorge spornte sein eigenes Pferd an, um Thomas einzuholen. „Wohin? Nach Gharnatah zurückzukehren ist sinnlos. Wo willst du hin, Thomas?“

„Ich weiß es nicht, aber wir können nicht hier bleiben.“

„Und der tote Mann?“

„Vergiss den toten Mann. Lubna und Will sind dort. Belia und jetzt auch Diego. Sie müssen in Sicherheit gebracht werden. Ich war ein Narr, überhaupt hierherzukommen.“

„Nein“, sagte Jorge, „wenn du nicht gekommen wärst,

würden wir immer noch in Unwissenheit leben. Du sagst immer, es ist besser, die Wahrheit zu kennen, als sich von ihr abzuwenden, so unbequem sie auch sein mag."

„Ich sage zu viele Dinge und nicht alle davon sind richtig."

„Nun, das ist aber ganz was Neues. Der unfehlbare Thomas Berrington gibt zu, dass er sich irren könnte."

„Manchmal frage ich mich, warum ich dich so liebe, wie ich es tue."

„Meine Schönheit, offensichtlich. Meine –" Jorge hielt sein Pferd abrupt an, als eine Gruppe von Männern vor ihnen auftauchte. Sie hatten sich hinter einem Felsbrocken versteckt, bis die beiden um eine Ecke gebogen waren.

Thomas kam ebenfalls zum Stehen und blickte über seine Schulter, um eine zweite Gruppe zu entdecken, die nun ihren Weg von hinten blockierte.

„Sag ihnen, du bist ein Freund von Fernando." Jorge trieb sein Pferd dicht an Thomas' heran, bis sich ihre Flanken berührten.

„Das wäre ein Fehler."

„Nicht, wenn du überzeugend bist."

„Diese Männer sind keine Spanier."

„Räuber?" Jorge zog sein Schwert und hielt es hoch, für den Fall, dass es zu einem Kampf kommen sollte.

„Mauren." Dann lachte Thomas und trieb sein Pferd vorwärts. „Yusuf?"

Der Mann an der Spitze der Soldatenschar war groß, breitschultrig und nicht mehr der Jüngling, der Thomas einst angebetet hatte, sondern ein Anführer, ein General. Er war der Neffe des Herrschers von Gharnatah, al-Zagal und der Bruder von Muhammed, der Anspruch auf die Herrschaft erhob. Yusuf war jetzt ein Mann von einundzwanzig Jahren und obwohl Thomas ihn seit mehreren Jahren nicht mehr gesehen hatte, hatte er von seinem Ruf als Anführer und tapferem Krieger gehört. Er stieg ab und schritt vorwärts, wurde aber erst langsamer, als er nicht den erwarteten Empfang erhielt.

Yusuf blickte über ihn hinweg. „Seid es nur ihr beide?"

„Natürlich. Wen hast du denn erwartet?"

Sein Blick wich zur Seite. Yusuf kannte Jorge natürlich.

„Seid ihr mit den Spaniern unterwegs? Mit einem Spähtrupp?"

Thomas hielt inne, unsicher. „Hast du vergessen, wo meine Loyalität liegt?"

„Man munkelt, dass deine Loyalität derzeit Spanien gehört. Bist du im Auftrag deiner geliebten Königin gekommen, um al-Andalus auszuspionieren?"

Thomas ging einen Schritt näher und ignorierte die anderen Männer, die ihre Waffen zogen. Er hoffte, dass Jorge sein eigenes Schwert in die Scheide gesteckt hatte, denn dies waren alles erfahrene Soldaten.

„Seit wann glaubst du den Gerüchten? Hast du all die Lektionen vergessen, die ich dir beigebracht habe, als du auf meinem Knie gesessen hast? Die Lektionen, die Jorge dir beigebracht hat, als du herangewachsen bist und entdeckt hast, dass Frauen mehr sein können als Spielkameraden?" Thomas schlug sich auf die Brust. „Sind wir keine Freunde?"

Yusuf starrte ihn einen langen Moment lang an. Der Regen kehrte kurz zurück und zog dann weiter.

„Woher kommt ihr gerade?"

„Was glaubst du, woher? Aus Ballix, natürlich."

„Die Spanier sind dort. Warst du bei ihnen?"

„Es scheint, egal was ich sage, du wirst mir nicht glauben. Wir sind müde und Lubna und Belia erwarten uns zu Hause. Lass uns vorbei und wir können alle vergessen, dass diese Begegnung jemals stattgefunden hat."

„Lubna ist bei dir? In Malaka?"

„Wo sollte sie sonst sein?"

„Ich dachte …" Yusuf sah weg, seine Augen wanderten über die steilen Hänge zu ihren Seiten, bevor sie zu ihm zurückkehrten. Etwas an ihm hatte sich verändert. „Es heißt, du seist zu deiner anderen Frau nach Ixbilya gegangen."

„Es gibt keine andere Frau für mich als Lubna, das weißt du. Wir sind seit eineinhalb Jahren in Malaka, während sie an der Krankenstation studiert."

„Ist sie gut?"

Thomas lachte. „Du weißt, dass sie gut ist."

„So gut wie du?" Yusuf rollte mit der Schulter, die sechs Jahre zuvor verletzt worden und nun fast vollständig verheilt war.

„Sie hätte dich genauso gut heilen können, wie ich es getan habe."

„Dann ist sie gut." Yusuf schüttelte den Kopf, rieb sich mit einer Hand über das Gesicht und stieß dann den Atem aus seiner Lunge. „Wir haben unser Lager in dieser Richtung aufgeschlagen, falls ihr euch uns anschließen wollt. Ihr seid willkommen, ihr beide."

„Wir müssen nach Hause. Ich bin …" Thomas ließ seinen Satz in der Luft hängen. Yusuf brauchte nicht zu wissen, dass er in eine weitere Morduntersuchung verwickelt war, und der Mann hatte seine eigenen Verpflichtungen. „Gehörst du zu den Truppen deines Onkels?" Thomas bezog sich auf al-Zagal, Sultan in Gharnatah und gefürchteter Krieger. „Wusste er, dass die Spanier kommen würden?"

„Er hat mich vorausgeschickt, um das Gebiet auszukundschaften. Er befürchtete, sie könnten zu früh kommen, aber wir haben Glück, dass der Regen ihnen in die Quere gekommen ist und …" Yusuf hielt inne und musterte Thomas. Dann schenkte er ihm ein grimmiges Lächeln. „Weißt du, für einen Moment hätte ich fast vergessen, dass ich dir nicht traue."

Thomas streckte seine Arme aus. „Ich bin es, dein Freund. Du kannst mir immer vertrauen. Weißt du das nicht hier, in deinem Herzen?" Er klopfte sich auf die Brust.

„Ich möchte es. Aber mein Onkel sagt, vertraue keinem Menschen, denn jeder betrügt dich am Ende."

„Er denkt an die Spanier", sagte Jorge, seine ersten Worte seit sie sich begegnet waren.

„Ignoriere ihn", sagte Thomas. „Er versteht nur etwas von Frauen."

„Yusuf weiß das, denn ich habe ihn gut unterrichtet."

Yusuf nickte. „Ja, das hast du. Ich danke dir dafür." Er schüttelte den Kopf und lachte. „Ich kann nicht weiter an euch zweifeln. Wie könnte ich auch, wenn wir so viel Zeit unseres Lebens zusammen verbracht haben? Aber sag mir, ist es wahr, dass du mit der spanischen Königin geschlafen hast?"

„Wer hat dir das gesagt?"

„Es ist allgemein bekannt. Jeder weiß es. War sie gut? Ich nehme an, sie ist eine Enttäuschung nach den maurischen Frauen, oder?"

„Falls ich es jemals herausfinde, werde ich es dich wissen lassen. Sie und ich sind …" Thomas überlegte, wie er es formulieren sollte, aber er wusste, dass er nur die Wahrheit sagen konnte. „Wir sind Freunde, das ist wahr, aber mehr nicht. Sie liebt ihren Mann und ihr Land zu sehr, um beides zu verraten."

„Aber ihr *seid* Freunde?"

Thomas nickte.

„Und er?"

Thomas zuckte mit den Schultern. „Nicht auf dieselbe Weise, aber sie kennen Jorge natürlich. Und Lubna und Will."

„Himmel, Thomas, bist du sicher, dass du sie nicht bestiegen hast? Und wenn nicht, warum? Ich habe dich nie für einen Narren gehalten."

„Glaube, was du willst, doch ich kenne die Wahrheit." Er betrachtete Yusuf. Gutaussehend, stark, selbstbewusst. Er fragte sich, wie viel davon nach einer Begegnung mit den Spaniern übrig bleiben würde. Wogen der Loyalität durchfluteten ihn und zogen ihn unerbittlich mit sich. Er beschloss, sein Leben zu riskieren, im Vertrauen auf alte Loyalitäten. „Bist du dumm wie dein Bruder oder unfähig wie dein Vater?“

„Du weißt, dass ich beides nicht bin.“

Es schien, als könnte das Spiel funktionieren.

„Und dein Onkel?“

„Ist ein großer General.“

„Glaubst du, dass die Mauren diesen Krieg gewinnen können?“

„Wir sind große Krieger und dies ist unser Land.“ Yusuf sah sich um. „Selbst wenn es so nass ist wie hier.“

„Das ist keine Antwort auf meine Frage.“

„Ich kann dir darauf keine Antwort geben“, sagte Yusuf. „Es ist nicht meine Aufgabe, eine Antwort zu geben. Wenn du über Dummheiten reden willst, solltet ihr mit uns kommen und mit uns essen. Wir haben ein Lager in der Nähe.“

„Wir können nicht.“

„Dann reitet wenigstens mit uns, wir müssen für eine Weile in dieselbe Richtung.“ Yusuf wandte sich ab und seine Männer fielen zurück, während andere vorausgingen, um ihren Anführer zu schützen. Ein paar neugierige Blicke trafen Thomas und Jorge, aber wenn Yusuf sie akzeptierte, würden sie es auch tun. Für den Moment.

Thomas griff nach Yusufs Arm und hielt ihn zurück, während die anderen vorbeigingen, bis sie nur noch zu dritt waren.

„Glaubst du, dass dieser Krieg gewonnen werden kann?“, fragte er. „Nicht nur diese Schlacht, sondern der Krieg um die Seele von al-Andalus?“

„Es ist nicht meine Aufgabe, solche Fragen zu stellen.“

„Aber du denkst sie, nicht wahr? So wie ich es tue.“

„Es ist nicht meine Aufgabe“, sagte Yusuf wieder. „Aber du hast recht, das heißt nicht, dass ich nicht über solche Dinge nachdenke." Er blickte nach vorn, dorthin, wo seine Männer jetzt hundert Schritte entfernt waren. Weit genug für Ehrlichkeit, wie es schien. Yusuf begann, dem schmalen Pfad zu folgen, der nur Platz für Thomas neben ihm bot. „Du hast recht. Dieser Krieg kann nicht gewonnen werden, nicht einmal mit meinem Onkel als Sultan in Gharnatah." Er starrte einen Moment lang auf seine Hände hinunter, bevor er aufblickte. „Sag mir, Thomas, hören dir der spanische König und die Königin wirklich zu?"

„Das tun sie. Aber nicht ausreichend, um zu erreichen, was du willst. Dieser Krieg wird nicht auf meinen oder deinen Wunsch hin enden, sonst wäre er schon längst vorbei."

„Mein Onkel ist ein großer General, aber er ist aus Eisen geschmiedet. Er besitzt keine Menschlichkeit, keine Flexibilität."

„Er beschützt Gharnatah", sagte Thomas.

„Mein Bruder versucht, ihn abzulösen."

„Das wird nie passieren."

„Sei dir da nicht so sicher. Du bist schon zu lange aus Gharnatah weg, selbst wenn ich geglaubt habe, du wärst in Ixbilya anstatt hier. Der Albayzin befindet sich in offener Rebellion gegen al-Zagal, und Muhammed und meine Mutter unterstützen ihn. Er würde sich wieder auf den Hügel setzen, wenn er könnte."

„Dann wird das Ende noch früher kommen." Und weil Thomas Yusuf vertraute, ihm mehr vertraute als jedem anderen in der Herrscherfamilie, sagte er: „Ich glaube, Muhammed wurde zu einem Instrument der Spanier gemacht."

Yusuf blieb stehen und wandte sich an Thomas. „Ich mag ihn nicht, aber er ist mein Bruder, und er ist ein Maure."

„Der fast ein Jahr lang von den Spaniern gefangen gehalten wurde. Es gibt einen Mann, Martin de Alarcón, der die ganze Zeit sein Kerkermeister war. Nur ist er wie kein

Kerkermeister, den ich je gekannt habe. Martin ist ein schlauer Mann. Er hat Muhammed hörig gemacht. Hat ihn zu einem Untergebenen Spaniens gemacht."

Yusuf schüttelte den Kopf und sein Blick wanderte zu seinen Männern, die weitermarschierten. „Es stimmt, er hat einige Dinge zu mir gesagt, bei denen ich mich fragen musste, wo seine Loyalität liegt, aber wenn das, was du behauptest, wahr ist, dann ist es eine schwer zu ertragende Wahrheit."

„Es gibt noch jemanden, der die Führung auf dem Hügel übernehmen könnte", sagte Thomas.

„Mein Bruder hat zuerst Anspruch."

Thomas lachte. „Seit wann hat Anspruch jemals eine Rolle gespielt? Dein Vater hatte den stärksten Anspruch, aber Muhammed hat ihn trotzdem verdrängt. Er wird nicht gemocht und du schon."

„Gemocht zu werden, ist keine Qualifikation dafür, ein Land zu regieren. Wenn es so wäre, dann wäre Jorge Sultan."

„Gott helfe mir und Gott helfe Gharnatah", sagte Jorge, der geduldig wartete.

„Es ist ein guter Anfang", sagte Thomas. „Und du bist ein starker General. Olaf Torvaldsson sagt mir, dass du das bist, und keiner kann es besser beurteilen als er."

„Und wenn ich mich auf den Hügel setzen würde, würde das die Spanier aufhalten?"

„Nein, aber es könnte das Ende für alle leichter machen. Sie werden unseres Widerstandes müde. Du hast es gesehen. Als Ronda fiel, erlaubten sie den Menschen, mit ihrem Hab und Gut zu gehen. Letztes Jahr, in Wadi-Ashi, wurde die Stadt noch ausgeräumt und viele der Menschen versklavt. Was wird nächstes Jahr passieren? Wollen sie all unsere Köpfe auf Pfählen?"

„Du sprichst von Verrat, Thomas."

„Nicht Verrat, sondern Vernunft. Ich spreche von einer Chance, wenigstens etwas aus diesem Chaos zu retten. Wir werden verlieren, aber wir können wenigstens versuchen, mit intakter Ehre zu verlieren."

Yusuf schüttelte den Kopf und ging weiter. Thomas warf Jorge einen Blick zu, der sie ausdruckslos beobachtete. Er wollte etwas sagen, wusste aber, dass er es nicht konnte. Der Regen kehrte zurück und fiel ihm ins Gesicht, und so lief er los und fiel neben Yusuf in den Schritt. Vor sich sah er, dass die Männer verschwunden waren, und er fragte sich, wann das passiert war und wohin sie gegangen waren.

„Was du sagst, klingt logisch", sagte Yusuf. „So wie alles, was du sagst, logisch klingt. Aber ich weiß nicht, ob ich mich mit einer solchen Idee anfreunden kann." Er hob eine Hand, als Thomas den Mund öffnete, um zu sprechen. „Nein, du hast deine Argumente deutlich gemacht, und es sind starke Argumente. Ich muss darüber nachdenken, die Implikationen durchspielen und zu meinen eigenen Schlussfolgerungen kommen." Die Spannung wich aus seinem Körper und seine Schritte wurden schneller. „Seid ihr sicher, dass ihr nicht über Nacht bleiben wollt?"

„Vielen Dank, aber unsere Familien warten. Du solltest mit uns kommen, zumindest für heute Abend. Lubna würde sich freuen, dich zu sehen."

„Und ich mich auch. Aber ich kann nicht."

Sie erreichten eine Weggabelung und Thomas sah, wohin Yusufs Männer gegangen waren. Sie warteten auf ihren Herrn auf einem anderen Pfad, der noch schmaler war, da er durch einen fast senkrechten Spalt in dem Hang führte. Der Regen durchnässte sie, das Wasser stieg knöchelhoch, aber sie ignorierten beides.

„Hier müssen sich unsere Wege vorerst trennen." Yusuf zog Thomas in eine Umarmung und hielt ihn lange Zeit fest. „Ich werde dich wissen lassen, wie ich mich entscheide." Er umarmte auch Jorge, ging dann zu seinen Männern und stapfte durch den Regen davon.

KAPITEL DREIZEHN

„Du hast noch nicht mit ihm gesprochen, oder?“ Lubna meinte Diego, der weiterhin jeden Gegenstand einsteckte, der funkelte oder seine Aufmerksamkeit erregte.

„Ich werde es tun. Kann ich mich wenigstens vorher abtrocknen und etwas zu essen bekommen?“ Thomas ließ sein nasses Gewand auf den Boden fallen, wo es eine große Pfütze verursachte. „Oder vielleicht ist es besser, wenn Jorge es versucht.“

„Das hat er schon, aber er ist zu weich. Es wird effektiver sein, wenn es von dir kommt.“

„Bin ich denn nicht weich?“

Diego wollte Thomas nicht in die Augen sehen, als er sich zu ihm setzte, die Hände in seinem Schoß verschränkt. Er hatte gewollt, dass Will dabei war, aber Thomas sagte, das Gespräch sei nur für sie beide bestimmt. Bis jetzt war es nicht gut gelaufen. Überhaupt nicht gut.

Diego behauptete, er habe nichts genommen. Als Thomas ihm die hölzerne Kiste zeigte, die fast bis zum Rand mit Schmuck gefüllt war – Messer zum Essen; ein Päckchen Salz; drei von Belias Fläschchen für Tränke, von denen zwei genug Flüssigkeit enthielten, um einen Mann zu töten –, hatte er zu weinen begonnen und seine Arme ausgestreckt, damit Thomas ihn umarmte.

Doch nun starrte er ihn nur an, sein Gesicht grimmig.

„Das muss aufhören. Wenn du etwas willst, frage danach, und meistens werden wir sagen, dass du es haben kannst. Aber du musst daran denken, dass es nicht dir gehört. Das hier, zum Beispiel." Thomas griff hinein und zog einen goldenen Ring heraus. „Weißt du, wem der gehört?"

„Deiner", sagte Diego.

„Das ist richtig. Es ist der Ring, der mich als Lubnas Ehemann ausweist. Er bedeutet mir sehr viel."

„Du trägst ihn nie", sagte Diego. „Ich beobachte. Ich sehe. Lubna trägt ihren, aber du nicht."

„Er ist zu groß und ich habe Angst, ihn zu verlieren."

„Dann Diego darauf aufpassen."

„Es ist mein Ring." Thomas streckte die Hand aus, nahm Diegos rechte Hand in seine und spreizte seine Finger. „Gehören die alle dir?" Thomas tippte die Ringe an jedem von Diegos Fingern an.

„Meine", sagte Diego.

„Oder sind es Ringe deiner Eltern?"

Diego zog seine Hand weg und versteckte sie in der anderen.

„Was ihnen gehört, gehört mir."

„Und dein Bruder? Möchte er nicht vielleicht auch ein Andenken an sie haben?"

„Er kann fragen."

Thomas griff nach Diegos anderer Hand, aber er zog sie weg.

„Tu das nicht", sagte Thomas. „Du gehörst jetzt zu dieser Familie und das hat nicht nur Vorteile, sondern kommt auch mit ein paar Pflichten." Er streckte seine Hand flach aus. „Gib mir deine Hand, Diego."

Der Junge zögerte und einen Moment lang dachte Thomas, er sei zu weit gegangen und Diego würde aus dem

Zimmer rennen. Er wusste, dass es ein kritischer Moment war, war aber entschlossen, jetzt nicht locker zu lassen, sosehr er auch Mitleid mit ihm hatte.

Er wartete, starrte Diego an und hoffte, dass sein Blick nicht zu viel von der Kälte aussandte, die man ihm oft nachsagte und die er nicht verstand. Schließlich löste Diego seine fest ineinander verschlungenen Finger und streckte seine Hand aus.

Thomas nahm sein Handgelenk und hielt es fest, als Diego die Enge seines Griffs spürte und versuchte, sich zurückzuziehen.

„Der hier", sagte Thomas und tippte auf einen feinen Granat, der in ein gedrehtes Silberband eingefasst war. „Woher hast du den?"

„Ma kauft ihn. Diego am Markt und gefällt. Ich sage, ich will und sie kauft."

„Der ist teuer."

„Ma sagt, ich soll mir nie Sorgen um Geld machen."

„Und dieser?"

Das Verhör ging weiter, bis Thomas schließlich auf einen mit Topas besetzten Goldring tippte, der an Diegos Daumen steckte, zu groß für jeden anderen Finger. Sobald Thomas ihn berührte, riss Diego seine Hand weg.

„Geschenk, von Pa."

Thomas streckte wieder die Hand aus, wartete, sagte aber nichts.

Diego starrte erst auf seine Hand, dann hinauf zu Thomas' Gesicht und wieder hinunter zu seiner Hand.

Ein paar Sonnenstrahlen, die ein Schlupfloch zwischen zwei Wolken fanden, berührten ihre Haut. Die Wärme war jedoch nur von kurzer Dauer, bevor das Licht wieder verblasste. Von anderswo im Haus drangen Stimmen zu ihnen durch, während Belia das Abendessen vorbereitete und Lubna half. Ab und zu rief Will etwas und Thomas hörte Jorge lachen. Er missgönnte Diego seine Anwesenheit in ihrer Großfamilie nicht, aber er wusste, dass dieser Moment wichtig war. Er musste lernen, was akzeptabel war und was nicht.

Mehr Tränen quollen aus Diegos Augen, aber er war gefangen unter Thomas' Blick. Langsam entwirrte er seine Hände und streckte die linke aus. Thomas griff nach dem feinen Ring und versuchte, ihn zu lösen, aber er saß zu fest.

„Der ist nicht von deinem Vater, oder?"

„Mein neuer Pa. Der, den ich gefunden habe. Er gibt mir den Ring."

„Ist das wahr? Hat er gesagt, dass du ihn behalten kannst?"

Diego schüttelte den Kopf.

„Weil er nicht sprechen konnte, oder?" Thomas spürte einen Anflug von Aufregung, unterdrückte sie jedoch. „Er war schon tot."

„Diego war da. Diego hat Angst, dass der Mann zurückkommt. Ich nehme, damit er nicht kann."

Thomas starrte Diego an. „Welcher Mann?"

„Einer mit Messer. Einer, der Pa-nicht-Pa verletzt." Er bewegte seine rechte Hand in kleinen schneidenden Bewegungen.

„Du hast alles gesehen?"

Diego nickte. „Ich schließe die Augen, weil ich nicht sehen will. Aber ich schaue manchmal. Meine Ohren kann ich nicht schließen."

„Warum warst du dort?"

„Suche nach Pa. Er geht weg und Ma ist krank. Sie vermisst ihn. Ich auch. Also gehe ich ihn suchen."

„Aber du wusstest, dass er tot war. Es gab eine Beerdigung."

„Sie lassen mich nicht hingehen. Ich glaube ihnen nicht, wenn sie es sagen. Ich gehe nachsehen. Ich weiß, wo er arbeitet. Aber da ist ein anderer Mann."

Plötzlich fiel Thomas ein, dass er Diegos echtem Vater nicht genug Aufmerksamkeit geschenkt hatte.

„Was hat er gemacht?"

„Pa?"

Thomas nickte. Die Geschichte zu erzählen schien Diego zu entspannen. Da war immer noch die Sache mit dem Stehlen, aber im Moment war die Geschichte, die er erzählte, wichtiger.

„Schreiber." Diego machte eine Bewegung mit seiner Hand, als würde er schreiben.

„Für wen? Sind die Leute zu ihm gekommen und er hat für sie geschrieben, oder hat er irgendwo gearbeitet?"

Diego zog die Nase auf und schüttelte den Kopf. „Ich sage schon. Diego ist gegangen, um Pa zu suchen, wo er *arbeitet*."

„Dein Vater hat in diesem Gebäude gearbeitet?"

Ein Kopfnicken. „Arbeit für andere Pa."

„Dein Vater war Protokollant für den toten Mann?"

„Was ist Protokollant?", fragte Diego.

„Jemand, der Worte für andere aufschreibt. Wenn Waren ankommen, wenn Schiffe andocken. Über alles muss ein Protokoll geführt werden."

„Ja. Protokollant. Pa Protokollant." Ein sanftes Lächeln. „Er bringt mir Dinge von den Schiffen. Kleine Dinge. Ma auch, er bringt Gewürze und schöne Steine. Pa liebt uns." Diego starrte ins Leere. „Pa hat mich geliebt." Er verdrehte seine Hände und dann, als hätte er eine Entscheidung getroffen, zog er kräftig an dem Ring, der an seinem Daumen steckte. Sein Gesicht verzerrte sich vor Anstrengung, aber langsam löste sich der Ring, glitt in Windeseile herunter und rutschte aus seinem Griff. Er flog über den Boden und kam in einer Ecke zum Liegen.

Thomas ließ ihn, wo er war.

„Nicht meiner", sagte Diego. „Diego weiß, dieser nicht. Aber so hübsch."

„Trug ihn der Mann in dem Zimmer?"

Ein Schütteln des Kopfes. „Nein, nein. Anderer Mann. Anderer Mann hat ihn verloren."

„Der Mann mit dem Messer?"

„Nein. Anderer Mann hat Messer. Ring von Mann, der anderem Mann sagt, er soll Pa-nicht-Pa weh tun."

Thomas starrte Diego an. „Es waren also zwei Männer?" Er hielt seine Finger hoch, unsicher, ob Diego das Konzept der Zahlen verstand oder nicht. Diego streckte die Hand aus und hob einen dritten Finger.

„Drei?"

„Pa-nicht-Pa auch", sagte Diego. „Großer Mann und kleiner Mann." Er hob eine Hand über seinen Kopf, senkte sie an seine Taille, zweifellos beides Übertreibungen. Dann begann er zu nicken, eine Bewegung, die sich in einem gleichmäßigen, seltsamen Rhythmus einpendelte, als würde sie ihm Trost spenden. Thomas gönnte ihm die Atempause für einen Moment. Wie musste es für ihn gewesen sein, den Angriff mit anzusehen? Nein, nicht den Angriff, den Mord. Thomas ging in die Ecke, hob den Ring auf und steckte ihn in seine Tasche, um Diego nicht weiter aufzuregen. Mit etwas Glück konnte er ihn einfach vergessen. Der Verstand war auf wundersame Weise in der Lage, Erinnerungen beiseitezuschieben, an denen er nicht festhalten wollte, und Thomas fand, dass diejenigen mit Fähigkeiten, wie Diego sie besaß, dies manchmal leichter schafften als andere. Sie waren die Glücklichen, die nur an den guten Erinnerungen festhielten und die schlechten einfach löschten. Thomas wünschte sich, er könnte dieses Talent erlernen, aber er wusste, dass es nicht in seiner Natur lag.

„Wenn du die Männer wiedersehen würdest, würdest du sie erkennen?"

Aber Diego nickte nur weiter. Seine Gedanken waren an einen anderen Ort gewandert, von dem er nur schwer wieder zurückzuholen sein würde. Thomas wusste, dass er ein anderes Mal auf das Thema zurückkommen musste, also stand er auf und ließ Diego mit seinen Gedanken allein. Draußen fand er Will, der mit ein paar Bauklötzen spielte, und sagte ihm, dass er zu Diego gehen und ihn trösten solle. Die anderen waren im Wohnraum, wo Lubna und Jorge an einem breiten Tisch saßen. Belia rührte in einem Topf, dessen Aroma die Luft erfüllte und Thomas das Wasser im Mund zusammenlaufen ließ. Das Essen in Ballix war kaum genießbar gewesen und er wollte sitzen und essen und über andere Dinge reden. Der Krieg mochte kommen, aber für heute Abend konnte er warten. Sie hatten sich hier ein gutes Leben geschaffen. Er wollte es so lange wie möglich auskosten.

Als er sich setzte, zog er den Ring heraus und drehte ihn in seinen Fingern.

„Was hast du denn da?“, fragte Jorge. „Hat Diego dir auch beigebracht, wie man stiehlt?“

„Es ist ein Ring, den der Mörder getragen hat. Er hat ihn verloren und Diego hat ihn gefunden.“ Er reichte den Ring an Jorge weiter, der ihn untersuchte und eine Lampe heranzog.

„Er ist wertvoll, aber zu protzig. Das Eigentum eines Mannes, der seine Position in die Welt hinausschreien muss. Ich bevorzuge subtileren Schmuck.“

Thomas lächelte und fragte sich, warum Jorge seinen Geschmack nicht auch auf seine Kleiderwahl ummünzte. Er hatte nach dem Bad ein langes Gewand aus feiner Seide angezogen, Rot und Gold, das schimmerte und sich an seinen Körper schmiegte. Die Ärmel waren weit geschnitten, sodass sie wie Wasserpfützen auf die Tischplatte fielen.

„Darin ist etwas eingraviert“, sagte Jorge und hielt Thomas den Ring vor die Nase.

Er nahm ihn und schaute auf die feine Gravur auf der Innenseite. Was sie aussagte, konnte er nicht erkennen, und auch nicht, ob sie überhaupt etwas aussagte. Vielleicht waren es nur Kratzer, die sich über viele Jahre angesammelt hatten. Er legte den Ring auf den Tisch und ging in das Zimmer, das er mit Lubna teilte, wo er die Kisten durchsuchte, die er dort aufbewahrte, bis er fand, was er wollte – eine feine Linse, die in Neapel hergestellt und mit großem Aufwand importiert worden war. Bei sorgfältigem Gebrauch konnte sie ein Objekt um das Zehnfache vergrößern.

Als er zum Tisch zurückkehrte, setzte er die Linse in die Mulde seines rechten Auges. Es waren keine Kratzer, sondern Worte. Er hielt den Ring näher vor sein Auge, bewegte ihn dann ein wenig weiter weg und noch ein Stückchen weiter. Schließlich griff er hinüber und zog die Lampe nahe heran, bis sie sein Haar versengte und er zurückzuckte.

Lubna kam und lehnte sich an seine Schultern, ihr Duft umhüllte ihn.

„Kannst du es lesen?“

„Nicht ganz. Es würde helfen, wenn ich wüsste, in welcher Sprache es geschrieben ist, aber ohne es zu lesen, kann ich es nicht sagen.“

„Darf ich mal sehen?“ Sie hielt ihre Hand auf.

Thomas fuhr fort, die feinen Spuren zu studieren, wusste aber, dass seine Sehkraft nicht ausreichte. Also legte er den Ring in Lubnas Handfläche und reichte ihr das Vergrößerungsglas. Sie hatte ein solches Instrument schon einmal benutzt, denn unter Ärzten war es nicht unüblich, wenn sie eine Wunde oder einen Fleck genauer untersuchen wollten.

Lubna setzte sich neben Thomas und schob ihn mit ihrer Hüfte die Bank entlang, bis sie näher an der Lampe saß. Thomas zog ihr langes Haar zurück, damit sie sich nicht verbrannte, wie er es getan hatte.

Nach einiger Zeit legte Lubna den Ring wieder auf den Tisch.

„Nein, ich kann es nicht lesen.“

„Jemand anderes, vielleicht. Belia?“ Thomas drehte sich um, aber Belia schüttelte den Kopf.

„Lubnas Augen sind besser als meine.“

„Und ich kann sowieso nicht lesen“, sagte Jorge.

„Ich kann es nicht lesen“, sagte Lubna, „aber ich kann es nachzeichnen. Ich kann die Zeichen sehen, ich kann sie nur nicht entziffern. Sie sind nicht in Arabisch oder Spanisch oder Latein, sonst würde ich die Worte erkennen.“ Sie stieß Thomas erneut an und grinste. „Geh und hol mir Papier, Sklave.“

Lubna drückte ihre Wange nach oben, als sie das Glas vor ihr linkes Auge klemmte. Ihre rechte Hand bewegte sich langsam über ein Blatt Papier, während sie niederschrieb, was sie sah. Thomas, Jorge und Belia lehnten sich dicht an sie heran und beobachteten, wie sich ein Muster abzeichnete, aber nach einer Weile wusste Thomas, dass es nur ihm etwas sagte.

Es dauerte eine Weile, aber als sie die Zeichen zusammenfügte, konnte er Buchstaben auf Französisch erkennen, einer Sprache, die er seit vielen Jahren nicht mehr gelesen hatte und von der er nicht sicher war, ob er sie jetzt noch verstand. Er lehnte sich näher heran und seine Hand kam auf Lubnas Schulter zum Liegen.

Sie schüttelte sie jedoch ab. „Ich bin noch nicht fertig. Warte doch.“

Thomas zog sich zurück.

Die Buchstaben formten sich und verblassten in seinem Kopf, verschwanden gänzlich, als Lubna neue Zeichen hinzufügte, und er wusste, dass er etwas finden musste, um sich abzulenken, bis sie fertig war. Er richtete sich auf und linderte einen Schmerz in seinem Rücken – zu lange im Sattel, zu lange im Regen.

Kurz darauf fand er Diego mit Will auf der Terrasse, wo sie sich hinauslehnten, um die letzten Reste der untergehenden Sonne zu beobachten, die einen zinnoberroten Schimmer auf die entfernten Wolken malte. Sie redeten Unsinn in einer Mischung aus Arabisch und Spanisch, verstanden sich, auch wenn es sonst niemand konnte.

Thomas setzte sich auf eine breite Bank und klopfte sich auf den Schoß. Will lief hinüber und sprang auf ihn. Diego kam langsamer, zweifellos immer noch nicht bereit, ihm ihr Gespräch zu verzeihen, aber er saß zumindest fröhlich daneben und lehnte sich an Thomas. Ein Kind auf seinem Knie, ein zweites an seiner Seite, so fühlte es sich für ihn an, aber auf jemanden außerhalb des Hauses würde es anders wirken.

„Was habt ihr beide heute gemacht?"

Es war Will, der antwortete. „Wir haben mit Diegos Würfeln gespielt, dann habe ich ihm gezeigt, wie man einen Mann tötet."

Thomas lächelte. „Holzschwerter, hoffe ich."

„Pa! Natürlich Holzschwerter. Messer auch. Aber Diego kann niemals töten. Er kämpft schlecht, und er stößt nicht richtig zu." Will streichelte Thomas' Arm und zog den Ärmel seines Gewandes hoch, um eine Narbe quer über seinen Unterarm zu untersuchen. Er berührte sie mit einem Finger, ein vertrautes Spiel, auch wenn er die Antwort schon kannte.

„Frankreich", sagte Thomas.

„Als du fast getötet wurdest?"

Thomas fragte sich, ob er seinem Sohn zu viele Geschichten aus seiner Vergangenheit erzählt hatte, aber er wollte, dass er sowohl unverwundbar war als auch die Gefahren des Kampfes kannte. Vielleicht auch die Freuden, denn der Kampf barg eine kalte, heimtückische Freude, der er sich einst hingegeben hatte, als er gar nicht so viel älter war als der Junge, den er nun gegen seine Brust drückte.

Viele dieser Erinnerungen brachten eine kalte Ekstase mit sich, die er fürchtete, da er ihren Sirenenruf kannte. Er fragte sich, ob das der Grund war, warum er Will Geschichten erzählte, um ihm Angst zu machen, um die Illusion von Männern, die gegen Männer kämpften, weniger faszinierend zu machen.

„Als ich fast getötet wurde", sagte Thomas und lächelte. „Was ist mit dir, Diego? Kämpfst du gerne?"

Ein Kopfschütteln, während er sich an seine Seite schmiegte, und Thomas hob einen Arm, um Diego an sich zu ziehen.

„Das ist gut. Ich denke oft, dass mein Sohn es zu sehr mag."

„*Morfar* sagt, kämpfen ist gut", sagte Will.

„Ja, Olaf sagt das. Aber denk daran, es ist sein Beruf und er hat sein Leben dem Krieg gewidmet. Wenn du erwachsen bist, bete ich, dass es keinen Krieg mehr gibt."

„*Morfar* sagt, Krieg ist gut."

„*Morfar* hat nicht immer mit allem recht, was er sagt."

Will lachte und legte eine Hand über seinen Mund. „Hast du ihm das gesagt?"

Thomas erwiderte das Lachen. „Nein, ich glaube nicht, dass das eine gute Idee wäre."

„Sie ist fertig."

Thomas drehte sich um und sah Belia in der Tür stehen. Er nickte, küsste Will auf den Kopf, umarmte Diego noch einmal, befreite sich dann aus ihrem Wirrwarr aus Armen und Beinen und ging hinein.

Als er sich diesmal über Lubna beugte, war er nicht davon überzeugt, dass die fertige Abbildung viel besser war als die von vorhin. Er stützte sich mit den Fingerknöcheln auf dem Tisch ab, während er betrachtete, was Lubna abgeschrieben hatte. Er verengte seine Augen, um das Bild ein wenig zu schärfen, und als er es tat, konnte er lesen, was dort geschrieben stand.

A mon frere bien amie E.

An meinen lieben Freund und Bruder. Ein verschnörkeltes E beendete die kurze Phrase.

Es sagte Thomas nichts, außer dass der ursprüngliche Besitzer vielleicht der Bruder von jemandem war, dessen Name mit einem E begann. War diese Person der Mörder? Es war genauso wahrscheinlich, dass derjenige auch den Ring gestohlen hatte. Thomas versuchte sich zu erinnern, was Diego gesagt hatte. Zwei Männer, einer groß, der andere kleiner. Einer mit einem Messer, der andere der Anführer, der Befehle erteilte. Und … ja, er war sich sicher, dass Diego gesagt hatte, der Ring habe dem größeren Mann gehört. Wie hatte er einen so wertvollen Gegenstand verlieren können?

Thomas wollte Diego noch einmal befragen, aber er wusste, dass er es nicht konnte, also erzählte er stattdessen den anderen, was die Worte bedeuteten. Sie schauten enttäuscht, als hätten sie eine plötzliche Offenbarung von ihm erwartet.

Lubnas Arme schlangen sich um seine Taille und sie lehnte ihren Kopf an seine Seite. „Gehörte er Diegos Vater?"

Thomas schüttelte den Kopf, streckte die Hand aus und hob den Ring auf, halb überrascht, dass er nicht von der damit verbundenen Schuld glühte. „Ich glaube, er gehörte dem Mann, der al-Zaki hat töten lassen. Dieser Ring gehört einem der Männer, die wir suchen. Finden wir ihn, finden wir zweifellos auch den anderen."

„Er ist Franzose?", fragte Lubna.

„Vielleicht. Aber in England spricht der Adel mehr Französisch als Englisch."

„Warum? War das bei dir auch so?"

Thomas schnaubte lachend und streichelte Lubnas Gesicht. „Es tut mir leid, dich zu enttäuschen, meine Liebe, aber ich war nie adlig."

„Du hast mir erzählt, dein Vater war ein … Wie hast du ihn genannt?"

„Oh, ein wichtiger Mann in Lemster, sicher, aber nicht mehr als ein Knappe, kein Sire."

„Tja", sagte Lubna, „ich liebe dich trotzdem, auch wenn du nicht wichtig bist."

„Ich bin erleichtert, das zu hören." Thomas starrte auf den Ring, der flach in seiner Hand lag. „Zu wissen, was darin eingraviert ist, hilft uns aber nicht, den Mann zu finden, oder?"

Will kam ins Zimmer gerannt und schlitterte wie verrückt mit seinen Füßen über die Marmorfliesen.

„Da kommt jemand!" Er krachte gegen den Tisch, prallte ab und taumelte dann gegen Lubna, die sich den Arm rieb, den er erwischt hatte.

„Es ist zu spät für Besuch." Thomas stand auf und machte sich auf den Weg zur Terrasse, wo Diego noch immer verharrte und auf den dunkler werdenden Weg starrte, der zum Haus führte.

Ein einzelner Mann stapfte den Hang herauf und schwang dabei eine unbeleuchtete Laterne in der Hand. Thomas beobachtete ihn eine Weile, dann ging er zur Tür, öffnete sie und trat hinaus. Er überlegte, ob er eine Waffe hätte mitnehmen sollen, verwarf den Gedanken dann aber wieder. Dies war nicht der erste unerwartete Besucher, der zu ihrem Haus kam. Etwa einmal in der Woche machte sich jemand auf den Weg, um entweder ihn oder Lubna zu holen, geschickt vom Krankenhaus, auf der Suche nach Rat oder einer Behandlung.

Der Mann war fast da, bevor er Thomas bemerkte, der in den Schatten auf ihn wartete, und er blieb zehn Schritte entfernt stehen.

„Haben Sie sich verlaufen, Sir?"

„Sind Sie Thomas Berrington?"

„Der bin ich. Und Sie sind?"

Ein Kopfschütteln. „Es spielt keine Rolle, wer ich bin, nur meine Botschaft. Ich komme von Ali Durdush, dem Meister der Gilde von Malaka. Er bittet um Ihre Anwesenheit am Tor von Antequera, morgen bei Tagesanbruch."

„In welcher Angelegenheit?"

„Ich bin nur ein Bote. Mein Herr wird Sie am Morgen über den Zweck informieren." Der Mann ging den Weg zurück, bevor er noch einmal innehielt und sich umdrehte. „Möchten Sie eine Nachricht zurückschicken?"

Thomas schüttelte den Kopf. „Nein, keine Nach–" Aber der Mann stapfte bereits davon. Thomas beobachtete ihn und wartete, bis er einen Funken in der Laterne aufflackern sah, als das letzte Tageslicht verblasste und eine sichere Passage des gewundenen Pfades ohne Beleuchtung nicht mehr möglich war.

Lubna schlang ihre Arme um ihn und drückte die Wölbung ihres Bauches gegen seinen Rücken. „Wer war das? Wollen die einen von uns im Krankenhaus haben?"

„Es war eine Nachricht von Ali Durdush. Er will, dass ich ihn morgen treffe."

„Und Jorge?"

„Hat er nicht gesagt, aber ich nehme an, er wird kommen wollen. Das tut er immer."

KAPITEL VIERZEHN

„Warum tun wir, was Durdush will, ohne es zu hinterfragen?", fragte Jorge. „Erklär mir das bitte. Nein, wirst du nicht, weil du es nicht kannst, oder?"

„Du warst doch am Tor dabei", sagte Thomas. „Wir reiten los, um mit den Spaniern zu reden. Es ist ja nicht so, dass uns eine Wahl bliebe. Außerdem, wenn ich das für ihn tue, bekomme ich vielleicht etwas Hilfe von seinen Angestellten, wenn nicht sogar von Durdush selbst."

Vor ihnen schlängelte sich eine Reihe von zwanzig Männern einen steinigen Weg entlang, der sich über ein Flussbett erhob. Normalerweise läge es zu dieser Jahreszeit trocken, aber nun schoss schäumendes Wasser hindurch.

„Wird Fernando dort sein, was meinst du?"

„Ich bezweifle es. Er wird nicht direkt reden wollen. Ich hoffe, er tut es nicht."

Jorge lachte. „Durdush hält sich für einen wichtigen Mann, zumindest für würdig genug, einen König zu treffen, auch wenn es nicht sein König ist. Und Fernando mag dich."

„Ich bezweifle, dass er je einen Gedanken an mich verschwendet." Thomas beugte sich vor und hielt Ausschau nach Ali Durdush, wobei er ihn an seinem Körperumfang und der Üppigkeit seines Gewandes erkannte. Eine Traube von Soldaten umgab ihn.

„Ah, aber seine Frau", sagte Jorge. „Die reizende Isabel. Ich vermute, sie denkt oft an dich. Du solltest mit ihr ins Bett gehen, weißt du. Alle nehmen an, dass du es bereits getan hast. Warum solltest du dir ein Vergnügen versagen, dessen du bereits für schuldig befunden wurdest?"

„Sie ist die Königin von Kastilien."

„Genießen Königinnen nicht auch ab und zu eine Begegnung mit einem gut aussehenden Mann?" Jorge blickte zu ihm hinüber. „Oder zur Not auch mit dir."

„Ich bin verheiratet."

„Ich weiß." Jorge lächelte. „Wir haben euch letzte Nacht gehört. Vielen Dank. Die Geräusche, die ihr gemacht habt, waren sehr motivierend."

Thomas versuchte, nicht zu lächeln. „Ich dachte nicht, dass du viel Motivation brauchst."

„Ich dachte, du wärst im letzten Jahr lockerer geworden, aber du bist immer noch angespannter als eine Armbrust."

Thomas beobachtete, wie einer von Durdushs Begleitern sein Pferd zur Seite lenkte. Er hoffte, dass der Mann nicht auf sie wartete, vermutete aber gleichzeitig, dass diese Hoffnung vergebens war.

Der Mann reihte sich dort neben ihnen ein, wo sie beinahe das Schlusslicht der Gruppe bildeten. Zu ihren Seiten erhoben sich höhere Gipfel und der Flusskanal verengte sich. An einigen Stellen lagen riesige Felsen auf dem Boden und aufgrund ihrer frischen rosaroten Färbung an den scharfkantigen Seiten vermutete Thomas, dass einige von den Erschütterungen der Erde gelöst worden sein mussten. Der Mann ritt eine Zeit lang schweigend neben ihnen her und starrte vor sich hin. Zweifellos war er für eine Aufgabe auserwählt worden, die sonst niemand übernehmen hatte wollen.

Irgendwann war Thomas des Wartens müde. „Dann spucken Sie es endlich aus. Was will er von uns?"

Der Mann blickte zur Seite, als sei er überrascht, die beiden zu sehen.

„Meister Durdush bittet um Ihre Anwesenheit in den vorderen Reihen, wenn das Treffen beginnt."

Thomas sagte nichts und starrte den Mann an, bis dieser ausscherte und zu seinen Begleitern zurückgaloppierte.

„Dir fehlt jegliche gesellschaftliche Anmut, die die Menschheit kennt, weißt du das?"

„Warum sollte ich gesellschaftliche Anmut anstreben? Außerdem war er ein Idiot. Durdush erst recht, wenn er glaubt, meine Anwesenheit würde ihm helfen. Er ist der einzige Grund, warum wir hier sind, denn er hat gehört, dass ich den König kenne."

„Es würde dich nicht umbringen, dich ab und zu wie ein normaler Mensch zu verhalten."

Thomas ignorierte die Bemerkung, so wie er vieles von dem ignorierte, was Jorge sagte. Er liebte den Mann wie einen Bruder, in der Tat weit mehr, als er jemals seinen eigenen Bruder geliebt hatte. Mit Jorge lebte es sich mit derselben Leichtigkeit wie mit der Seide, die er trug, aber Thomas wusste, dass er nie so sein konnte wie er.

„Ich hoffe, Fernando ist nicht dabei", sagte er.

Thomas ignorierte Ali Durdushs Aufforderung und stand so weit hinten in dem Innenhof, wie er nur konnte. Sie waren etwa zwanzig Männer aus Malaka, nicht genug, um viel Schutz zu bieten, und Fernandos Augen entdeckten ihn fast unmittelbar. Der König versuchte, sich nichts anmerken zu lassen, aber ein verhaltenes Lächeln hob einen seiner Mundwinkel. Es war entweder das, oder ein finsterer Blick – es war oft schwer zu sagen bei diesem Mann.

Durdush war als Meister der Gilden von Malaka vorgestellt worden, nahm aber nicht an den Verhandlungen teil, die von al-Tagris' Wesir geführt wurden und nur langsam vorankamen. Auch Fernando sagte nichts – er saß lediglich auf einem verzierten Stuhl, der auf einem Podest stand, sodass er die spärliche Versammlung überblicken konnte. So verliefen alle Verhandlungen, wusste Thomas, langsam und ohne Aussicht auf einen Sieg. Die eigentliche Entscheidung würde außerhalb dieses Hofes getroffen werden, von Mann zu Mann, nach Gefühl und mit einem Händedruck.

Sie waren zu dem vermeintlichen Schloss gekommen, das eher wie eine heruntergekommene Festung aussah. Der Innenhof machte mindestens ein Drittel der Fläche aus, der Rest des Gebäudes ragte nur auf einer Seite mehr als ein Stockwerk in die Höhe. Schloss Auta war der Name, den man dem Gebäude gegeben hatte, aber ein Schloss war es eindeutig nicht. Allerdings rühmte es sich einer schönen Lage auf einem Hügel oberhalb der maurischen Stadt Aprisco al-Majianza, obwohl sich dieser Name zweifellos ändern würde, jetzt, da es in den Händen der Spanier lag. Eine kleine Siedlung umgeben von fruchtbarem Ackerland, nicht anders als viele andere kleine Städte, die unter dem ständigen Vormarsch der Spanier gefallen waren.

„Warum sind diese Verhandlungen immer so langweilig?", fragte Jorge.

„Weil jeder weiß, dass hier nichts entschieden wird. Das darf man nicht laut sagen, aber es muss so wirken, als ob viel verhandelt würde."

„Glaubst du, jemand würde uns vermissen, wenn wir uns davonschleichen?"

„Fernando schon. Er schaut ständig in unsere Richtung."

„Er freut sich, einen alten Freund zu sehen."

„Ich bin mir da nicht so sicher. Vielleicht ist er überrascht und *alter Freund* ist bestimmt übertrieben. Seine Frau denkt so über mich, ja. Fernando mag mich ganz gern, aber ich glaube nicht, dass er mich als Freund betrachtet."

„Dann muss ich es sein, den er ansieht", sagte Jorge.

„Ja, das wird es sein." Thomas drehte sich, um einen Schmerz in seinem Rücken zu lindern. Er stand schon zu lange auf hartem Kopfsteinpflaster, während törichte Männer törichte Worte sprachen.

„Durdush hat bemerkt, dass du hier hinten bist", sagte Jorge.

„Er wird auch bemerkt haben, dass Fernando sich meiner Anwesenheit bewusst ist, was er ja auch wollte. Der Mann ist ein Narr, wenn er glaubt, dass das jemanden beeinflussen wird."

„Also ist unser Job hier erledigt und wir können gehen?"

Thomas wollte gerade etwas erwidern, als er merkte, dass Jorge recht hatte, wie so oft, obwohl er ihm das nie sagen würde. Stattdessen trat er zur Seite und wandte sich halb vom Geschehen ab. Niemand schien es zu bemerken, außer Fernando, dessen Augen auf seine Bewegung reagierten. Er schenkte ihm ein schwaches Lächeln und ein kurzes Nicken. Thomas nahm es als Erlaubnis, ob es nun so gemeint war oder nicht, drehte sich ganz um und ging durch die Tore hinaus, die zur Begrüßung weit aufgerissen worden waren.

Draußen betrachtete er die angebundenen Pferde und die beiden Männer, die sich um sie kümmern sollten. Auf ihre eigenen Rösser zu steigen, würde keine Frage aufwerfen, aber stattdessen wandte sich Thomas zur Seite und folgte einer Steinmauer zu einem wackligen Türmchen und bewegte sich daran vorbei.

„Ah", sagte Jorge.

„Ah was?"

„Du willst also doch Ali Durdushs Arbeit für ihn erledigen."

Thomas lachte, doch es lag kein Humor in seiner Stimme. „Es wird hier keine Einigung geben. Falls doch, wird es keine sein, die auch nur den ersten Aufruhr überlebt. Malaka ist dem Untergang geweiht. Nicht morgen, nicht nächste Woche, aber innerhalb eines Monats, zweifle nicht daran."

„Ich liebe deinen Optimismus", sagte Jorge.

„Ich weiß. Es gibt Zeiten, in denen ich fast glaube, dass die Welt ein wunderbarer Ort ist, genau wie du auch."

„Aber nicht oft?"

„Nein, ... nicht oft." Thomas wanderte zur Seite und folgte einer Spur, die von menschlichen Füßen stammen könnte, aber eher von Ziegen. Gelbköpfiges Unkraut wuchs hier dicht, genährt von den jüngsten Regenfällen, und machte das Beste aus seinem kurzen Leben. Er blieb stehen, kniete nieder, riss vier Stängel ab und reichte Jorge einen davon.

„Was soll ich damit?"

„Spargel", sagte Thomas. „Der ist gut. Und auch gut für dich." Er lächelte. „Aber er lässt deine Pisse stinken."

„Und du willst, dass ich das esse?"

Thomas löste die harten Knollen von den Seiten eines der Stängel und biss hinein. „Weißt du, ein Mann könnte sich von diesem Land ernähren."

„Nur, dass jeder am Geruch seiner Pisse erkennen würde, wo er hingegangen ist."

„Stimmt. Aber sieh nur, die Mandeln blühen schon. In ein paar Monaten wird es Nüsse geben." Er trat zur Seite, um sich unter die knorrigen Äste eines der Bäume zu stellen, dessen Stamm fast schwarz war und dessen Äste dicht mit grau-rosa Blüten besetzt waren, die gerade zu verblassen begannen. Thomas trat mit den Füßen dagegen und förderte mehrere dunkle fleckige Pilzhüte zutage. „Siehst du? Die sind wahrscheinlich noch genießbar."

„Für Ziegen, vielleicht." Jorge sah sich um, aber es war offensichtlich, dass er den Reichtum, der hier überall herumlag, nicht sah. „Woher weißt du all diese Dinge, Thomas? Stehen die in diesen Büchern, die du immer liest?"

„Einige, sicherlich. Aber wenn ein Mann Fragen stellt, wird er Antworten bekommen."

„So wie du Antworten von Durdush bekommen hast."

„Er verheimlicht uns etwas und ich werde es aus ihm herauslocken, bevor wir fertig sind."

Sie erreichten eine niedrige Anhöhe. Dahinter schlängelte sich das Gebiet hin zu mehreren Gipfeln aus grauem Gestein. Ein Bergrücken glich einem schlafenden Riesen, dessen Kopf auf einem Arm ruhte und dessen Bauch fett davon war, dass er die Vögel gefressen hatte, die an seinen Hängen nisteten. Im Westen war das Land weniger harsch. Eine Gruppe von einem Dutzend Männern hatte ihr Lager in der Nähe eines kleinen Baches aufgeschlagen und ein Feuer wirbelte Rauch in die Luft. Thomas fragte sich, wer sie waren – ein Teil von Fernandos Armee oder einfach Männer auf der Durchreise? Die Tatsache, dass sie so nahe bei Auta lagerten, deutete darauf hin, dass sie wahrscheinlich keine Fremden waren.

Thomas setzte sich auf einen Felsen, kaute an einer weiteren Stange Spargel und benutzte einen Stein, um eine der Mandeln zu knacken. Die Frucht im Inneren war dunkelbraun, aber die dünne Hülle löste sich unter seinem Nagel und enthüllte helles Fruchtfleisch. Er hielt den Kern hoch, um ihn Jorge zu zeigen.

„Frisch sind sie besser, aber diese hier halten dich am Leben, wenn du dich in der Wildnis verirrst."

„Dann muss ich mir merken, dass ich das nie tun werde. Sieh nur", zeigte Jorge, „das Treffen ist vorbei."

Thomas beobachtete, wie die Männer aus dem Inneren der Burg kamen. Einige bestiegen ihre Pferde und ritten los, andere standen diskutierend herum. Thomas verengte seine Augen, konnte aber keine Spanier erkennen. Er blickte in Richtung der kleinen Gruppe von Männern, aber sie zeigten keine Anzeichen, sich zu bewegen. Also nicht Durdushs Leute.

„Sie sind mit eingezogenem Schwanz weggeschickt worden."

„Wie kannst du da so sicher sein?"

„Es ist niemand da, der sie hinausbegleitet, und sieh mal dort, das ist Durdush in der ersten Gruppe, die zurück zum Fluss reitet. Wären die Gespräche erfolgreich verlaufen, wäre er immer noch mit den anderen drinnen und würde mit Fernando reden. Al-Tagri mag seinen Wesir geschickt haben, aber jeder weiß, dass es Durdush und die Gilde sind, die in Malaka regieren."

„Es wird also Krieg geben?"

„Es wird Krieg geben."

Jorge dachte einen Moment lang darüber nach. „Müssen wir woanders hinziehen?"

„Nirgendwo wird es sicher sein, bis dieser Krieg vorbei ist. Selbst dann …" Thomas sprach nicht zu Ende, unsicher, was nach der Niederlage von al-Andalus geschehen würde. Er verwarf den Gedanken, da er davon ausging, dass er bis dahin zweifellos tot sein würde, verwickelt in die Kämpfe. Aber er hoffte, dass Will überleben würde und auch Lubna, Jorge und Belia.

Jorge lachte, aber nicht über das, was Thomas gesagt hatte.

„Ich nehme an, das ist der, auf den wir warten?"

Thomas sah von seinen Gedanken auf, froh über die Ablenkung.

Fernando ritt aus dem Tor an der Rückseite der Burg. Thomas schaute zur Seite und sah, dass der letzte Teil der Gruppe aus Malaka bereits fast am Fuße des Hügels angekommen war und den König von Aragon und Kastilien nicht bemerkt haben würde. Fernando entdeckte die beiden auf dem Bergrücken und lenkte sein Pferd in ihre Richtung. Die vier Soldaten, die ihn begleiteten, folgten ihrem Anführer.

Fernando ritt schnell und bremste sein Pferd so abrupt

ein, dass es auf dem Schotter schlitterte. Es war so sicher wie das Amen im Gebet, dass er angeben würde – es lag in seiner Natur. Genauso wie das Töten. Fernando war als fähiger General und Soldat bekannt, der sowohl Mauren tötete, als auch Befehle erteilte, noch mehr von ihnen zu töten.

Er schwang sich aus dem Sattel und reichte dem noch aufsitzenden Thomas die Hand, der sie ergriff und sich auf die Füße und in eine Umarmung ziehen ließ, die einem weniger starken Mann eine Rippe hätte brechen können.

„Ich konnte erst nicht glauben, dass du es bist", sagte Fernando, „aber dann sah ich deinen Begleiter hinter dir und wusste, dass es kein anderer sein kann." Er drehte sich zu Jorge um und umarmte ihn ebenfalls. „Es ist schön zu sehen, dass ihr beide euch immer noch in Dinge einmischt, die euch nichts angehen."

„Woher weißt du, dass mich das hier nichts angeht?"

Fernando lachte und klopfte Thomas auf die Schulter, eine Angewohnheit, die Thomas zunehmend lästig wurde. „Weil ich dich zu gut kenne. Dieser Witz von einem Gouverneur hält mich für einen Narren. Es ist der Fette, der das Geschäft machen wird, aber es muss bald sein. Ich nehme an, du kennst ihn?"

Thomas schaute weg, aber die maurische Gruppe war bereits aus ihrem Blickfeld verschwunden. Er fragte sich, ob sie sein Fehlen und das von Jorge bemerken würden, und wusste, dass er eine Entscheidung zu treffen hatte, die er jedoch aufschieben wollte. Dafür war später auch noch Zeit und bis dahin würde er mehr wissen.

„Ali Durdush ist kein Gouverneur", sagte er, so viel gab er gerne zu, „aber er ist Meister der Gilde von Malaka, was man durchaus als die wichtigere Position betrachten könnte. Ich nehme an, du hast sie alle enttäuscht weggeschickt."

„Ich habe ihrem Anliegen nicht zugestimmt, wenn du das meinst, aber ich habe ihnen ein Hintertürchen offen gelassen, von dem sie glauben können, dass es ihnen in der

Zukunft etwas bringen wird. Warum warst du mit ihnen hier, Thomas?"

„Meine Anwesenheit wurde verlangt."

„Aber du bist kein Diplomat."

Jorge lachte auf, was Fernando zum Lächeln brachte. „Nein, er ist kein Diplomat, da habt Ihr recht."

„Und doch gelingt ihm immer, was er sich vornimmt." Das Lächeln verschwand von Fernandos Gesicht. „Du weißt, dass wir für Malaka hier sind und es einnehmen werden, bevor der Sommer kommt." Seine Augen brannten sich in die von Thomas ein. „Hat Durdush wirklich die Macht? Sollte ich mit ihm reden oder mit diesem Gouverneur, der einen Stellvertreter geschickt hat, anstatt mir persönlich gegenüberzutreten? Al-Tigri, so heißt er doch, oder?"

Er hatte es also die ganze Zeit gewusst, dachte Thomas, auch wenn er den Namen falsch ausgesprochen hatte.

„Hamad al-Tagri. Ein furchterregender Krieger, wie man hört. Ich habe ihn nicht kennengelernt, aber Olaf spricht mit Bewunderung von ihm."

Fernando kannte den General des Sultans, Olaf Torvaldsson, seit er vor über anderthalb Jahren Ixbilya besucht hatte, um Thomas und Lubnas Hochzeit beizuwohnen. Das ungleiche Paar hatte einen gegenseitigen Respekt entwickelt, der von dem Wissen geprägt war, dass sie einander vielleicht eines Tages töten mussten.

„Muss ich mich mit beiden herumschlagen?" Fernando trat näher an Thomas heran, zu nahe, aber das war er von dem Mann gewohnt. „Wie ist die Stimmung in Malaka? Werden sie sich kampflos ergeben?"

Thomas zuckte mit den Schultern. Fernando brachte ihn in eine schwierige Lage. Sie mochten Freunde sein, aber Thomas lebte in Malaka und betrachtete sich als Bürger von al-Andalus. Es bestand die Möglichkeit, dass er die Auswirkungen auf die Stadt abmildern konnte, wenn er Informationen darüber preisgab, wer dort wirklich regierte, aber konnte er das tun? Oder würde es sich zu sehr wie Verrat anfühlen?

Er beschloss, die Informationen, die er hatte, vorerst für sich zu behalten.

„Die Stadt weiß nicht einmal, dass ihr vor ihren Toren steht. Was eine mögliche Kapitulation angeht, hast du ja bereits hervorgehoben, dass ich kein Diplomat bin."

„Da bin ich mir nicht mehr so sicher." Ein weiterer Klaps auf die Schulter, der Thomas zusammenzucken ließ. „Du wirst doch mit mir reiten und zum Essen bleiben? Es gibt da jemanden, den du bestimmt sehen möchtest."

„Du hast Isabel mitgebracht?" Thomas wusste, dass Fernandos Soldaten genügend Abstand hielten, um ihr Gespräch nicht zu belauschen, sonst hätte er ihren vollen Titel benutzt.

„Juan und Isabel."

Thomas wusste, dass er sich in diesem Fall auf ihren einzigen Sohn und Erben der Krone und ihre älteste Tochter bezog. Ein ernstes Mädchen von fast siebzehn Jahren, das seit über zehn Jahren mit einem Prinzen von Portugal verlobt war, ohne dass eine Heirat stattgefunden hatte. Thomas nahm an, dass ein solcher Zustand Grund genug war, den Geist eines hübschen Mädchens an der Schwelle zu ihrer Weiblichkeit zu dämpfen.

„Du bringst deine Familie mit in den Krieg?"

Noch ein Klopfen auf seine Schulter und diesmal hätte Thomas es beinahe erwidert. Er und Fernando hatten in der Vergangenheit gekämpft, oberflächlich nur zum Spaß, aber da war etwas unter diesem Spaß verborgen gewesen, das Thomas misstrauisch gemacht hatte.

„Wir sind hier sicher genug", sagte Fernando. „Ist es nicht ein schöner Ort, um unser Lager aufzuschlagen?"

„Wem gehörte diese Burg einst?"

„Jemandem, dem sein Leben mehr wert war als ein

einfaches Dach über dem Kopf. Zweifellos wird er zurückkehren, sobald wir weg sind."

„Und die Stadt?"

„Die Stadt will weiterhin ein ruhiges Leben genießen. Ihr kommt doch beide zum Essen zu uns, oder? Isabel mag deinen Freund."

„Welche Isabel?" Aber Thomas kannte die Antwort. Einmal mehr hatte Jorge jede Frau über zehn Jahren in seinen Bann gezogen – und auch die meisten, die jünger waren. Er warf einen Blick auf Jorge, der lächelte, und Thomas nickte. „Es wäre uns ein Vergnügen." Und er wusste, dass er die Wahrheit sprach.

KAPITEL FÜNFZEHN

Als sie einen großen Raum im oberen Stockwerk des Schlosses betraten, sah Thomas, dass Prinz Juan zu ihm kommen wollte. Aber jetzt, im Alter von neun Jahren, banden ihn seine Pflichten an das Protokoll. Er blieb, wo er war, zitternd neben seiner Mutter.

Isabel selbst war als Königin von Kastilien offenbar der Meinung, dass das Protokoll für sie nicht galt. Sie lächelte breit, kam mit kleinen schnellen Schritten vor Thomas zu stehen und sah zu ihm auf.

„Mein Mann hat es verabsäumt, mir zu sagen, dass du mit der Gruppe aus Malaka unterwegs bist.“ Sie warf Fernando einen Blick zu. „Wie soll ich ihn bestrafen, Thomas?“

„Er hat mich am Ende hierher gebracht, Euer Gnaden, also ist keine Strafe nötig. Wie geht es Katharina? Gut, hoffe ich?“

Ein verhaltener Schmollmund umspielte Isabels Lippen. „Hättest du mein Angebot, an meinem Hof zu arbeiten, angenommen, wüsstest du die Antwort selbst, aber ja, es geht ihr gut. Ein robustes kleines Ding, dank dir. Und benutze meinen Namen, Thomas. Sind wir nicht Freunde? Sind wir nicht die besten Freunde?“ Ihre Hand kam hervor, schwebte in der Luft, ohne ihn zu berühren, dann zog sie sie wieder zurück. „Bleibst du über Nacht? Wir haben viele Neuigkeiten zu besprechen. Ich möchte alles über deinen Sohn und deine Frau wissen."

„Lubna erwartet wieder ein Kind." Er sah, wie eine Wolke über Isabels Gesicht zog. Er konnte ihr ihre Reaktion von damals immer noch nicht ganz verzeihen, als Lubna ihr erstes Kind verloren und Isabel sie daraufhin aus ihrer Gegenwart verbannt hatte. „Wir werden noch vor Ende des Sommers Zuwachs in unserer Familie haben."

Dieses Mal konnte Isabel sich nicht zurückhalten und berührte sein Handgelenk. Sie nutzte die Geste, um ihn nach vorne zu ziehen. „Komm, sag Hallo zu Juan und Isabel."

Als sie den Holzboden überquerten, gab Juan die Anstrengung seiner Zurückhaltung auf und kam zu Thomas. Er kniete nieder, um den Jungen zu umarmen, der ihn im Gegenzug fest an sich drückte. Dann warf er einen Blick auf Juans Schwester, die die Begegnung ausdruckslos beobachtete. Thomas hatte es nie geschafft, eine Freundschaft mit dem Mädchen aufzubauen, im Gegensatz zu Jorge. Als er zur Mutter dieser Kinder schaute, beobachtete sie die Begegnung mit einem Lächeln im Gesicht.

„Thomas lebt jetzt in Malaka", sagte Fernando, vielleicht weil er der Meinung war, dass die Begrüßung nun lange genug gedauert hatte.

„Ist das wahr?", fragte Isabel. „Du hast mir immer gesagt, Granada sei deine Heimat."

„Lubna lernt am Krankenhaus. Sie wird eines Tages eine gute Ärztin sein." Er lächelte. „Nein, sie ist bereits eine gute Ärztin."

„Aber nicht die beste in Spanien?"

„Noch nicht. Aber eines Tages, höchstwahrscheinlich. Sie muss ihr Mitgefühl zu kontrollieren lernen, bevor sie großartig wird."

Ein Diener erschien aus einem Türrahmen, der hinter einem schweren Vorhang verborgen war. Er verkündete, dass ihr anderer Gast eingetroffen sei und dass das Abendessen in Kürze serviert würde.

Thomas bot Isabel seinen Arm an und sie legte ihre Hand darauf, während Jorge dasselbe mit der jungen Isabel tat, die ein Lächeln nicht unterdrücken konnte, ebenso wenig wie die Röte, die ihre Wangen färbte.

Der Speisesaal war gemütlicher als der größere Empfangssaal, in dem sie sich getroffen hatten, drapiert mit maurischen Wandbehängen, die der Vorbesitzer dort hinterlassen hatte, und fein gearbeiteten Lampen, die orientalische Muster über den Boden streuten. Der Duft von reichhaltigem Essen erfüllte die Luft und ein halbes Dutzend Diener stand herum und wartete darauf, dass sie Platz nahmen. Ein großer, schlanker Mann stach hervor und seine Kleidung wies ihn als jemand Wichtigen aus, obwohl allein seine Anwesenheit in diesem Raum mit dem König und der Königin von Kastilien diese Tatsache deutlich machte. Thomas sah, wie der Mann ihn überrascht anstarrte. Vielleicht hatte er erwartet, Fernandos Aufmerksamkeit für sich allein zu haben. Er studierte ihn einen Moment lang, unsicher, ob er derselbe Mann war, mit dem Durdush nach ihrem Treffen vor den Gebäuden der Ataranzana gesprochen hatte, oder nicht. Er sah ihm zumindest ähnlich, seine Kleidung auch, aber er war weit weg gewesen und viele Männer sahen auf diese Entfernung gleich für Thomas aus. Einen Moment lang fragte er sich, ob Spanien nicht bereits inoffizielle Verhandlungen mit der Gilde aufgenommen hatte.

Fernando stellte sich an ein Ende des Tisches, Isabel an das andere. Sie tätschelte den Platz neben sich, um deutlich zu machen, wo sie Thomas sitzen haben wollte. Die anderen fanden ihre Sitzplätze irgendwo dazwischen. Thomas sah, wie der Neuankömmling einen Stuhl neben Fernando wählte, und lächelte. Der Mann wusste offenbar nicht, wo die wahre Macht im Raum lag. Er fing einen neugierigen Blick ein, den der Fremde ihm zuwarf, und fragte sich, was er wohl von ihm hielt. Eine schlaksige Gestalt, gekleidet, als wäre er erst an diesem Morgen aus der nordafrikanischen Wüste eingeritten, der Staub der Reise noch auf seiner Kleidung. Er beobachtete, wie der Mann Jorge musterte und an ihm offenbar mehr Gefallen fand – wieder die falsche Wahl getroffen.

Juan saß an Thomas' anderer Seite, die junge Isabel gegenüber von Jorge, und ihre Augen hoben sich oft von der Tischplatte, um ihn anzusehen. Die Diener wuselten herum, brachten Messer für jeden und Teller. Große Platten mit Essen wurden entlang des Tisches aufgestellt. Fernando nahm, wie es sein Recht war, die ersten Bissen, wählte einen halben Kapaun und schnitt ihn auf, um den Saft herauszulassen.

Thomas wartete darauf, dass Isabel ihre Wahl traf, aber sie machte keine Bewegung. Er lehnte sich näher heran und hielt seine Stimme leise. „Wer ist der Fremde?"

Sie lächelte und sprach laut. „Sir, mein Freund hier möchte wissen, wer Sie sind."

Thomas blickte finster drein, aber Isabel unterdrückte nur ein Lachen mit ihrer Hand.

„Sie sind mir gegenüber im Vorteil, Sir", sagte der Fremde. Seine Stimme war kultiviert, aber kalt, eine Stimme, die es gewohnt war, Anweisungen zu erteilen, in der Erwartung, dass sie sofort befolgt wurden.

„Da haben wir etwas gemeinsam." Er wollte nicht erwähnen, dass er ihn mit Durdush gesehen hatte, zumindest nicht vor Fernando, falls es sich nicht um eine Begegnung handelte, die weithin bekannt werden sollte. „Ich bin Thomas Berrington, Sir, ein Arzt." Er sprach auf Spanisch, obwohl er vermutete, dass der Mann Engländer war, wie er selbst, und auch Französisch können würde, wie er selbst.

„Der beste Arzt in ganz Spanien", sagte Isabel. „Er hat das Bein meines Sohnes gerettet und das Leben meiner jüngsten Tochter sowie das meine. Er ist ein Wundertäter. Wir sollten den Papst bitten, ihn zu einem Heiligen zu ernennen."

Der Mann neigte den Kopf, aber sein Ausdruck zeigte Skepsis.

„Ich bin Richard Woodville, Earl Rivers", sagte er, sein Spanisch geschwollen und gefärbt durch den Akzent eines reichen Mannes aus den englischen Shires. „Mein Vater kannte einst einen Berrington."

„Es sind noch einige von uns in England, vermute ich", sagte Thomas.

„John Berrington, Gutsherr von John Talbot, Earl of Shrewsbury. Ist er ein Verwandter, Sir?"

Thomas starrte den Mann an, unwillig, etwas von sich preiszugeben, aber Isabel griff hinüber und berührte seinen Handrücken. „Kann es sein, Thomas, dass zwei Engländer gemeinsame Bekannte haben? Ist dieser John Berrington ein Bekannter von dir?"

Es gab keinen Ausweg, es sei denn, er würde lügen, und das würde er Isabel nicht antun.

„Er war mein Vater."

„Starb in der Schlacht von Castillon, wenn ich mich nicht irre", sagte Woodville. „Berrington … Thomas Berrington." Er murmelte die Worte, als ob er sie kosten wollte, nur um festzustellen, dass sie ihm nicht schmeckten. „Er hatte einen Sohn mit diesem Namen, habe ich gehört. Könnten Sie das sein?"

Thomas wollte aus dem Raum fliehen, wusste aber, dass es unmöglich war.

„Ich war an seiner Seite, als er starb, Sir. Aber Sie sind zu jung, um von diesen Dingen zu wissen, sie sind vor vielen Jahren passiert."

„Das stimmt. Ich war kaum zehn Jahre alt, als um Castillon gekämpft wurde. Aber Geschichten über Tapferkeit werden oft an den Kaminen der Adligen erzählt." Woodville klopfte mit seinem Messer auf den Tisch und vertiefte sich in eine Erinnerung, die zweifellos bestenfalls aus dritter oder vierter Hand stammte. „Ich hörte, Sie haben gut gedient. Ist das wahr?" Er konnte seine Ungläubigkeit kaum verbergen.

Isabel lehnte sich näher heran. „Hast du, Thomas? Ich würde nichts anderes von dir erwarten, aber du hast nicht mit mir über diese Schlacht gesprochen. Wie alt warst du?"

„Ich war erst dreizehn Jahre alt", sagte Thomas, „und glaubte, ich würde mein vierzehntes Lebensjahr nicht mehr erleben."

Eine weitere Erinnerung tauchte offenbar in Woodvilles Geist auf und sein Blick zeigte nun Verwirrung und Respekt. „Natürlich … Sir Thomas." Er nickte als Anerkennung dieser Ehrbezeichnung.

„Sir Thomas?" Isabel runzelte die Stirn. „Was sagen Sie, Sir?"

„Es ist eine Geschichte, die unter ein paar Ehrenmännern erzählt wird", sagte Woodville. „Der Junge, der gegen die Franzosen kämpfte und viele tötete. Der Junge, der die Engländer behandelte und ihnen das Leben rettete. Obwohl …" Er starrte Thomas an, schüttelte verhalten den Kopf und Thomas sah, dass der Mann wusste, was ihm sonst noch nachgesagt wurde, aber dass er diese Information lieber für sich behalten wollte.

„Ist das wahr, Thomas?" Diesmal legte Isabel ihre Hand auf seine.

Er sah, wie Fernando die Vertrautheit bemerkte und beschloss, sie zu ignorieren. Stattdessen lehnte er sich zu Woodville. „Wollen Sie damit sagen, dass Thomas ein englischer Ritter ist? Sir Thomas Berrington?"

„Er ist es, Euer Gnaden. Es heißt, er habe unsagbar Tapferkeit gezeigt. Tapferkeit schon für einen erwachsenen Mann, aber umso mehr für einen so jungen." Er wandte sich wieder an Thomas. „Aber es heißt, dass Sie während der

Schlacht umgekommen seien, oder kurz danach, denn man hat nie wieder etwas von Ihnen gehört." Er runzelte die Stirn. „Ich kann kaum glauben, dass Sie dieser Junge sind, der jetzt erwachsen ist. Und hier heimisch geworden ist, bei Gott."

Und noch viel Schlimmeres, dachte Thomas. Wenn du nur die ganze Wahrheit wüsstest. Er versuchte, das Thema zu wechseln, indem er mit Juan sprach, aber Isabel war noch nicht fertig mit ihm. Sie lehnte sich näher heran und ihre blauen Augen fingen seine ein.

„Erzähl mir von dieser Schlacht. Bist du wirklich Sir Thomas?" Sie lächelte, als könne sie so etwas gar nicht glauben. So wie Thomas es selbst kaum glauben konnte.

„Es war sicher als Scherz gemeint", sagte er. „Ein schlechter Scherz noch dazu. Aber ja, es gab dort einen Prinzen, der mir einen Titel verlieh. Ob er die Macht dazu hatte, weiß ich nicht, und es ist mir auch egal. Ich hatte das schon vergessen. Alles davon."

Isabel lächelte. „Aber es macht dich zu einem wichtigen Mann."

„Ich will kein wichtiger Mann sein."

„Das bist du bereits." Ihre Stimme war sanft, ihre Augen auf die seinen gerichtet. „Titel kann man kaufen und verkaufen, Thomas. Gunst wird einem gewährt oder weggenommen. Große Männer erheben sich über all das. Lege eine in gutem Glauben gewährte Ehre nicht ab." Sie lächelte. „Ich bin mir sicher, dass ich dir eine solche schon angeboten habe, nur um damit abgewiesen zu werden."

„Ich suche keine Ehrungen. Sie bedeuten mir nichts."

„Aber anderen Leuten umso mehr." Ihre Augen ließen endlich von ihm ab und sahen über den Tisch. „Dieser Mann, Woodville, seine Einstellung dir gegenüber hat sich verändert, seit er von deinem Titel erfahren hat. Sir Thomas. Das klingt doch beeindruckend, nicht wahr? Sir Thomas Berrington von … wo, sagtest du, kommst du her?"

„Lemster."

„Andererseits vielleicht doch nicht. Es ist schade, dass du verheiratet bist, sonst hätte ich dir eine hübsche Adelsdame gefunden."

„Ich bin zufrieden mit der Frau, die ich habe."

„Ja, natürlich, und ich verstehe auch, woran das liegt."

„Was macht er hier?", fragte Thomas.

„Woodville? Er wurde vom englischen König auf der Suche nach einer Ehefrau ausgesandt. Seine Nichte Elizabeth ist die Frau des Königs, seine Schwester die Frau des vorherigen Königs, zumindest behauptet er das, also hat er alle richtigen Verbindungen, um zu verhandeln. Und er trägt einen Brief bei sich, der mit dem königlichen Siegel von König Henry versehen ist."

„Sucht er irgendeine Frau oder eine spanische Frau im Besonderen? Nicht für den König, denn du sagst, der habe bereits eine Frau. Für wen dann?"

„Eine Verbindung zwischen Spanien und England würde uns beiden guttun, aber ich bin sicher, dass er mit einer französischen oder flämischen Prinzessin für seinen Sohn fast genauso glücklich wäre."

„Es muss also eine Prinzessin sein, richtig?"

„Für einen Prinzen, der dazu bestimmt ist, eines Tages König zu sein, gewiss."

„Der englische König ist alt", sagte Thomas. „Und nach allem, was ich gehört habe, nicht bei guter Gesundheit."

„Umso mehr Grund, eine Frau für seinen Sohn zu finden. Henry hat einen Jungen, der fast so alt ist wie Katharina."

Thomas musterte Woodville, der tief in ein Gespräch mit Fernando vertieft war. Ja, der Mann sah nach Privilegien aus, wenn auch nicht unbedingt nach Geld. Er hatte zweifellos seine beste Kleidung zu diesem Treffen angelegt, aber Thomas bemerkte einen Riss in einem Ärmel, wo die Naht überdehnt worden war, und einen Fleck auf seiner Weste. Die Kleidung war von guter Qualität, aber nicht neu. Thomas war kein Richter über feine Kleidung und würde Jorge später nach seiner Meinung fragen.

Jorge beugte sich gerade über den Tisch zu der jungen Isabel hinüber und verzauberte sie, bis die Wangen des Mädchens erröteten und ihre Augen vor neu entdeckter Fröhlichkeit funkelten.

Einen Moment lang durchströmte ihn Zufriedenheit in diesem Raum, gewärmt von einem angenehmen Feuer neben einer Frau zu sitzen, die er zutiefst schätzte, wenn nicht sogar liebte, und mit seinem engsten Gefährten in der Nähe. Dann hielt er sich selbst in Gedanken eine Standpauke dafür, dass er sich von dieser Freude übermannen ließ. Sie beide, König und Königin, waren der Feind von allem, was er jemals gewollt hatte, entschlossen, seine Lebensweise und das Leben der Menschen um ihn herum zu zerstören. Einen Moment lang verweilte er am Rande der Wut, bevor er sie beiseite schob. Sein Leben hatte sich sehr verändert und würde sich in den kommenden Monaten und Jahren zweifellos noch mehr verändern, und er war entschlossen, jede Gelegenheit zu seinem Vergnügen zu nutzen, die sich ihm bot, als er sich wieder zu Isabel wandte und ihre scharfsinnigen Augen immer noch auf ihn gerichtet fand.

„Was denn?“, fragte er.

Sie schüttelte den Kopf. „Nichts. Überhaupt nichts.“ Aber eine Röte färbte ihre Wangen, so wie sie die ihrer Tochter färbte, und er fragte sich, welche Fantasien sich gerade in ihren Gedanken abgespielt hatten.

Später, nachdem der Tisch abgeräumt war und sie alle mehr Wein getrunken hatten, als sie sollten, näherte sich Richard Woodville Thomas, als dieser am Feuer stand.

Er nickte, aber auch diese Geste wirkte zögerlich. „Sir Thomas.“

Thomas erwiderte sie mit einem finsteren Blick. „Ich bin Thomas, nur Thomas, mein Herr.“

„Man kann eine von der Krone verliehene Ehre nicht

aufheben. Sie wird sich für Sie als nützlich erweisen, wenn Sie nach England zurückkehren."

„Ich habe nicht vor, das zu tun."

„Der König sagt mir, dass Sie unter den Heiden leben, deren Land bald zerstört werden wird. Wäre es nicht vernünftig, in das Land Ihrer Vorfahren zurückzukehren und eine Position im Westen einzunehmen? Von dort stammen Sie doch, oder nicht? Aus einer kleinen Burg an der Grenze zu Wales?"

Thomas nickte. „Ja, es war ein kleiner Ort. Und Sie, Earl Rivers, wo ist Ihr angestammtes Zuhause?"

„Ich lebe in Bedfordshire. Aber nennen Sie mich Richard. Wir sind schließlich beide Männer mit Titel."

„Außer, dass Ihrer weit über meinem liegt. Sie sind durch Heirat mit König Henry verwandt."

„Dennoch sind wir Exilanten in einem fremden Land, also benutzen Sie meinen Vornamen. Wenn Sie nach England zurückkehren, könnte ich Ihnen von großem Nutzen sein. Es ist wahr, meine Nichte ist mit dem König verheiratet, und ich bin nicht ohne Einfluss."

Thomas wunderte sich über die Prahlerei, denn sein Einfluss erstreckte sich offenbar nicht auf die Wahl seines Schneiders. Es hatte einen Krieg in England gegeben, wusste Thomas. Er fragte sich, ob Woodville die falsche Seite gewählt hatte, gerettet nur durch seine Verbindung zur Krone.

„Isabel hat mir von Ihrer Schwester und Nichte erzählt."

Thomas bemerkte, wie sich Woodvilles Augen leicht weiteten, als er den Namen der Königin aussprach. Er blickte hinüber, wo sie tief in ein Gespräch mit Jorge und ihrer Tochter vertieft war.

„Ihr Freund ist ein charmanter Mann, nicht wahr?"

„Manchmal zu charmant, aber ja, das ist er. Mein engster Freund auf der Welt."

„Er ist ein Heide?"

Thomas lachte. „Er wurde in Qurtuba geboren, aber von den Mauren gefangen genommen. Jetzt ist er ein Eunuch im Harem."

Woodville blickte zurück und betrachtete Jorge. Isabel hatte sich zu Fernando gesellt und beide Kinder waren zu Jorge gekommen und lehnten sich nun an ihn, während er ihnen Geschichten zuflüsterte, die ihre Mutter zweifellos missbilligen würde.

„Ein Eunuch? Sie überraschen mich. Er hat ... etwas an sich, das die Blicke auf sich zieht, etwas sehr Maskulines."

„Ich kann Ihnen versichern, dass er kein ganzer Mann ist, aber er kommt trotz dieser Umstände gut zurecht."

„Wie ich höre, wohnen Sie jetzt in Malaka", die Frage war beiläufig gestellt, vielleicht zu beiläufig, „und leben unter den Mauren."

„Ich habe mich in ihrem Land niedergelassen, ja."

„Warum tun Sie so etwas, wenn Sie offensichtlich sowohl dem spanischen König als auch der Königin nahestehen?"

Thomas sah in Woodvilles Augen. Es lag eine Kälte darin, ein Gefühl absoluter Arroganz. „Ich bin sicher, Sie wissen so gut wie ich, dass die Nähe zum Königtum nicht ohne Gefahren und Verantwortung ist."

Woodville hielt seinen Blick länger fest, als es für jeden anderen Mann angenehm wäre, aber Thomas war nicht wie die anderen Männer.

„In England war es in den letzten Jahren schwierig, sich zu entwickeln, wie sicher auch in Spanien. Der Krieg ist eine Zeit der Opfer, aber auch eine Zeit der Gelegenheiten." Woodvilles Blick erfasste Thomas von Kopf bis Fuß. „Diese Männer, die vorhin hier waren, die Gilde von Malaka. Was wissen Sie über sie?"

„Weniger als Sie, denke ich. Ich bin sicher, ich habe Sie neulich im Gespräch mit Ali Durdush gesehen. Waren Sie das oder irre ich mich? Haben Sie eine Nachricht für Spanien und eine andere für Malaka?"

Thomas beobachtete, wie Woodville sich versteifte, und hoffte innerlich, dass er ihn erzürnt hatte. Er mochte den Mann nicht, aber er würde sich dennoch bemühen, etwas Sympathisches an ihm zu finden, denn er war Fernandos Gast und erinnerte ihn an ein Dutzend ähnlicher Männer, die er in England gekannt hatte. Der Mann, dem sein Vater als Knappe gedient hatte, John Talbot, Earl of Shrewsbury, war eine andere Art von Mann gewesen, seine Titel hatte ihm wenig bedeutet, aber es gab genug andere, die Titel über Fähigkeiten oder Loyalität stellten.

Er konnte sehen, wie Woodville überlegte, ob er lügen sollte oder nicht. Er würde wissen, dass Thomas Isabel und Fernando nahestand, und er wollte offensichtlich selbst etwas von ihnen. Es sei denn, Isabels Erzählung, dass er als Abgesandter auf der Suche nach einer Prinzessin gekommen sei, war wahr, aber das schien ein zu einfacher Trick zu sein. Und dann entschied er sich offenbar, Thomas die Wahrheit zu erzählen. Oder zumindest eine Version der Wahrheit.

Woodville senkte seine Stimme und wandte sich ab, sodass weder Isabel noch Fernando sein Gesicht sehen konnten. „König Henry hat viel Sympathie für Ihre Majestäten übrig. Schließlich sind wir beide katholische Länder, und ich bin in der Tat hier, um eine Frau für seinen Sohn, Prinz Arthur, zu suchen. Aber Malaka ist eine Stadt mit großem Reichtum und Einfluss und es wäre nachlässig von mir, nicht auch Gespräche mit Durdush zu führen. Für den Fall, dass die Dinge nicht so verlaufen, wie wir es uns alle wünschen."

„Das sehe ich anders", sagte Thomas. „Ich sehe Malaka gedeihen. Ich sehe, wie Spanien scheitert und al-Andalus noch mächtiger wird."

„Dann ist es ein Glück, dass wir hier am Feuer stehen, wo Ihre Majestäten Sie nicht hören können."

„Die beiden kennen meine Einstellung." Aber Thomas war sich nicht sicher, ob er die Wahrheit sprach oder nicht, und fragte sich, ob Woodville seine Ehrlichkeit gegenüber Fernando ansprechen würde. Nicht, dass es ihn allzu sehr beunruhigte, denn sie kannten seine Meinung zu diesem Thema tatsächlich.

„Und trotzdem nennen sie Sie ihren Freund?" Woodville runzelte die Stirn, vielleicht wegen der Ungerechtigkeit einer solchen Situation. „England ist ein Land des Handels, wie Sie wissen, und es wäre nachlässig von meinem König, solche Verbindungen nicht zu fördern, wenn er es kann. Ich wäre Ihnen sehr dankbar, Sir Thomas, wenn Sie mir den Gefallen tun würden, Ihren Majestäten gegenüber nichts von meinem Treffen mit Durdush zu erwähnen." Er legte eine Hand auf Thomas' Schulter. „Es wäre eine Gefälligkeit, die ich erwidern kann, wenn Sie nach England zurückkehren." Seine Finger schlossen sich fester um sein Gelenk und er versuchte, eine Art Drohung in seinen Blick zu legen, die jedoch keine Wirkung auf Thomas hatte. Er war weitaus härtere Männer gewohnt, die in der Lage waren, ein solches Versprechen auch einzulösen.

KAPITEL SECHZEHN

Thomas war schlecht gelaunt, als er sich seinen Weg durch die Gänge der Burg bahnte, auf der Suche nach dem ihm und Jorge zugewiesenen Zimmer. Seine Zufriedenheit war dadurch gestört worden, dass Woodville ihn gebeten hatte, seine Geheimnisse zu bewahren, und Thomas nicht abgelehnt hatte, wie er es hätte tun sollen. Sein Zorn richtete sich mehr gegen sich selbst als gegen den Mann, den er nur zu gut verstand. Schon als Junge hatte er das privilegierte Anspruchsdenken solcher Individuen erkannt. Die Welt war so für sie arrangiert, dass sie ihre Launen befriedigte, egal was es andere kostete.

Endlich fand er das Zimmer, das er für jenes hielt, das er mit Jorge teilen würde, und klopfte vor dem Eintreten an. Als keine Antwort kam, schritt er durch die Tür, nur um beim Anblick von Fernando, der die Bilder an einer der Wände betrachtete, auf der Stelle stehenzubleiben.

„Es tut mir leid, Euer Gnaden, ich dachte, das wäre unser Zimmer."

„Das ist es, Thomas, das ist es." Fernando näherte sich und Thomas drehte sich zur Seite, als die Faust des Mannes auf seine Schulter zusteuerte, die, wie er befürchtete, bereits geprellt war.

„Willst du etwas von mir?"

„Nicht ich, aber meine Frau." Er lächelte. „Sie hat Fragen an dich, die man bei Tisch nicht stellen kann."

„Ich ...", zögerte Thomas. „Es wäre nicht schicklich zu dieser Zeit der Nacht. Diener reden, wenn auch nur unter sich."

„Lass sie reden, so viel sie wollen. Es gibt nur ein Paar Ohren, das solches Geschwätz stören könnte. Ich vertraue dir, Thomas, und ich vertraue Isabel. Sie ist im Speisesaal. Ihr werdet nicht gestört werden." Diesmal war Thomas zu langsam und der Schlag landete mit einem dumpfen Aufprall.

Isabel stand vor dem Feuer, das mit neuen Holzscheiten bestückt worden war. Sie drehte sich bei dem Geräusch der Tür um, ein freudiges Lächeln auf einem Gesicht, das hübsch, wenn nicht sogar schön war, einem Gesicht, das Thomas faszinierte. Vielleicht war es ihre Kraft oder ihre Menschlichkeit. Dies war eine Frau, die mit allen ihr zur Verfügung stehenden Mitteln einen Krieg führte, und dennoch kümmerte sie sich um die kleinen Leute. Er hatte es aus erster Hand gesehen und bewunderte sie dafür umso mehr. Dies war eine Frau mit den höchsten Privilegien, die jedoch auch andere respektierte. Der Unterschied zwischen ihr und Woodville verfestigte nur Thomas' Abneigung gegen den Mann.

„Sir Thomas", sagte Isabel und machte einen Knicks, der in Anbetracht ihrer Positionen fast schon unverschämt war.

„Nenn mich nicht so. Der Titel steht mir nicht zu und bedeutet mir nichts."

Sie schüttelte frustriert den Kopf. „Dir vielleicht nicht, aber anderen bedeutet so etwas sehr viel. Verunglimpfe nicht die Ehre, die dir zuteilwurde, auch wenn es schon lange her ist. Ich bin sicher, du hast sie verdient." Als Thomas vor ihr stehen blieb, hob sie eine Hand, um sein Gesicht zu berühren. „Du bist der mutigste Mann, den ich kenne."

„Vielleicht solltest du mich nur den Zweitmutigsten nennen."

Ein kurzer Moment des Nachdenkens. „Ja, vielleicht sollte ich das tun." Sie seufzte. „Politik ist so ermüdend."

„Da werde ich nicht widersprechen, Euer Gnaden." Er lächelte, als sie ihrerseits zu widersprechen begann, doch dann lachte Isabel über die Erkenntnis, dass Thomas ihren Titel absichtlich benutzt hatte, um sie zu ärgern, und sagte: „Ich werde dich Isabel nennen, wenn du mich nicht mehr *Sir* Thomas nennst."

„So soll es sein, Cousin Thomas." Sie wandte sich ab, als ob der Moment zu intim geworden wäre. „Komm, ich muss mit dir reden."

Thomas sah ihr zu, wie sie zum Tisch ging und sich setzte. Als sie sich umdrehte, fand sie seinen Blick auf ihr ruhend, und sie runzelte die Stirn. „Habe ich mich so sehr verändert?"

Thomas versuchte zu lächeln, aber es fühlte sich falsch an. „Nein, ganz und gar nicht, aber ich habe dich seit zwei Jahren nicht mehr gesehen. Ich habe mich daran erinnert, dass …" Ihm fehlten die Worte, unfähig, die Emotionen auszudrücken, die in ihm aufkeimten, als er sie ansah. Er sah, wie sich ihre Wangen färbten, und fragte sich, ob auch sie seine Beunruhigung teilte, dann schüttelte er jedoch den Kopf. Es war lächerlich.

Er nahm den Platz am Kopfende des Tisches ein und fragte sich, ob sie absichtlich den Platz an der Seite gewählt hatte, doch dann verwarf er den Gedanken. Er musste aufhören, zu viel über die Dinge nachzudenken, lehnte sich in seinem Stuhl zurück und streckte seine langen Beine aus.

„Also, worüber wollen wir reden? Du weißt, dass es einige Fragen gibt, die ich nicht beantworten kann."

Ein Seufzer. „Eines Tages hoffe ich, dich dazu zu

überreden, zu mir zu kommen, aber bis dahin kannst du deine Geheimnisse für dich behalten." Sie legte die Hände auf den Tisch und beugte sich weit nach vorne. „Ich möchte dich nach deinem Landsmann fragen."

„Woodville? Ich weiß nichts von ihm. Ich habe den Mann erst heute Abend kennengelernt."

„Aber du kennst seine Art, nicht wahr, aus der Zeit, als du noch in England gelebt hast. War dein Vater ein einflussreicher Mann?"

„Mein Vater war –" Thomas schnitt sich selbst das Wort ab. Isabel brauchte nicht zu erfahren, dass Sir John Berrington ein Tyrann gewesen war, der nur für seinen ältesten Sohn Zeit gehabt hatte, der wiederum denselben Namen trug und ihm zum Verwechseln ähnlich sah. „Mein Vater war nicht ohne Einfluss."

Er erinnerte sich an eine Zeit, als dieser Einfluss nicht geltend gemacht wurde, nachdem Thomas des Mordes angeklagt worden war. Sein Vater hätte den Prozess sofort beenden können, wenn er es gewollt hätte, aber er ließ ihn seinen Lauf nehmen. Damals hatte Thomas sich gefragt, ob er sich eingemischt hätte, wenn ihm der Strick gedroht hätte, und war sich der Antwort nicht so sicher. Aber sein Vater war jetzt tot, ebenso wie sein älterer Bruder und seine Mutter. Nur John Berrington, Thomas und seine Schwester hatten das englische Schweißfieber überlebt, das im Spätwinter von 1453 durch Lemster gefegt war. Er selbst war auch daran erkrankt, hatte es aber überstanden und damals einem Gott dafür gedankt, an den er nicht mehr glaubte. Thomas und seine Schwester, Angnes. Er rief sich den Namen ins Gedächtnis, halb aus Angst, er könnte ihn vergessen haben. Erst als Isabel seinen Arm berührte und sprach, wurde ihm klar, dass er ihn laut ausgesprochen haben musste.

„Wer ist Angnes, Thomas? Noch eine deiner Eroberungen?"

Er lächelte. „Sie war meine Schwester. Nein, sie *ist* meine Schwester. Ich bete, dass sie noch lebt, und wenn sie es tut, ist sie jetzt fast so alt wie du, Isabel."

„Was ist ihr widerfahren?"

„Das Leben. Und der Tod. Nichts, was nicht schon tausendmal passiert wäre. Doch es ist lange her und du hast heute Abend Fragen an mich."

Isabels Blick erwiderte seinen für einen Moment, ihre Hand lag immer noch auf seinem Arm, und er wusste, dass sie beide in diesem Raum saßen, die Hand der Königin von Kastilien auf dem Arm eines Mannes, der als ihr Feind angesehen werden konnte. Es war jenseits jedes nur denkbaren Protokolls. Aber so waren sie, sie und er, einander so nahe wie Schwester und Bruder, weil sie beide wussten, dass eine engere Beziehung nicht geduldet würde.

Schließlich erschauderte sie kaum merklich, sodass ihre Hand von ihm glitt.

„Dieser Mann, Woodville, also. Du kennst Männer wie ihn, nicht wahr?" Nun also rein sachlich.

Thomas legte den Kopf schief. Ja, er kannte seine Art, aber das tat Isabel auch. Sie waren gar nicht so verschieden, die Adelshäuser Englands und Spaniens, die eines jeden Landes, um genau zu sein.

„Er behauptet, seine Nichte sei mit dem König verheiratet. Henry, richtig?"

„Ich hätte nichts Gegenteiliges gehört, aber du weißt es wahrscheinlich besser als ich. England hat mehrere Könige gehabt, seit ich weg bin, und es könnte inzwischen einen neuen geben."

„Es ist Henry, glaube ich, aus dem Hause Tudor. Woodville sucht eine Braut für seinen Sohn, behauptet er, und meine Diplomaten versichern mir, dass seine Absichtserklärung echt ist."

„Du hast genügend Töchter zu bieten", sagte Thomas.

„Aber Henry hat nur den einen Sohn. Einen Jungen von

zwei Jahren. Arthur, glaube ich. Wie können wir eine Ehe mit einem so jungen Kind arrangieren?“

Thomas lächelte. „Ihr habt eine Tochter im gleichen Alter. Sie würden gut zusammenpassen, nicht wahr?“

Sie lachte. „Ich habe es vorgeschlagen, wurde aber abgewiesen. Er ist, glaube ich, auf der Suche nach jemandem, der älter ist. Warum, kann ich allerdings nicht sagen.“

„Ihr habt auch ältere Töchter.“

„Isabel ist an Portugal versprochen. Das lässt sich nicht ändern, sonst gibt es einen weiteren Krieg, bevor dieser hier zu Ende ist. Joanna ist schwierig und Maria ist nur drei Jahre älter als Katharina.“

„Willst du damit sagen, dass du sein Ansuchen ablehnen wirst?“

„Das möchte ich nicht. Eine Heirat zwischen Spanien und England würde eine mächtige Allianz schmieden, die die beiden stärksten Mächte der Welt vereint.“

„Du willst damit also sagen, du würdest Katharina diesem jungen Prinzen versprechen? Arthur, hast du gesagt? Ich habe noch nie von ihm gehört, bis du seinen Namen erwähnt hast. Ich interessiere mich nur noch wenig für mein Heimatland.“

„Das solltest du aber, Sir Thomas.“ Sie lächelte und lehnte sich wieder dicht an ihn heran, erneut streckte sie ihre Hand aus, diesmal, um seine Hand zu nehmen, und Thomas drehte sie um, sodass ihre Handflächen nun aneinander lagen. Sie ließ die Intimität zu, während er seine Finger mit ihren verwebte. „Sag mir“, sagte sie, während sie einander tief in die Augen sahen, „dieser Woodville, was hältst du von ihm? Die Wahrheit, Thomas, denn sind wir nicht die besten Freunde? Du kannst mir alles sagen. Sag mir, was immer dein Herz mir erzählen will.“

Thomas zögerte, aber er wusste, dass er antworten musste. „Ich kenne ihn nicht gut genug, um ihn einschätzen zu können. Er ist wie andere seiner Art, also wirst du ihn besser durchschauen als ich. Aber er …" Thomas zögerte, bevor er beschloss, dass er Woodville nichts schuldig war. „Ich mag ihn nicht. Er ist nicht die Art von Mann, die ich jemals mögen könnte: privilegiert und arrogant, ohne Fähigkeiten, die solch ein Verhalten rechtfertigen würden."

Isabel lachte. „Nun, ich habe um Ehrlichkeit gebeten." Ihre Finger legten sich fester um seine. Sie lehnte sich noch näher heran und senkte ihre Stimme zu einem Flüstern. „Und ich stimme mit deinem Urteil überein. Solche Männer sind eine Plage für unser beider Land, aber man kann nichts gegen sie tun. Wieder diese Politik. Wenn ich eine Verbindung zwischen unseren Ländern will, muss ich mit ihm zusammenarbeiten."

„Ich glaube, er ist nicht nur wegen der Verbindung zwischen zwei Ländern hier. Er hat auch einen anderen Gewinn im Sinn. Vielleicht ist er auch im Gespräch mit diesem Durdush, der heute hier war."

Isabel schloss für einen Moment die Augen. „Männer suchen ihr Glück im Krieg und Malaka ist reich. Das heißt aber nicht, dass sein Angebot an uns nicht aufrichtig ist." Dann öffnete sie die Augen und ihre Finger drückten noch einmal die seinen. „Aber ich sage dir nichts, was du nicht schon weißt."

Thomas nickte.

„Dann schließe dich mir an. Dein geliebtes al-Andalus ist dem Untergang geweiht. Verdamme dich nicht zu demselben Schicksal. Komm und werde Teil meines Hofes." Der Anflug eines Lächelns. „Jetzt, wo du Sir Thomas Berrington bist, lässt sich leicht ein Platz für dich finden. Bring Lubna mit, bringt Jorge und auch seine Frau. Und deinen Sohn, denn Juan liebt ihn wie einen Bruder. Euch alle sollst du in Sicherheit bringen."

Die Verlockung war groß. Es war eine, die Isabel schon zuvor ausgesprochen hatte, und jedes Mal, wenn sie es getan hatte, hatte Thomas sie zurückgewiesen. Wäre er ein Narr, es erneut zu tun? Oder war es die Intimität des Augenblicks, die seine Entscheidung beeinflusste? Er hatte diese Frau Qualen durchleiden sehen, hatte sie Wut und Traurigkeit fühlen gesehen, ebenso mit Freude im Gesicht, und er wusste, dass er sie liebte. Aber konnte er auch allem anderen, was er liebte, den Rücken kehren, abgesehen von diesem Ort?

Isabel musste die Unentschlossenheit in seinem Gesicht gesehen haben, oder vielleicht hatten sich seine Finger unbewusst gegen ihre gepresst.

„Du brauchst mir nicht heute Abend zu antworten, aber du weißt, dass du jederzeit zu mir kommen und dir an meinem Hof ein Zuhause aufbauen kannst." Ihre Finger drückten seine ein letztes Mal, bevor sie ihre Verbindung löste. Sie setzte sich auf und strich mit den Händen über ihre Kleidung, als ob sie auf wundersame Weise zerknittert worden wäre.

Thomas sah zu, wie Isabel das Zimmer verließ. Er war müde, wusste aber, dass der Schlaf sich nur schwer einstellen würde, und wollte Jorge nicht stören, der sich inzwischen bestimmt auf dem ganzen Bett ausgebreitet hatte.

Zwanzig Schritte außerhalb der Festung herrschte tiefste Dunkelheit und Thomas blieb stehen und wandte seinen Kopf nach oben, um die Sterne anzustarren. Er besaß ein Exemplar von Nasir al-Din Tusis Werk über Astronomie, das er in seinem Haus in Gharnatah zurückgelassen hatte, und wusste, dass er andere Sonnen betrachtete, die durch die Entfernung klein wirkten, und andere Planeten, die ihre eigene Sonne umkreisten, aber dieses Wissen minderte nicht die Ehrfurcht davor, wie viele Sonnen es geben musste und wie weit sie entfernt waren.

Der Wind wehte durch das Gras und er hörte das Rauschen eines entfernten Flusses, der unter Hochwasser stand. Dann ein menschliches Geräusch, ein leises Husten, und Thomas drehte sich um und sah Richard Woodville auf ihn zukommen. Doch je näher die Gestalt kam, desto unsicherer war er sich plötzlich, ob er es wirklich war. Dieser Mann ging anders – wie ein Soldat, wachsam in der Nacht. Thomas erkannte, dass er in der Dunkelheit noch nicht entdeckt worden war, und wartete, als der Mann sich näherte. Sein Weg führte ihn bis auf zehn Schritte an ihn heran. Er fragte sich, wohin er um diese Uhrzeit ging, obwohl er auch keine Antwort darauf hatte, was ihn selbst hierher gebracht hatte. Und dann erkannte er, dass alles, was er von dieser Begegnung erwartet hatte, falsch gewesen war, als der Mann stehen blieb und sich ihm zuwandte.

„Sie sind Sir Thomas Berrington, nehme ich an." Die Worte waren englisch, ihr Klang nach so vielen Jahren ungewohnt.

„Da sind Sie mir gegenüber im Vorteil, Sir." Thomas antwortete in der gleichen Sprache, wohl wissend, dass sein Akzent inzwischen seltsam klingen würde.

In der Dunkelheit blitzten Zähne auf, als der Mann lächelte. „Ich habe gehört, dass das gar nicht so einfach ist. Mein Name ist Edward Danvers und ich bin der Begleiter von Richard Woodville."

„Er hat mir gegenüber nichts von einem Begleiter erwähnt."

„Er schenkt meiner Arbeit wenig Beachtung – und mir auch nicht. Sie sind ein Mann von Adel, also erwarte ich, dass Sie mit Ihrem eigenen Begleiter genauso umgehen. Obwohl ich zugeben muss, dass er eine einfachere Persönlichkeit zu sein scheint. Richard kann zuweilen schwierig sein."

„Sind Sie mir hierher gefolgt?" Thomas war neugierig zu erfahren, was dieser Mann Danvers wollte, und war überrascht über seine Offenheit. Er konnte das Gesicht des Mannes nicht erkennen und es fühlte sich seltsam an, ein Gespräch zu führen, bei dem jeder von ihnen von der Dunkelheit der Nacht umhüllt war. Es war einfacher, einen

Mann zu lesen, wenn man seinen Gesichtsausdruck sehen konnte.

„Richard sagte mir, dass er Sie in Begleitung des spanischen Königs und der Königin kennengelernt hat. Dass Sie mit beiden befreundet zu sein scheinen. Vor allem mit der Königin, sagte er. Und dass Ihr Begleiter ein interessanter Mann sei. Ein Eunuch, bei Gott! Ein echter Eunuch. So einen habe ich bis heute Abend noch nie getroffen."

„Wollen Sie etwas von mir oder ist dieses Gespräch nicht mehr als dem Aufeinandertreffen zweier Männer geschuldet, die nicht schlafen können und sich die Zeit vertreiben?"

„Ich begrüße die Gelegenheit, mit einem anderen Engländer zu sprechen, das ist alles, und man hat mir gesagt, Sie seien ein kluger Mann und furchterregend im Kampf. Es gibt nur wenige von uns in Spanien. Sie kommen aus den Walisischen Marken, wie ich höre. Wussten Sie, dass Richard beauftragt wurde, die Ordnung in Hereford wiederherzustellen? Das liegt in der Nähe Ihrer ehemaligen Heimat, nicht wahr?"

„Kennen Sie den Westen?", fragte Thomas.

„Ich bin nördlich von Salop geboren und aufgewachsen, daher kenne ich ihn gut. Ein üppiges Land, geplagt von der Nähe zu den Walisern. Was hat Sie dazu bewogen, unter Ungläubigen zu leben, Sir Thomas?"

„Nicht Sir Thomas, bitte. Ich habe nichts getan, um diesen Titel zu verdienen. Ich lebe hier, weil ich es so will." Thomas war nicht in der Stimmung zu erklären, warum, und ebenso sicher war Danvers nicht in der Stimmung, sich seine Erklärung anzuhören, so lange sie auch sein mochte. „Was will Ihr Meister von Ali Durdush? Ich habe sie erst vor ein paar Tagen zusammen gesehen."

„Ist das so." Danvers senkte seine Stimme, sodass Thomas näher treten musste, um ihn hören zu können. „Er sagte mir, er sei neugierig auf al-Andalus. So nennen Sie es doch, oder? Al-Andalus – Land der Vandalen."

„So wie England das Land der Angeln ist. Weiß Richard genauso viel über dieses Land wie Sie? Interessiert ihn das oder sucht er nur nach einer Prinzessin?"

Danvers gab ein Lachen von sich. „Oh, Richard ist immer auf der Suche nach einer Prinzessin." Er machte drei Schritte vorwärts und verringerte den Abstand zwischen ihnen auf ein paar Fuß. „Sie haben ihn kennengelernt und mit ihm gesprochen, Sie wissen also, wie er ist und was er ist. Er verlässt sich in hohem Maße auf mich. Er lässt mir viel Freiheit dabei, für ihn zu arbeiten, was ich begrüße. Es gibt nichts Schlimmeres als einen Meister, der einem ständig über die Schulter schaut, nicht wahr? Oder vielleicht wissen Sie das nicht als Mann ohne Meister."

Thomas konnte jetzt das Gesicht von Danvers ausmachen und würde künftig nicht mehr Meister und Diener verwechseln, wenn es das war, was sie waren. Er drehte sich zur Seite. „Ich bin müde und gehe jetzt schlafen."

„Um neben Ihrem Eunuchen zu liegen?"

Thomas wäre beinahe stehen geblieben, schüttelte aber dann den Kopf und ging weiter.

Wie erwartet, nahm Jorge das ganze Bett ein. Er murmelte etwas, als Thomas ihn zur Seite schob, um Platz zu machen, rollte sich auf den Rücken und öffnete die Augen.

„Oh, du bist es."

„Hast du jemand anderen erwartet?" Thomas saß auf der Kante des Bettes, nackt. Er hatte vor Jorge nichts zu verbergen und Jorge nichts vor ihm.

„Ein Mann kam und suchte nach dir. Ich sagte ihm, dass du wahrscheinlich draußen bist und irgendeine eklige Pflanze isst oder so etwas. Ich sagte, er würde dich zweifellos an deinem Geruch erkennen." Jorge rieb sich mit beiden Händen über den Kopf. „Hat er dich gefunden? Ich habe ihn zuerst für den Earl gehalten."

„Er hat mich gefunden." Thomas stieß Jorge erneut an, der sich wieder ausgebreitet hatte. „Willst du Ärger machen?"

„Ich mache nie Ärger."

„Ah, ich muss dich wohl mit jemandem verwechseln." Er beugte sich vor und blies die Kerze aus, dann schob er Jorge zum dritten Mal weg.

Der Schlaf ließ auf sich warten.

Er hörte, wie Jorge zu schnarchen begann, brachte es aber nicht übers Herz, ihn zu treten, als sein Fuß auf Thomas' Seite des Bettes gewandert kam.

Er dachte an Richard Woodville und Edward Danvers und daran, was sie mit der Gilde von Malaka vorhaben könnten. Und wenn er an die Gilde dachte, kam ihm der Tod von Zufar al-Zaki in den Sinn, der zweifellos mit seiner Position in dieser Gilde zusammenhing. Die beiden Punkte näherten sich in seinem Kopf an, umkreisten einander wie Motten, die einen Paarungstanz tanzten.

Warum musste al-Zaki sterben? Weil er etwas gewusst hatte? Weil er gedroht hatte, jemanden zu entlarven? Und könnte dieser jemand Richard Woodville sein, oder war es nur Thomas' Abneigung gegen den Mann, die ihn das denken ließ? Als der Schlaf ihn zu umhüllen begann, tauchte derselbe Gedanke, den er zuvor gehabt hatte, wieder auf, dieses Mal jedoch vollständig und zusammenhängend, und er setzte sich im Bett auf.

Jorge stöhnte und rollte sich auf den Bauch.

Thomas saß bereits auf der Kante des Bettes und starrte in die Dunkelheit.

Elizabeth Woodville war mit dem alten englischen König Edward verheiratet gewesen. Die Schwester von Richard Woodville, Earl Rivers. Und ihre Initiale, wie sie in einen Ring geritzt sein könnte. Ein verschnörkeltes E.

Thomas wusste, dass er den Zufall bis zum Äußersten ausreizte, aber er konnte nicht anders, als sich zu fragen, wie er herausfinden könnte, ob sein Verdacht tatsächlich der

Realität entsprach. Woodville war kein Mann, der zu einem Mord fähig war, aber Diego hatte gesagt, dass es der andere Mann gewesen war, der dem Opfer den tödlichen Hieb versetzt hatte. Ein großer Mann und ein kleiner. Thomas stand auf, ging zu seinem Gehrock und tastete ihn in der Dunkelheit ab, aber der Ring, den er suchte, war nicht da. Er erinnerte sich daran, dass er ihn zu Hause in eine Schachtel im Schlafzimmer gelegt hatte. Aber er könnte ihn dort holen und Woodville zeigen. Es wäre interessant, seine Reaktion darauf zu beobachten.

KAPITEL SIEBZEHN

Thomas und Jorge ritten neben einer schier endlosen Kolonne von Soldaten her, die sich durch die engen Täler von Axarquia nach Süden bewegte, bis zu diesem Moment eine von Spanien fast völlig ignorierte Region. Sie war zu zerklüftet, zu gebirgig und zu rebellisch. Eine Reihe maurischer Städte und Dörfer reihte sich an Hügelkuppen oder schmiegte sich an Flussbetten, die im Sommer austrockneten und im Winter unter Wasser standen. Es war ein Land, das nur die Mauren wollten, ein Land, von dem nur die Mauren leben konnten. Und nun war es ein Land, das sich in ein Schlachtfeld verwandeln sollte, als weitere spanische Truppen kamen, um die bereits dort stationierten zu verstärken.

Die Soldaten ignorierten sie, weil sie entweder glaubten, sie seien Teil ihrer Armee oder Einheimische, die dumm genug waren, die Soldaten in ihrer Mitte zu ignorieren. Ab und zu sah Thomas andere Mauren vorbeiziehen, die ebenfalls erst einmal ignoriert wurden. Der Gestank der ungewaschenen Soldaten hing in der Luft, zusammen mit dem Geschnatter von Gesprächen, die in einem halben

Dutzend Sprachen geführt wurden. Viele der Männer waren Söldner, andere Glücksritter, die gekommen waren, um ihren Reichtum zu finden. Wie Richard Woodville vielleicht. Thomas war sich sicher, dass er im Auftrag des englischen Königs reiste, aber nutzte der Mann die Gelegenheit, um sich gleichzeitig zu bereichern? Oder verhandelte er mit Durdush im Auftrag seines Königs? Woodville kam Thomas nicht wie ein Mann vor, der über die ihm erteilten Befehle hinaus handeln würde. Er mochte ein Earl sein, aber was Thomas sah, war ein Feigling, und ein schwacher Feigling noch dazu. Danvers war eine andere Sache, aber er hatte keine Stellung im Königshaus.

Thomas schob die Gedanken an die beiden Männer beiseite. Er wollte mehr über den Mord nachdenken, also folgte er, statt direkt nach Malaka zu reiten, der kurvenreichen Straße nach Süden in Richtung Ballix. Er wollte außerdem ein weiteres Gespräch mit Gracia Bernel Gomez führen, sicher, dass die Frau mehr wusste als sie bei ihrer ersten Begegnung zugegeben hatte. Ob das, was sie unerwähnt gelassen hatte, sie schuldig machte oder nicht, wusste er nicht, nur, dass Geheimnisse Menschen verletzen konnten. Als das Land flacher wurde, durchquerten sie das Wadi al-Cuevo, das nun wieder innerhalb seiner Ufer dahinfloss, und passierten das westliche Tor von Ballix ohne jegliche Zwischenfälle. Doch als sie das Haus erreichten, fanden sie es leer vor. Mehr als leer, es machte sogar einen verlassenen Eindruck. Ein Nachbar erzählte ihnen, Gracia hätte ihr Haus geräumt und sei nach Malaka gezogen, zusammen mit ihrer Freundin, betonte er mit einem Schmunzeln. Eine andere Nachbarin behauptete, den Grund für ihren Umzug nicht zu kennen, aber als sie sich abwandten, rief sie sie zurück, um kurz entschlossen zu enthüllen, dass es etwas mit ihrem Anspruch auf ein Erbe von diesen Mädchen zu tun haben könnte. Sie sagte es mit einem triumphierenden Lächeln und Thomas konnte sich die Geschichten vorstellen, die man ihr über al-Zakis Untreue erzählt hatte. Er war sich sicher, dass sie als solche präsentiert worden waren.

Die Stadttore standen immer noch weit offen, als sie die Stadt verließen, so wie sie es bei jedem von Thomas' Besuchen gewesen waren, und er fragte sich, wie lange es noch so bleiben würde. Die spanische Horde versammelte sich bisweilen auf der anderen Seite des Flusses. Die führende Kohorte hatte Zelte errichtet und Erdgruben ausgehoben, um sich auf eine lange Belagerung einzustellen.

„Sollen wir noch einmal mit seinem Harem sprechen?", fragte Jorge, als sie den Fluss erneut überquerten und eine Route einschlugen, die an der Küste entlangführte, der Boden sumpfig. Thomas hatte eine einfachere Strecke gewählt als die, über die sie von Malaka hier hergekommen waren. Es war kurz vor Mittag, die Sonne stand in ihrem Zenit und die Hitze förderte laute Fliegenschwärme zutage, die sich überall dort niederließen, wo nackte Haut zu finden war.

„Das würde dir gefallen, oder?"

„Tu nicht so, als würden sie dich nicht anziehen."

„Aber ich kann mich beherrschen. Verdammt, diese Fliegen!" Thomas fluchte und rückte seinen *Tagelmust* zurecht, sodass nur noch seine Augen zu sehen waren. Dann griff er in eine Satteltasche und zog einen weiteren, tiefrot gefärbten heraus und reichte ihn Jorge, der ihn sich unbeholfen um das Gesicht wickelte.

„Vielleicht hätten wir in die andere Richtung reiten sollen."

„Dieser Weg wird uns zwei Stunden früher zurückbringen."

„Sind wir in Eile?"

„Wir sind immer in Eile, wenn ein Mörder gesucht wird.

Je mehr Zeit vergeht, desto kälter wird die Spur. Habe ich dir das nicht schon beigebracht?"

„Möglicherweise. Aber du weißt, dass ich mich nicht so gut an Dinge erinnere wie du und Lubna."

„In diesem Fall werde ich darauf achten, dein Gehirn nicht mehr als nötig zu strapazieren." Thomas trieb sein Pferd in Richtung Westen, vorbei an einem Gebiet mit schimmerndem Wasser, in dem Stechmücken in Schwärmen so groß wie Regenwolken summten, ein Geräusch, das über die stinkende Wasseroberfläche getragen wurde.

„Du kannst doch alleine zu al-Zakis Haus gehen, oder?", fragte Thomas.

„Ich denke schon. Was wirst du tun?"

„Ich möchte Ali Durdush weiter befragen. Jetzt, wo ich ihm diesen Gefallen getan habe, ist er vielleicht bereit, mir die Wahrheit zu sagen. Und ich muss das Krankenhaus aufsuchen. Ich habe in letzter Zeit meine Pflichten vernachlässigt."

„Ich hätte nicht gedacht, dass du dort Pflichten hast." Jorge vertrieb eine Wolke von dunklen fetten Fliegen, die es auf ihn abgesehen hatten.

„Habe ich nicht, aber du weißt, dass mich das in der Vergangenheit nie aufgehalten hat."

Jorge lächelte möglicherweise, aber der *Tagelmust* verdeckte den größten Teil seines Gesichts, und selbst wenn er es nicht getan hätte, wäre der Fliegenschwarm in diesem Moment zu dicht gewesen, um ihn deutlich zu erkennen.

Die Sonne senkte sich bereits gen Westen, als Ali Durdush Thomas in sein Büro in der Ataranzana einließ, sein Gesicht dunkel vor Zorn. „Wo sind Sie gewesen? Und warum haben Sie nicht getan, worum ich sie gebeten habe, nämlich, sich dem König zu erkennen zu geben?"

„Warum, glauben Sie, bin ich nicht mit Ihnen zurückgekehrt?"

„Sie haben also mit ihm gesprochen?"

„Und mit der Königin. Ich habe ihnen beiden die Wichtigkeit Ihrer Nachricht übermittelt." Thomas fragte sich, ob es ein Fehler war, Isabel zu erwähnen, aber es war zu spät, die Worte zurückzunehmen.

„Und seine Antwort?"

Thomas ging zu dem breiten Fenster. Glas von feinster Qualität bot einen kaum verzerrten Blick über den Hafen. Durdushs persönlicher Sekretär stand an der Seite, um nicht aufzufallen, aber seine Notizen waren laut, zumindest für Thomas, dessen Ohr sich zu dem Geräusch von Stift auf Papier wandte. Jedes Wort, das sie sprachen, würde aufgezeichnet werden, da war er sich sicher, aber es war unwahrscheinlich, dass es jemals von jemand anderem als Durdush und dem Schreiber selbst gelesen werden würde.

„Die Spanier mögen bereit sein, zu reden", sagte Thomas, immer noch mit dem Rücken zu ihm, „aber Sie werden den Gouverneur einbeziehen müssen. Sie sind bereit, die Stadt aufzugeben, aber ist er es auch?"

„Ich habe heute Morgen mit al-Tagri gesprochen. Er glaubt weiterhin, dass unsere Truppen die Spanier besiegen können. Er sagte mir, er habe den Auftrag, die Stadt zu schützen, nicht, sie zu übergeben." Durdush blickte Thomas an. „Soldaten."

„Soldaten beschützen uns."

Durdush fuhr fort, als ob Thomas nicht gesprochen hätte, die Art von Mann, die ignorierte, was andere sagten. „Glauben Sie, die Spanier werden der Gilde das Recht gewähren, weiter Handel zu treiben? Unsere Häuser, Reichtümer und Ländereien zu behalten? Ich habe gehört, dass sie schon in der Vergangenheit solche Vereinbarungen getroffen haben."

„Sie würden so einfach den Meister wechseln?" Thomas hoffte, dass Durdush die Verurteilung in seiner Stimme nicht hörte.

„Wäre er so anders als der, den wir jetzt haben? Man sagt,

die Spanier seien gute Herrscher, fair zu ihrem Volk, fair zu denen, die sie erobern." Durdush kam neben Thomas zu stehen. Er deutete mit seiner Hand auf das, was unter ihnen lag. „All das hier – der Handel, die Reichtümer, die durch Malaka fließen – all das kann ihnen zu den richtigen Bedingungen zur Verfügung gestellt werden. Werden Sie das König Fernando sagen?"

„Ich habe nicht vor, ihn wiederzusehen."

„Aber Sie werden es tun, nicht wahr, für Malaka?" Es schwang wenig in Durdushs Tonfall mit, das darauf hindeutete, dass ein Nein eine Option war. „Diese Stadt ist zu groß, zu wichtig, um dem Erdboden gleichgemacht zu werden. Gehen Sie zu ihm und machen Sie ihm klar, dass ich alles tun werde, um eine friedliche Machtübergabe zu vermitteln."

„Und al-Tagri?"

„Überlassen Sie den Gouverneur mir. Er wird am Ende zur Vernunft kommen."

Thomas wandte sich zum Gehen, doch dann zögerte er, als ob der eigentliche Grund für sein Kommen etwas Triviales gewesen wäre. „Es gibt noch eine andere Angelegenheit, aber ich weiß nicht, ob ich sie ansprechen soll."

„Welche Angelegenheit? Wird sie viel Zeit in Anspruch nehmen? Ich habe bald ein Treffen und muss noch zu al-Tagri."

„Es gibt dort einen Engländer mit dem Namen Richard Woodville. Ist er Ihnen bekannt?"

Durdush dachte kurz über die Frage nach, bevor er den Kopf schüttelte. „Der Name ist mir nicht bekannt."

„Er nennt sich auch Earl Rivers."

„Ist das auch ein Name? Ihr habt seltsame Namen in England, nicht wahr? Ist einer nicht genug für euch da oben?"

„Es ist ein Titel", sagte Thomas. „Ein Earl ist ein wichtiger Mann, einer, der dem König nahe steht. Er ist von ähnlichem Rang wie ein Duque."

„Neulich war hier ein Engländer, aber er hat mir nicht gesagt, dass er ein Duque ist."

„Was hat er gewollt?"

„Er kam, um über den Handel zu sprechen, und sosehr ich Sie auch respektiere, ich werde nicht mit Ihnen über Geschäftsgeheimnisse diskutieren." Durdush begann, sich zu entfernen. Es war klar, dass er das Gespräch für beendet hielt.

„Erinnern Sie sich an die Sache mit dem Waffenmeister, Zufar al-Zaki, auf die ich Sie angesprochen habe? Das war am selben Tag, an dem ich Sie mit Woodville gesehen habe."

Ali Durdush schüttelte den Kopf. „Wollen Sie eine Verbindung andeuten? Zufar ist gestorben. Menschen sterben ständig, besonders alte Männer. Ich wüsste nicht, was das mit diesem Mann zu tun haben könnte." Durdush runzelte die Stirn. „Er hat mir natürlich seinen Namen gesagt, aber ich kann mich im Moment nicht daran erinnern, obwohl ich mir sicher bin, dass es nicht Woodville oder Earl irgendwas war. Ich werde meinen Schreiber danach suchen lassen, er wird eine Aufzeichnung des Gesprächs gemacht haben."

„Ich kann ihn für Sie fragen, wenn Sie zu beschäftigt sind", sagte Thomas.

„Das würde Ihnen gefallen, nicht wahr? Eine Chance, Einblick in die vertraulichen Unterlagen der Gilde zu erhalten. Wenn ich es für relevant halte, werde ich Sie wissen lassen, welchen Namen er benutzt hat, aber ich bin sicher, er ist nicht der Mann, von dem Sie sprechen." Durdush wandte sich ab, hielt dann jedoch inne. „Wer würde Zufar töten wollen? Das ergibt doch keinen Sinn."

„Nun, er hat sich nicht selbst umgebracht."

„Und Sie suchen den, der es getan hat?"

Thomas nickte. „Ich muss mehr über den Mann erfahren. Wie er war, mit wem er gearbeitet hat, wer seine Freunde waren. Menschen werden aus zu vielen Gründen getötet. Wenn ich den Grund herausfinde, bin ich wieder einen Schritt näher am Täter. Ich mache mir auch Sorgen, dass sein Tod nicht der letzte gewesen sein könnte. Ich würde gerne mit den anderen Meistern sprechen. Einige kenne ich, aber nicht alle. Ich will mit jedem einzelnen von ihnen sprechen, und sei es nur, um sie zu warnen, so wie ich Sie warne. Wer kann schon sagen, dass die Sache mit nur einem Tod endet?"

Durdush starrte Thomas an. „Bin ich in Gefahr?"

Thomas sagte nichts und wartete.

„Meine Angestellten sind viel beschäftigte Männer." Durdush winkte mit einer Hand zum Fenster. „Sie können den Handel sehen, der durch Malaka fließt. Sie sagten, es könnte eine Vielzahl von Gründen für jemanden gegeben haben, ihn zu töten; vielleicht hatte es gar nichts mit der Gilde zu tun. Es würde mich sogar überraschen, wenn es so wäre."

„Wenn Sie mir erlauben, die Schreiber zu befragen, werde ich Ihre Bitte um weitere Verhandlungen natürlich an Fernando weitergeben, bevor ich meine Ermittlungen weiter vorantreibe. Es wäre nicht einmal ein weiter Ritt, da er derzeit vor den Toren von Ballix sein Lager aufgeschlagen hat."

Durdush blieb auf dem Weg zur Tür stehen. „Wann kann ich mit seiner Antwort rechnen? Es ist nicht gut zu warten, bis die Stadt in Schutt und Asche liegt."

„Innerhalb von Tagen", sagte Thomas. „Ich werde ihn innerhalb einer Woche sehen." Er hatte nicht die Absicht, Fernando wiederzutreffen, aber das musste Durdush nicht wissen.

„Und Sie werden nicht zu viel von der Zeit meiner Angestellten in Anspruch nehmen?"

„So wenig, wie ich kann."

Ali Durdush nickte. „Sagen Sie ihnen, dass ich es genehmige. Jetzt muss ich gehen. Sie finden den Weg hinaus sicher allein."

Der Schreiber, der die ganze Zeit still im Raum gestanden hatte, das einzige Geräusch von ihm das Kratzen, als er ihr Gespräch mitschrieb, kritzelte noch etwas nieder, riss den Zettel in zwei Hälften und reichte ihn Thomas, bevor er seinem Herrn nach draußen folgte.

Thomas sah sich an, was darauf geschrieben stand, und lächelte. Der Schreiber war gut. Sehr gut. Es war eine Vollmacht für Thomas, mit jedem Schreiber in der Ataranzana zu sprechen, aber nur über Angelegenheiten, die den traurigen Tod von Zufar al-Zaki betrafen. Sie war nichts wert. Thomas hätte sie fast zerknüllt und auf den Boden fallen lassen, hielt aber im letzten Moment inne. Er konnte es zumindest versuchen, hätte aber lieber Jorge dabei gehabt, um die Körpersprache der Männer zu entziffern, die er selbst nicht übersetzen konnte.

Unten manövrierte ein Schiff mit dunklen Segeln auf die Hafeneinfahrt zu, bis es nahe genug war, um Taue zu werfen, die gefangen und gespannt wurden. Jenseits der Hafenmauer warteten andere Schiffe, einige vor Anker, andere wendeten hin und her, während sie darauf warteten, dass sie an der Reihe waren, ihre Waren zu entladen. Die Ataranzana war wie ein Bienenstock der Industrie, Männer arbeiteten in einem fein choreografierten Tanz, der immer mehr Reichtum für Malaka, immer mehr Reichtum für Ali Durdush und die Gilde brachte.

Thomas ging auf die Suche nach jemandem, der ihm helfen konnte, bewaffnet mit nicht als einer gekritzelten Notiz. Er könnte den Männern, mit denen er sprach, auch einfach sagen, dass Durdush seine Befragung genehmigt hatte, aber auf diese Weise hatte er wenigstens einen Beweis, falls jemand sich vergewissern wollte.

Unten im Hafen war der Geruch des Meeres stark, sein Klang konstant, der Schrei der Möwen noch lauter. Das Knarren der Holzbalken der Schiffe, die es geschafft hatten anzudocken und das Abladen der Waren vervollständigten die Kakofonie und bildeten eine Klangkulisse, die es schwer machte zu denken, obwohl es niemand sonst zu bemerken schien. Vielleicht, weil ihre Arbeit nicht viel Denken erforderte.

Thomas entdeckte einen Mann, der in ein dickes Buch schrieb, und machte sich auf den Weg zu ihm, aber ein Krachen ließ ihn zusammenzucken, seine Nerven immer noch angespannt nach dem Erdbeben. Nach einem Moment sah er, dass es nicht mehr war als eine hölzerne Plattform, die an das Schiff mit den dunklen Segeln gelegt worden war. Kaum hatte sie den Rumpf berührt, – noch bevor sie festgemacht werden konnte –, begannen Männer, die schräge Rampe herunterzulaufen. Dunkelhäutig, gekleidet in Lederwesten unter Wüstengewändern ähnlich denen, die Thomas trug, waren dies Soldaten von den Küsten Afrikas. Zweifellos Söldner, von kräftiger Statur und umgeben von einem Gefühl der Gefahr. Er sah kein Lächeln und hörte kein Geplauder, als sie sich auf dem Kopfsteinpflaster verteilten, um sich kurz darauf zu einer lockeren Kohorte zusammenzuschließen. Ein Mann, nicht anders gekleidet, aber offensichtlich von höherem Rang, stellte sich vor sie. Seine Augen wanderten durch die Reihen, bevor er ein paar Worte sprach und sich umdrehte, um die Männer wegzuführen.

Thomas sah, dass die Hafenarbeiter, wie er, stehen geblieben waren, um ihre Ankunft zu beobachten. „Wer sind sie?", fragte er einen Mann in der Nähe.

„Gomeres. Die besten Kämpfer der Welt, aber die schlimmsten Nachbarn. Halte dich von ihnen fern, mein Freund, wenn du deine Eingeweide in dir behalten willst."

Der Mann grinste, spuckte einen beeindruckenden Speichelstrom aus und ging davon.

Thomas suchte erneut nach dem Mann mit dem dicken Wälzer und bewegte sich wieder auf ihn zu. Er würde sehen, was er über die anderen Meister erfahren konnte, und dann gehen, um Jorge vor al-Zakis Frauen zu retten.

KAPITEL ACHTZEHN

Gracia Bernel Gomez' Stimme überlagerte ein vogelartiges Geschnatter, als sie versuchte, al-Zakis Harem mitzuteilen, dass das Haus nicht ihnen gehöre und sie sofort zu gehen hätten. Jorge erblickte Thomas und winkte ihn ins Haus, aber dieser schüttelte den Kopf und ging wieder hinaus. Auf der Straße wimmelte es von Marktständen und Händlern, der Geruch von gekochtem Essen, Gewürzen, Leder, Stoffen und Menschen lag streng in der Luft. Die Abendsonne tauchte alles in ein sanftes Licht. Männer und Frauen bewegten sich zwischen den Ständen umher und suchten sich Waren aus, einige kauften, aber die meisten waren nur zur Unterhaltung hier. Als Thomas das letzte Mal in dieses Haus gekommen war, hatte es nichts von alledem hier gegeben, aber jetzt konnte er verstehen, warum sich ein Gildenmeister an einem solchen Ort niederlassen würde. Es gab sogar drei Schmiede hier, die eine Art Geschäft betrieben, indem sie zerbrochene Haken reparierten, Messer und Schwerter verkauften und auch Bestellungen entgegennahmen. Ihre Schmiedefeuer fügten der Luft Rauch hinzu, der in einer Wolke über der Straße waberte. An einem Ende spielten Berbermusiker, der Schlag ihrer Trommeln ansteckend und hohe Rufe seidengekleideter Frauen erfüllten die Luft, während sie herumwirbelten und hochsprangen. Thomas war sich sicher, dass es die gleiche Gruppe war, die al-Antiqamun vor dem Krankenhaus angegriffen hatte.

„Du solltest mit reinkommen", sagte Jorge und trat zu Thomas auf die Straße. „So viel Spaß hatte ich schon lange nicht mehr." Seine Augen betrachteten die Szene. „Warum können wir nicht einfach in diese Gegend ziehen? Meinst du, wir könnten Diegos altes Haus kaufen?"

„Gefällt es dir nicht, wo wir sind?"

„Natürlich gefällt es mir, aber es ist … ruhig."

„Genau so mag ich es."

„Hm."

„Ich muss mit Gracia allein sprechen. Ist ihre Freundin bei ihr?"

„Ich habe sie nicht gesehen, aber es ist ein großes Haus und vielleicht geht sie Gracia aus dem Weg, denn die Frau ist in schlechter Stimmung. Ich würde dir nicht empfehlen, im Moment mit ihr zu sprechen."

„Ich muss." Thomas trat zur Seite, als eine Gruppe von Kindern, keines älter als acht Jahre, in vollem Tempo die Straße entlanglief, verfolgt von einem Händler. „Kannst du al-Zakis Harem ablenken, während ich es versuche?"

Jorge nahm einen Apfel von einem Stand, warf dem Verkäufer eine kleine Münze zu und winkte ab, dass er kein Wechselgeld brauche. Er biss hinein und hielt eine Antwort auf die Frage für unnötig.

Gracia schimpfte immer noch mit der Schar junger Frauen, als Thomas ins Haus zurückkehrte. Er stand außerhalb des Zimmers, beobachtete die Zurschaustellung ihres gerechtfertigten Zornes und kam langsam zu dem Schluss, dass sie falsch lag. Er schüttelte den Kopf, unsicher, ob er die Situation richtig einschätzte, da ihm bewusst war, dass er nicht Jorge war und seinen eigenen Sinnen nicht traute. Als Gracia in seine Richtung blickte, machte er eine Handbewegung und drehte sich in Richtung eines leeren Raumes um.

Es dauerte eine Weile, bis er schnelle Schritte hörte und sich von dem Fenster entfernte, durch das er die Tänzerinnen beobachtet hatte.

„Da sind Sie ja", sagte Gracia, als ob es seine Schuld wäre. „Ich dachte schon, Sie wären weg."

Thomas schloss die Tür, bevor er sich einen Stuhl nahm. Der Raum schien keinen bestimmten Zweck zu haben, ein Zeichen dafür, dass al-Zaki ein reicher Mann gewesen war. Mehr als reich genug, um Gracia nach der Scheidung ihren Anteil auszuzahlen.

„Warum hat sich Ihr Mann geweigert, Ihre Abfindung zu zahlen?"

„Warum sollte ich Ihre Fragen beantworten? Sie sind ein Arzt, nichts weiter." Gracia lehnte es ab, sich zu setzen, und stellte sich stattdessen vor den kalten Kamin. „Ja, ich habe mich nach Ihnen erkundigt, als ich hier hergekommen bin. Ich war neugierig, warum Sie mich aufgesucht haben. Was gehen Sie unsere Angelegenheiten an?"

„Waren es die Frauen?" Thomas schlug die Beine übereinander und zupfte an einem losen Faden an seinem Gewand. „Ist das der Grund, warum Sie nach Malaka zurückgekehrt sind, in dieses Haus?"

„Ich bin gekommen, um einzufordern, was mir zusteht. Von ihnen, ja, und wenn nicht von ihnen, dann von der Gilde. Man schuldet mir etwas."

„Genug, um Ihren Mann dafür töten zu lassen?"

Gracia trat einen Schritt näher, ihr Körper spannte sich an. Sie war eine große Frau, stark in Körper und Geist. Stark in ihrem Zorn. *Aber ist dieses Verhalten gerechtfertigt,* fragte sich Thomas, *oder ist es nicht mehr als eine Maske, hinter der sie sich versteckt?* Masken konnten einem vom Gesicht gerissen werden, wenn man nur genügend Kraft aufwendete.

„Ich –“ Thomas beobachtete, wie Gracia tief Luft holte und versuchte, sich zu beherrschen. Sie blickte sich um, als sähe sie den Raum zum ersten Mal, aber er musste ihr mehr als vertraut sein. Dieses Haus war einst ihr eheliches Zuhause gewesen. Sie würde jeden Winkel kennen, jede knarrende Diele und jede klemmende Tür.

Thomas deutete auf den Stuhl, der ihm gegenüber stand.

Gracia sah ihn an und zog dann einen anderen heran, dessen Beine über den Boden kratzten. Sie setzte sich, die Arme auf die Knie gestützt, und beugte sich vor. „Was hätte ich davon, ihn töten zu lassen?“

Thomas hob eine Schulter. „Er ist tot und Sie sind hier. Sie suchen nach einer Entschädigung und er ist nicht mehr da, um sie Ihnen zu verweigern. Diese Frauen können nicht ohne jemanden existieren, der über sie wacht. Ob Mann oder Frau. Und sie sind sehr schön.“

„Er hat sich schon einmal von einem schönen Gesicht zum Narren halten lassen. Ich war einst schön.“

„Sie sind immer noch eine hübsche Frau.“

„Aber das ist nicht dasselbe wie Schönheit, oder?“

„Kam die erste von ihnen hierher, während Sie noch unter diesem Dach lebten?“

„Zwei. Zufar beanspruchte es als sein Recht vor dem Gesetz. Dass ein Mann – ein Mann mit Einfluss, ein Mann mit Reichtum – das Recht auf viele Frauen habe. Aber sie waren nie Ehefrauen. Sie haben ihn nicht geliebt.“

„Und Sie schon?“

„Es ist lange her.“

„Und jetzt?“

„Es ist schwer, einen toten Mann zu lieben.“

„Wo ist Ihre Begleiterin? Ist sie mit Ihnen hier hergekommen?“

„Sie besorgt Essen für uns. Für uns beide. Was diese … diese Dinger machen, ist ihre Sache.“

„Was passiert, wenn Sie nicht bekommen, was Sie wollen?"

„Das werde ich. Das hier ist mein Haus. Sein Geld gehört mir. Diese dummen Mädchen besitzen nicht einen Funken Verstand."

Thomas lächelte. „Das klingt alles nach Gründen, warum Sie Ihren Mann tot sehen wollen. Eine Frau, die ohne einen *Dirham* beiseite geworfen wird."

„Ein toter Ehemann kann mir nicht zahlen, was er mir schuldet", sagte Gracia, ihre Stimme gepresst von im Zaum gehaltenen Zorn. „Ich wollte nicht, dass er tot ist. Ich –" Sie hielt abrupt inne, presste die Lippen fest aufeinander, und Thomas beobachtete, wie sie versuchte, ein gewisses Maß an Kontrolle wiederzuerlangen.

„Haben Sie ihn jemals geliebt?" Thomas beugte sich zu ihr vor, um ihre Körperhaltung zu spiegeln. „Alles, was Sie sagen, würde eine schuldbewusste Frau von sich geben."

„Ich habe ihn nicht töten lassen. Aber niemand würde mir einen Vorwurf machen, wenn ich es getan hätte."

„Oh, ich denke, die Gilde könnte etwas zu der Angelegenheit zu sagen haben, und sie haben ihre eigenen Wachen, die nur zu gerne bereit wären, Sie in Gewahrsam zu nehmen. Wissen Sie, was mit hübschen Frauen im Gefängnis passiert?"

„Sie würden mich verraten?"

„Wenn Sie ihn töten haben lassen, wäre es kein Verrat, sondern Gerechtigkeit."

„Dann ist es ein Glück, dass ich es nicht getan habe, nach allem, was er mir angetan hat, so wie er mich behandelt hat."

„Können Sie beweisen, dass Sie es nicht getan haben?"

Gracia lachte und schüttelte den Kopf. Von ihrer Wut war nur noch ein Hauch übrig. „Ich kann beweisen, dass ich Ballix seit einem Jahr nicht mehr verlassen habe – ist das gut genug für Sie?"

„Sie bräuchten Ballix nicht dafür zu verlassen. Sie

müssten nur jemanden finden, der die Tat an Ihrer Stelle ausführen könnte. An solchen Männern herrscht kein Mangel."

„Und wie sollte ich solche Männer bezahlen? Sie haben doch gesehen, wo wir wohnen."

„Und doch sitzen Sie hier, in einem schönen Haus, von dem Sie behaupten, es gehöre Ihnen. Wann gehen Sie, um mit der Gilde zu reden? Nicht mit Durdush, da bin ich mir sicher."

„Dort sitzen diejenigen, die das Gesetz verwalten, und eine geschiedene Frau hat Anspruch auf die Hälfte des Vermögens ihres Mannes. Ich habe gleich morgen früh einen Termin."

„Sicherlich hat eine Witwe Anspruch auf das gesamte Vermögen ihres Mannes, wenn sie noch mit ihm verheiratet ist", sagte Thomas. „Ich kenne mich mit dem Gesetz wenig aus, aber wenn er Ihnen nicht das ausbezahlt hat, was Ihnen zusteht, macht das die Scheidung nicht ungültig? Bleiben Sie seine Frau und damit Erbin von all dem?"

Gracias Lächeln war winzig und verschmitzt. „Und Sie behaupten, nichts vom Gesetz zu wissen?"

„Das hilft mir aber nicht weiter, oder?"

„Ich habe ihn nicht getötet, das sage ich doch. Ich habe ihn auch nicht töten lassen. Ich wüsste nicht, wie ich Ihnen das beweisen könnte, außer dass Sie den Mann finden, der es getan hat."

„Werden Sie mir dabei helfen?"

„Ich? Ich wäre überhaupt keine Hilfe."

„Darin irren Sie sich. Ihr Mann wurde nicht willkürlich ausgewählt. Was wusste er, das jemanden veranlasst haben könnte, ihn zu töten, damit er sein Geheimnis nicht weitergeben konnte? Wer waren seine Feinde? Männer werden bei Kämpfen auf der Straße getötet, aber dieser Mord war geplant, absichtlich."

Gracia schaute zur Seite und Thomas sah, dass sie das

Gespräch nicht fortsetzen wollte, aber er vermutete, dass ihr gleichzeitig klar war, dass es sie nur noch verdächtiger erscheinen lassen würde, wenn sie jetzt ging. Er war bereits überzeugt, dass sie nichts mit dem Tod ihres Mannes zu tun hatte, aber sie könnte eine Ahnung haben, wer den Mord verübt hatte.

„Wenn er Geheimnisse hatte, warum sollte ich sie kennen? Ist das nicht die Natur eines Geheimnisses?"

„Ich habe Geheimnisse", sagte Thomas, „aber ich bin sicher, dass meine Frau Ihnen jedes einzelne davon erzählen kann, sogar die, für die ich mich schäme."

„Und wenn Sie jahrelang getrennt gelebt hätten, wüsste sie jetzt auch noch, was Ihre Geheimnisse sind? Nein, so wie ich auch nichts mehr von Zufars Leben weiß. Ich habe mein eigenes zu führen, mit Olivia."

„Und den Mädchen."

„Sie werden bald gehen. Das habe ich deutlich gemacht."

„Nachdem Sie herausgefunden haben, ob das Haus Ihnen oder dem Harem gehört."

„Er hat nie eine von ihnen geheiratet, also wenn es nicht mir zusteht, gehört es niemandem. In diesem Fall würde es von der Stadt beansprucht werden, kein Zweifel." Sie runzelte die Stirn. „Würde die Gilde mir das antun? Mir mein Haus wegnehmen?"

„Ich glaube nicht, dass die Gilde rachsüchtig ist. Wenn Sie gute Argumente haben, dann bringen Sie sie vor und sie werden Sie anhören. Wenn das Haus wirklich Ihnen zusteht und gehört, dann werden sie Sie bleiben lassen." Thomas starrte in Gracias Augen und versuchte zu verstehen, was sie hinter ihrer Selbstsicherheit verbarg. „Erzählen Sie mir, welche Geheimnisse er hatte, als Sie bei ihm lebten. Gab es Dinge, die er vor der Gilde geheim hielt?"

„Ich bezweifle es. Er war ein Mann, der sowohl von Lust als auch von Ehre getrieben wurde." Gracia drehte sich um, als würde sie etwas in der Ecke des Raumes studieren, als läge dort eine Erinnerung. „Er war auch ein prahlerischer Mann. Stellte extravagante Behauptungen auf, um uns zu beeindrucken.“ Ihr Blick kehrte zu Thomas zurück. „Er hat so viele Dinge gesagt, dass ich mir keine Mühe gegeben habe, mich an sie zu erinnern, aber ich werde es versuchen. Vielleicht gibt es etwas, an das ich mich erinnern kann und das Ihnen einen Hinweis liefert.“

„Haben Sie ihn kürzlich gesehen? Und wenn Sie *uns* sagen – meinen Sie damit sich und Olivia?“

Gracia nickte. „Zufar war ein Mann, der sich danach sehnte, mit so vielen Frauen zu schlafen, wie er konnte, selbst in seinem Alter.“

„Sie haben Ballix also im letzten Jahr doch verlassen. Warum haben Sie mir gesagt, Sie hätten es nicht getan?“

„Weil ich es nicht getan habe. Er kam gelegentlich zu uns, immer unter dem Vorwand von Geschäften, behauptete, er sei nur auf der Durchreise und wolle wissen, wie es mir gehe. Er hat uns immer … ein wenig Geld mitgebracht, aus Schuldgefühlen heraus, vermute ich.“

„Und er wollte reden?“

„Ja. Er redete gern. Vielleicht nur mit uns, ich weiß es nicht.“

„Aber Sie werden versuchen, sich daran zu erinnern, was er gesagt hat, und ob es irgendetwas gibt, das jemandem einen Grund hätte liefern können, ihn zu töten?“

Gracia nickte und stand auf, schritt aus dem Zimmer, als sei sie froh, ihm endlich zu entkommen.

KAPITEL NEUNZEHN

„Männer rühmen sich ständig mit ihren Fähigkeiten", sagte Jorge. „Abgesehen von dir und mir, denn wir haben es nicht nötig, nehme ich an. Meinst du, sie wird sich an etwas Nützliches erinnern oder nicht?"

Sie waren zu einem Essensstand gekommen und drei niedrige Tische standen in dem spärlichen Schatten. Das Essen war gut, aber Thomas schob seinen Teller beiseite – er hatte keinen Hunger mehr. Er wartete, bis Jorge aufgegessen hatte.

„Ich glaube nicht. Sie mochte es nicht, dass ich sie ausgefragt habe, und wenn sie etwas weiß, wird sie es zweifellos für sich behalten oder versuchen, es zu ihrem eigenen Vorteil zu nutzen."

„Glaubst du, dass sie etwas mit seinem Tod zu tun hat?"

„Nein. Das wäre unlogisch. Wenn er stirbt, wird ihr Leben nur noch schwieriger. Sie sagte mir, dass al-Zaki die beiden ab und zu besucht hat."

„Die beiden?"

„Das habe ich sie auch gefragt und sie hat ja gesagt."

Jorge lächelte. „Also, außer dass wir wissen, dass er ein Mann mit einer gewissen Ausdauer war, haben wir nicht mehr Informationen als zuvor. Wir sollten die anderen Meister befragen. Wahrscheinlich war es ein Streit um Geld oder so etwas."

Thomas musste lachen. „Vermutlich. Da, du hast das Rätsel für mich gelöst. Menschen töten aus vielen Gründen, manchmal einfach nur, weil ein anderer Mann sie seltsam ansieht, aber –"

„Wenn das so ist, bin ich erstaunt, dass du noch lebst."

„Aber", sagte Thomas, „normalerweise aus Gründen, die nachvollziehbar sind. Liebe. Gier. Furcht. Neid. Rache. Religion. Wut."

„Und Krieg."

„Ja. Und Krieg."

„Und was denkst du, welches davon ist es?"

„Ich weiß es nicht. Deshalb möchte ich die Gildenmeister befragen. Ich habe eine Adresse in der Straße der Gewürze, und da dort eine Frau lebt, werde ich dich die Fragen stellen lassen."

Thomas stand an der Seite, während Jorge mit Narjis al-Ishraq, der Meisterin der Gewürzgilde, sprach. Sie hatte sie ohne zu zögern in ihre Büroräume gebeten, bot ihnen Kaffee und kleine, süße Kuchen an, während sie auf Kissen um einen niedrigen, mit Elfenbeinsplittern verzierten Tisch saßen. Von jenseits des Raumes drang das leise Summen weiblicher Konversation herein, wo ihre Mitarbeiterinnen damit beschäftigt waren, Gewürze aus der ganzen bekannten Welt zu sichten und zu wiegen. Der Duft davon erfüllte die Luft wie ein schweres Parfüm.

„Ich kannte Zufar nur oberflächlich." Sie lächelte. „Es war unwahrscheinlich, dass sich unsere Wege in Bezug auf den Handel jemals kreuzen würden, und er war nicht die Sorte Mann, die mich besonders interessiert hätte. Aber ich kann mir keinen Grund vorstellen, warum jemand seinen Tod wollen würde. Vielleicht müssen Sie sich dazu mit seiner Vergangenheit befassen. Er hat einmal Waffen für jeden besorgt, der dafür zahlen wollte, aber das ist schon eine Weile her."

Ihr Blick huschte in Thomas' Richtung, als wüsste sie, dass er derjenige war, der hinter den Fragen steckte, doch sie war viel zu höflich zu fragen. Sie war eine hübsche Frau in ihren Vierzigern, schlank, in feine Seide gekleidet und ihre Hände mit Henna bemalt. Am Anfang hielt sie ihren *Hijab* quer über ihr Gesicht, lockerte ihn aber, als sie sich in ihrer Gegenwart wohler zu fühlen begann.

„Und Sie haben kein Gerede gehört, kein Gerücht darüber, dass jemand Fragen stellt, die er nicht stellen sollte? Jemand, der entweder al-Zaki oder einen anderen Meister oder eine andere Meisterin sucht?"

„Wenn ein Fremder käme, würde er sich direkt an die Gilde wenden. Dort finden alle Verhandlungen statt. Als Meisterin kümmere ich mich nur um meine eigenen Angelegenheiten, so wie wir alle es tun. Die Gilde kontrolliert den Reichtum, den ich besitze, den Reichtum, den wir alle gemeinsam besitzen."

Ihre Antwort löste etwas in Thomas' Verstand aus. „Er hatte also kein eigenes Vermögen?"

„Oh, ein gewisses natürlich, wir alle tun das. Die Gildenmeister werden für ihren Dienst gut bezahlt und ein Teil des gesamten Gewinns der Gilde wird zweimal im Jahr ausgeschüttet, je nachdem, welchen Anteil wir beitragen. Aber der Großteil dessen, was wir verdienen, wird einbehalten."

„Welchen Anteil hatte al-Zaki an diesen Geldern?"

„Waffen sind gefragt, besonders jetzt, also wäre sein Beitrag nicht der geringste gewesen, aber er verblasst im Vergleich zu anderen zur Bedeutungslosigkeit."

„Und Gewürze?", fragte Thomas.

„Sind sehr begehrt, sogar bei den Spaniern heutzutage.“ Ein Stirnrunzeln störte einen Moment lang ihre sonst glatte Stirn. „Ich glaube sogar, eines meiner Mädchen sagte, dass erst kürzlich ein Spanier hier war und Fragen darüber gestellt hat.“

„Welche Fragen?“

„Ich habe mich nicht erkundigt. Wollen Sie, dass ich sie hole?“

„Später. Wie viele Leute beschäftigen Sie?“

„Gute zwanzig, alles Mädchen – nun, ich nenne sie Mädchen, aber einige von ihnen sind auch schon sechzig Jahre alt. Jede handverlesen nach ihrem Geruchs- und Geschmackssinn.“ Sie rief und wartete, bis eine Gestalt in dem offenen Bogen erschien. „Bring zwei Probebeutel und frag Ayesha, ob sie kurz herkommen kann.“ Sie wandte sich wieder an Thomas. „Ein kleines Geschenk für jeden von Ihnen. Sie beide haben Frauen, die für Sie kochen?“ Ein Blick auf Jorge. „Oder kochen Sie vielleicht selbst?“

Jorge lachte. „Ich nicht. Thomas ist dafür bekannt, aber ich habe seine Kochkünste nie probiert und vermute, dass ich froh sein kann, es nicht getan zu haben.“

Narjis’ Lachen klang wie der süße Schrei eines exotischen Vogels. „Nein. Er sieht nicht wie ein Mann aus, der Zeit für die schönen Dinge des Lebens hat, im Gegensatz zu Ihnen.“ Dann wandte sie sich an Jorge, richtete ihren Blick aber auf Thomas. „Er ist kein Maure, obwohl er sich so kleidet.“

Thomas wusste nicht, ob er sich freuen oder beleidigt sein sollte. Er kleidete sich zweckmäßig und bequem, ohne sich darum zu kümmern, wie andere ihn sahen. Im Gegensatz zu Jorge, der sich kleidete, um zu beeindrucken, und auch jetzt seinen üblichen Charme versprühte. Und wieder einmal konnte Thomas, so genau er auch hinsah, nichts erkennen, das Jorge tat, das er nicht auch selbst tun würde. Es war etwas, das dem Mann angeboren war, auf das andere reagierten. Er ignorierte es, als Jorge ein Kompliment über die Glätte von Narjis' Haut und den Glanz ihres Haares aussprach, aber dann sagte sie etwas, das Thomas dazu brachte, sich nach vorne zu lehnen.

„Jetzt, wo ich länger darüber nachdenke, habe ich doch etwas gesehen, wahrscheinlich den Mann, der Ayesha befragt hat."

Auch Jorge lehnte sich nahe heran und ihre Blicke trafen sich für einen Moment. Thomas erhaschte einen flüchtigen Blick auf die Magie, die er wirken konnte, als er mit einem Finger Narjis' Handrücken berührte.

„Einen Mann? Einen Fremden?"

„Er war ein Fremder, ja." Ihre Augen flackerten von Jorge zu Thomas und dann wieder zurück zu Jorge wie eine Motte im Licht. „Wie er. Weder ein Maure noch ein Spanier. Aber nicht ganz wie er. Er kleidete sich wie die Männer aus Frankreich oder Neapel. Ich sehe sie immer wieder kommen, um Handel zu treiben, aber dieser war anders."

„Was hat er zu Ihnen gesagt?"

„Nicht zu mir, zu Ayesha. Er hat nach mir gefragt, aber als er herausfand, dass ich kein Mann bin, hat er das Interesse verloren."

„Wie dumm von ihm. Aber wenn Sie nicht mit ihm gesprochen haben, wie können Sie ihn dann beschreiben?"

„Ich stand noch im oberen Stockwerk. Ich war erst vor Kurzem aufgestanden und nicht pässlich für ein Treffen, aber ein paar der Mädchen haben immer Zeit, Handel zu treiben."

„Können Sie ihn beschreiben?"

„Ich war hier oben, also habe ich sein Gesicht nicht gesehen, aber er war groß. Gut gekleidet. Dunkles Haar."

„Wie groß? Größer als Thomas, größer als ich?"

„Er war auf der Straße, deshalb ist es schwer zu sagen. Aber …" Sie dachte einen Moment nach. „Er hat auf Ayesha herabgesehen, also war er groß, aber wie groß im Vergleich zu Ihnen beiden kann ich nicht sagen."

„Sonst noch etwas? Hatte er einen Bart? Trug er ein Schwert?“

„Er war glatt rasiert, glaube ich.“

„Kleidung?“

„Wie gesagt, sie war gut gemacht, sah aber alt aus. Er trug dunkle Reithosen und Stiefel bis zu den Knöcheln, und er hatte ein Schwert an der einen Seite, ein Messer an der anderen.“ Sie erschauderte leicht, was gleichzeitig echt, aber auch ein wenig theatralisch wirkte, und Jorge streichelte ihre Hand, legte sie in seine, und sie lächelte. „Ihr Freund erinnert mich ein wenig an ihn. Glauben Sie, er hatte etwas mit dem zu tun, was mit Zufar passiert ist?“

Thomas sprach, bevor Jorge es tun konnte. „Ich kann es nicht sagen, nicht mit Sicherheit, aber es ist möglich.“

„Muss ich mich darum kümmern?“

„Jeder muss auf sich aufpassen.“

„Dann sollte ich vielleicht einen Mann einstellen, jemanden, der groß und stark ist wie Sie.“

Thomas lehnte sich zurück und versuchte, nicht zu lachen.

Später, als sie sich auf den Weg zum Krankenhaus machten, sagte er: „Du hast mit beiden die gleiche Sache gemacht.“

„Welche Sache?“

„Deine Sache. Sie hätten sich auf der Stelle auf den Boden geworfen und sich von dir begatten lassen.“

Jorge lächelte. „Nur weil sie wussten, dass ich es nicht tun würde. Abgesehen davon war Ayesha nicht an Männern interessiert, nicht wirklich. Sie ist wie ihre Arbeitgeberin.“

„Woher willst du das wissen? Sie sahen mehr als interessiert an dir aus.“

„Deshalb konntest du es nicht erkennen. Du solltest mehr aufpassen und weniger reden.“

Diesmal konnte Thomas sein Lachen nicht unterdrücken.

„Ich? Weniger reden als du? Die ganze Welt redet weniger als du."

Jorge ging weiter, sagte jedoch nichts, als ob er etwas beweisen wollte. Sie kamen an der Straße vorbei, in der die Marktstände noch offen standen, die afrikanischen Tänzer und Musiker in der Nähe, und Jorge blieb stehen, um sie zu beobachten.

„Also sag mir, was hat dieser Mann zu Ayesha gesagt?" Thomas hatte sich im Hintergrund gehalten, während Jorge sie befragt hatte, weil er wusste, dass zwei von ihnen sich bedrohlich anfühlen könnten, aber auch, weil er wusste, dass Jorge viel mehr aus ihr herausbekommen würde, als er es jemals könnte.

„Er wollte wissen, ob ihre Meisterin jemals mit der Waffengilde zusammengearbeitet hat. Insbesondere mit deren Meister, Zufar al-Zaki."

„Er sagte seinen Namen?"

„Das tat er. Ayesha schenkte dieser Tatsache aber keine Beachtung. Sie sagte, es sei kaum mehr als eine Ausrede gewesen, um mit ihr ins Gespräch zu kommen. Sie erwähnte, dass er immer wieder an ihr vorbeigesehen habe, als wäre er mehr an dem Gebäude hinter ihr interessiert und daran, wer darin arbeitete."

„Hat sie gesagt, wann das war?"

„Vor einem Monat, vielleicht ein bisschen länger. Wir sollten gehen und uns das von Narjis bestätigen lassen."

„Das würde dir gefallen, nicht wahr?"

„Es gibt schlimmere Dinge auf der Welt, als sich mit einer schönen Frau zu unterhalten." Jorge schüttelte erstaunt den Kopf. „Aj, sieh dir diese Tänzerin an. Ist sie nicht wunderbar?"

„Was noch?"

„Sie kann tanzen wie keine andere, der ich jemals zugesehen habe."

„Ayesha", sagte Thomas. „Was hat sie dir noch erzählt?"

„Er konnte kein Arabisch und sein Spanisch war schlecht, also ist er höchstwahrscheinlich aus Frankreich, wie Narjis sagte. Ein Sizilianer würde Arabisch können und sein Spanisch wäre besser."

„Und sie ist sicher, dass sie ihn identifizieren kann?"

„Dazu musst du ihn erst finden, aber ja." Er warf einen Blick auf Thomas. „Er hat ihr Angst gemacht, sagte sie. Er hat nichts getan, keine Drohungen ausgesprochen, aber sie sagte, er hätte etwas an sich gehabt, das nicht zögern würde, sie sofort zu töten. Entschuldige mich, ich muss … Ich muss einfach."

Jorge marschierte davon und seine Füße begannen vor Freude zu zappeln. Die Tänzerin, die er beobachtet hatte, drehte sich zu ihm um, die Arme zu beiden Seiten ausgestreckt, und Jorge wirbelte um sie herum, die Seide seines Gewandes leuchtete und schwang irisierend im späten Sonnenlicht. Die Frau lachte, nickte bewundernd und begann, es ihm Schritt für Schritt gleichzutun. Sie war die Geschicktere, aber Jorge besaß Enthusiasmus. Als Thomas zusah, wurde ihm klar, dass er diese Seite an seinem Freund noch nie gesehen hatte, und er fragte sich, wo er solche Magie vor ihm versteckt gehalten hatte, denn Jorge war ein guter Tänzer. Nicht so geschickt wie die Frau, denn das war ihr Beruf, aber er konnte sich mit ihren Bewegungen durchaus messen. Die beiden hatten nur Augen füreinander. Die Musiker standen dicht neben ihnen, amüsiert, erhöhten das Tempo ihres Trommelns, die Finger des Leierspielers huschten über sein Instrument. Der tiefe Klang Nordafrikas hallte von den Wänden der Gebäude wider, bis er der einzige Klang auf der Welt zu sein schien.

Thomas stand wie gebannt da, alle Gedanken an den Mörder, den er verfolgte, vergessen. Und dann, wie alle Momente des Wunders, kam auch dieser zu einem jähen Ende. Die Frau tanzte weiter, schneller und schneller, und Jorge stolperte, verlor den Rhythmus.

Sie stieß einen hohen Schrei aus, der in ein Lachen überging, und wirbelte um Jorge herum, bevor sie ihn umarmte und schmatzend auf den Mund küsste. Dann schob sie ihn verächtlich von sich, als sei er ihrer Talente unwürdig.

„Du hörst nicht auf, mich zu überraschen", sagte Thomas.

„Ist das eine gute oder schlechte Sache?" Jorges Atem war ein heftiges Keuchen. „Oh, aber ich sage dir, einen Moment lang habe ich mich gefühlt wie in einer anderen Welt."

„In der Tat."

„Ich muss viel öfter tanzen. Ich werde es Belia beibringen und wenn du willst, auch Lubna, dann kannst du mit ihr tanzen."

„Ich tanze nicht."

„Dann bist du ein Narr."

„Du solltest kämpfen, wie du tanzt", sagte Thomas. „Du wirst deine Feinde so sehr verwirren, dass sie leichter zu töten sind."

„Ich würde es vorziehen, niemanden zu töten."

„Und wenn du sterben musst oder sie?"

„Nun, dann werde ich sie töten. Nachdem ich getanzt habe, natürlich."

KAPITEL ZWANZIG

Es war fast dunkel, als sie das Haus erreichten, und Thomas wollte nur noch baden, essen und schlafen. Sein Kopf schwirrte vor Informationen und wenige davon waren nachvollziehbar. Sie hatten mit einem Dutzend Gildenmeistern geredet, aber außer Narjis' Gilde war niemand von dem Fremden angesprochen worden. Vorausgesetzt, sie hatten die Wahrheit gesagt. Thomas konnte sich einen Reim darauf machen, warum sie die Einzige gewesen war, und dann auch wieder nicht. Zufar al-Zaki war ursprünglich Waffenschmied gewesen, ein Beruf, der vielleicht einen gewissen Schutz geboten hätte, wäre er jünger gewesen und hätte noch praktiziert, aber selbst ein alter Schwertschmied würde als gefährlich gelten. Erfahrung zählte mehr als Stärke.

Warum hatte dieser Fremde gute drei Wochen vor seinem Tod nach al-Zaki gefragt? Und war der Fremde vielleicht gar kein Fremder, sondern jemand, den Thomas kannte? Die Beschreibung passte auf Woodville. Ayesha und Narjis hatten ihn als einen Mann aus Frankreich beschrieben, aber die Beschreibung könnte genauso gut auf einen englischen Adligen passen. Auf einen, der trotz seiner Verbindungen vom Pech verfolgt war. Thomas hatte bereits die gute Qualität von Woodvilles Kleidung gesehen – und ihren schlechten Zustand. Er wusste, dass er den Mann konfrontieren musste. Er würde den Ring holen und ihn ihm zeigen. Die Sache beenden. Ja, sie beenden, denn er war sich immer sicherer, dass er wusste, wer al-Zaki getötet hatte. Nicht Woodville selbst. Diego hatte gesagt, dass ein anderer den Stoß ausgeführt, aber ein größerer Mann das Kommando gehabt hatte.

Die Lampen tauchten die Fenster ihres Hauses in ein warmes Licht und Thomas ging schneller und ließ Jorge hinter sich, der sich mühte, ihn einzuholen. Er versuchte, seine Gedanken für den Moment zu verdrängen, denn er wusste, dass er bis zum Morgen nichts tun konnte.

Will musste ihn kommen gehört haben, denn er kam den Weg heruntergerannt und warf sich auf Thomas, der keine andere Wahl hatte, als ihn aus der Luft zu fangen, bevor er fiel. Er umarmte ihn, atmete den Duft seines Haares ein und hob ihn dann auf seine Schultern, wobei das zappelnde Bürschchen die letzten seiner Gedanken an den Mord aus seinem Kopf verdrängte.

„Belia hat wieder mit Diego geschimpft", sagte Will, als sie die Terrasse erreichten, und Thomas sah Diego auf der anderen Seite sitzen, das Gesicht abgewandt.

„Hat er wieder etwas gestohlen?" Thomas stellte Will auf den Boden und legte ihm die Hand auf den Kopf.

Will zuckte mit den Schultern. „Er hat geweint. Er ist traurig."

„Geh rein und sag Mama, dass ich zu Hause bin und dass ich Hunger habe und heißes Wasser brauche."

Als Will gegangen war, seine Hand in Jorges, ging Thomas auf Diego zu, der ihn misstrauisch beobachtete.

Thomas setzte sich auf der Steinbank neben ihn. „Ich dachte, wir hätten darüber gesprochen, dass du nicht mehr stiehlst. Du musst zuerst fragen. Warum hast du es getan?"

Diego schüttelte den Kopf und sein Blick huschte zur Seite, irgendwohin, nur nicht zu Thomas.

„Man kann nicht etwas nehmen, ohne vorher zu fragen. Was war es?"

„Mein Ring", sagte Diego. „Ich wollte meinen Ring. Belia hat viele glänzende Dinge, aber ich fasse sie nicht an. Ich wollte meinen Ring."

„Er gehört dir nicht, Diego. Er gehört ..." Thomas unterbrach sich selbst, da er wusste, dass er nicht erklären konnte, dass der Ring demjenigen gehörte, der al-Zaki getötet hatte. „Er gehört jemand anderem." Er war mit sich selbst unzufrieden und wusste, dass er zu müde war, um jetzt dieses Gespräch zu führen.

„Ich weiß." Diegos Augen trafen endlich die von Thomas. „Aber er erinnert mich an Pa."

„Er war nicht dein Pa."

„Aber ich habe nichts von Pa. Nichts von Ma, und sie hatte eine Menge Ringe."

Thomas starrte Diego an und zog ihn dann in eine Umarmung, er machte sich erst steif, doch dann zuckte seine Brust, als er zu weinen begann, und Thomas küsste seine Wange und hielt ihn, bis er aufhörte.

„Morgen gehen wir los und holen etwas aus deinem Haus. Einige der schönen Juwelen deiner Mutter." Er hoffte, dass er die Wahrheit sagte und dass Diegos Bruder das Haus nicht in der Zwischenzeit leergeräumt hatte. Falls doch, konnten sie auch ihm einen Besuch abstatten, und Thomas war fest entschlossen, dass Diego sich die Erinnerungsstücke würde aussuchen können, die er haben wollte.

Als sie den großen Raum betraten, in dem die anderen waren, hatte Diego vergessen, dass er eigentlich schmollen sollte, und rannte los, um mit Will zu spielen. Die beiden tuschelten in einer Ecke und Thomas ließ zu, dass die warme Glut, die seine Großfamilie in ihm entfachte, seine Bedenken in Schall und Rauch auflöste.

Zu viert stiegen sie den Weg hinunter und passierten das Tor von Antequera in eine Stadt, die damit beschäftigt war, Vorbereitungen für die Ankunft der spanischen Armee zu treffen. Einige verriegelten ihre Häuser, andere füllten Karren mit ihren Waren und machten sich auf die Suche nach einem sicheren Ort, obwohl die Frage, ob ein solcher existierte, immer schwerer zu beantworten war.

Als Jorge Will von seinen Schultern hob, auf denen er die ganze Zeit gesessen hatte, sagte Thomas: „Kannst du dich erinnern, wo Diegos Bruder lebt?"

„Und an die Schreckschraube von einer Ehefrau. Warum?"

„Ich möchte, dass du zu ihnen gehst und ihnen anbietest, Diegos Haus zu kaufen. Ich gehe davon aus, dass das Eigentum auf den Sohn übergegangen ist."

„Warum willst du das Haus kaufen? Wir haben doch schon eines."

„Die Spanier kommen. Noch nicht, vielleicht erst in einigen Wochen, aber außerhalb der Stadtmauern sind wir verwundbar. Diegos Haus ist groß genug für uns alle und sicherer."

„Was ist, wenn er nicht verkaufen will? Ich stimme zu, dass es ein schönes Haus ist, aber er könnte es für sich selbst wollen."

„Biete ihm das Doppelte von dem, was es wert ist, wenn nötig auch mehr."

„Wir könnten Malaka jederzeit verlassen und woanders hingehen." Jorge sah Thomas in die Augen. „Aber das wirst du nicht tun, oder?"

„Erwartest du, dass ich weglaufe?"

„Die Kämpfe werden hart sein, wenn sie beginnen. Innerhalb oder außerhalb der Mauern, nirgendwo wird man sicher sein. Ich sage, wir gehen. Zurück nach Gharnatah, oder du nimmst Isabels Angebot an und wir gehen zu ihr."

„Die Kämpfe werden nicht lange andauern. Durdush bittet al-Tagri bereits, eine Kapitulation auszuhandeln. Kämpfen ist schlecht für den Handel, sagt er."

„Kämpfen ist für alle schlecht, besonders für mich."

„Wirst du gehen und ihn fragen?", sagte Thomas und Jorge nickte und wandte sich ab. Will wollte ihm folgen, aber Thomas hielt seine Hand fest, bis er spürte, dass der kleine Körper sich nicht mehr wehrte.

Thomas führte seine beiden Schützlinge weg, einen an jeder Hand. Als sie Diegos Haus erreichten, ärgerte er sich darüber, dass jemand Möbel durch die Tür hinaustrug, und fragte sich, ob er Jorge zu spät geschickt hatte.

„Bleibt hier", sagte er zu Will und Diego. „Will, pass auf ihn auf." Er überquerte die Straße. „Hey, was macht ihr da, das ist nicht euer Haus."

„Sagt wer?" Einer der Männer ließ das Ende eines schweren Tisches fallen, ohne sich die Mühe zu machen, vorsichtig zu sein, und drehte sich um. Er war so groß wie Thomas, breiter an den Schultern, mit langem Haar und einem Bart, der den größten Teil seines Gesichts bedeckte. Die Farbe seiner Haut ließ nicht erkennen, ob er Berber, Maure oder Spanier war, nur das Grün seiner Augen gab einen Hinweis auf seine Herkunft. Zwei Messer steckten in einem breiten Ledergürtel.

„Sage ich", sagte Thomas. „Zeig mir deine Papiere, wenn du welche hast."

„Das Haus ist leer", sagte der Mann. „Das ist alles, was ich an Papieren brauche. Und jetzt verpiss dich, bevor ich dich dazu zwinge."

Thomas warf einen Blick zurück auf Will und Diego. Einer von ihnen hatte den Kopf zur Seite gedreht, weil er die Konfrontation nicht mit ansehen wollte. Will lehnte sich nach vorne, konzentriert auf das, was gleich passieren würde, aber zumindest hielt er weiterhin Diegos Hand.

„Ich will keinen Ärger", sagte Thomas. „Alles, was ich will, ist, dass Diego sein eigenes Haus betreten kann."

„Wer zum Teufel ist Diego?"

„Der Mann, dem dieses Haus gehört."

„Es ist leer. Das macht es jetzt zu meinem."

„Ich habe es dir schon einmal gesagt. Ich werde es nicht erneut tun." Thomas wollte nicht der Erste sein, der einen Schlag austeilte, also wartete er.

Und es dauerte nicht lange. Der Mann kam einen Schritt näher, in Schlagdistanz, aber trotzdem reagierte Thomas nicht. Er versuchte, sich klein zu machen, schwach zu wirken, weil er wusste, dass der Mann ein Tyrann war.

„Du hast Diegos Tisch zerbrochen", sagte er.

Der Mann lachte und holte schließlich aus. Thomas wich ihm mühelos aus, reagierte aber immer noch nicht. Er ging einen Schritt zurück, um sich mehr Platz zu verschaffen, und als der Mann erneut ausholte, diesmal weiter, wich er aus und schlug ihm gegen die Brust. Es sah nicht wie ein Schlag aus, der weh tat, aber er wusste genau, wo er ihn platzieren musste, und der Mann taumelte zur Seite. Sein Begleiter ließ das andere Ende des Tisches fallen, kam um ihn herum und griff nach einem der Messer an seiner Hüfte.

Thomas fluchte leise vor sich hin und fragte sich halb, warum ihm so etwas immer passierte. Wäre Jorge hier gewesen, hätte er die Männer zweifellos zum Gehen überreden können.

Thomas schleuderte seinen Fuß in die Luft, um den zweiten Mann zu entwaffnen, und ließ sein Bein dann herumschwingen, bis es mit dem Knie des ersten zusammenprallte. Während der Mann zu Boden ging, hob er sein eigenes Knie und knallte es ihm ans Kinn.

Als er aufblickte, wich der zweite Mann mit erhobenen Handflächen zurück.

„Er hat mich gezwungen", sagte er. „Ich sagte ihm, dass es jemandem gehören muss, ein schönes Haus wie dieses."

„Bring ihn weg", sagte Thomas. „Und falls er daran denkt, zurückzukommen, sag ihm, dass ich ihn das nächste Mal umbringe. Verstanden?"

Der Mann nickte, während er seinem Begleiter auf die Beine half.

Ein kleiner Körper raste auf Thomas zu und Will klammerte sich an ihn.

„Zeigs ihm, Pa!", sagte er.

„Er war ein Narr."

„Groß", sagte Will. „Dem hast du es gezeigt." Er schwang seine Fäuste in einer hektischen Parodie des Kampfes, wie er in seinen Augen abgelaufen war, und Thomas wusste, dass sein Sohn etwas Wildes geerbt hatte. Ob von ihm oder seinem Großvater, konnte er nicht sagen. Vielleicht von beiden. Es würde geschult werden müssen, denn er wusste, dass es unmöglich zu unterdrücken war, und ohne Kenntnisse des Kampfes würde es Will nichts nützen.

KAPITEL EINUNDZWANZIG

Während Diego Schubladen und Schränke auf der Suche nach hübschen Gegenständen durchwühlte, die er mit nach Hause nehmen konnte, beauftragte Thomas Will damit, auf ihn aufzupassen, während er sich auf die Suche nach jemandem machte, der anständige Schlösser an den Türen und Gitter an den Fenstern anbringen konnte. Es dauerte eine Weile, bis er einen Mann fand, der bereit war, die Aufgabe sofort zu übernehmen, im Austausch für eine Summe, die man als Wucher ansehen hätte können, wenn Thomas nicht genug Vermögen besessen hätte, um alle Häuser in Malaka dreimal zu kaufen. Als ihm der Gedanke in den Sinn kam, fiel ihm ein, dass der größte Teil dieses Reichtums in seinem Haus in Gharnatah verblieb. Alles, was er mitgebracht hatte, war ein kleines Kästchen mit Goldmünzen und etwas feinem Silberschmuck. Er lächelte und fragte sich, ob Diego vielleicht damit spielen wollte. Er hatte aufgehört, Schuldgefühle wegen der Art und Weise zu empfinden, wie er seine Reichtümer erworben hatte. Als er zurückkam, stand Will auf der Türschwelle und versuchte, einen Mann und eine Frau am Eintreten zu hindern, was ihm nicht gelingen wollte.

„Was ist hier los?“, forderte Thomas eine Erklärung.

„Ich war hier Haushälterin“, sagte die Frau. „Ich habe einige Besitztümer zurückgelassen. Ich möchte sie nur zurückholen.“

Thomas musterte sie von oben bis unten, fand aber nichts Bedrohliches. Auch nicht an ihrem Mann. Er nickte.

„Kommen Sie herein.“ Er begleitete sie und folgte der Frau, als sie die breite Treppe hinaufstieg.

„Ich finde mich auch alleine zurecht“, sagte sie.

„Das mag durchaus sein, aber aus diesem Haus wurden bereits Gegenstände gestohlen.“

„Ich bin keine Diebin!“

„Gut. Dann werden Sie nichts dagegen haben, wenn ich mit Ihnen komme.“ Er warf einen Blick auf den Ehemann, der am Fuß der Treppe stehen blieb. „Will, wenn er sich von der Stelle rührt, schreist du lauthals.“

„Schreien“, sagte Will und demonstrierte die Kraft seiner jungen Stimme, Entschlossenheit in seinem Gesicht, und Thomas versuchte, nicht zu lachen.

Nach viel verschwendeter Zeit schien es, dass die Frau sich geirrt und doch nichts zurückgelassen hatte. Als sie ein letztes Mal einen Kreis drehte, verriet der finstere Blick auf ihrem Gesicht, dass sie versagt hatte. Sie und ihr Mann hatten erwartet, dass das Haus leer sein würde. Als Haushälterin wusste sie zweifellos genau, wo Diegos Vater seine Reichtümer aufbewahrt hatte. Thomas schob die Riegel vor die Tür, nachdem er sie hinausbegleitet hatte, und schüttelte den Kopf, dann kehrte er in das Zimmer zurück, in dem sie die meiste Zeit verbracht hatte. Es war karg, mit einem einzigen Fenster, das auf eine Seitengasse blickte. Ein Schreibtisch in der Mitte des Raumes wandte sich von dem wenigen Ausblick ab, der sich bot. Fünf Schwerter hingen an Nägeln an einer Wand. Jedes zeigte mehr Geschick des Goldschmiedes als das vorangehende und Thomas fragte sich, ob sie Geschenke an Diegos Vater von seinem Meister gewesen waren.

Er ging über den Boden und untersuchte jedes Brett, fand aber nichts, was auf ein Versteck hinweisen könnte. Vielleicht war dies nicht der richtige Raum. Vielleicht gab es keinen versteckten Reichtum und sein Verdacht war unbegründet. Er wollte gerade gehen, als Diego hereinkam, seine Hand in der von Will, der sich strecken musste, um sie halten zu können, aber auch so war klar, wer von den beiden das Sagen hatte.

„Pas Zimmer", sagte Diego.

„Er hat hier gearbeitet?"

„Nein. Ja. Manchmal."

„Wo ist sein Versteck?"

Diego runzelte die Stirn, starrte Thomas an.

„Der Ort, an dem er Dinge sicher aufbewahrt hat."

„Ah …" Diego ging sofort zu dem ältesten der Schwerter hinüber und nahm es herunter. Er klopfte an die Wand, das Geräusch war hohl.

Thomas untersuchte die Wand und tastete sich an ihr entlang. Dahinter war scheinbar ein Raum, aber er sah keine Möglichkeit, ihn zu betreten, doch dann drehte sich Diego um und ging durch die Tür hinaus. Sie fanden ihn im Raum nebenan, einem Schlafzimmer. Er stand in der Nähe einer Nische, in der Kleidung aufbewahrt wurde. Thomas nahm sie herunter und legte sie auf das Bett. In der Nähe des Bodens fand er ein loses Brett und hebelte es heraus. Es ließ sich erstaunlich leicht entfernen, ebenso wie die drei daneben, und er lehnte sie an die Wand. Darunter befand sich eine kleine Truhe. Kleiner, als er erwartet hatte.

„Diego nicht berühren", sagte Diego.

„Du konntest nehmen, was du wolltest, aber nicht das?"

Ein Nicken. „Diego nicht berühren."

Als Thomas die Truhe anhob, sah er einen Ausdruck der Angst über Diegos Gesicht huschen.

„Es ist alles in Ordnung – das gehört jetzt dir."

Eine Träne kullerte über Diegos Wange und Thomas fragte sich, was wohl aus ihm werden würde. Konnten sie ihn in ihre schnell wachsende Familie aufnehmen oder war das nichts weiter als ein eitler Wunsch? Er und Will hatten eine tiefe Bindung zueinander aufgebaut, aber das bedeutete nicht, dass sein Leben einfacher werden würde.

Die Truhe war verschlossen, aber der Schlüssel dazu lag einfach obenauf, und Thomas öffnete sie und hob den Deckel an. Darin lagen Münzen und Papiere, etwas Schmuck, der offensichtlich außerhalb von Diegos Reichweite aufbewahrt werden sollte. Ein kleiner Reichtum, nicht viel mehr als andere Männer, die nahe an der Macht arbeiteten, besessen hätten, und Thomas war der Meinung, dass Diegos Vater einer der ehrlichsten Männer in Malaka gewesen sein musste. Es war ein trauriges Zeugnis für ein Leben im Dienste reicher Meister.

Er hob die Papiere heraus und berührte dann Diegos Arm. „Das alles gehört jetzt dir. Leg deine anderen Juwelen in die Truhe, wir werden sie nach Hause tragen." Thomas war sich bewusst, dass, wenn Jorge bei seiner Aufgabe erfolgreich war, dieses Haus ihr Zuhause werden würde, aber für den Moment war es besser, alles von Wert daraus zu entfernen.

Diego drehte sich ohne ein Wort um und verließ den Raum. Nach einem Moment folgte ihm Will, sein ständiger Begleiter.

Thomas ließ die Truhe offen stehen und ging zum Bett, wo er sich hinsetzte und in den Papieren blätterte, neugierig, was sie wohl enthielten, um zu rechtfertigen, dass sie versteckt worden waren. Kaufbriefe für Möbel, einer für das feine Bett, auf dem er saß. Die Einzelheiten eines gut, wenn auch nicht reich gelebten Lebens. Dann nahm Thomas ein gerolltes Stück Papier in die Hand, das an einem Ende ein gebrochenes Wachssiegel aufwies, und rollte es aus. Er schaute zuerst an das Ende des Briefes, um zu sehen, von wem er geschrieben worden war. Zufar al-Zaki. Er schien eine Antwort auf etwas zu sein, das Diegos Vater ihm zuvor geschickt hatte.

Ich bin beunruhigt über die Anschuldigungen, die Sie gegen einen geschätzten Kollegen erheben. Ich habe mit dem Mann, den Sie beschuldigen, gesprochen, der mir versichert, dass Ihre Verdächtigungen völlig unbegründet sind. Seien Sie vorsichtig, wen Sie beschuldigen, denn kein Mensch ist unersetzlich.

Thomas las ihn ein zweites Mal, ein drittes Mal. Er klopfte schließlich mit dem Brief gegen seine Handfläche und starrte in den Raum, sah aber nichts. Al-Zaki war tot. Diegos Vater, Miguel Jiminez, der Mann, an den diese Antwort gerichtet war, war ebenfalls tot, ebenso wie seine Frau. Für Thomas war es ein viel zu großer Zufall, dass all diese Todesfälle nichts miteinander zu tun haben sollten. Er dachte an den Bericht über einen Mann im Krankenhaus, kurz bevor Diegos Mutter starb, und an den Bluterguss an ihrem Schädel, der nicht da gewesen war, als Lubna sie untersucht hatte. Er wünschte, er wüsste mehr darüber, was mit Miguel Jiminez passiert war, aber vielleicht brauchte er das nicht. Der Brief war von al-Zaki und besagte, dass er einem Kollegen von einer gegen diesen erhobenen Anschuldigung erzählt hatte. Thomas wusste, dass er nur herausfinden musste, wer dieser Kollege war, und das Rätsel würde gelöst sein. Er musste fast lachen. All die Verdächtigungen, die er um Richard Woodville geschürt hatte, würden sich in Luft auflösen. Dies war eine interne Angelegenheit. Eine Angelegenheit der Stadt und der Gilde. Was bedeutete, dass er zurück in Durdushs Büro gehen musste, um herauszufinden, mit wem al-Zaki in Verbindung gestanden hatte. Und dann verließ ihn seine gute Laune. Er besaß bereits eine Liste der Gildenmeister. Wen auch immer Diegos Vater beschuldigt hatte, er würde ohne Zweifel auf dieser Liste stehen. Er seufzte und blinzelte und sein

Bewusstsein verlagerte sich wieder in den Raum, als er Schritte hörte.

Diego und Will kamen zurück und trugen eine Handvoll Ringe, Armbänder und Halsketten. Sie kippten sie in die Truhe und holten mehr. Thomas lächelte, aber die Geste verblasste schnell, als er sich wieder dem Brief zuwandte.

Nichts deutete darauf hin, wann er abgeschickt worden war, aber die Tinte war noch dunkel und das Papier in gutem Zustand.

Er würde gerne den Originalbrief von Miguel Jiminez sehen, um zu wissen, wen er beschuldigt hatte und worum es gegangen war. Ein geschätzter Kollege. Wie geschätzt? Es musste jemand innerhalb der Gilde von Malaka sein. Thomas erkannte, dass er denjenigen, mit denen er bereits gesprochen hatte, die falschen Fragen gestellt hatte. Nun würde er sie erneut befragen müssen.

Diego und Will kehrten noch einmal zurück und es schien, als hätten sie ihre Aufgabe erfüllt, denn Diego schloss den Deckel der Truhe und schleppte sie zurück in ihr Versteck, ließ aber die Bretter dort, wo Thomas sie hingestellt hatte.

Er rieb sich den Bauch.

„Diego ist hungrig", sagte Will.

Thomas sah sich im Zimmer um. Es war ein schönes Haus, viel größer als es ein Mann, seine Frau und ihr einziger Sohn brauchen würden, aber hier hatte einmal eine größere Familie gewohnt. Thomas wusste, dass es ein Haus war, das zu ihnen passen würde, wenn sie in das Zentrum von Malaka zogen. Und er war sich sicher, dass sie das tun mussten. Es würde auch seine Ermittlungen erleichtern.

„Hat Diego alles ausgesucht, was er behalten will?", fragte Thomas Will.

„Sehr viel."

„Wohin willst du jetzt gehen?"

„Raus."

Definitiv wie sein *Morfar,* dachte Thomas, verwendete ungerne zwei Worte, wenn eines auch reichte.

Thomas nahm die Papiere vom Bett und ging ins Büro, legte sie auf den Schreibtisch und wollte sie noch einmal durchgehen, in der vergeblichen Hoffnung, es könnte noch etwas Nützliches dabei zutage kommen. Diego stand am Fenster und starrte hinaus, die Schultern angespannt, und Thomas ging noch mit dem Brief in der Hand zu ihm, um zu sehen, was dort draußen seine Aufmerksamkeit erregt hatte.

Ein Mann stand auf der anderen Seite der Gasse und es war klar, dass er das Haus beobachtete. Er war mit einem Lederwams und Reiterhosen bekleidet, ein Kurzschwert an der einen Seite, zwei Messer an der anderen. Er trug eine Art Hut mit einer breiten Krempe, die sein Gesicht verdeckte. Nicht noch einer, dachte Thomas und hielt ihn für einen weiteren, der gehört hatte, dass das Haus eines reichen Mannes leer stand.

Diego ballte seine Hände zu Fäusten und drückte sie gegen das gesprenkelte Glas.

„Was ist los? Geht es dir schlecht?"

„Gah", sagte Diego und Thomas legte ihm eine Hand auf die Schulter.

„Was stimmt nicht?"

„Gah", wiederholte Diego und nickte in Richtung des Mannes, der unten stand.

„Kennst du ihn?"

„Er", sagte Diego.

„Du kennst ihn also. Ist er ein Freund deines Vaters?"

„Er", sagte Diego wieder.

Als ob er es gehört hätte, hob der Mann seinen Blick und sah sie in dem Fenster stehen. Thomas konnte das Meiste von seinem Gesicht erkennen, glatt rasiert, mit dunklen Augen, die Entfernung jedoch zu groß, um eine bestimmte Farbe darin zu erkennen. „Er tötet", sagte Diego.

„Er ist der Mann?"

„Mann." Diegos Kopf nickte so wild, als könnte er jeden Moment abfallen, und Thomas wandte sich ab, um die Treppe hinunterzulaufen. Als er die Seitentür aufstieß, war die Gasse leer. Er lief noch etwas weiter und blieb schließlich stehen.

Er konnte Will und Diego nicht allein lassen, aber wenn Diego recht hatte, bestand die Chance, dass er den Mann erwischen konnte, der Zufar al-Zaki getötet hatte. Er beschloss, die beiden mitzunehmen und darauf zu vertrauen, dass niemand sonst versuchen würde, das Haus in Besitz zu nehmen, bevor der Schlosser eintraf. Also kehrte er in das Haus zurück, nahm die beiden an der Hand und zog sie zur Tür.

Diego wehrte sich, sein Füße rutschten über den Marmorboden und er schüttelte den Kopf.

„Du bist bei mir sicher", sagte Thomas. „Du musst mir helfen, ihn zu suchen. Wirst du mir helfen, Diego?"

Ein entschlosseneres Kopfschütteln.

Thomas hatte eine Idee. „Warum hältst du nicht Wills Hand. Er wird dich beschützen. Stimmts, Will?"

„Ja. Will kämpft gut, wie Pa."

Diego schaute zwischen ihnen hin und her und traf dann eine vernünftige Entscheidung. Natürlich konnte Will besser auf ihn aufpassen als Thomas, und er nahm seine Hand und ging nach draußen, wobei er Thomas hinter sich ließ.

Auf der Straße versuchte er herauszufinden, in welche Richtung der Mann gegangen sein könnte, nach Norden oder Süden. Das bewachte Tor lag nur ein kleines Stück nördlich und von dort führte eine Brücke nach Westen. Sie würde jetzt mit denen, die die Stadt verließen, belebt sein. Wenn der Mann auf diesem Weg gekommen war, würde er dann auch auf diesem Weg fliehen? Wenn er überhaupt fliehen wollte. Er war gegangen, aber hatte er das getan, weil er gesehen worden war, oder hatte er einfach beschlossen, dass es nichts gab, was ihn davon abhalten konnte, das Haus zu beobachten? Und warum war er überhaupt dort gewesen? War Diego von jemandem gesehen worden, als er Zeuge des Mordes an al-Zaki geworden war? Es schien unwahrscheinlich, denn wenn es so gewesen wäre, wäre der Mann früher zurückgekehrt, um ihn zum Schweigen zu bringen. Und dann wurde es Thomas schlagartig klar. Der Mann war selbst gekommen, um zu ermitteln. Seine Fragen hatten schlafende Löwen geweckt und den Mann auf ihn, Diego und seine gesamte Familie gehetzt.

„Hier", sagte Diego und ging in Richtung Süden los. Thomas folgte ihm und verfluchte seine eigene Dummheit. Er hätte umsichtiger sein sollen, aber stattdessen war er herumgelaufen und hatte jedem Fragen gestellt, in der Hoffnung, dass sich etwas daraus ergeben würde. Wenigstens hatten sie jetzt eine Chance, den Mörder zu fassen. Es sofort zu beenden. Heute.

Eine Rechtskurve gefolgt von einer Linkskurve, eine weitere Rechtskurve und die Ataranzana-Bögen tauchten vor ihnen auf, zusammen mit den hohen Gebäuden, in denen sich Büros, Lagerräume und Gesprächsräume befanden. Nicht mehr als hundert Schritte westlich lag der Raum, in dem Diego Zeuge von al-Zakis Tod geworden war, aber von dem Mann, den sie suchten, fehlte jede Spur.

KAPITEL ZWEIUNDZWANZIG

Auf der Straße herrschte reger Betrieb, ein ständiger Strom von Menschen, die durch die gewölbten Tore ein und aus gingen, und Thomas musste sich seinen Weg durch die Menschenmassen kämpfen. Der Geruch von Verbranntem lag in der Luft, zusammen mit verrottendem Fisch. Hier konnte man Menschen aus einer Vielzahl von Ländern treffen. Hier konnte man alles kaufen und verkaufen, was das Herz oder der Körper begehrte, und noch mehr. Man wollte ein mythisches Tier wie einen Elefanten? Der konnte hier gefunden und über das schmale Meer verschifft werden. Man suchte eine Frau oder einen Mann als Sklaven – jede Größe und Hautfarbe war verfügbar. Neben dem Exotischen gab es auch das Alltägliche. Wurzelgemüse, Teile von Ziege, Lamm und Rind, Kisten mit Gewürzen, die für ein ganzes Leben reichten, denn in Malaka gab es immer Gewürze. Thomas suchte unter den Männern, hielt nach einem bestimmten Gesicht Ausschau, freute sich, dass auch Diegos Augen von Mann zu Mann wanderten, aber wenn der Gesuchte hier war, sahen sie ihn beide nicht. Er blickte in Richtung des hoch aufragenden Gebäudes. War der Mann, den sie suchten, an den Ort seines Verbrechens zurückgekehrt? Thomas erinnerte sich an den Ring, der verloren gegangen war, an die Gravur darin, die seinen Besitzer identifizieren könnte.

Thomas betrat die Ataranzana durch einen der Bögen, merkte dann, dass er den Weg vergessen hatte und musste Diego bitten, ihn ihm zu zeigen. Er war nur ein einziges Mal hier gewesen und in den oberen Stockwerken gab es eine Unzahl von Räumen. Will trottete hinterher. Eine Erinnerung tauchte auf und Thomas ging bis zum Ende des Korridors, nur um festzustellen, dass der Weg versperrt war, dort wo das angrenzende Gebäude durch das Erdbeben beschädigt worden war. Der Mann, den er suchte, würde das auch wissen. Er konnte nicht nach dem Ring suchen, denn der war nun verloren, oder zumindest glaubte er das.

Als er sich umdrehte, war Diego verschwunden, ebenso wie Will. Ein Anflug von Panik lähmte seine Brust. Er rief ihre Namen, aber es kam keine Antwort. Schnell drehte er sich um und ging hastig weiter, warf einen Blick durch jede offene Tür und blieb dann abrupt stehen, als er Diego erblickte, der an einem der Fenster stand und hinaussah, wo Ruderboote auf den Kies gezogen wurden, um Kisten und noch mehr Kisten von den Schiffen zu entladen, die jenseits der Flussmündung vor Anker lagen. Es war eine langsame, schweißtreibende Arbeit und eine einzige kleine Karavelle zu entladen konnte einen ganzen Tag dauern.

Als Thomas seine Hand auf Diegos Schulter legte, zuckte der Junge mit einem Schrei zusammen und wich zurück, sodass er nicht mehr nach draußen sehen konnte. Thomas dachte, er hätte ihn irgendwie verletzt. Er drehte sich um und ging sofort zu Diego, der nun mit den Handflächen flach an der Steinmauer stand und Tränen in den Augen hatte.

„Es tut mir leid“, sagte Thomas. „Was ist los?“

„Mann“, sagte Diego und nickte mit dem Kopf. „Mann. Da!“ Er zeigte mit zitternder Hand in die Richtung. Thomas ging zum Fenster. Da waren viele Männer, über hundert, und er konnte keinen ausmachen, der zu der Gestalt passte, die er vor Diegos Haus erblickt hatte. Er erwog, nach draußen zu rennen, aber er wusste, dass sein jetziger Aussichtspunkt eine bessere Chance bot, denjenigen zu finden. Nur sah er dort unten niemanden, der auch nur halbwegs auf den Gesuchten passte.

Dann trat eine Gruppe von Männern unter einem der Bögen in der Mitte des Gebäudes hervor und Thomas sah Ali Durdush an ihrer Spitze, einen Arm erhoben, um auf etwas zu zeigen. Zwei der Gestalten, die neben ihm standen, waren ihm bekannt. Richard Woodville, der Engländer, den Thomas kennengelernt hatte, als er Fernando und Isabel besucht hatte, und sein Begleiter Edward Danvers, beide von gleicher Größe und Statur. Woodville verfolgte offensichtlich immer noch sein Bestreben, den Handel zwischen Malaka und England zu fördern.

Thomas nahm Diegos Hand, Will ergriff die andere. Er führte sie durch die Gänge und die steinernen Stufen hinunter, nicht sicher, ob er das Richtige tat. Er konnte keinen Mörder mit den beiden an seiner Seite verfolgen, aber es gab niemanden, der auf sie aufpassen konnte. Es war falsch gewesen, Jorge loszuschicken, aber nun war es zu spät, das zu ändern.

Als sie das grobe Kopfsteinpflaster zwischen dem Gebäude und dem Fluss überquerten, erblickte er Durdush und die Gruppe von Männern, die neben einem Stand warteten, an dem Kaffee und süßes Gebäck verkauft wurden. Er sah zu Woodville, neugierig, was er wohl mit Durdush aushandeln konnte, das das Risiko wert war, Malaka zu betreten. Nicht, dass es ein großes Risiko gab. Es war kaum zu glauben, dass die Spanier das kaum mehr als zwanzig Meilen entfernte Ballix belagerten, während hier der Handel weiterlief wie eh und je, als stünde diese Welt nicht kurz vor ihrer Zerstörung.

Im selben Moment näherte sich ein Mann Woodville und

Danvers und Thomas kniff die Augen zu Schlitzen zusammen. Ein Mann, gekleidet in Lederwams und Reithose, einen breitkrempigen Hut in der einen Hand, kurzes Haar auf dem Kopf. Thomas zog Diego und Will zur Seite, da er nicht wollte, dass Diego den Mann wieder sah. Er könnte sich aufregen und die Aufmerksamkeit auf sich ziehen. Thomas war sich sicher, dass es derselbe Mann war, er brauchte keine weitere Identifizierung. Er führte sie zu einer Reihe von Tischen mit Waren, die zum Verkauf standen.

„Sucht euch etwas aus." Er hielt jedem eine Münze hin. „Rührt euch nicht von der Stelle, ich bin gleich wieder da. Will, pass auf ihn auf, lass ihn nicht aus den Augen." Thomas wusste, dass es falsch war, sie zurückzulassen, aber er vertraute seinem Sohn trotz seiner Jugend.

Diego nahm seine Münze und wandte sich dem Warensortiment zu. Er beugte sich vor, um einen feinen Seidenschal zu begutachten, der zwar für eine Frau gemacht war, aber hübsch genug, trotzdem seine Aufmerksamkeit auf sich zu lenken.

Als Thomas um die Ecke bog, stand der Mann dicht bei Woodville und sie schienen sich zu streiten. Danvers ergriff den Arm des Mannes und zog ihn weg, seine Proteste quer über den gesamten Platz hörbar. Sie kamen auf Thomas zu, der Schutz suchend unter einen der Bögen tauchte, in der Hoffnung, dass sie ihn nicht sehen würden. Dabei verlor er die beiden jedoch aus den Augen und riskierte, selbst entdeckt zu werden. Als er die Gegend nach ihnen absuchte, war keiner der beiden mehr in Sicht und er fluchte. Woodville stand immer noch bei Durdush, aber ihre Diskussion schien sich dem Ende zuzuneigen. Thomas kannte Durdushs Art gut genug, um die Zeichen zu erkennen – die ausweichenden Blicke, wie er sich für Informationen zu einem Schreiber lehnte, sein gespieltes Desinteresse. Er hatte keinen Zweifel daran, dass es

Woodville schwerfallen würde, ein weiteres Treffen zu arrangieren. Thomas war so sehr damit beschäftigt, die beiden zu beobachten, dass er Danvers nicht näher kommen hörte, bis es zu spät war, ihm auszuweichen. Der Mann kam bis auf wenige Fuß an ihn heran, ein Lächeln auf seinem gut aussehenden Gesicht.

„So sieht man sich wieder. Leben Sie hier? Malaka nennt ihr es, nicht wahr, ihr Heiden."

„Ihr Meister täte gut daran, seine Pläne mit Durdush zu verwerfen. Die Stadt wird den Spaniern gehören, bevor der Sommer endet."

„Durdush behauptet, dass der Handel weitergehen wird, und ich vermute, er hat recht. Dies ist in der Tat ein schöner Hafen, mit guten Verbindungen zum Rest Spaniens, nach Afrika und in den Osten."

Thomas griff in seinen Gehrock und seine Finger schlossen sich unerwartet um den Ring, den Diego gestohlen hatte. Er hatte sich in seiner Tasche versteckt und auf einen Moment wie diesen gewartet, aber vorerst zog er ihn nicht heraus.

„Für einen Seemann mit genügend Geschick sogar bis nach England", sagte Thomas.

„In der Tat."

„Ich sah Sie mit einem Mann streiten. Ist er Ihnen bekannt?"

„Nein. Ein Fremder, weit weg von zu Hause, das ist alles. Wie Sie und ich. Ein Söldner, vermute ich, der sein Glück bei einem anderen Landsmann versuchen wollte. Er hat Richard angegriffen, also habe ich ihn zur Seite gezogen. Ich war kurz davor, ihn zu schlagen, diesen Schurken."

„Was hat er gewollt?"

„Geld. Hat wohl einen reichen Mann gesehen und gedacht, er könnte ihn ausnutzen. Ich habe ihn weggeschickt."

„Noch ein Engländer, sagen Sie? Und Sie haben Mut

bewiesen. Er sah aus, als ob er in einem Kampf gefährlich wäre."

„Ich bin nicht wehrlos. Ich habe in der Vergangenheit gekämpft und ich werde es auch in der Zukunft tun. Deshalb hat Richard mich eingestellt, bevor wir Freunde wurden. Wenn das alles ist, sollte ich zu ihm zurückkehren."

Thomas beobachtete, wie Danvers zurück zu Woodville ging. Sie lehnten ihre Köpfe aneinander, eine seltsam intime Geste, und es wurden ein paar Worte gewechselt. Als Woodville den Kopf hob, blickte er direkt und ausdruckslos zu Thomas, als würde er ihn gar nicht erkennen.

Thomas löste seinen Griff um den Ring in seiner Tasche. Hier wollte er Woodville nicht konfrontieren. Das musste unter vier Augen geschehen, ohne Danvers, der in der Tat so aussah, als könnte er sich in einem Kampf verteidigen. Er war so groß wie Thomas und zwanzig Jahre jünger. Kein Mann, den man in der Nähe haben wollte, wenn man seinen Meister des Mordes beschuldigte.

Thomas wandte sich ab, da ihm bewusst war, dass er Diego und Will bereits zu lange allein gelassen hatte, und hielt dann inne, als er jemanden auf Durdush zulaufen sah. Eine Nachricht wurde weitergegeben und Durdush eilte davon, schneller als es ein Mann seiner Statur jemals sollte. Thomas ging zu dem Boten hinüber und fragte ihn, was los sei.

„Die Spanier haben Ballix eingenommen", sagte der Mann. „In wenigen Tagen marschieren sie nach Malaka."

Als Thomas sich umsah, waren Woodville und Danvers verschwunden. Er war sich nicht sicher, ob er Danvers glauben sollte, dass seine Begegnung mit dem kleineren Mann zufällig gewesen war oder nicht, aber er konnte keinen Vorteil erkennen, den er oder Woodville aus einer Verschwörung gegen die Gilde ziehen würden. Wäre der Ring nicht gewesen, würde er Woodville überhaupt nicht verdächtigen.

Es war schon später Nachmittag, als Thomas in die Ataranzana zurückkehrte. Er hatte Diego und Will zurück zum Haus jenseits der Mauern gebracht und Jorge, dem es gelungen war, die Besitzurkunde für das Haus zu erwerben, angewiesen, sich darauf vorzubereiten, am Morgen in die Stadt zu ziehen. Er war sich nicht sicher, warum er noch einmal zurückgekehrt war, außer wegen des Gefühls, dass Ereignisse stattfanden, über die er nicht genug wusste – und er musste mehr wissen.

Er hatte einen Schreiber gefunden, der sich bereit erklärt hatte, ihm zu zeigen, wo die Dokumente der Waffengilde aufbewahrt wurden. Thomas hatte eine Geschichte über Diegos Vater heraufbeschworen und musste ein Dokument finden, das sein Eigentum an dem gekauften Haus bestätigte. Der Beamte hatte darauf hingewiesen, dass persönliche Unterlagen nicht in seinem Büro aufbewahrt würden, aber Thomas sagte ihm, dass er schon überall sonst nachgeschaut habe und dies seine letzte Hoffnung sei. Schließlich hatte der Beamte zugestimmt. Er war eine Weile geblieben und hatte Thomas beobachtet, der sich so langsam wie möglich durch die Papiere gearbeitet hatte, bis der Mann schließlich gegangen war.

Thomas wusste genau, wonach er suchte, hätte es aber zwischen den Stapeln von Aufzeichnungen über den Import von Eisen und Holzkohle für die Schwertschmiede der Stadt und den Export von fertigen Waffen fast übersehen. Er notierte sich einige der Summen, um die es ging, und korrigierte seine Vorstellung über den Reichtum, der durch diese Stadt floss. Wenn sich die Summen seiner Berechnung auf die Waffengilde allein bezogen, wusste er, dass er niemals erahnen konnte, welchen Reichtum die Stadt selbst besaß. Er überflog gerade eine Aufzeichnung über die Anzahl der nach Gharnatah verschifften Schwerter, als das nächste Blatt, das er in die Hand nahm, tatsächlich das war, das er zu finden gehofft hatte. Ein Mann wie Diegos Vater, ein Schreiber, würde nie einen Brief verschicken, ohne eine Kopie für seine eigenen Unterlagen anzufertigen. Da sie nicht im Haus gewesen war, musste sie hier sein, versteckt zwischen den Protokollen des Handels, einem ebenso sicheren Ort für ein Geheimnis wie jeder andere auch.

Er überflog den Brief, las ihn dann noch einige Male, bevor er ihn faltete, in eine Tasche steckte und aufstand. Er sagte ihm, was er vorher nicht gewusst hatte – wen Diegos Vater beschuldigt hatte.

Narjis al-Ishraq war immer noch in ihrem Büro, im Gespräch mit einer schlanken Frau, deren langes Haar bis zur Schulter ihrer Meisterin herabfiel. Narjis blickte bei der Unterbrechung auf, doch ihr anfängliches Stirnrunzeln verwandelte sich augenblicklich in ein Lächeln. Sie berührte das Mädchen an der Taille und richtete sich von ihrem Schneidersitz auf, die Bewegung leicht und geschmeidig. Dann kam sie zu Thomas, legte ihre Hand auf seinen Arm und sah zu ihm hoch.

„Was kann ich für Sie tun? Hat Ihre Frau die Gewürze gemocht?"

„Wir haben den Kreuzkümmel und Koriander gestern Abend für das Lammfleisch verwendet. Es war köstlich, aber ich bin in einer ernsteren Angelegenheit hier. Kennen Sie Izem Amreqan?"

„Natürlich, er ist der Finanzverwalter. Ein wichtiger Mann. Warum?"

„Haben Sie irgendwelche Gerüchte gehört, dass er in Dinge verwickelt ist, in die er nicht verwickelt sein sollte?" Als er das fragte, war Thomas bewusst, dass er dieser schönen Frau vielleicht mehr anvertraute, als ihm guttat.

Narjis löste ihre Hand von seinem Arm und wandte sich ab. Sie setzte sich zwischen die verstreuten Kissen, bevor sie aufschaute und einen Platz neben sich tätschelte. Thomas kniete nieder und verdrehte sich unbeholfen, bevor er erneut ihre Hand auf seinem Arm spürte und ein Lachen hörte.

Narjis' Blick traf seinen, scharf und prüfend. „Sagen Sie mir, warum Sie fragen. Auf welche Angelegenheiten beziehen Sie sich?"

„Ich bin mir nicht sicher, ob ich das selbst schon weiß."

„Aber Sie sind hier, also müssen Sie etwas wissen."

Thomas studierte Narjis, während er überlegte, wie viel er ihr sagen sollte und ob er sie damit nicht in Gefahr bringen würde. Er fragte sich, ob er ihr wegen ihrer Schönheit nicht zu sehr vertraute, aber andererseits hatte er keinen Grund, sie irgendeiner Verwicklung in die Angelegenheit zu verdächtigen, und irgendjemandem musste er schließlich vertrauen.

„Kennen Sie einen Mann mit dem Namen Miguel Jiminez?"

Narjis runzelte die Stirn, bevor sie den Kopf schüttelte. „Sollte ich? Ist er ein Spanier? Habe ich mit ihm gehandelt, oder Izem?"

„Aber Sie kennen doch Zufar al-Zaki."

„Natürlich."

„Jiminez war sein Angestellter."

„War?"

„Er ist tot. Ermordet, glaube ich, aber es ist zu spät, das zu beweisen."

„Ermordet wie Zufar?"

„Nicht auf dieselbe Art und Weise, aber trotzdem getötet." Während er über die Fakten nachdachte, wurde Thomas bewusst, dass die Verbindungen, die er hergestellt hatte, eher fragwürdig klangen, jetzt, da er sie laut aussprach. „Er schrieb einen Brief an seinen Meister, in dem er Amreqan des Diebstahls beschuldigte, oder zumindest des geplanten Diebstahls."

„Izem, ein Dieb? Nein – das ist nicht möglich."

„Das hat man Jiminez auch gesagt und jetzt ist er tot, so

auch der Meister, den er mit seiner Anschuldigung konfrontiert hat. Wäre Amreqan unschuldig gewesen, wieso wurden sie dann getötet?" Thomas studierte Narjis' Gesicht, das nun Angst zeigte.

„Sie glauben, Izem hat sie getötet?" Sie schüttelte den Kopf. „Wenn Sie ihn kennen würden, wüssten Sie, wie lächerlich dieser Gedanke ist. Er ist alt, zum einen. Zu alt, um herumzulaufen und Leute umzubringen."

„Er bräuchte die Tat nicht selbst zu vollbringen. Ich bin mir sogar sicher, dass er es nicht selbst getan hätte. Zweifellos hätte er einen anderen Mann damit beauftragt."

Narjis runzelte die Stirn. „Sind andere in Gefahr? Bin ich hier sicher? Sind meine Mädchen in Sicherheit? Der Mann, der kam – ist er der, den Sie suchen?"

„Sie sagten, er verlor das Interesse, als er herausfand, dass Sie eine Frau sind."

„Aber warum? Ich bin ein Gildenmeister, genau wie die anderen. Vielleicht suchte er eine bestimmte Person, kannte aber weder Malaka noch die Gilde." Narjis lehnte sich dicht zu Thomas und atmete schwer, die Süße ihrer Ausdünstungen umhüllte ihn. „Ich werde Sie zu Izem bringen, damit Sie den Irrtum Ihres Verdachtes erkennen können. Stellen Sie Ihre Fragen, finden Sie heraus, ob er involviert ist. Wenn er es ist, werde ich Ihr Zeuge sein. Ich weiß, dass ich an Ihrer Seite sicher bin. Wenn er sich eines Verbrechens schuldig gemacht hat, werden wir zu Ali Durdush gehen."

Die Büros von Izem Amreqan befanden sich im obersten Stockwerk der Ataranzana. Ein langer Korridor verlief über die gesamte Länge. Ali Durdushs Büro lag an einem Ende, Amreqans am anderen. Die beiden Dreh- und Angelpunkte des Handels in Malaka, der Gildenleiter und der Finanzverwalter. Als sie sein Büro erreichten, wurden sie von einem Schreiber begrüßt, der Narjis kannte, ihnen aber mitteilte, dass sein Meister nicht da sei.

„Ein Mann hat ihn abgeholt", sagte der Schreiber, der einen Stift in tintenverschmierten Fingern hielt.

„Was für ein Mann?"

„Ein Fremder für mich, aber mein Meister schien ihn zu kennen, was gut war, denn sein Spanisch war schrecklich. Ich verstand kaum ein Wort, das er sagte."

Ein Gefühl des Grauens kam in Thomas auf. „Wo sind sie hin?"

Der Mann blickte zu Narjis, die ihm mit einem kurzen Nicken zu verstehen gab, dass er Thomas vertrauen konnte.

„In das Lagerhaus, glaube ich. Ich hörte den Mann etwas sagen, als sie gingen, über eine Lieferung von Waren von fragwürdiger Herkunft. Wenn das stimmt, würde man sie irgendwo im Lagerhaus aufbewahren."

Auf dem Korridor packte Thomas Narjis an den Schultern. „Gehen Sie zu Durdush und sagen Sie ihm, was ich Ihnen erzählt habe. Bitten Sie ihn, Wachen zu schicken. Ich gehe voraus. Ich fürchte, sie planen einen weiteren Mord."

Als er sich abwandte, ergriff Narjis sein Handgelenk. „Seien Sie vorsichtig, Thomas."

Er schenkte ihr ein Lächeln. „Oh, machen Sie sich um mich keine Sorgen."

KAPITEL DREIUNDZWANZIG

Das Lagerhaus schien leer zu sein, als Thomas am Fuß der ersten Treppe stehen blieb. Irgendwo tropfte Wasser. Ein Huschen deutete auf Ratten hin, die auf der Suche nach Nahrung vom Fluss hierherkamen, aber das, was er zu hören gehofft hatte, blieb aus. Was darauf hindeuten könnte, dass Izem Amreqan sein Geschäft abgeschlossen hatte – oder Thomas hatte die falsche Wahl getroffen und er war gar nicht hier.

Er zog seine Stiefel aus, stellte sie an den Fuß der Steinstufen und begann, die Treppe hinaufzusteigen. Die Luft war vom Staub des in großen hessischen Säcken gelagerten Getreides getrübt. Sie flimmerte in den Strahlen des späten Nachmittagslichts, das durch Öffnungen in der westlichen Wand fiel. Andere Gerüche lagen in der Luft, es roch nach Oliven, Kaffee und einer Vielzahl von Gewürzen. Irgendwo hier befand sich eine Kammer, die Narjis al-Ishraq für die Lagerung ihrer Waren unterhielt, und als Thomas den zweiten Stock passierte, glaubte er, flüchtig den Duft davon zu erhaschen. Dann hörte er ein Geräusch von oben. Schwach, aber eindeutig. Das Geräusch, das ein Mann machte, wenn er Schmerzen hatte, aber zu schwach war, um mit aller Kraft zu rufen.

Thomas ging schneller und er begann zu keuchen, ein Geräusch, das er zu unterdrücken versuchte, um sich nicht zu verraten, aber als er näher kam, wusste er, dass wer auch immer oben da war, ihn nicht hören würde. Das schmerzerfüllte Wimmern nahm an Lautstärke zu. Wer sie auch verursachen mochte, musste sicher sein, dass das Lagerhaus leer war, oder über den Punkt hinaus, um sich darum zu kümmern. Thomas bewegte sich noch schneller vorwärts.

Er griff an seinen Gürtel und zog ein Messer hervor. Zwei weitere Stockwerke, die Schreie von oben wurden immer lauter, jedoch nicht, weil der Mann, von dem sie kamen, wieder zu Kräften kam, sondern weil Thomas den Abstand zu ihm verringerte.

Eine Etage weiter blieb Thomas stehen, lehnte sich gegen ein steinernes Geländer und holte Luft. Als er nach unten blickte, sah er, wie sich die Stufen in einer schwindelerregenden Spirale abwärts wanden. Ein kaltes Hochgefühl erfüllte ihn bei dem Gedanken, dass er im Begriff war, den Mörder zu fassen, bevor noch mehr Opfer starben, und er fragte sich, wen Amreqan hier töten hatte lassen. Er holte tief Luft und machte sich bereit, die letzten Stufen hinter sich zu bringen, als von unten ein Krachen ertönte. Er lehnte sich über das Geländer hinaus und sah vier Hafenarbeiter, die einen schwer beladenen Karren durch die breiten Tore zerrten. Sie begannen, Fässer abzuladen, von denen jedes mit einem dumpfen Krachen auf den Boden polterte. Die Stimmen der Männer erhoben sich laut in dem stark widerhallenden Raum. So laut, dass Thomas die Schritte des rennenden Mannes erst hörte, als er schon fast vor ihm stand.

Er wirbelte herum und ließ sein Messer wild durch die

Luft schneiden, traf aber nicht. Für einen Moment verschwamm alles vor seinen Augen, als der Mann direkt auf ihn zukam, das Schwert zum Schlag erhoben. Thomas schrie auf und hob einen Arm, obwohl er im selben Moment wusste, dass es eine törichte Geste war. Was ihn rettete, war ein Ruf von unten, als einer der Arbeiter Thomas' Schrei hörte und an den Fuß der Treppe kam. Sein Angreifer war für einen Moment abgelenkt und Thomas warf sich ihm vor die Füße, in der Hoffnung, ihn zum Stolpern zu bringen und durch den Spalt der Wendeltreppe nach unten stürzen zu lassen. Es gelang ihm fast und er ergriff den Knöchel des Mannes, während er sich auf ihn stürzte. Er versuchte, ihn gepackt zu halten, aber der Mann war zu flink. Er stolperte, fing sich jedoch und rannte in einem halsbrecherischen Tempo die Treppe hinunter. Thomas rappelte sich auf, aber alles, was er sah, waren ein Hinterkopf und die Rückseite einer ledernen Weste. Es könnte der Mann sein, der Diegos Haus beobachtet hatte, derselbe Mann, der Woodville angegriffen hatte. Andererseits unterschied ihn nichts an ihm oder seiner Kleidung von hundert anderen Söldnern in der Stadt.

Die Arbeiter um den Karren herum machten keine Anstalten, den Mann aufzuhalten, als er vorbei und durch die offenen Türen hinausstürmte. Thomas fluchte und richtete sich auf. Dann drehte er sich um und begann, seinen Aufstieg zu beenden, in der Hoffnung, dass Amreqan anwesend und sein Opfer noch am Leben sein würde. Damit lag er sowohl richtig als auch falsch. Der Finanzverwalter war tatsächlich anwesend, aber an einen dicken Stuhl gefesselt, und er zeigte keine Anzeichen dafür, dass er Thomas' Anwesenheit bemerkte, selbst als dieser die Hand ausstreckte, um eine tiefe Wunde in seiner Brust zu untersuchen.

Thomas lehnte sich nahe heran und zog die Ränder der Wunde auseinander. Als er das tat, floss das Blut kräftig und er drückte die Wunde wieder zusammen. Der verursachte Schmerz weckte Amreqan auf.

„Aufhören, bitte Gott, aufhören." Seine Stimme war kaum mehr als ein Flüstern. „Ich habe Ihnen die Wahrheit gesagt, niemand sonst ist beteiligt. Haben Sie Erbarmen."

„Woran beteiligt?", fragte Thomas. Amreqan zuckte zusammen und öffnete die Augen. Nur eines von ihnen bot ihm noch einen Blick auf die Welt und es bewegte sich hektisch in seiner Höhle, als er Thomas' Gesicht wahrnahm, den Raum und die Tatsache, dass nur noch sie beide übrig waren.

„Ich kenne Sie", sagte er. „Sie gehören also auch dazu."

„Das tue ich nicht, nein, aber ich suche den Mann, der involviert ist. Sagen Sie mir, wer ist er?"

Amreqan schüttelte den Kopf und sein verbleibendes gutes Auge schloss sich. Eine blutverschmierte Träne kullerte über seine Wange. „Ich bin kein tapferer Mann. Ich habe so lange durchgehalten, wie ich konnte. Zu lange." Ein Mundwinkel zuckte, als wolle er lächeln. „Aber sie wissen nicht alles." Das Auge öffnete sich wieder. „Ist er wirklich weg?"

„Das ist er."

„Ich erinnere mich jetzt, Sie sind ein Arzt. Können Sie mich retten?"

Thomas wusste, dass der Mann im Sterben lag, war überrascht, dass er überhaupt sprechen konnte, aber er nickte. „Ich werde tun, was ich kann."

„Dann bin ich in sicheren Händen."

„Warum hat er das getan? Haben Sie nicht zusammen gearbeitet?"

Ein kaum wahrnehmbares Kopfschütteln und Thomas öffnete die Ledertasche, ohne die er selten das Haus verließ, und holte Darm und Nadel heraus.

„Die Wunde in Ihrer Brust muss genäht werden. Erzählen

Sie mir, so viel Sie können, während ich arbeite. Sie werden noch weitere Schmerzen ertragen müssen, fürchte ich."

Er spürte einen Widerwillen in Amreqan, der nichts mit seinen Wunden zu tun hatte. Stattdessen sah er, dass der Mann sich für seine Taten schämte.

Thomas tat so, als würde er an der Wunde arbeiten, da er wusste, dass er Amreqan nicht retten konnte und nicht bereit war, ihm ohne Not noch mehr Schmerzen zuzufügen. Es schien, dass Amreqan auch selbst wusste, dass er sterben würde, und jemandem seine Taten gestehen wollte.

„Sagen Sie mir, warum er Ihnen das angetan hat", sagte Thomas.

„Die anderen." Das einzelne Auge suchte wieder nach Thomas. „Er wollte wissen, wer noch beteiligt ist. Ich habe ihm gesagt, niemand, aber er hat mir nicht geglaubt."

„Woran beteiligt?"

„Natürlich, woher sollten Sie das wissen? Ich habe so lange mit dem Wissen darüber gelebt, dass es sich anfühlt, als ob die ganze Welt es wissen müsste. Aber da bin nur noch ich. All die anderen sind fort. Getötet. So wie ich getötet wurde."

„Welche anderen? Al-Zaki? Jiminez? Wer noch? Und welchen Plan hatten Sie ersonnen?" Thomas drückte auf die Wunde und hasste sich dafür, dass er einem sterbenden Mann noch mehr Schmerzen zufügte. „Sagen Sie es mir, solange Sie noch können."

Amreqan fiel das Atmen zusehend schwerer, aber es schien, dass sein Bedürfnis, zu gestehen, was er getan hatte, den Schmerz überlagerte – zumindest für den Moment. „Gold und Silber. Reichtum. Unvorstellbarer Reichtum. Malaka ist die reichste Stadt in ganz Spanien. Niemand würde eine einzelne Kiste vermissen, aber ich brauchte Hilfe von außen. Nicht von den Spaniern, die würden das Gold selbst behalten, alles davon. Ich war ein Narr, dem Mann zu vertrauen.“ Fast erschien ein Lächeln auf seinen Lippen. „Aber er ist der Narr.“

„Was haben Sie zu ihm gesagt?“ Thomas hatte Angst, dass Amreqan sterben würde, ohne zu verraten, was er wusste, denn dann wäre all das hier umsonst gewesen. Er wäre keinen Schritt weiter, keinen Schritt näher an der Ergreifung des Mörders.

„Die Alcazaba“, sagte Amreqan. „Der Engländer weiß, was dort liegt, und wie ich eine einzelne Kiste davon hinausschaffen wollte. Eine von dreien. Eine kleine Gegenleistung für meine Pflicht gegenüber dieser Stadt.“

„Welcher Engländer? Und was ist in der Alcazaba?“

„Ich kann nicht …“

„Nennen Sie mir einen Namen. Wenn Sie gerächt werden wollen, sagen Sie mir, wer Ihnen das angetan hat.“

„Gerächt?“

„Für die Verletzung, die Ihnen zugefügt wurde.“

Bleib am Leben, dachte Thomas, *bleib lange genug am Leben, um mir eine Chance zu geben*. Aber es war ein vergeblicher Wunsch. Amreqan holte tief Luft, als würde er sich dafür stählen zu verraten, was er wusste, aber als er seinen nächsten Atemzug ausstieß, lief ihm das Blut aus dem Mund und über seine Brust, die danach reglos blieb.

Thomas fluchte und wandte sich ab, ging zum Fenster. Am Hafen gingen die Arbeiten wie gewohnt weiter. Der Handel würde an diesem Ort niemals zum Stillstand kommen.

Ein Engländer, hatte Amreqan gesagt. Es konnte nur ein Mann sein: Woodville. Der Mann, der hier gewesen war, war einer von Woodvilles Soldaten, vielleicht der, den Thomas schon zuvor gesehen hatte. Und welches Geheimnis lag im Inneren der Alcazaba? Irgendjemand musste es wissen. Amreqan war bestimmt nicht der Einzige, dem solches Wissen anvertraut wurde. Es würde Aufzeichnungen geben, wenn Thomas sie nur einsehen könnte.

Er begann, die Stufen hinabzusteigen, und war schon halb unten, als er die korpulente Gestalt von Ali Durdush von draußen durch das hohe Tor watscheln sah. Thomas beeilte sich, fest entschlossen, diesmal alle nötigen Antworten von dem Mann zu erhalten. Wenn Amreqan, der Finanzverwalter, involviert war, war auch Durdush verdächtig.

KAPITEL VIERUNDZWANZIG

Ali Durdush weigerte sich, mehr als die erste Etage zu erklimmen. Dafür war Thomas dankbar, denn der Mann brauchte unverhältnismäßig lange, um so weit zu kommen, was ihm Zeit zum Nachdenken gab. Er überließ es ihm, seinen keuchenden Aufstieg äußerst gemächlich fortzusetzen, während er vier Männer zu der Stelle brachte, an der Izem Amreqan lag, und sie instruierte, die Leiche fortzuschaffen.

„Zieht ihn an", sagte er. „Deckt seine Wunden ab, so gut es geht."

„Was ist mit seinem Gesicht?" Einer der Hafenarbeiter starrte ohne Neugierde auf das beschädigte Auge.

„Wenn jemand fragt, sagen Sie, er sei gestolpert und habe sich den Kopf an einer Kiste gestoßen."

Der Mann, zufrieden damit, dass er eine Geschichte hatte, und nicht daran interessiert zu erfahren, was tatsächlich passiert war, nickte und machte sich mit seinen Begleitern an die Arbeit, den Körper in eine Holzkiste zu heben. Diese wurde dann auf eine der Hebebühnen herabgelassen, mit denen sperrige Gegenstände in und aus dem Lagerhaus transportiert wurden. Thomas vertraute darauf, dass sie sorgfältig genug vorgingen, und ging zurück hinunter an die Stelle, an der Durdush wartete.

„Ist es wie bei Zufar al-Zaki?“ Seine frühere Feindseligkeit Thomas gegenüber war mit der Nachricht von einem weiteren Todesfall verblasst. Zweifellos dachte er, dass er genauso verwundbar war wie die bereits Getöteten, jedoch schlauer. Zumindest war das mit ziemlicher Sicherheit der Grund, warum zwei starke, bewaffnete Männer in seiner Nähe standen.

Thomas blickte dorthin, wo Durdushs Wachen auf Anweisungen warteten. „Können wir vor ihnen reden?“

Durdush folgte seinem Blick und senkte seine Stimme. „Sie werden nichts wiederholen, was sie hören, aber vielleicht ist es das Beste, wenn wir uns ein wenig entfernen.“ Er winkte mit einer Hand, um den Männern zu signalisieren, dass sie bleiben sollten, wo sie waren, während er sich umdrehte. Dann führte er Thomas an das Ende der offenen Fläche. An einer Seite lehnten Säcke mit Oliven, aus denen ein Rest Öl auf den Boden tropfte, dessen Geruch nun in der Luft hing. Eine breite, hohe Öffnung gab den Blick Richtung Westen frei. Die an beiden Enden von Soldaten bewachte Steinbrücke war überfüllt von Bürgern von Malaka, die aus der Stadt strömten und flohen, bevor die Spanier kamen.

„Sagen Sie mir – was muss ich tun?“, fragte Durdush, als sie hundert Schritte zwischen sich und die Wachen gebracht hatten. „Ist irgendjemand vor diesem Mörder sicher?“

Thomas wusste, dass er damit die Mitglieder der Gilde meinte, obwohl es offensichtlich war, dass niemand in Malaka noch lange sicher sein würde, sobald erst die Spanier eintrafen.

„Amreqan war noch am Leben, als ich ihn erreichte.“ Thomas starrte Durdush an, suchte nach einer Reaktion.

Durdushs Mund verzog sich vor Verzweiflung. „Ich möchte keine Details hören.“

„Er sprach von der Alcazaba, hatte aber keine Zeit mehr,

mir zu sagen, warum gerade dort. Wissen Sie, was er gemeint hat?"

„Was hat er seinem Angreifer verraten?"

„Ich weiß es nicht. Was er wusste, hielt er so fest, dass er es mit in sein nächstes Leben nahm. Alles, was er mir zu sagen vermochte, war, dass es etwas mit der Alcazaba zu tun hat. Was könnte dort sein, dass er das Geheimnis bis zu seinem Tod hüten wollte?" Thomas behielt vorerst für sich, dass er auf den fremden Engländer getroffen war, unsicher, ob er Durdush trauen sollte oder nicht, und fragte sich, was genau der Gegenstand von Woodvilles Verhandlungen mit dem Mann war.

Durdush starrte durch die Öffnung auf die fliehenden Menschenmassen, sein Gesicht ausdruckslos, als ob alle Emotionen aus ihm gewichen wären. Er blickte Thomas an. „Es gibt nur ein Geheimnis, das in der Alcazaba bewahrt wird, und es ist gut, dass Izem es mitgenommen hat."

„Werden Sie mir sagen, was es ist?"

„Ich weiß nicht, ob ich Ihnen vertrauen kann. Nicht bei dieser Sache. Sie ist zu groß. Zu wichtig."

„Geld." Thomas sah, wie sich Durdushs Augen weiteten, bevor er es schaffte, die Kontrolle über seine Reaktionen wiederzuerlangen. „Amreqan sprach von Gold und ich kann mir nichts anderes vorstellen, worauf ein Mensch so gierig sein könnte. Wie viel wird dort aufbewahrt? Das gesamte Gold der Waffengilde? Mehr als das? Amreqan hätte es gewusst, nicht wahr? Er hätte genau gewusst, wo die Reichtümer der Gilde aufbewahrt werden."

„Ja, das hätte er. Und er würde auch dieses Geheimnis kennen."

„Dieses, dieses, dieses!" Thomas schlug gegen die Wand. „Dann vertrauen Sie es mir eben nicht an. Es interessiert mich nicht mehr. Dieser Mann soll euch alle töten, euch alle foltern. Die Spanier kommen und schon bald haben wir größere Probleme."

„Das ist das Geheimnis." Durdushs Augen trafen die von Thomas. „Das ist das Geheimnis, für das er gestorben ist, und die anderen auch." Er wischte sich mit einer Hand über das Gesicht und mit der Bewegung traf er eine Entscheidung. „Wenn ich Ihnen sage, was Izem wusste, dürfen Sie die Information nicht an andere weitergeben."

„Mein Begleiter muss es wissen. Ich habe keine Geheimnisse vor Jorge."

„Dann nur er, und er muss zur Verschwiegenheit verpflichtet werden."

„Wenn ich jemals herausfinde, was das Geheimnis ist."

Durdush seufzte und löste die letzten Fesseln seines Widerwillens. „Der Reichtum von Malaka, der Reichtum der Gilde, alles wurde in die Alcazaba gebracht. Jedes letzte Goldstück." Durdush wandte sich ab, seine Stimme leise, obwohl niemand in der Nähe war. „Ein Plan wurde ausgearbeitet, um alles aus der Stadt zu schaffen, bevor sie fällt. Falls sie fällt. Vorkehrungen wurden getroffen. Alle wurden zur Verschwiegenheit verpflichtet."

„Vorkehrungen, es wegzubringen? Wie viele Leute wissen von dem Plan?"

„Nur die, die müssen, aber das sind immerhin zwanzig Leute. Schiffe müssen in Küstennähe gebracht werden. Männer wurden rekrutiert, um die Kisten zu tragen, obwohl sie nicht wissen dürfen, was sie enthalten. Es sind viele Kisten. Und die Meister der einzelnen Gilden wissen es natürlich, denn der Reichtum gehört jedem von ihnen."

„Und ihre Schreiber?", fragte Thomas. „Zufar al-Zaki war nicht der Erste, der getötet wurde. Sein Schreiber starb zuerst. Schreiber wissen alles. Wie viele sind bei der Gilde angestellt?"

Durdush wurde blass. „Hunderte. Aber alle Meister sind zur Verschwiegenheit verpflichtet."

„Vor einem Schreiber ist nichts geheim."

„Nur eine Handvoll Leute kennen die Details darüber,

wie es ablaufen wird. Die Meister mussten natürlich zustimmen, aber die Organisation wurde mir, Izem und ein paar anderen überlassen."

„Gehört Woodville auch zu der Handvoll?", bohrte Thomas nach.

Durdush runzelte die Stirn. „Woodville? Ich verstehe nicht, was Sie meinen. Warum sollte dieser Narr etwas damit zu tun haben?"

„Amreqan sagte, er habe sich mit einem Engländer verschworen. Ich kann mir keinen anderen vorstellen als Woodville."

„Sie selbst sind Engländer."

Thomas runzelte die Stirn. „Natürlich – also muss ich es wohl sein. Ich habe Sie mehrmals mit Woodville gesehen. Worüber haben Sie miteinander gesprochen?" Thomas war kurz davor, Durdush zu beschuldigen, hielt sich aber im letzten Moment zurück, als er merkte, wie lächerlich eine solche Anschuldigung wäre. Und wie gefährlich. Malaka war mehr Durdushs Stadt als die des Gouverneurs.

Durdush starrte weiter auf den Exodus der Bürger der Stadt hinaus, ohne Thomas anzusehen. „Richard Woodville und ich verhandeln gerade über eine ganz andere Angelegenheit. Eine, die nichts mit Amreqans Tod zu tun hat; eine, die Sie nichts angeht."

„Ich möchte sehen, wo das Gold gelagert ist." Thomas erwartete, dass Durdush ablehnen oder ihn zumindest vertrösten würde. Stattdessen nickte er.

„Kommen Sie in mein Büro, ich werde einen Schreiber beauftragen, eine Anweisung für Sie vorzubereiten, die Sie zur Münzengilde bringen können."

Die Büros des Münzmeisters waren leicht zu finden. Thomas folgte demselben Korridor, den er nur eine Stunde zuvor entlanggegangen war, aber als er an den Büros vorbeikam, die von Narjis al-Ishraq benutzt wurden, standen sie leer, ein Hauch von Verlassenheit umgab sie und ein paar verirrte Zettel lagen auf dem Boden verstreut. Er hatte gehofft, sie wäre noch da und könnte ihm etwas über Amreqans Arbeit erzählen, bevor er seine Räumlichkeiten aufsuchte. Es hatte sich herumgesprochen, dass die Menschen sich in Sicherheit brachten. War das die Erklärung für Narjis' Abwesenheit, ihr leeres Büro? Wäre sie nicht in das gleiche Geheimnis eingeweiht gewesen wie die anderen Gildenmeister? Warum hatte sie nichts davon erwähnt? *Es war ihr gutes Recht,* dachte Thomas. Hatte sie erkannt, dass es das war, wonach der Fremde gesucht hatte, als er in ihr Büro gekommen war? Wenn ja, hatte sie das Wissen gut versteckt, und Thomas konnte nicht umhin, ein Gefühl der Enttäuschung darüber zu empfinden, dass sie ihm nicht mehr vertraut hatte.

Er fragte sich, wohin der Reichtum von Malaka gebracht werden sollte. Würde er unter den verbliebenen Meistern aufgeteilt oder auf Nimmerwiedersehen weggeschafft werden?

Als Thomas sich dem Ende des Korridors näherte, nahm er eine Bewegung in dem großen Raum am Ende wahr und wurde langsamer. Ein gut gekleideter Mann stand mit dem Rücken zur Tür und starrte aus dem Fenster. Thomas zögerte, dann klopfte er an den Türrahmen.

Der Mann drehte sich um. „Haben Sie gesehen, was hier passiert?"

Thomas betrat den Raum. „Alle sind auf der Flucht aus der Stadt, ja."

„Das, natürlich. Aber ich meine das hier, den Grund dafür." Der Mann hob eine Hand und deutete auf etwas jenseits des Glases. Thomas trat heran und stellte sich neben den Mann, der sich wieder dem Fenster zuwandte. Die Ataranzana war das höchste Gebäude in Malaka. Von seinen oberen Büros aus hatte man einen Blick über die Stadtmauer, in die Ferne zu den aufragenden Massen der Festung Rabita, wo al-Tagri seine Verteidigung der Stadt plante, und noch weiter zu den steilen Berghängen östlich von Malaka. Hänge, die jetzt dicht mit Soldaten belagert waren. Spanischen Soldaten. Thomas suchte das Gelände ab und sah weitere Truppen, die den schmalen Küstenstreifen entlang kamen.

„Also“, sagte er, „sie kommen wirklich.“

„Ja. Sie kommen wirklich.“ Der Mann sah Thomas an. „Kenne ich Sie? Ihr Gesicht kommt mir bekannt vor.“

„Thomas Berrington. Arzt. Sie wissen mehr über mich als ich über Sie.“

„Oh, ich vermute nicht.“ Ein Lächeln. „Mein Name ist Cesare Padvana.“

„Sie sind also weder aus al-Andalus noch aus Spanien.“

„Ich wurde in Venizia geboren, aber das ist viele Jahre her. Ich lebe jetzt in Malaka. Und Sie auch. Wir sind beide Fremde, die dieses Land zu ihrer Heimat gemacht haben. Ich habe von Ihrem Ruf gehört. Wenn Sie hier sind, um Izem zu sehen, fürchte ich, er ist geschäftlich verreist. Ich wusste nicht, dass er einen Arzt braucht.“

„Tut er nicht. Zumindest nicht mehr. Ihr Meister ist tot.“

Thomas’ Worte rissen den Mann aus seiner Lethargie.

„Wie ist es geschehen? War es ein Unfall? Er war nicht jung, aber er war immer bei guter Gesundheit. Oder war es sein Herz? Er hatte sich beschwert über …“

„Er wurde ermordet. Wie Zufar al-Zaki.“

„Warum sollte jemand Izem töten? Er und ich sind kaum mehr als Schreiber, die Zahlen in Journale kritzeln.“ Er winkte mit einer Hand zu den Regalen, die sich an einer Wand stapelten. „Viele Zahlen. Viele Journale.“

„Sie verzeichnen die Reichtümer der Gilde“, sagte Thomas. „Reichtümer, die nun in die Alcazaba überstellt wurden.“ Thomas war sich sicher, dass der Mann davon wissen musste, denn er vermutete, dass die Hälfte der Schreiber in der Münzengilde ebenfalls von dem Plan wussten. Er griff in seinen Gehrock, holte den Brief heraus, den Durdushs Schreiber vorbereitet hatte, und reichte ihn dem Mann. „Dieser Brief bittet Sie, mir die Erlaubnis zu erteilen, die Aufbewahrungsstätte dieses Reichtums zu inspizieren."

Padvana betrachtete das Schreiben länger, als nötig war, um seine Bedeutung zu erfassen. „Woher wissen Sie davon? Es ist das bestgehütete Geheimnis in Malaka. Wenn die Bevölkerung auch nur die leiseste Ahnung davon hätte, was wir vorhaben, würde Panik ausbrechen. Sie würden glauben, dass wir vorhaben, die Stadt zu verlassen."

„Und würden sie sich irren?"

„Der Reichtum Malakas muss geschützt werden. Haben Sie auch nur die geringste Vorstellung des Wertes dessen, was dort gelagert wird? Nein, ich bin sicher, die haben Sie nicht. Ich bin sogar sicher, dass kein einziger Mensch den Reichtum der Gilde begreifen kann." Er starrte Thomas an und runzelte die Stirn. „Ich verstehe Ihr Interesse nicht."

„Mindestens vier Menschen sind gestorben, um Ihr Geheimnis zu schützen. Ich möchte, dass es nicht noch mehr werden, und ich möchte den Mörder fangen. Den Mörder Ihres Meisters."

„Das möchte ich auch." Der Mann schien nicht übermäßig bestürzt über den Tod von Amreqan zu sein.

„Werden Sie mir dann ein Genehmigungsschreiben ausstellen, oder nicht?"

Padvana schaute noch einmal auf den Brief, dann schritt er zur Tür und fauchte einem seiner Angestellten einen Befehl zu, dessen Schärfe im Widerspruch zu seinem bisherigen Verhalten stand.

„Wie lange ist dieses Vorhaben schon geplant?", fragte Thomas, als Padvana zurückkehrte.

„Es wurde vor vielen Jahren beschlossen, lange bevor ich geboren wurde. Wenn es unausweichlich ist, dass Malaka fällt, dann soll der Reichtum der Gilde geschützt werden."

„Wohin soll das Vermögen gebracht werden?“

Der Mann drehte sich zu Thomas um. „Halten Sie mich für einen Narren?“

Das war eine gute Frage, aber eine, der Thomas nicht die Aufmerksamkeit schenken konnte, die sie verdiente.

„Sind Sie nicht besorgt, dass Sie auch in Gefahr sein könnten? Ihr Meister ist tot und andere vor ihm sind es auch und alles wegen dieses mythischen Reichtums …“

„Nicht mythisch. Der Reichtum von Malaka ist so real wie Sie und ich. So real wie dieser Stein.“ Er klatschte mit der Hand gegen die Mauer. „Er ist sicher und wird sicher bleiben.“ Daraufhin bewegte er sich und setzte sich an einen breiten Schreibtisch aus teurem Holz. „Bin ich wirklich in Gefahr?“

„Nein, ich vermute nicht. Es sei denn, Sie sind auch in das Komplott verwickelt?“

„Welches Komplott?“

„Ihr Meister offenbarte mir, dass er vorhatte, einen Teil des Goldes zu stehlen. Einen kleinen Teil, sagte er, aber selbst ein kleiner Teil wäre immer noch ein Vermögen.“

Padvana starrte Thomas an, sein Gesicht war ausdruckslos. Langsam schüttelte er den Kopf. „Ich glaube Ihnen nicht. Wie können Sie es wagen, meinen Meister eines solchen Verbrechens zu beschuldigen?“

„Er hat mir die Wahrheit selbst gestanden, es ist keine Stunde her. Augenblicke, bevor er seinen letzten Atemzug tat.“ Thomas beobachtete Padvana auf jedes Anzeichen von Reue hin und wünschte sich, Jorge wäre hier. Der Mann wirkte zwar nicht bestürzt über den Tod seines Meisters, aber das bedeutete noch nicht, dass er darin verwickelt war.

„Ich sollte sofort zu Ali Durdush gehen und ihm von Ihrem Rufmord an einem guten Mann erzählen.“

„Er weiß es schon. Ich komme gerade von ihm.“

Schnelle Schritte hallten über den Korridor und Thomas drehte sich um, halb in der Erwartung, dass Wachen kommen würden, um ihn abzuführen. Stattdessen eilte ein schlanker Angestellter in den Raum und reichte Padvana einen Zettel. Er las ihn, bevor er ihn mit der Vorderseite nach unten ablegte. Thomas hoffte, dass es seine Erlaubnis war, aber es schien nicht so.

„Es gibt keine Antwort", sagte Padvana und der Schreiber ging so schnell weg, wie er gekommen war. „Die Nachricht ist von Ali Durdush."

Thomas wartete.

„Er bestätigt meine Ernennung zum Münzmeister und instruiert mich, Ihnen alles zu sagen, was Sie wissen wollen, wenn Sie mich aufsuchen." Padvana stieß in einem langen Seufzer die gesamte Luft aus seinen Lungen. „Es ist gegen meine Natur. Gegen die Natur der Gilde. Aber ich muss davon ausgehen, dass der Meister der Gilde von Malaka weiß, was er tut." Eine Hand deutete auf einen der Stühle. „Setzen Sie sich, Thomas Berrington. Es sei denn, Sie bevorzugen etwas Niedrigeres."

Thomas nahm sich einen Stuhl. Was auch immer in Durdushs Brief stand, es hatte Padvanas Einstellung geändert.

„Was wollen Sie von mir wissen? Es gibt einige Dinge, die ich Ihnen nicht sagen kann, aber wenn ich kann, werde ich helfen."

So viel dazu, mir alles zu sagen, was ich wissen will, dachte Thomas. Er lehnte sich vor. Wenn Padvana etwas Nützliches wusste, war er sich dessen vielleicht selbst nicht bewusst.

„Wann haben Sie angefangen, das Gold zu verlagern?"

„Vor zwei Monaten. Bevor sich die Spanier in Ballix versammelten. Jetzt ist alles überstellt."

„Sie hatten das also schon so lange geplant?"

Padvana hob eine Schulter. „Ballix und die umliegenden Städte hätten nie viel Widerstand leisten können. Im Gegensatz zu Malaka. Wäre es Ihnen lieber, wir würden den Spaniern erlauben, alles zu plündern?"

„Es zeigt wenig Vertrauen in die hier stationierten Streitkräfte, nicht wahr?“

„Kisten mit Gold können genauso leicht zurückgebracht werden, wie sie weggezaubert werden können. Es ist eine Vorsichtsmaßnahme, denn ich bin sicher, dass al-Andalus sich durchsetzen wird.“ Aber sein Gesicht erzählte eine andere Geschichte.

„Waren Sie an der Planung beteiligt?“

„Mehr als mein Meister, der andere Verpflichtungen hatte. Ich … Nein, es tut mir leid, das ist eines der Dinge, die ich nicht preisgeben kann.“

Thomas glaubte, das Geheimnis bezog sich auf den Transport der Kisten, aber er vermutete auch, dass es unwichtig war. Sie würden zweifellos auf dem Seeweg weggebracht werden. Wohin, das interessierte ihn nicht. Malaka war erledigt – zumindest das Malaka der Mauren. Was die Spanier daraus machten, interessierte ihn auch nicht, denn er würde nicht mehr hier sein, um es mitanzusehen.

Weitere Schritte ertönten und dieses Mal wurde das gebracht, worauf Thomas gewartet hatte. Padvana nahm das Blatt Papier, las es und runzelte die Stirn. Dann faltete er das einzelne Blatt zusammen, schmolz einen Fleck Wachs und drückte ein Metallsiegel hinein, um es zu versiegeln. Er starrte den Brief einen Moment lang an, seufzte und schob ihn über den Schreibtisch. „Ihre Erlaubnis. Benutzen Sie sie weise, denn sie ermöglicht Ihnen Zugang zu allem, was Sie verlangen.“

Thomas nahm den Brief wortlos entgegen und erhob sich, um zu gehen. Es war bereits ein so ereignisreicher Tag gewesen, dass ihm der Kopf vor lauter Gedanken schwirrte. Ein eventueller Besuch bei der Alcazaba konnte bis zum Morgen warten, aber da irrte er sich – er würde noch viel länger warten müssen.

Als er am Krankenhaus vorbeikam und auf die Alcazaba

zusteuerte, eilte die hochgewachsene Gestalt des Leiters heraus und hielt ihn an. „Thomas, den Göttern sei Dank. Die Stadt schickt Soldaten, um die Spanier anzugreifen, und sie brauchen Sie. Sie sind der beste Kampfchirurg, den wir haben."

KAPITEL FÜNFUNDZWANZIG

Es war dunkel, als sich tausend Soldaten ihren Weg über felsige Hänge in Richtung der spanischen Streitkräfte bahnten, die ihnen zahlenmäßig weit überlegen waren. Sie verließen sich auf die Nacht – die Morgendämmerung war noch Stunden entfernt – und auf das Element der Überraschung. Am Ende des Zuges führte Thomas ein Pferd, das mit Satteltaschen beladen war, in denen sich Tränke, Kräuter und Instrumente befanden. Er dachte an die vielen Male, die er denselben Weg auf verschiedenen Schlachtfeldern zurückgelegt hatte. An verlorene und gerettete Leben. An das, was er erleben würde und was er tun würde, um Männer zu retten oder ihnen das Sterben zu erleichtern. Er wusste, dass es niemanden gab, der besser geeignet war für das, was die nächsten Stunden bringen würden, denn er war schließlich *qassab*, der Metzger: Retter der Männer des Krieges.

Der Himmel war klar und eine Million Sterne erhellten die Dunkelheit. Ein schwaches Glühen jenseits des entfernten Gipfels von Maroma zeigte, dass der Mond gleich aufgehen würde. Ihre Truppe musste bei den Hängen östlich von Malaka sein, bevor das geschah, bereit zum Angriff, aber irgendetwas hatte die Zugspitze zum Anhalten veranlasst, während die anderen sich hinter ihnen scharten. Einige Männer murrten, andere gingen zur Seite und suchten sich einen Felsen, auf dem sie sitzen konnten, während sie warteten. Thomas bewegte sich durch die Reihen, neugierig, was die Verzögerung verursacht hatte. Er lächelte, als er sah, was es war.

Yusuf war gekommen, um sich ihnen anzuschließen, und hatte seine vierhundert Männer mitgebracht. Der Anführer der Soldaten aus Malaka besprach gerade die Taktik mit ihm, und als er fertig war, schritt Yusuf an ihrer Front entlang. Er blieb stehen, als er Thomas erblickte, kam dann auf ihn zu und umarmte ihn, die Kraft der Begrüßung Zeugnis des Jungen, der jetzt ein Mann und ein erfahrener Anführer war.

„Ich bin froh, dass du bei uns ist, Thomas. Sind noch weitere Ärzte hier?"

„Ein paar, nicht mehr als ein halbes Dutzend. Sie werden hinten in Stellung gehen, wenn es also verletzte Männer gibt, die gehen können, schick sie zurück." Über Männer, die nicht laufen konnten, brauchte er nichts zu sagen. Die würden im Tumult der Schlacht nicht lange überleben.

„Aber du selbst wirst doch nicht hinten bleiben, oder?"

Thomas schüttelte den Kopf. Er hätte gelächelt, aber schon machte sich wieder diese vertraute Kälte in ihm breit. Er tätschelte den Griff eines Messers, um zu signalisieren, dass er auf sich selbst aufpassen konnte.

„Wie lauten deine Befehle?", fragte er, als sie an Männern vorbeikamen, die sich wieder bergab bewegten.

„Die Flanken schützen. Warum? Hast du eine bessere Idee?"

„Ich bin nicht der General", sagte Thomas.

„Nein, aber ich vertraue deinem Wort mehr als jedem anderen Mann als Olaf."

„Ist er noch in Gharnatah?"

„Mein Onkel hat ihn in den Süden geschickt." Yusuf

verzog das Gesicht. „Er selbst bleibt allerdings in der Stadt, weil er Angst hat, dass Muhammed ihn vom Thron verdrängt, wenn er geht. Olaf hat zweihundert seiner Männer mitgebracht und wird die östliche Flanke angreifen."

In dem schwachen Licht studierte Thomas Yusuf, erkannte die Stärke in ihm, die Gewissheit, die durch die Art des Kampfes geschliffen worden war, die er in diesen Hügeln unternommen hatte, Angriff und Rückzug, den Feind bedrängen und sich wieder davonschleichen. Es war eine Taktik, die eine viel größere Streitmacht zur Verzweiflung bringen konnte, und Thomas wusste, dass Yusuf gut darin war. Die Tatsache, dass er noch am Leben war, war ein Beweis dafür.

Die Spanier waren sich ihrer Position auf dem flacheren Landstreifen nördlich der Stadt sicher und verteilten sich über fast eine Meile, ihre Präsenz befeuert durch brennende Fackeln und Lagerfeuer. Es war klar, dass sie keinen Angriff erwarteten, schon gar nicht einen aus der entgegengesetzten Richtung von Malaka. Thomas war überrascht – er hatte erwartet, dass Fernando ein besserer General wäre und Wachen in einiger Entfernung postieren würde, dass er Männer in den Höhen über den Pässen abstellen würde, um vor herannahenden Feinden zu warnen. Vielleicht hatte er das und die Männer schliefen alle, aber kein Warnruf ertönte, als die maurischen Soldaten die Ebene erreichten und sich zu beiden Seiten ausbreiteten.

Es geschah im Stillen, alles war im Voraus arrangiert worden. Die maurischen Soldaten bewegten sich vorwärts, bis sie die dösenden spanischen Spanier erreichten, und griffen an. Laut wurde es erst, als Männer schrien und starben.

Thomas stand nicht in der ersten Reihe, sondern bewegte sich mit der Geschwindigkeit der Angreifer zehn Reihen dahinter. Er trug einen schweren Lederranzen über der Schulter und hielt ein scharfes Messer in seiner rechten

Hand. Er hatte überlegt, ob er sein Kettenhemd tragen sollte, hatte sich aber dagegen entschieden, da er befürchtete, dass er dann zu sehr wie ein Soldat aussehen würde. In der Hitze des Gefechts wusste er, dass es keinen Unterschied machen würde. Nicht, dass es ihm etwas ausmachte, nicht in diesem Moment, denn diese innere Kälte hatte ihn erfüllt und er sah die Welt mit einer nüchternen Realität, die ihm schon oft das Leben gerettet, ihn aber auch seiner Menschlichkeit beraubt hatte. Er hatte gehofft, nie wieder so zu fühlen, doch er wusste, dass die Hoffnung vergeblich war. Es gab bereits zu viel Gewalt in der Welt und wenn die Kälte bedeutete, dass er die beschützen konnte, die er liebte, würde er sie immer wieder begrüßen. Er dachte weder an die Männer, die angegriffen wurden, noch an Isabel und Fernando, deren Soldaten diese Männer waren. Sie waren gekommen, um eine der großen Städte von al-Andalus zu zerstören. Außerdem würde Thomas nicht kämpfen, sondern nur den Verletzten Trost spenden und sie behandeln.

Chaos brach aus und die Nacht war erfüllt von Schreien und Rufen und dem Klirren von Metall auf Metall. Thomas hielt sich zurück, denn er wusste, dass die vorderen Reihen nichts für ihn waren, da er im Herzen der Schlacht nicht wirkungsvoll arbeiten konnte. Stattdessen stand er an Ort und Stelle, als die Männer vorbeiströmten, einige Gesichter zeigten Freude am Töten, andere waren bleich und grimmig vor Entschlossenheit, nur wenige zeigten schiere Angst, und diese, das wusste er, würden die ersten sein, die starben. Besser, sich von der Wut erfüllen zu lassen und zu leben, als wimmernd unterzugehen. Wenn man es konnte. Er wusste, dass das Töten nicht jedermanns Sache war.

Der Kampf war kurz und heftig. Thomas behandelte diejenigen, die behandelt werden konnten, und bot denen, die es nicht konnten, Gnade an, und dann taumelte ein Mann aus dem Handgemenge zurück und umklammerte das, was von seinem Arm übrig war. Blut spritzte im Takt seines

Herzschlags aus einem tiefen Schnitt, der ihm den Arm fast vollständig abgetrennt hatte.

Thomas packte sein Wams, warf ihn daran zu Boden und folgte selbst hinterher, sodass sein Knie in seinen Oberarm drückte, um den Blutfluss zu stoppen. Der Mann schrie und versuchte, ihn wegzustoßen, aber Thomas war an solche Einwände gewöhnt und ignorierte ihn, der Stärkere und Entschlossenere der beiden.

Er machte keine Anstalten, den Schmerz des Mannes zu lindern, bis er wusste, wie ernst die Wunde war und ob er sterben würde oder nicht. Er hob sein Knie ein wenig an, ließ das Blut wieder fließen, beobachtete, wie es spritzte, und überlegte sich eine Strategie. Dann beschloss er, dass keine Zeit für den Mohnschnaps war. Stattdessen verpasste er dem Mann einen beherzten Schlag an den Kopf, der ihn herumriss und ihm das Bewusstsein raubte, wohl wissend, dass der Schlag ihn töten könnte, aber nicht so schnell wie der Blutverlust, wenn er nichts dagegen unternahm.

Er griff zu feinem Darm und Nadel und zog die Ränder der Wunde zurück. Sie war sauber und Muskel und Sehne kamen zum Vorschein, als er über das Blut wischte, das sich bereits wieder darin sammelte. Er fand das Hauptgefäß und drückte es fest zu, beugte sich in der Dunkelheit nahe heran, um zu berechnen, ob es möglich war, es zu flicken, und entschied sich dagegen. Stattdessen klappte er das obere Gefäß zweimal um und nähte es zusammen. Er wartete einen Moment, um zu sehen, ob das Blut durchbrechen würde, bevor er weitere Stiche anbrachte und begann, die Wunde zu schließen.

Er war zur Hälfte fertig, als jemand gegen seinen Rücken prallte und ihn zu Boden warf. Thomas rollte sich ab, als ein maurischer Soldat hart neben ihm auf den Boden fiel, mehr tot als lebendig. Ein spanischer Soldat stand über ihm und grinste, bevor er sich Thomas zuwandte und sein Grinsen noch breiter wurde.

Als der Mann zum Schlag ausholte, rappelte sich Thomas schnell auf und vergrub sein Messer in der Brust des Mannes, da er genau wusste, wo das Herz lag. Der Soldat stöhnte auf, als hätte er ihm einen festen Hieb verpasst, und seine Knie gaben nach. Thomas ignorierte ihn – er stellte keine Gefahr mehr dar – und drehte sich um, um die Wunde zu schließen. Der Verletzte kam allmählich wieder zu sich und begann, sich zu wehren, und diesmal zog Thomas den Korken aus einem Fläschchen mit Flüssigkeit und zwang den Inhalt in den Mund des Mannes. Es würde eine Weile dauern, bis die betäubende Wirkung eintrat, aber Thomas war mehr als stark genug, um sein Werk zu vollenden und den Arm zu bandagieren. Er ließ den Mann zurück, wo er lag, und stand auf, bereit für seinen nächsten Patienten, als ihm plötzlich bewusst wurde, dass er nicht mehr von Mauren, sondern von Spaniern umgeben war. Der Angriff hatte seinen Höhepunkt erreicht und war abgewehrt worden, und Thomas' Gefährten kämpften nun um ihren Rückzug hundert Schritte weiter weg. Aus irgendeinem Grund nahm keiner der Spanier Notiz von ihm, vielleicht weil er sein Kettenhemd nicht anhatte.

Männer drängelten sich vorbei, begierig darauf, die fliehenden Mauren zu verfolgen, das Glitzern des Triumphs in ihren Augen. Sie waren überrumpelt worden, hatten die Angreifer jedoch in die Flucht schlagen können, und nun würden sie jeden töten, den sie erwischen konnten. Allerdings hatten ihre Anführer einen anderen Plan. Sie hatten schon einmal einen maurischen Rückzug erlebt, der jedoch in einem Hinterhalt und mit auf sie niederrollenden Felsen und einem Regen von Pfeilen geendet hatte.

Offiziere schritten nach vorne, riefen etwas und langsam verblasste der Blutrausch. Die Männer blieben keuchend stehen, ihre befleckte Schwerter in den Händen, die Köpfe gesenkt. Ein Mann sah auf und starrte Thomas an, ein Stirnrunzeln auf seinem Gesicht, und es war eindeutig, was er sah. Einen hochgewachsenen Mann, seltsam gekleidet, einen dunklen maurischen *Tagelmust* um seinen Hals gewickelt. Der Mann hob sein Schwert und brüllte.

Nun drehten sich auch andere um und ihre blinde Wut würde ausreichen, um ihn in Stücke zu hacken.

Thomas hob sein Messer in die Luft und wünschte, er hätte ein Schwert mitgebracht, aber das wäre zu unhandlich gewesen.

„Ich bin Thomas Berrington, Freund von König Fernando!" Er fragte sich, ob er seinen neuen Titel „Sir" hätte benutzen sollen.

Selbst als er die Worte rief, in einem Spanisch, das besser war als einst, sah er, dass sie auf taube Ohren stießen. Diese Männer waren noch nicht mit dem Töten fertig und wollten Rache für gefallene Kameraden.

„Ich kann euren Verwundeten helfen." Thomas versuchte es noch einmal, aber schon rückten sie vor, die Tapfersten an der Front, und er erwischte einen am Arm, wollte ihn aber nicht töten, sondern schnitt ihm lediglich die Sehne durch, sodass ihm das Schwert aus der Hand fiel. Und dann folgten die anderen, schnell und gierig.

Thomas machte einen Schritt rückwärts, noch einen, und stieß mit einer Gestalt in seinem Rücken zusammen, die starke Arme um ihn schlang und ihn von den Füßen hob.

Ein Soldat kam gemächlich näher. Er ließ die Spitze seines Schwertes vor Thomas' Gesicht kreisen, kitzelte ihn mit dem Versprechen von Schmerz. Thomas trat hinter sich, traf ein Schienbein, aber der Druck um seine Brust ließ nicht nach. Er suchte die Gesichter der Männer ab, suchte nach Offizieren, aber wenn sie anwesend waren, wollten auch sie mehr Blut vergossen sehen. Eine letzte Eroberung, um den Angriff zu beenden.

Der Mann mit dem Schwert kam näher und schnitt mit der Spitze durch Thomas' Gehrock, sodass er zu Boden fiel. Darunter trug er sein übliches Hemd und seine Reithose, die keinerlei Schutz vor dem boten, was kommen würde. Er wusste, dass sie ihm die Stiefel ausziehen würden, sobald er tot war. Gute Stiefel aus geschmeidigem Leder. Die Stiefel seines Vaters, die ihm gehörten, seit er sie von John Berringtons Leiche gezogen hatte, sie getragen hatte, obwohl sie ihm zu groß waren, bis auch er zu einem Mann herangewachsen war, und nicht einmal wusste, warum er sie behalten hatte, denn er hatte den Mann gehasst, erst als Junge, dann als Mann, für das, was er an ihn weitergegeben hatte. Diesen Drang zu töten, der das verschlang, was er als seine wahre Seele ansah.

In diesem Moment ließ er sich davon erfüllen. Sie konnten ihn töten, dessen war er sich sicher, aber sie würden es nicht ohne Verluste auf ihrer Seite tun.

Er streckte die Finger seiner linken Hand, der einzigen, die er benutzen konnte, bis die Spitzen das Ende eines kleinen Dolches streiften, der in seinem Gürtel steckte. Er zog ihn hervor und stieß ihn ohne einen Moment zu zögern rückwärts in den Bauch des Mannes, der ihn festhielt. Selbst jetzt lockerte sich sein Griff kaum, bis Thomas ein zweites und drittes Mal zustach.

Als seine Füße im Schlamm landeten, wich er hastig zur Seite aus, während die Klinge des Soldaten dort durch die Luft pfiff, wo er gerade noch gestanden hatte. Thomas verdrehte sich und stach den Mann in die Seite, es war keine tödliche Wunde, aber sie reichte aus, um ihn zu entmutigen. Inzwischen kamen andere, viel zu viele, um überhaupt auch nur die geringste Hoffnung zu hegen, eine ganze Armee, drei, vielleicht viertausend Mann stark. Thomas hatte schon früher gegen schwere Gegner gekämpft, aber er wusste, dass dies das Ende war, und er wünschte, er hätte daran gedacht, Lubna zum Abschied zu küssen. Ein Bild von Will kam ihm in den Sinn, blondhaarig und kräftig, wie er zu einem gutaussehenden Mann wurde, einem starken Mann.

Thomas holte tief Luft und stieß sie in einem langen Seufzer aus.

Dann sollte es also hier enden.

Er stach zu, nicht wissend, dass er sich wie ein Derwisch bewegte, dass er sich wie Jorge bewegte, wenn er tanzte, sodass sein *Tagelmust* um seinen Kopf wehte und seine Füße und Hände wild durch die Luft wirbelten. Und dann folgte ein Moment des Innehaltens und Thomas blieb stehen, atmete schwer, so wie Jorge schwer geatmet hatte, und er fragte sich, warum er noch am Leben war. Ein Klirren von Stahl auf Stahl erklang und die Männer vor ihm zögerten, fielen erst einen Schritt zurück, dann zwei.

Etwas stieß gegen ihn und er ging abrupt in die Knie.

„Ach, verdammt noch mal, steig auf das Pferd oder ich lasse sie dich töten."

Thomas blickte hoch zu der Gestalt von Yusuf, der rittlings auf einem Hengst saß, in der Dunkelheit weiß leuchtete wie der Mond. Er griff nach oben, aber Yusuf saß zu hoch, also stand Thomas auf, lehnte sich für einen Moment gegen die sich hebende Flanke des Pferdes, dann packte er den Sattel und zog sich hinter Yusuf hinauf.

Der Schock unter den Spaniern begann nachzulassen und Yusuf reichte Thomas sein eigenes Schwert, bevor er ein weiteres aus der Scheide zog.

„Feiglinge, alle von ihnen." Er grinste und durchschnitt mit seinem Schwert die Luft. Dann grub er seine Fersen in die Flanken des Rosses, sodass Thomas fast rückwärts über den Rücken des Tieres zu Boden fiel, bevor er mit einer Hand Yusufs Gewand packen konnte. Erst als sie davongaloppierten, bemerkte er Yusufs Männer, die neben ihnen ritten, Berber mit harten Gesichtszügen, die ihrem Herrn durch die Tore der Hölle folgen würden.

KAPITEL SECHSUNDZWANZIG

Yusuf ritt schnell und waghalsig weg von den spanischen und maurischen Soldaten, hinein in die zerklüftete Berglandschaft. Thomas hätte gerne gefragt, wohin er sie brachte, musste sich aber stark darauf konzentrieren, sich festzuhalten. Erst als sie in eine kleine Lichtung hinabstiegen und er einen hölzernen Karren warten sah, neben dem ein Körper auf dem Boden abgelegt worden war, verstand er. Yusuf war nicht der Einzige aus Gharnatah gewesen, der heute Nacht gekämpft hatte, aber der Anblick dieses anderen Mannes war ein Schock. Thomas hatte ihn immer für unverwundbar gehalten.

Er glitt wortlos hinter Yusuf vom Pferd und beugte sich über die Gestalt, die in den Himmel starrte. Für einen erschreckenden Moment dachte Thomas, er sei zu spät gekommen, aber dann huschten die Augen des Mannes zu ihm, als er sich seiner Anwesenheit bewusst wurde, und er zog einen Mundwinkel nach unten.

„Entschuldige dich für mich bei meiner Tochter", sagte Olaf Torvaldsson.

„Entschuldige dich selbst, denn du wirst sie noch vor dem Mittag sehen."

„Wenn ich so lange durchhalte."

Thomas kniete sich hin und untersuchte eine Kopfwunde. Durchaus schlimm, aber nicht tödlich. Dann schnürte er sein Lederwams auf und sog scharf Luft ein.

„Mittag ist vielleicht optimistisch", sagte Olaf.

Thomas zog das Leder weiter auseinander und verfolgte die tiefe Wunde mit seinen Augen.

„Ein Spanier?"

„Ein toter Spanier. Jetzt jedenfalls."

„Du hast ihn getötet?"

„Was denkst du denn?"

„Wie?"

„Wie habe ich ihn getötet? Mit meiner Axt, natürlich." Olaf lächelte bei der Erinnerung trotz seiner Schmerzen. „Habe ihm den Kopf abgehackt."

„Wie hat er dir das angetan? Ich habe dich kämpfen sehen und du bist unbesiegbar."

„Nicht mehr, wie es scheint. Ich habe den Fehler gemacht, mich von meinem Feuer leiten zu lassen." Seine Augen verfolgten die von Thomas. „Du weißt, wie das ist. Ich habe dich im Kampf gesehen. Du bist wie ich. Deshalb habe ich dir meine Tochter anvertraut."

„Bei mir ist es nicht das Feuer, sondern die Kälte, die mich in Besitz nimmt." Thomas war sich nicht sicher, warum er das sagte, außer dass er diesen Mann wie einen Vater liebte, mehr als er jemals seinen eigenen Vater geliebt hatte.

„Jeder Mann macht es anders. Hüte dich jedoch davor, Thomas, denn es bringt einen Mann dazu, sich für unverwundbar zu halten." Er atmete vorsichtig ein, da jeder Atemzug schmerzte. „Ich bin schon früher verletzt worden, aber ich fürchte, dies wird das letzte Mal sein."

„Du vergisst, wer ich bin."

Thomas schaute auf und sah, dass Yusuf gekommen war, zusammen mit einem halben Dutzend kaltblütiger Soldaten. Er stand auf und sah zu, wie sie Olaf auf die Ladefläche eines

Karrens hoben. Sie hatten kein Pferd, keinen Esel, auch kein Maultier. Diese Männer zogen ihren Anführer selbst. Sie hoben ihn hoch, als würde er nichts wiegen, und Thomas wünschte sich, al-Andalus hätte zehntausend mehr von ihrer Sorte, denn dann wäre dieses Land vielleicht zu retten gewesen.

„Wärst du gekommen, um mich zu retten, wenn Olaf nicht verletzt gewesen wäre?", fragte Thomas, als er sich neben Yusuf aufrichtete.

„Höchstwahrscheinlich. Du weißt, wie sehr ich dich mag." Er lächelte. „Außerdem waren es nur drei- oder viertausend von ihnen. Wären es acht gewesen …" Er hob eine Schulter.

Sie sahen beide zu, wie der Karren weggeführt wurde.

Yusuf bot Thomas ein Pferd an, aber er lehnte ab. Stattdessen rannte er zu dem Karren und kletterte auf die Ladefläche, um neben Olaf zu knien und mit jener Arbeit zu beginnen, die ihn retten könnte. Er ignorierte die Kopfwunde, während er den Oberkörper des großen Generals entblößte. Seinen Lederbeutel hatte er verloren, aber er hatte noch ein paar Instrumente aus der Schlacht in seinen Taschen verstaut. Er benutzte das, was da war, und so gut er konnte, untersuchte die tiefe Wunde in Olafs Seite und tat nichts, bis er sicher war, dass etwas zu tun die weniger gefährliche Wahl war.

„Es tut mir leid, dass ich nichts gegen die Schmerzen habe. Es wird sehr wehtun."

„Du vergisst, mit wem du sprichst." Olaf biss sich auf die Zunge, als Thomas mit der Untersuchung begann. Er versuchte, sich aufzusetzen, aber Thomas drückte ihn mit einer Hand nach unten, wusste allerdings, dass er das unter normalen Umständen nicht hätte tun können.

„Bleib ruhig liegen und ich versuche, dir so wenig wie möglich wehzutun. Es wird einfacher, sobald wir ins Krankenhaus kommen."

„Meine Männer", sagte Olaf. „Ich muss ihnen sagen, dass du mir nichts Böses willst, wenn ich schreie."

„Sie wissen, wer ich bin." Thomas dachte, dass das vielleicht keine gute Sache war, aber es bedeutete auch, dass sie von seinem Können wussten. Gut möglich, dass er in der Vergangenheit an einigen von ihnen operiert hatte, denn er war bei Dutzenden von Schlachten dabei gewesen und hatte Hunderte von Männern behandelt, und wenn dem so war, hassten sie ihn zweifellos und waren ihm gleichermaßen dankbar. Vermutlich überwog der Hass auch die Dankbarkeit, aber sei es drum. Diese Männer, Olafs Männer, bildeten nicht das Schlusslicht, sondern kämpften in den vordersten Reihen. Also ja, Thomas wusste, dass er zumindest einige behandelt haben musste.

Als Olaf schrie, kamen die Männer schnell, nur um von Thomas' Blick zum Schweigen gebracht zu werden.

Sie fuhren weiter und machten einige Umwege, um den spanischen Spähern auszuweichen, bis sie die Stadtmauern von Malaka erreichten und in die Stadt einritten.

„Wird er überleben?" Lubna saß auf einem Steinsims, nach vorne gelehnt, die Arme auf den Knien. Sie war gekommen, sobald sie die Nachricht erhalten hatte, die Thomas geschickt hatte.

„Er ist stark. Ich habe die Wunde gereinigt und die Blutung mit einem heißen Eisen versiegelt. Belias Tränke werden helfen, falls sich eine Infektion bildet." Er starrte in Lubnas Augen. Dachte an das Kind, das sie trug. Ein weiteres Enkelkind für Olaf, das er verwöhnen konnte, und Thomas dachte daran, wie sein Gesicht weich wurde, wenn der gefürchtete General Will auf seinem Knie hüpfen ließ. Was ihn daran erinnerte, dass er immer noch jemanden finden musste, der seinen Sohn weiter ausbildete. Ein Junge musste wissen, wie er sich selbst beschützen konnte, und, wenn er zu einem Mann heranwuchs, diejenigen, die er liebte.

„Er wird bei uns bleiben", sagte Lubna.

„Natürlich."

„Es war klug von dir, uns in die Stadt zu bringen, bevor die Spanier kommen. Können wir ihn heute mitnehmen?"

„Hier ist er vorerst besser aufgehoben. Lass ihn erst einmal schlafen, es ist auch für ihn eine Menge Mohn in seinem Blut."

„Dann werde ich auch bleiben."

„Wir bleiben beide", sagte Thomas. „Ich habe für uns ein Zimmer in der Nähe arrangiert. Wir können abwechselnd bei ihm sitzen."

„Ich werde es tun. Du bist erschöpft."

„Es ist nichts. Ich habe auch eine Krankenschwester organisiert, die uns sofort holt, wenn sich sein Zustand verändert."

„Ist sie gut?"

Thomas hielt eine Antwort für unnötig.

„Ich habe Yusuf mit Jorge zu Diegos Haus geschickt", sagte Lubna. „Es war schwer, aus dem anderen auszuziehen, aber du hast recht, innerhalb der Mauern sind wir sicherer."

Thomas nickte, hörte aber nur halb zu, da seine Augenlider schwer wurden. Als er sie das nächste Mal öffnete, war sein Nacken steif und Jorge stand mit erwartungsvollem Gesicht neben Yusuf vor ihm.

„Was?"

„Ich habe gefragt, ob du nach Hause kommst. Will vermisst dich."

„Morgen", sagte Thomas. „Wenn wir Olaf mitnehmen können." Er blickte hinüber zu dem Mann, der immer noch schlief. Lubna saß neben ihm, seine große, knorrige Hand in ihrer kleinen, weichen. „Was machst du denn hier?"

„Lubna hat eine Nachricht geschickt. Hast du gedacht, dass ich nicht komme?"

„Ich weiß nicht." Aber als er darüber nachdachte, wurde ihm klar, dass Jorge und Olaf sich seit den Ereignissen in Ixbilya vor fast zwei Jahren, als sie Belia zu dritt aus den Kerkern der Inquisition gerettet hatten, näher gekommen waren. Olaf hielt Jorge immer noch für zu weich, zu schwach, aber das war seine Meinung über fast alle Männer. *Ohne Zweifel auch über mich,* dachte Thomas. Er warf einen Blick aus dem Fenster, um festzustellen, dass es wieder Nacht geworden war, und fragte sich, wie lange er geschlafen hatte.

„Ist es spät?"

„Spät genug für ein Abendessen", sagte Jorge. „Ich wollte Yusuf den Mädchen von al-Zaki vorstellen. Das Haus liegt in der Nähe."

„Warum?"

„Was glaubst du denn?"

Thomas schaute Yusuf an. „Willst du sie kennenlernen?"

„Es ist einige Zeit her, dass ich mit einer Frau zusammen war. Und ein Mann kann nicht unendlich viel Krieg ertragen, bevor er sich nach einer schönen Frau sehnt."

„Es sind sogar vier schöne Frauen", sagte Jorge. „Seine erste Frau nicht mitgezählt."

„Ich dachte, es sind sechs", sagte Thomas. „Und du bist sicher, dass sie willig sind?"

„Einige sind schon weg. Diese Frau hat sie vertrieben. Und ja, sie sind willig."

„Ich glaube nicht, dass ich vier schaffen kann, geschweige denn sechs", sagte Yusuf.

Thomas beobachtete das Gespräch und fragte sich, ob er noch schlief und dies ein Traum war.

„Du bist ein Prinz und sie brauchen Schutz."

„Ich würde niemals einer Frau falsche Hoffnungen machen", sagte Yusuf.

„Sie würden auch so davon träumen."

„In diesem Fall sollten wir sie nicht aufsuchen."

„Geh und such ihm eine saubere Hure", sagte Lubna von ihrem Platz neben ihrem Vater. Sie machte sich nicht die Mühe, sich umzudrehen. „Zwei, wenn es sein muss."

„Es ist nie zu früh, mit der Auswahl der Mitglieder eines Harems zu beginnen", sagte Jorge zu Yusuf. „Du wirst eines Tages Sultan sein und schöne Frauen brauchen, die deine Macht widerspiegeln."

Yusuf schaute zu Thomas, ein Flehen in seinen Augen. „Kannst du ihm sagen, dass ich nur etwas essen muss?"

„Wenn es etwas nützen würde", sagte Thomas. „Du kennst doch Jorge. Außerdem amüsierst du dich vielleicht sogar. Sie sind alle sauber, jung und ja, mehr als willig, wie ich vermute."

Yusuf blickte zu Olaf. „Wird er überleben?" Unwissend wiederholte er Lubnas Worte.

„Das wird er."

„Wann wird er aufwachen?"

„Nicht vor dem Morgen."

„Ich muss mit ihm reden."

„Davon gehe ich aus. Und ich glaube, ich weiß, worüber."

„Was wird er deiner Meinung nach antworten?"

„Ich kann mir nicht erklären, wie Olafs Verstand funktioniert, außer dass er demjenigen gegenüber, der auf dem Hügel regiert, sehr loyal ist." Thomas wartete darauf, dass Yusuf noch etwas sagte, aber er tat es nicht. Schließlich zog Jorge ihn weg, begann zu plaudern und erklärte ihm die unterschiedlichen Vorzüge der Frauen, die bis vor Kurzem noch zu al-Zaki gehört hatten, nun aber einen neuen Beschützer brauchten, wenn auch nur vor seiner Ex-Frau.

Als sie weg waren, erhob sich Thomas und berührte Olafs Hals, suchte dort nach dem Puls, der zwischen den Narben und Muskeln schwer zu finden war, aber schließlich spürte er ihn unter seinem Finger, kräftig und langsam.

„Schlaf ein wenig", sagte er zu Lubna. „Ich werde bis zum Morgengrauen Wache halten und dann Vorbereitungen treffen, um ihn zu Diegos Haus zu bringen. Sind die anderen schon in die Stadt gekommen?“

„Sie sind heute gekommen. Und ich werde auch bleiben.“

„Das ist nicht nötig.“

„Ich muss es tun.“ Sie sah Thomas an, ihre Augen emotionslos, zumindest ihm gegenüber, und er nickte und zog sich einen Holzschemel heran. Dann schloss er die Augen.

Als er wieder erwachte, graute die Dämmerung und Nebelschwaden hingen in der leeren Straße vor dem Haus. Lubnas Kopf ruhte auf dem Krankenbett, ihr Atem hob eine dunkle Haarsträhne an und Olaf war wach.

Thomas stand auf und fühlte kurz seinen Puls, bevor seine Hand zur Seite geschlagen wurde.

„Ich werde leben, dank dir.“

„Darüber entscheide immer noch ich, *Far*.“

Olaf versuchte zu lächeln, gab den Versuch jedoch auf, die Geste vielleicht zu ungewohnt, um ihm leicht zu fallen.

„Hast du mich wieder zusammengeflickt?“

„So gut ich es konnte.“

„Dann werde ich leben.“ Er warf einen Blick auf Lubna. Zufrieden, dass sie weiterschlief, winkte er Thomas heran. „Ich habe dir etwas zu sagen.“

„Es gibt keine Geheimnisse zwischen uns.“

„Dann sagen wir einfach, ich möchte sie nicht wecken. Wann werde ich gesund genug sein, um nach Gharnatah zurückzukehren?“

„In ein paar Wochen, vielleicht länger.“

„Dann muss ich es dir sagen. Was du tun willst, ist deine Entscheidung. Ich verstehe es, wenn du nichts unternimmst, aber du sollst es wissen.“

„Was wissen?“ Thomas lehnte sich näher an Olaf, der Geruch der Seife, mit der sie seinen Körper gereinigt hatten, scharf in seiner Nase.

„Ich habe vor einer Woche eine Nachricht erhalten, als

ich noch mit al-Zagal unterwegs war." Olaf hielt einen Moment lang inne, die Augen geschlossen, dann sprach er wieder, diesmal noch leiser. „Wir trafen früh auf den Feind und waren zuversichtlich, ihnen eine Lektion zu erteilen, aber sie waren auf uns vorbereitet. Wir wurden besiegt. Es war schlimm. Das sprach sich bis zu Muhammed herum, während auch wir eine Nachricht erhielten. An dem Tag, nachdem die Nachricht Gharnatah erreicht hatte, nahm er die al-Hamra ein. Die Stadt hat ein kurzes Gedächtnis. Eine Niederlage und sie wenden sich gegen ihren Hoffnungsträger und setzen einen Narren auf den Thron."

Thomas wartete, aber die Erzählung war für den Moment beendet. Eine lange Erzählung für Olaf, der Worte wie Silbermünzen behandelte, zu wertvoll, um sie zu verschwenden. Thomas wusste, was er fragen wollte, und hatte Angst vor der Antwort, die kommen würde, fragte aber trotzdem.

„Du hast mir immer gesagt, dass du der Mann des Sultans bist."

Olaf nickte nur kurz. „Vielleicht jetzt noch mehr. Narren brauchen Schutz vor sich selbst. Aber das ist noch nicht alles, was ich dir zu sagen habe, nur der Grund dafür."

Neben ihm bewegte sich Lubna und Thomas wartete, bis sie wieder ruhig wurde. Draußen auf der Straße begann ein Ladenbesitzer seine Fensterläden zu öffnen und sprach mit einem Passanten in einer Sprache, die Thomas nicht verstand. Dies war immer noch Malaka.

Er starrte Olaf an, dessen Augen nun wieder geschlossen waren, und fragte sich, ob er in einen Dämmerschlaf gefallen war.

Aber das war er nicht.

„Muhammed hat Helena entführt. Hat sie sich mit Gewalt geholt. Das war die Nachricht, die ich erhielt. Eine Nachricht nicht an einen General, sondern eine Nachricht an einen Vater über seine Tochter. Eine Nachricht, die nicht nur für mich bestimmt war, sondern, wie ich glaube, auch für dich."

Thomas dachte an Helena, Lubnas Schwester von einer anderen Mutter. Die exquisite Helena, die einst ein halbes Jahr lang sein Bett geteilt hatte, bevor er für eine einzige Nacht in ihres gestiegen war. Will war das Ergebnis davon. Zumindest hoffte er, dass er es war; Helena hielt diese Gewissheit weiterhin vor ihm zurück.

„Hat Muhammed diese Nachricht selbst geschickt?"

„Möglicherweise, ich würde es ihm zumindest zutrauen." Olafs Atem wurde schneller und die Muskeln in seiner Brust spannten sich an.

„Wo tut es weh?"

Er schüttelte nur den Kopf. „Es ist nicht die Art von Schmerz, die du heilen könntest. Der Bote überbrachte noch weitere Nachrichten, wahrscheinlich dachte er, es wäre besser, wenn ich es wüsste. Womit er recht hatte, auch wenn es schwer war, sie mir anzuhören. Er bestraft sie dafür, dass sie dich liebt."

„Helena liebt mich nicht", sagte Thomas.

„Mehr, als sie jeden anderen liebt."

„Es ist Jahre her, dass sie mein Bett geteilt hat. Da ist nichts mehr zwischen uns."

„Aber Muhammed weiß das nicht und manchmal bin ich mir auch nicht sicher, ob Helena es weiß. Leugnest du, dass Will dein Sohn ist?"

„Manchmal denke ich, er ist es, manchmal nicht."

„Aber du hast mit ihr geschlafen."

Thomas nickte kurz. „Ja, ich habe mit ihr geschlafen. Aber da hatte ich noch nicht mit Lubna geschlafen. Ich würde sie nie betrügen. Ich habe Helena nie geliebt, aber Lubna liebe ich."

„Ich weiß, dass du das tust. Aber das tut nichts zur Sache. Muhammed tut Helena weh, damit er dich bestrafen kann."

„Auch wenn ich nichts davon weiß?"

„Vergeltung braucht für manche Männer keine Zeugen." Olafs Augen öffneten sich, blaugrau wie die von Helena, Augen, die alles gesehen hatten, was ein Mensch erleben konnte, das Gute und das Schlechte, das Glückliche und das Schreckliche, und die alle Ereignisse gleich behandelten. „Ich würde hingehen und ihn um sie anflehen. Vielleicht hört er auf mich, wenn ich mich beuge und ihm meine Treue schwöre. Er wird jemanden wie mich brauchen, jemanden, der stark ist."

„Es gibt niemanden wie dich", sagte Thomas.

„Weshalb er meine Tochter vielleicht freilässt. Aber ich kann so nicht zu ihm gehen, schwach." Er sah Thomas in die Augen, sprach die Frage nicht aus, da sie nicht gestellt werden musste.

„Ich kann nicht", sagte Thomas. „Nicht jetzt, noch nicht."

„Aber später?"

Thomas starrte den Mann an, der ihm so nahestand wie ein Vater, und er dachte an Olafs Tochter, die blonde, die Frau, die einst sein Haus und sein Bett geteilt hatte, und wusste, dass er keine Antwort auf die Frage hatte.

KAPITEL SIEBENUNDZWANZIG

Der Karren ratterte eine gepflasterte Straße entlang, als Thomas ein Maultier lenkte, das die Last die kurze Strecke vom Krankenhaus zu Diegos Haus zog, wo sie jetzt wohnten. Sechs Gomeres begleiteten sie, kleine, hartgesottene Männer mit dunklen Augen, die keine Regung zeigten. Dies war Malaka, eine maurische Stadt in gewisser Weise, aber der Mann, den sie beschützten, war Olaf Torvaldsson, also durften sie kein Risiko eingehen. Thomas war sich nicht sicher gewesen, ob Olaf zusätzlichen Schutz brauchen würde oder nicht, aber er war dorthin unterhalb der Rabita-Festung gegangen, wo die Gomeres ihr Lager aufgeschlagen hatten, um sie um Hilfe zu bitten, und hatte dabei an den Mörder gedacht, der immer noch frei in der Stadt herumlief. Man würde es nicht auf die leichte Schulter nehmen, wenn er den berühmtesten General von al-Andalus in Lebensgefahr brachte. Selbst der Hauptmann der Gomeres, der seine Heimat Nordafrika noch nie verlassen hatte, hatte um Olafs Ruf gewusst und ihm dieses halbe Dutzend Männer zur Verfügung gestellt.

Zwei von ihnen gingen voran, überprüften jede Seitengasse und jeden Eingang, ihre Köpfe drehten sich wachsam in alle Richtungen, um nach Gefahren Ausschau zu halten. Zwei weitere blieben hinter ihnen. Yusuf war mit seinen Männern in die Berge zurückgekehrt, um sich die spanische Armee vorzunehmen, aber er versprach, zurückzukehren, sobald Olaf stark genug war, wieder zu reisen.

Die Straßen waren um diese Uhrzeit fast menschenleer, weshalb sie Olaf jetzt transportierten, bevor die Händler ihre Stände aufbauten. Trotz der Anwesenheit der spanischen Armee jenseits der Stadtmauern ging das Leben weiter, aber es fühlte sich jetzt fragiler an, als ob jeder auf Eierschalen lief und auf den unvermeidlichen Angriff wartete.

Lubna saß im hinteren Teil des Karrens neben ihrem Vater, der mit zusammengebissenen Zähnen ein stoisches Schweigen bewahrte, da das ständige Rütteln die Schmerzen seiner Wunden verschlimmerte.

Jorge ging neben Thomas und erklärte ihm ausführlich die Schönheit und das Können jeder der Frauen und wie es Yusuf in der Nacht vor seiner Abreise geschafft hatte, mit mindestens drei von ihnen ins Bett zu gehen, bevor der Schlaf, oder eher die Erschöpfung, ihn übermannt hatte. Er erwähnte seine Rolle an diesem Abend mit keinem Wort, obwohl Thomas sicher war, dass Belia keine Treue von ihm erwartete. Sie kannte ihn besser.

„Hast du gedacht, dass Yusuf wirklich eines dieser Mädchen in seinen Harem aufnehmen würde?“, fragte Thomas, als sich eine kurze Pause in der Erzählung anbot – mehr verursacht durch Jorges Bedürfnis, Luft zu holen, als dadurch, dass er fertig gewesen wäre.

„Natürlich nicht, aber sie haben geglaubt, er würde es vielleicht tun.“

„Ist es fair, sie so denken zu lassen?“

„Sei nicht so voreingenommen. Es ist ja nicht so, als hätten sie es nicht gewollt. Yusuf ist ein gut aussehender junger Mann. Stark und männlich. Er ist eine willkommene Abwechslung nach ihrem Ehemann."

„Einem Ehemann, der tot ist und dessen Mörder wir suchen", sagte Thomas. „Und was machst du, während Yusuf mit diesen Frauen schläft? Es gibt auch zwei ältere, gut aussehende Frauen in diesem Haus, die zweifellos viel mehr Erfahrung haben als diese Mädchen."

„Ich tue nichts. Ich biete Ratschläge an und habe mehrmals mit ihnen gesprochen, aber sie erzählen immer wieder dieselbe Geschichte, die sie uns schon in Ballix erzählt haben. Einmal habe ich sogar Will mitgenommen. Sie machten so einen Wirbel um ihn, dass er zurück nach Hause wollte."

„Du hast Will zu diesem Haus mitgenommen? Was hast du dir dabei gedacht?"

„Ich habe mir gedacht, wenn er sieht, wie andere Leute", Jorge schaute Thomas an, „wie normale Leute leben, würde ihm das guttun."

„Das ist wohl kaum ein normaler Haushalt. Nimm ihn nicht wieder mit."

Jorge lächelte. „Jetzt, wo Yusuf weg ist, habe ich keine Ausrede mehr für einen Besuch, aber man kann die Wahrheit der Welt nicht vor Will verbergen."

„Das kann ich, bis er älter ist. Ist das alles, was du gemacht hast, während du dort warst?"

„Ich habe Belia und ein Mann könnte sich keine andere wünschen. Außerdem haben sie einen eigenen Liebhaber."

„Tun sie das?", fragte Thomas. „Einen Mann?"

„Ich habe ihn noch nicht getroffen, aber die drei machen genug Lärm, um die Toten zu wecken. Ich glaube, er muss Franzose sein, denn er ruft in einer Sprache, die ich nicht kenne."

Thomas lächelte. Er hätte erwidern können, dass das fast jede Sprache hätte sein können, denn Jorge sprach nur zwei.

Dieser geheimnisvolle Mann könnte die Sprache Chinas sprechen, soweit Jorge das beurteilen konnte.

„Wird Olaf überleben?", fragte Jorge.

„Ich glaube schon."

„Gut. Ich habe ihn lieb gewonnen."

„Und er dich, glaube ich."

„Wir leben in seltsamen Zeiten, nicht wahr, wenn der General eines Sultans und der Eunuch eines Sultans Freunde werden können."

Der Karren wendete und das Haus tauchte vor ihnen auf, beeindruckend, wie es das gesamte Ende der Straße einnahm. Es war zwei Stockwerke hoch, über dem Dach lugten Baumwipfel hervor und die Stadtmauer ragte hinter dem kleinen Garten empor. Es war ein schönes Haus, aber Thomas vermisste ihr früheres Zuhause. Er hatte das Gefühl der Freiheit gemocht, aber er wusste, dass es Wahnsinn gewesen wäre, dort zu bleiben.

Die Gomeres trugen Olaf hinein, als ob er ein Fliegengewicht wäre. Als sie herauskamen, versuchte Thomas, ihnen eine Münze als Gegenleistung für ihre Dienste anzubieten, aber sie wurde abgelehnt, und er wusste, dass er es kein zweites Mal versuchen sollte.

„Spricht jemand von euch Arabisch?", fragte er.

Zwei von ihnen nickten.

„Wäre einer von euch beiden bereit, einem Jungen bei der Ausbildung an den Waffen zu helfen?"

Die anderen Männer wendeten das Maultier, bis der Karren in die für die Rückfahrt richtige Richtung zeigte. Die beiden sahen einander an. Einer von ihnen zuckte mit den Schultern und schüttelte den Kopf. Der andere dachte über das Angebot nach.

„Welcher Junge?"

„Mein Sohn", sagte Thomas. „Der Enkel von Olaf Torvaldsson."

Der Mann grinste. „Ist er so stark wie der General?"

„Er ist ein Junge, aber stark ist er durchaus."

„Schwert? Bogen?"

„Und Axt."

„Ich benutze die Axt nicht. Es müssten Schwert und Bogen sein. Und Reiten natürlich, ebenso wie der Kampf mit Händen und Füßen." Er starrte Thomas unnachgiebig an, fast herausfordernd. „Haben Sie gedient?"

„Ja."

Der Mann musterte ihn von oben bis unten, ließ jedoch nicht erkennen, ob er ihm glaubte oder nicht. Thomas war es egal, ob er es tat, ihm war nur wichtig, dass er Will trainieren würde. Von einem Fremden würde er den Unterricht besser annehmen und vielleicht würde er die Fähigkeiten, die dieser Gomeres ihm beibringen konnte, eines Tages brauchen.

„Wenn ich Ihnen anbieten würde, dafür zu bezahlen, würden Sie ablehnen?"

„Nein. Es ist Arbeit, die Sie vorschlagen, also müssen Sie mich natürlich bezahlen. Wie viel, hängt von Ihnen ab. Was immer Sie für angemessen halten, wenn Sie gesehen haben, was ich Ihrem Sohn beibringen kann. Kann ich ihn kennenlernen, bevor ich gehe?"

Thomas führte ihn durch das Haus und bemerkte, dass die Begleiter des Mannes nicht auf ihn warteten. Sie fanden Will, als er mit Diego im Hinterhof spielte. Nicht so ein weitläufiger Spielplatz, wie es der Hang hinter dem anderen Haus gewesen war, aber genug für sie, um mit Holzschwertern zu spielen und zu kämpfen. Es war Will, der immer kämpfen wollte, aber Diego war ein schlechter Gegner. Das Geräusch von Holz auf Holz klapperte und hallte von der Stadtmauer am anderen Ende des Hofes wider. Thomas hatte Will davon abhalten müssen, darauf zu klettern, aber er wusste, dass er es wahrscheinlich trotzdem tat, wenn niemand hinsah. Er hätte in seinem Alter dasselbe getan.

Thomas stand neben dem Gomeres und beobachtete, wie der Mann Will und Diego zusah.

„Der Kleine ist Ihr Sohn?"

„Das ist er."

„Gut, mit ihm kann ich etwas anfangen, aber nicht mit dem anderen. Sein Name?"

„Will."

„Will." Der Klang davon war nicht so, wie Thomas den Namen aussprach. „Er kämpft gut. Aber andererseits hat sein Gegner nicht viel entgegenzusetzen, nicht wahr?" Er warf einen Blick auf Thomas. „Wie hart kann ich zu ihm sein?"

„Mir wäre es lieber, Sie würden ihn nicht töten."

„Ich werde es versuchen." Ein Hauch von Lächeln umspielte die Lippen des Mannes. „Ja, ich werde Ihnen helfen. Ich würde gerne gleich jetzt anfangen, um zu sehen, wie viel Ihr Sohn schon kann. Wie gut er werden könnte. Ist er wirklich der Enkel von Olaf Torvaldsson?"

„Das ist er."

„Dann brauchen Sie mir vielleicht gar nichts zu bezahlen."

„Dann können Sie jetzt gehen."

Der Mann drehte sich um und starrte Thomas an, ein Gefühl der Bedrohung ging nun von ihm aus, obwohl sich oberflächlich nichts an ihm verändert hatte. Und dann lachte er.

„Gut, Ihnen kann ich scheinbar keine Angst einflößen. Das heißt, Ihr Sohn wird auch stark sein, hier, wo es zählt." Er tippte sich auf den Kopf. „Dann bezahlen Sie mich. Zahlen Sie mir, was Sie für richtig halten." Er wandte sich ab. „Du, Will, komm her."

Will hörte auf zu kämpfen und drehte sich um, obwohl Thomas wusste, dass er sich ihrer Anwesenheit bewusst gewesen war, seit sie angekommen waren.

„Ich muss Ihren Namen wissen", sagte Thomas.

„Natürlich. Ich bin Usaden Hamid. Ich wurde in der tiefen Wüste geboren und lernte das Töten, als ich kaum älter als Ihr Sohn war. Ich bin ein Gomeres. Es gibt nichts, was Sie sonst noch wissen müssten."

Thomas wandte sich ab und überließ die beiden sich selbst.

Lubna wartete drinnen auf ihn, das Gesicht ernst, die Arme verschränkt. Thomas hatte erwartet, dass das kommen würde, und war froh, dass sie nicht gewartet und ihre Wut unnötig lange köcheln hatte lassen. Sie begegnete seinem Blick nur kurz und wandte sich dann ab. Er folgte ihr und schloss die Tür zu ihrem gemeinsamen Zimmer hinter sich. Lubna wandte ihm weiter dem Rücken zu und starrte aus dem Fenster, wo Usaden Will mit einem Stock schlug. Sie legte den Kopf schief.

„Was macht dieser Mann mit Will?"

„Sein Leben retten. Aber das ist nicht das, was du mir sagen willst, also sag es."

„Willst du sie im Stich lassen? Dachtest du, ich hätte nicht gehört, was Vater zu dir gesagt hat? Sie ist meine Schwester. Willst du, dass Muhammed sie misshandelt oder gar tötet?"

„Ich kann Malaka nicht verlassen, das weißt du. Ich vermute, die Nachricht wurde von Muhammed geschickt, um mich nach Gharnatah zu locken. Er wird bereit sein, wenn ich komme. Willst du, dass ich mein Leben umsonst wegwerfe?"

„Bedeutet Helena dir jetzt etwa nichts mehr?"

„Du weißt, dass sie das nicht tut, nicht so, wie du mir etwas bedeutest."

„Sie hat bei dir gelebt. Hat dein Bett geteilt. Hat neun Monate lang Will ausgetragen. Bedeutet nichts davon etwas?"

Thomas drehte sich zur Seite und schaute dorthin, wo Usaden Will zeigte, wie er sein Holzschwert halten sollte, wie man auf die schwachen Stellen des Körpers zielte. Diego saß auf einer niedrigen Mauer und sah zu. Sein Gesicht war ausdruckslos, aber sein Körper bewegte sich auf subtile

Weise und seine Hände schwangen verhalten, als er unbewusst Wills Bewegungen kopierte.

„Ich habe die Verantwortung dir und dem Kind gegenüber, das du austrägst. Dir und Will, Jorge und Belia, und jetzt auch deinem Vater gegenüber. Und auch gegenüber Yusuf."

„Du hast mit ihm geredet, bevor er gegangen ist, oder?"

„Natürlich. Wäre es nicht die beste Lösung für ihn, seinen Bruder vom Thron zu verdrängen? Stell dir vor, wie es wäre, wenn ein junger Herrscher, jemand mit Intelligenz und Verstand, auf dem Hügel regieren würde. Ein Sultan, der etwas aus diesem endlosen Krieg retten könnte."

„Sie ist meine Schwester."

„Und du wärst eifersüchtig, würde sie unter diesem Dach wohnen. Du weißt, wie sie ist."

„Sie würde mit Yusuf schlafen wollen, wenn er zurückkommt, nicht mit dir." Lubna zeigte den Anflug eines Lächelns. „Sie ist immer hinter den bestaussehenden Männern her."

„Yusuf ist irgendwo in den Bergen und kämpft, bis Olaf wieder wohlauf ist."

„Was mindestens Wochen, eher Monate dauern wird." Lubna starrte ihn an. „Siehst du, du hättest mich nicht in das Krankenhaus bringen sollen, wenn du nicht gewollt hättest, dass ich über solche Dinge Bescheid weiß. Ich kann Vater genauso gut behandeln wie du, das weißt du. Geh und rette meine Schwester, Thomas." Sie legte eine Hand auf seine Brust und er konnte spüren, wie sein Herz unter ihrer Berührung schlug.

„Wenn Malaka fällt, müssen wir sowieso gehen. Bis dahin kann es warten."

„Hast du etwa vor, uns zurück nach Gharnatah zu bringen?"

Thomas antwortete nicht, denn er hatte keine Antwort auf diese Frage, noch nicht.

„Oder wirst du das Angebot deiner anderen Frau annehmen?"

Sie brauchte nicht auszusprechen, wen sie meinte. Thomas hatte kein Geheimnis aus Isabels Annäherungsversuchen gemacht, kein Geheimnis daraus, dass ihre gegenseitige Anziehung im Laufe der Jahre immer stärker geworden war. Der Ausgang dieses Krieges war vorhersehbar und es wäre besser, auf der Seite des Gewinners zu stehen als auf der des Verlierers. Aber trotzdem konnte er al-Andalus nicht den Rücken kehren.

Lubna zog ihre Hand zurück und benutzte sie nun dazu, ihm eine feste Ohrfeige zu verpassen. „Du bist ein hoffnungsloser Fall, Thomas Berrington." Sie drehte sich um und ging aus dem Zimmer, ihr Körper angespannt vor Wut.

Thomas wartete, bis sein eigener Zorn abgeklungen war, dann wanderte er durch das Haus und fand Jorge dabei, wie er Will bei seiner ersten Lektion mit Usaden zusah. Schweiß stand auf Wills Brust und Rücken. Usaden hingegen sah aus, als hätte er sich kaum bewegt.

„Lubna denkt, ich sollte Helena retten", sagte Thomas. „Ihre Wut brodelt schon seit einer Woche und sie ist überzeugt, dass es das Richtige ist."

Jorge schaute ihn an. „Weiß sie, dass du sie hierher zurückbringen müsstest, nach Malaka? Sie wäre in Gharnatah nicht sicher, nicht einmal auf dem Albayzin."

„So muss es sein."

„Dass du Helena zur Rettung eilst, ist genau das, was Muhammed sich erhofft."

„Ich weiß, aber es ist schwer, sie im Stich zu lassen."

„Sie ist nicht deine Frau. Lubna ist es."

„Helena ist Wills Mutter."

„Nur körperlich. Sie liebt ihn nicht wie Lubna. Sie liebt dich nicht. Helena liebt niemanden außer sich selbst."

„Und wenn Muhammed sie tötet?"

„Das wird er nicht. Tot ist sie kein Lockvogel. Lebendig und misshandelt hofft er, dass du kommst, um sie zu retten."

„Wenn Olaf zurückkommt, wird er sie freilassen müssen", sagte Thomas. „Nicht wahr?"

Jorge hob eine Schulter. „Ich bin mir nicht sicher, ob Muhammed Olaf so sehr respektiert, wie er es sollte. Er wird jetzt seine eigenen Leute um sich geschart haben. Du weißt, wer sie sind. Faris al-Rashid und seine Gefährten, die ihm Unwahrheiten ins Ohr flüstern. Sag mir, warum quält dieser Mann Will?"

Thomas wollte Helenas Situation noch weiter diskutieren, in der Hoffnung, überredet zu werden, aber er ließ es für den Moment sein, weil er wusste, dass es wenig Sinn hatte. Er hatte seine Entscheidung bereits getroffen und Lubna würde sie akzeptieren müssen.

„Er bringt ihm bei zu überleben", sagte er.

„Sieht für mich nach einer seltsamen Art von Training aus. Ich habe heute wieder mit Narjis gesprochen. Sie sagte mir, die Meister hätten Angst. Nach dem, was mit Izem Amreqan passiert ist, erwarten sie, dass noch jemand getötet wird, und fürchten, dass sie selbst es sein werden. Sie und ihre Stellvertreter und Angestellten. Sie haben alle Angst. Alle bis auf Ali Durdush, der ihnen sagt, sie sollen einfach weiter ihre Arbeit machen."

„Amreqan könnte der Letzte gewesen sein. Es sind fast zwei Wochen vergangen und nichts ist passiert. Das könnte daran liegen, dass die Spanier die Stadt umzingeln und es schwieriger ist, nach Belieben zu kommen und zu gehen. Wir sollten zur Alcazaba gehen, jetzt, wo Olaf sich erholt, und sehen, wie sicher dieser Goldschatz dort wirklich ist. Um denjenigen zu warnen, der damit beauftragt ist, ihn zu schützen."

Will kam auf sie zu, sein Gesicht rot vor Zorn, und stapfte an ihnen beiden vorbei. Usaden folgte, Diego neben ihm, Wills ausrangiertes Holzschwert in der Hand.

„Sie waren hart zu ihm", sagte Thomas.

„Nicht so hart, wie ich es sein werde."

„Dann werden Sie ihn trainieren?"

Usaden nickte. „Eines Tages wird er ein großer Kämpfer sein, aber er ist noch jung. Er muss lernen, seine Wut zu kontrollieren. Sie lässt ihn im Stich und trübt sein Urteilsvermögen. Sind Sie sicher, dass Sie wollen, dass ich ihn so stark antreibe, wie ich muss?"

„Ich kann es nicht selbst tun. Ich liebe ihn zu sehr."

„Dann lieben Sie ihn ausreichend, damit ich ihn unverwundbar machen kann."

„Kein Mensch ist unverwundbar und schon gar nicht ein Junge."

Usaden lachte. „Ich werde jeden Tag kommen, wenn ich kann."

„Ich habe gehört, dass einige von Ihnen sich Zimmer in der Stadt nehmen. Wir haben hier ein Zimmer frei, wenn Sie es wollen."

Usaden nickte. „Ich werde meinen Kapitän fragen, ob er es erlaubt. Ich bin sicher, er wird zustimmen, wenn ich ihm sage, dass es für Olaf Torvaldssons Enkel ist."

KAPITEL ACHTUNDZWANZIG

„Ich mag die Häuser hier", sagte Jorge, als Thomas neben ihm durch das Viertel ging, das zu den mit Zinnen bewehrten Mauern der Alcazaba führte – der ersten von zwei Festungen, die auf einem Hügel lagen, der sich über Malaka erhob und die umliegende Landschaft überblickte.

„Wir haben bereits ein neues Haus", sagte Thomas.

„Und das finde ich gut genug, aber die hier sind auch schön, oder?"

Das waren sie tatsächlich, aber Thomas war nicht in der Stimmung, mit Jorge eine Diskussion darüber zu führen, wo sie wohnen sollten. Aber er stimmte zu, dass die Häuser in der Tat zu den besten der ganzen Stadt gehörten und sogar jene neben der Ataranzana übertrafen. Die Gilde von Malaka besaß großen Reichtum, aber die Alcazaba und die Festung Rabita, die sich darüber erhob, waren die Orte, an denen die wahre Macht lag. Es war nachvollziehbar, dass die Gilden ihre Reichtümer hier lagerten. Ebenso war es nachvollziehbar, dass Hamad al-Tagri, der Gouverneur der Stadt, sie in seiner Nähe haben wollte. Wenn er überhaupt wusste, dass sie verlegt worden waren. Es gab eine klare

Trennung zwischen der Rabita und dem Rest von Malaka, als ob sie nur selten miteinander kommunizierten.

Thomas' zehn Tage alter versiegelter Brief verschaffte ihnen Zugang über den äußeren Eingang. Dieser führte zu einem gepflasterten Bereich mit hohen Mauern entlang der Rückseite, aber das zweite Tor erwies sich als problematischer. Die dort stationierten Wachen weigerten sich, sie ohne Genehmigung von höherer Stelle einzulassen, also standen sie da und blickten den Weg zurück, den sie gekommen waren, und versuchten, ein schattiges Plätzchen zu finden.

„Wir sollten uns einen Platz zum Sitzen suchen und etwas trinken", sagte Jorge.

„Und unsere Chance verpassen, wenn jemand kommt?"

„Ich werde nicht lange hier draußen stehen. Die Sonne ist schlecht für meine Haut."

Thomas sagte nichts und versuchte wie immer, Jorges ständige Kommentare darüber zu ignorieren, wie schlimm zu viel Sonne sei und wie Belias Salben seine Haut so glatt hielten, wie sie es verdiente. Er war erleichtert, als eine der Wachen sie zu sich rief.

Ein grauhaariger Mann von unbestimmtem, aber fortgeschrittenem Alter stand im Schatten, als hätte auch er Jorges Theorien über das Sonnenlicht gehört. Thomas bemerkte, dass die Augen des Mannes erste Anzeichen von grauem Star zeigten, ein Zustand, der leicht zu korrigieren war, für den sich aber selten jemand in Behandlung gab.

„Man sagte mir, Sie möchten Zugang zu den inneren Kammern", sagte der Mann.

Thomas zeigte ihm den Zettel. Der Mann las ihn langsam, bevor er ihn zurückreichte.

„Hier steht, ich soll Ihnen zeigen, wo die Schatzkammer der Gilde liegt."

„Das ist wahr." Thomas erhielt keine Antwort mehr, also musste er nachfragen. „Werden Sie uns dorthin bringen?"

Der Mann streckte erneut die Hand aus und Thomas reichte das Papier noch einmal hinüber.

„Ich kenne Cesare Padvana, er war Izems Stellvertreter. Ist er der neue Münzmeister?“

„Das ist er.“

„Ich habe gehört, was mit Izem passiert ist. Mörder außerhalb der Stadtmauern und Mörder in ihrem Inneren. Ich bin froh, alt zu sein und mich nicht mehr lange um all das sorgen zu müssen.“

Der Mann starrte weiter auf das Papier, das in seiner Hand leicht zitterte. Die Nachricht von Amreqans Ermordung hatte sich schnell in der Stadt verbreitet und inzwischen würden alle davon wissen. Narjis zufolge hatten sich die anderen Meister, ihre Stellvertreter und Schreiber dazu entschlossen, sich in ihren Häusern zu verschanzen und die Zahl ihrer Wachen zu erhöhen.

„Amreqan wurde ermordet“, sagte Thomas, „von jemandem, der hier hergekommen sein könnte, um Zugang zu demselben Ort zu erlangen, den wir sehen möchten.“

Der Mann reichte das Papier zurück und wandte sich ab. „Wie Sie sehen können, ist der Zutritt zu diesem Ort kein einfacher Spaziergang. Es gibt Regeln. Schutzmaßnahmen. Folgen Sie mir. Ich bin Kohen al-Farsi, Meister der Alcazaba.“ Er warf einen Blick auf Thomas. „Soweit ich weiß, ist außer Ihnen beiden niemand gekommen, der Einlass begehrt. Ich kenne Sie, Thomas Berrington, aber wer ist Ihr Freund?“

Wenn al-Farsi ihn kannte, warum dann das Gehabe am Tor, fragte sich Thomas, *es sei denn, das war nur für die Wachen?*

„Mein Begleiter ist Jorge Olmos.“

„Ein Spanier?“ Al-Farsi wurde langsamer, bevor er zum Stehen kam, eine Zeitlupenprozedur, die mehrere Schritte über dauerte. Licht aus einem schmalen Ausguck strahlte ihnen entgegen und er machte einen Schritt zurück.

Thomas blickte durch den Schlitz, angezogen wie immer

von dem dunklen Fleck der spanischen Armee, der aus dieser Höhe noch besser sichtbar war.

„Schon lange nicht mehr", sagte er. „Er ist ein Freund und vertrauenswürdig."

„Die Notiz nennt nur Sie", sagte al-Farsi.

„Ich bin froh, wenn ich draußen warten kann", sagte Jorge. „Oder zum Haus zurückkehren."

„Wir arbeiten zusammen", sagte Thomas zu al-Farsi. „Und im Moment arbeite ich im Auftrag der Gilde. Bitte machen Sie es keinem von uns schwer. Wir stehen auf der gleichen Seite und ich vermute, dass die Spanier bereits nach Schwachstellen in den Stadtmauern suchen und überlegen, wo sie ihren nächsten Angriff starten können."

„Deshalb habe ich gefragt." Aber al-Farsi wandte sich ab und begann wieder zu gehen, mit der gleichen allmählich ansteigenden Geschwindigkeit, bis er ein langsames, schwankendes Tempo erreichte, das er beibehielt, während sie steinerne Stufen zwischen hohen Mauern hinaufstiegen, die sich wanden und weiter wanden, dazu bestimmt, den Vormarsch angreifender Truppen zu verlangsamen. Sie betraten einen weitläufigen Hof, der mit Büschen und Bäumen bepflanzt war und in dem sich das Rauschen des Wassers mit den Schreien der Schwalben vermischte. Al-Farsi wurde langsamer und setzte sich auf eine Bank, die Bewegung zehrte an seinen spärlichen Energievorräten. Thomas fragte sich, ob er der richtige Mann für seine Position war, gestand ihm aber zu, dass Erfahrung hier mehr zählte als Stärke.

Sie befanden sich mittlerweile über dem Niveau der Mauern auf der Südseite, nur das Blau des Mittelmeers lag dahinter. Spanische Karavellen und Galeeren lagen vor Anker und ersetzten die Handelsschiffe, die diese Gewässer bis vor Kurzem befahren hatten. Der Handel würde erst wieder beginnen, wenn die Schlacht vorbei war, vielleicht nicht einmal dann.

Auch al-Farsi beobachtete die Eindringlinge auf dem Wasser, bevor er sich an Thomas wandte. „Die Gänge, durch die ich Sie geführt habe, sind die einzige Möglichkeit, diesen Hof zu betreten. Sie werden die stabilen Eichentüren bemerkt haben, die sich im Handumdrehen schließen und von innen verriegeln lassen. Sie sind keine dauerhafte Barriere, aber es würde einige Zeit dauern, sie zu durchbrechen, und dann gibt es danach noch eine und noch eine."

„Das ist interessant", sagte Thomas, „aber ist es von Bedeutung für das, was ich sehen möchte?"

„Sie müssen wissen, dass das Vermögen der Gilde geschützt ist. Es ist sicher."

„Daran habe ich nie gezweifelt."

Al-Farsi beugte sich vor, legte die Hände auf seine Knie, kippte dann von der Bank und wankte einige Schritte, während er sich vollständig aufrichtete. Thomas spürte, wie sein Arm zuckte, wollte ihm Unterstützung anbieten, zwang sich aber zur Zurückhaltung, weil er wusste, dass die Geste nicht willkommen wäre. Jorge zeigte keine solche Zurückhaltung, nahm al-Farsis Arm und flüsterte ihm etwas zu. Der alte Mann lächelte und lehnte sich gegen Jorges Stärke.

„Es ist nicht mehr weit, aber ich danke Ihnen für Ihre Freundlichkeit." Er nahm Jorges Arm und dieser half ihm in Richtung eines quadratischen Turms mit einem einzigen Fenster, das über die Stadt blickte. An seiner Basis befand sich eine Tür, dann eine weitere. Nicht dieselbe Art, die sie bei ihrem Aufstieg passiert hatten, aber wenn es jemand schaffte, so weit zu kommen, würden ein weiteres Dutzend Türen kaum ein Hindernis darstellen.

Al-Farsi hatte Schlüssel und benutzte sie, um die dicke Eichentür in dem quadratischen Turm zu öffnen.

„Wie viele andere haben einen Schlüssel?", fragte Thomas.

„Insgesamt drei. Ein Set ist immer in meinem Besitz. Das

andere ist beim Hauptmann der Wache. Das dritte wird in den inneren Kammern der Burg verwahrt."

„Durdush besitzt keinen Schlüssel? Auch nicht der Münzmeister?"

„Für diesen Ort bin ich verantwortlich." Al-Farsi öffnete die Tür und gab den Zutritt zu einer Kammer frei. Das Fenster, das von außen sichtbar gewesen war, war hoch an einer Wand angebracht, und das Sonnenlicht spritzte über die Wände, um für Beleuchtung zu sorgen. Öllampen standen in Nischen, wurden im Moment jedoch nicht gebraucht. An drei Seiten stapelten sich mannshoch neu gebaute Kisten und der scharfe Geruch von Harz lag in der Luft. An der vierten Wand lehnten ebenfalls Kisten, außer dort, wo eine Treppe nach unten führte. Thomas ging hin und untersuchte sie.

„Wie viele Stockwerke tief?"

„Sieben weitere nach diesem."

„Gleich befüllt?"

Al-Farsi legte den Kopf schief, immer noch an Jorge gelehnt, der wie ein Wächter neben ihm stand. „Die unteren Ebenen wurden natürlich zuerst gefüllt." Er blickte sich um. „Und diese hier wird auch bald voll sein."

„Was passiert dann?"

„Wir bringen die Kisten an einen sicheren Ort."

„Wo?"

„Das geht Sie nichts an, Thomas Berrington."

„Wie oft wurde dieser Ort schon geleert?" Er vermutete, dass das auch nicht seine Sache war.

„Das letzte Mal war vor vierzig Jahren. Meines Wissens wurde er bisher fünfmal gefüllt und geleert. Dies wird das sechste Mal sein."

„Aber noch nie in einer Zeit des Krieges?"

Al-Farsi schien eine Antwort für unnötig zu halten.

Thomas sah sich um und versuchte, den Reichtum der Gilde von Malaka zu schätzen, was ihm nicht gelang. Die

Zahlen waren einfach zu gewaltig, um sie zu erfassen. Er dachte an den scheinbar unendlichen Vorrat an Gold, Silber und Juwelen, den er und Jorge nach dem Tod eines Händlers in Gharnatah beansprucht hatten, doch er verblasste nun zur Bedeutungslosigkeit.

„Sie sagen, wenn die Spanier kommen, gibt es einen Fluchtweg?"

„Auf der untersten Ebene. Ein Tunnel, der zum Meer führt. Die Kisten werden dort hinaus zu einem wartenden Boot gebracht."

„Was ist mit den Spaniern? Es ist unwahrscheinlich, dass sie ein anderes Schiff in die Nähe der Küste lassen."

„Es wird geschehen, wenn sie anderweitig beschäftigt sind. Es gibt einen Plan und ich bin mir sicher, dass er funktionieren wird."

„Wie viele wissen von diesem Plan?"

„Alle Gildenmeister wissen von dem, was wir tun, aber sie kennen nicht den ganzen Plan, nicht die Details. Jetzt habe ich es Ihnen und Ihrem Gefährten gesagt, damit sind es sechs, aber auch ihr wisst nicht alles." Al-Farsi legte den Kopf schief und lächelte fast. „Sehen Sie, ich halte mich an die Vereinbarung, indem ich Ihnen verrate, was wir tun."

„Wir fühlen uns in der Tat geehrt." Es lag Aufrichtigkeit in Jorges Stimme und Thomas sah, dass das al-Farsi gefiel, der ihn offensichtlich mochte.

„So sollte es sein. Aber ich weiß um den Ruf von Thomas, sonst würde ich nicht so offen zu Ihnen sein. Ich hörte, Sie sind ein Mann, dem man vertrauen kann."

Thomas war geneigt zu fragen, wo er das gehört hatte, aber er wusste, dass es irrelevant war. Stattdessen blieb er bei der Sache und ging zu einer der Kisten. Jede war fachmännisch zurechtgeschnitten und zusammengesetzt und alle hatten exakt die gleichen Maße. Nicht so klein, dass sie für die Lagerung ihres Inhalts ungeeignet wären, nicht so groß, dass sie nicht bewegt werden konnten, wenn es nötig wäre. Er drückte mit der Hand gegen eine, aber sie gab kein bisschen nach – es war, als würde er versuchen, einen Berg zu verschieben. Es würde mehrere Männer und vermutlich Ausrüstung erfordern, um sie zu verladen.

„Wie lange wird es dauern, diesen Turm zu leeren? Das ist keine Frage von wenigen Augenblicken, kann ich mir vorstellen. Und wie kann man diese Kisten bewegen?"

„Es gibt Maschinen, die wir benutzen, Flaschenzüge und Hebel. Jede wurde hierhergebracht, jede kann bewegt werden. Es wird einen ganzen Tag in Anspruch nehmen. So lange hat es beim letzten Mal gedauert, vor vierzig Jahren, aber vielleicht können wir das beschleunigen, wenn Soldaten an den Toren stehen. Wie Sie sehen, können hier nur ein paar Männer gleichzeitig arbeiten. Es ist nur wenig Platz und die unteren Ebenen sind noch enger."

„Ich nehme an, der untere Ausgang ist verschlossen?"

„Und von dieser Seite versperrt. Es wäre unmöglich, auf diesem Weg einzudringen."

„Das würde ich gerne selbst sehen."

Al-Farsi schien die Bitte zu überdenken, bevor er zu einer Entscheidung kam. „Solange Sie bereit sind, allein hinabzusteigen. All diese Stufen sind zu viel für einen alten Mann." Er hielt ihm seine Schlüssel hin und Thomas nahm sie an sich, bevor er einen Blick auf Jorge warf, der nickte, um anzuzeigen, dass er bei al-Farsi bleiben würde.

Die Luft kühlte ab, als Thomas hinabstieg. Das Licht wurde immer schwächer, bis er in der untersten Kammer kaum noch etwas sehen konnte. Jemand hatte für den Fall der Fälle vorgesorgt: eine Lampe in einer Steinnische, zusammen mit einem Feuerstein und einem geölten Tuch. Er schlug einen Funken, entzündete das Tuch und übertrug die Flamme auf die Lampe. Als er sie anhob, sah er weitere Kisten, die bis unter die Decke gestapelt worden waren. Diese waren deutlich älter, ihr Holz vom Alter nachgedunkelt, aber noch intakt. Ein schmaler Gang führte zwischen ihnen hindurch zu einer vergitterten Tür. Sie war schmal und niedrig, mit kaum genug Platz für zwei Männer, um jede der Kisten einzeln hindurchzuschieben.

Thomas entriegelte die Tür und prüfte sie, entdeckte, dass er dafür auch einen Schlüssel brauchen würde, und probierte jeden aus, bis sich einer im Schloss drehte. Er hörte, wie sich die massiven Bolzen lösten, aber einmal entriegelt, öffnete sich die Tür leichtgängig auf gut geölten Scharnieren. Der Gang dahinter war kaum höher als die Türöffnung selbst und Thomas musste sich bücken, um ihn zu betreten. Ein Geruch von Fäulnis und Salzwasser begrüßte ihn, als er über glatten Boden ging, auf dem auf hölzernen Kufen eine Art Wagen wartete. Die Wände des Tunnels waren gut gemörtelt, aber das Wasser sammelte sich auf dem kalten Stein und lief in Rinnsalen zu Boden. Nach einem Stück des Weges blieb er an einer Tür stehen, die in eine Seite des Tunnels eingelassen war. Er warf einen Blick geradeaus an das Ende des Tunnels, wo eine weitere Tür zu erkennen war, offensichtlich an der Stelle, an der die Kisten zum Ufer hinausgebracht werden sollten. Wofür war diese zweite Tür, fragte er sich? Neugierig probierte er die Schlüssel aus, bis sich einer drehen ließ. Er hob die Lampe an, als er hindurchschob.

Ein zweiter Tunnel, breiter als der, in dem er sich gerade noch befunden hatte, führte in die Dunkelheit. Thomas ging vorwärts. Nach weniger als einer Minute erreichte er eine Kammer, in der einige Rollwagen warteten, bereit für den Transport der Kisten. Weitere Holzschienen liefen über den Boden. Vom Dach tropfte Wasser, aber jeder Wagen war mit einer geölten Plane abgedeckt. Die Planung war beeindruckend. Er hoffte nur, dass die Realität ebenso beeindruckend sein würde. Es wäre spannend gewesen zu erfahren, wie die Gilde es geschafft hatte, die Spanier davon abzuhalten, einfach in den Hafen zu segeln und diese Reichtümer mitzunehmen, sobald sie an der Küste waren, aber Kohen al-Farsi war zuversichtlich, dass der Plan gelingen würde.

Am anderen Ende der Kammer bot eine zweite Tür, vergittert, aber ohne Schloss, Zugang zu einem weiteren Teil des Tunnels, der hier breiter verlief. Thomas nahm an, dass über diesen Weg die Wägen hereingebracht worden waren, da es unmöglich wäre, sie all die Stufen im Turm hinunterzutragen. Er wandte sich jedoch ab und kehrte zum Hauptgang zurück, wobei er darauf achtete, alle Türen hinter sich wieder zu versperren und zu verriegeln. Er lächelte bei dem Gedanken, eine Tür unverschlossen zu lassen, durch die sich jemand hineinschleichen und den ganzen Reichtum stehlen könnte.

Nachdem er die letzte Tür aufgesperrt und die Riegel entfernt hatte, zögerte er, legte sein Ohr an das schwere Holz und lauschte. Er hörte das rhythmische Plätschern der Wellen und ein schwaches Pfeifen, als der Wind einen Spalt an der Kante der Tür umspielte, aber sonst nichts. Gut möglich, dass auf der anderen Seite eine ganze Reihe von Männern stand und er es nie erfahren würde. Er überlegte, ob es sinnvoller war, einfach zu Jorge und al-Farsi zurückzukehren, doch dann ärgerte er sich über seine eigene Feigheit. Sollte er jemanden sehen, konnte er sich immer schnell genug zurückducken und die Tür wieder verriegeln. Also stieß er sanft dagegen und öffnete sie nur einen Spalt breit. Helles Sonnenlicht fiel herein, blendete ihn fast, und er wartete, bis sich seine Augen daran gewöhnt hatten.

Unmittelbar dahinter lagen dunkler Sand und Felsen, und als er die Tür weiter öffnete, konnte er in beide Richtungen sehen. Es war niemand in der Nähe, aber zweihundert Schritte weiter westlich stand eine kleine Gruppe von Männern am Ufer. Sie waren zu weit entfernt, als dass er hätte erkennen können, wer sie waren oder was sie taten, aber es war unwahrscheinlich, dass sie Spanier waren. Mit ziemlicher Sicherheit waren es Männer aus der Stadt, die hierhergekommen waren, um zu versuchen, Fische zu fangen, denn das Essen wurde immer knapper. Er hatte sogar von Leuten gehört, die Blätter von den Bäumen pflückten und sie zu einer dünnen Suppe kochten – eine gefährliche Praxis, bestenfalls.

Thomas ging über die rauen Kieselsteine hinaus und war erleichtert, aufrecht stehen zu können. Er überquerte die dreißig Schritte bis zum Wasser. Markierungen zeigten, wo Ruderboote hochgezogen worden waren, und er fragte sich, ob sie den Abtransport der Kisten geübt hatten, oder ob es sich um spanische Boote handelte, die gekommen waren, um nach Schwachstellen zu suchen? Der Gedanke erinnerte ihn an Mandanas Sohn, Pedro Guerrero, und er fragte sich, ob es das war, was er auf dem Meer getan hatte, als seine Frau angegriffen worden war.

Dann drehte er sich um und blickte zurück auf die hoch aufragende Mauer, über hundert Fuß hoch und mit Schlitzen für Bogenschützen durchsetzt. Die Mauer schien sich zu ihm hinauszulehnen, aber er wusste, dass es eine Illusion war. Er dachte an das, was die Spanier in Ronda getan hatten, als sie Pulver benutzt hatten, um das Tor zu den Tunneln zu sprengen, die vom Fluss in die Stadt führten. Würden sie diese Taktik auch hier anwenden? Die Tür war stark, aber nicht stark genug, um dieser Art von Kraft zu widerstehen. Thomas würde al-Farsi raten, Männer auf der Mauer zu postieren, die Ausschau halten sollten, ob jemand Fässer an Land brachte. Ein paar Steine, Pfeile und heißes Pech würden ausreichen, um sie abzuschrecken. Aber er rechnete nicht damit, dass ein Angriff aus dieser Richtung kommen würde.

Allerdings schien es ihm denkbar, die Kisten über diesen Weg verschwinden zu lassen. Im Osten verhinderte eine Klippe, dass sich jemand aus dieser Richtung näherte. Im Westen reichte die Stadtmauer fast bis zum Ufer. Thomas wusste, wenn es sein Plan gewesen wäre, hätte er Schiffe bereitgehalten, um die spanische Flotte, so klein sie auch war, anzugreifen und zu verhindern, dass sie hier anlegte. Es gab genug Handelsschiffe im Hafen und am Flussufer, um das zu erreichen. Er schätzte die Entfernung ab und versuchte zu berechnen, wie lange es dauern würde, den Turm zu leeren. Einen ganzen Tag, hatte al-Farsi gesagt. Das wäre zu lang. Dann wurde ihm klar, dass es nur dann ein Problem wäre, wenn die Spanier wüssten, was passieren würde, und das taten sie mit ziemlicher Sicherheit nicht. Die spanischen Schiffe würden nicht mit einer Gefahr aus dieser Richtung rechnen. Ihre Anstrengungen würden sich, wenn der endgültige Angriff kam, dorthin konzentrieren, wo das Wadi al-Medina ins Meer mündete. Es schien machbar, aber als er am Ufer stand, fragte sich Thomas, warum Menschen gestorben waren und ob es damit zusammenhing, was sich hier zutragen würde. Izem Amreqan war der Münzmeister gewesen und hatte über alle Pläne Bescheid gewusst – zweifellos hatte er sogar gewusst, wo das endgültige Ziel der Kisten lag. Hätte er diese Informationen mit Zufar al-Zaki geteilt? Und wenn ja, zu welchem Zweck? War das der Grund, warum beide Männer jetzt tot waren? Um die Beteiligung anderer zu kaschieren? Woodville schien kaum zu einem solchen Plan fähig zu sein, aber er hätte auch niemanden selbst töten müssen. Er hatte Männer aus England mitgebracht, Soldaten, die an den Krieg gewöhnt und zweifellos mehr als bereit waren, für die Menge Gold, die sie dafür erhalten würden, Befehle auszuführen.

Thomas drehte sich um und ging am Fuß der Mauer entlang, während er über die verschiedenen Szenarien nachdachte. Er suchte nach einem anderen Eingang, durch den die Wägen gefahren worden sein mussten, fand aber nichts, bevor er die hoch aufragende Felsklippe erreichte, auf der die Alcazaba und die Rabita thronten. Das bedeutete, dass der Tunnel in die Alcazaba selbst führen musste. Je mehr er über diese Möglichkeit nachdachte, desto mehr ergab sie Sinn. Warum zwei Eingänge auf der Seite des Meeres riskieren, wo es doch viel einfacher wäre, Karren und Männer durch das geschützte Fort selbst hinunterbringen. Thomas sah sich um, roch Salzwasser und getrocknetes Gras und spürte die Gischt der Wellen auf seinem Gesicht, als der Wind sie ans Ufer trieb.

Als er sich auf den Rückweg machte, glaubte er, dass Amreqan und die anderen gestorben waren, um das Geheimnis um Woodvilles Beteiligung zu wahren. Diegos Vater und Mutter waren ermordet worden, um sicherzustellen, dass der Verdacht seines Vaters nicht an die Öffentlichkeit gelangte.

Thomas machte sich auf den Weg zurück durch den Tunnel und achtete darauf, dass jede Tür verschlossen und verriegelt war, denn er wusste, dass al-Farsi jemanden hinunterschicken würde, um nachzusehen. Wenn es eine Verschwörung war, wie viele waren eingeweiht? Reichte sie bis ganz nach oben? Könnte Ali Durdush darin verwickelt sein? War das der Grund, warum er sich mit Richard Woodville getroffen hatte? Je mehr Thomas darüber nachdachte, desto eher schien es denkbar. Jemand innerhalb Malakas hatte eine Vereinbarung mit den Spaniern getroffen, um einen Teil der Reichtümer zu erhalten.

Es war sehr gut vorstellbar, dass Richard Woodville, ein Mann, der offensichtlich ein Vermögen brauchte, das seiner Position entsprach, auf der Suche nach dem größten Vermögen der bekannten Welt nach Spanien gekommen war. Seine Geschichte, eine Braut für einen englischen Prinzen zu suchen, war kaum mehr als eine nützliche Ausrede für seine Anwesenheit. War er bereits mit diesem Plan nach Spanien gekommen oder hatte er ihn erst geschmiedet, als er von dem vielen Gold erfahren hatte? Der einzige Teil, der nicht schlüssig war, war Durdush selbst. War er involviert oder nur ein nützlicher Kontakt? Und wie hatte Woodville das Vertrauen wichtiger Männer in Malaka erlangen können, um als Teil der Verschwörung akzeptiert zu werden? Es sei denn, er hatte die Idee selbst gesät. Jeder wusste, dass Malaka schon bald der Untergang drohte. Hatten sich einige Gildenmeister verschworen, um sich zu bereichern, sobald dies der Fall war? Dennoch konnte sich Thomas Woodvilles Beteiligung nicht erklären, doch dann kam ihm eine weitere Möglichkeit in den Sinn. Der Mann war der Onkel der Frau des Königs. König Henry, von dem Thomas nichts wusste, außer dem Gerücht, er sei ein berechnender, kluger Mann. War er darauf aus, England zu bereichern? Könige brauchten immer Geld, und zwar eine Menge davon. Dennoch konnte Thomas nicht erkennen, wie Durdush von einem solchen Plan profitieren würde, wenn er doch nur Reichtum für sich selbst stehlen wollte. Er wusste, dass er Durdush erneut konfrontieren musste, auch Woodville, sofern er irgendwie ein weiteres Treffen arrangieren konnte.

Thomas war fast an der Spitze des Turms angelangt, als er das erste Knallen der Kanonen hörte, und einen Moment später ein entferntes Krachen, als eine Kugel innerhalb der Stadtmauern einschlug, dicht gefolgt von einer weiteren, und er wusste, dass jede Gelegenheit, Woodville zu konfrontieren, nun verstrichen war. Der Angriff hatte begonnen.

KAPITEL NEUNUNDZWANZIG

Thomas schickte Jorge mit der Nachricht nach Hause, dass er innerhalb einer Stunde nachkommen würde, dann lief er durch eine panische Stadt zur Ataranzana. Er wollte Ali Durdush konfrontieren und ihn darüber befragen, was er über ein Komplott zum Diebstahl des Reichtums der Stadt wusste.

Am späten Nachmittag hatte das spanische Bombardement nachgelassen, nur das gelegentliche Heulen einer Kanone durchbrach die Ruhe, die sich über eine Bevölkerung gelegt hatte, die weit über ihre Grenzen verängstigt war. Ein konstantes Summen von zehntausend Stimmen erhob sich von jenseits der Mauer, die Geräuschkulisse von Männern, die Waffen reinigten, redeten, kochten und kämpften. Das Geräusch driftete in die Stadt und bildete ein Hintergrundgeflüster, das jeden daran erinnerte, was vor den Stadtmauern lag oder noch kommen würde.

Die Ataranzana warf lange Schatten von den letzten Strahlen der untergehenden Sonne, als Thomas sich dem Gebäude näherte. Er blickte nach oben und freute sich, mehrere Fenster im oberen Stockwerk von innen beleuchtet zu sehen, aber als er Ali Durdushs Büro betrat, musste er feststellen, dass dieser nicht da war. Er war den ganzen Tag über weg gewesen. Thomas befragte den anwesenden Schreiber, aber entweder wusste dieser nicht, wo sein Meister war, oder er war nicht bereit, die Information preiszugeben. Also ging er stattdessen den oberen Korridor entlang zum Büro von Cesare Padvana, dem neuen Münzmeister. Thomas war sich sicher, wenn seine neue Theorie richtig war, musste Padvana Informationen dazu haben.

Der Mann arbeitete immer noch. Er blickte auf und ein Anflug von Verärgerung huschte über sein Gesicht, bevor er sich wieder fasste.

„Wollen Sie etwas? Ich war gerade im Begriff zu gehen." Padvana wischte sich mit der Hand über das Gesicht und zog an seinem Bart. „Wenn es sich um weitere Fragen handelt, ist mein Schreiber besser in der Lage, sie zu beantworten." Er deutete auf die Papiere, die auf seinem Schreibtisch verstreut lagen. „Wie Sie sehen, bin ich noch dabei, in meine neue Rolle hineinzuwachsen."

Wieder die Behauptung, wenig zu wissen, eine Behauptung, die Thomas nun anzweifelte.

„Ich komme gerade von der Alcazaba."

„Schön für Sie." Padvana richtete seine Aufmerksamkeit auf ein dickes Buch, das aufgeschlagen vor ihm lag. Kolonnen von winzigen Zahlen bedeckten die Seiten und zeichneten die Einzelheiten jeder Transaktion auf, die in der Stadt stattfand.

Ein Gefühl der Frustration baute sich in Thomas auf, während er den Mann beobachtete. Wie die meisten Gildenmeister war er arrogant und abweisend gegenüber denen, die er als unterlegen betrachtete. Thomas trat an den Schreibtisch und fegte ihn leer.

„Was zum –"

„Hören Sie mir zu." Thomas lehnte sich über den

Schreibtisch, die Knöchel gegen die glatte Oberfläche gepresst. Er konnte spüren, wie ein Zittern durch ihn ging. „Vier Menschen sind tot, möglicherweise mehr. Einer davon war Ihr Meister. Sie wissen mehr, als Sie sagen, und Sie werden mir sagen, was es ist, oder ich werde Sie jetzt packen und durch dieses Fenster werfen." Es war eine Drohung, an der Padvana vielleicht zweifelte, aber Thomas war sich nicht so sicher, ob er sie nicht ernst meinte. Er war erschöpft, kämpfte mit seiner Frustration und war kurz davor, seine Nachforschungen ganz aufzugeben, um mit seinem eigenen Leben weiterzumachen. Isabel hatte ihm Zuflucht versprochen, ein Versprechen, das von Stunde zu Stunde einladender klang.

Padvana erhob sich und auch er lehnte sich nun über den Schreibtisch, bis sein Gesicht nur noch knapp von Thomas' entfernt war. „Ich bin nicht mehr nur der Stellvertreter, Thomas Berrington, also passen Sie gut auf, wem Sie drohen."

Er hob kurz den Kopf und rief: „Wachen! Hierher, sofort!"

Thomas lächelte. „Ich habe auf dem Weg herein keine Wachen gesehen. Sie haben dieser Tage eine bessere Verwendung für ihre Zeit. Los, versuchen Sie, lauter zu rufen. Hier, lassen Sie mich helfen. *Wachen! Wachen! Wachen!*" Er schrie aus tiefster Kehle, schon heiser vom vielen Reden, und war sicher, dass niemand erscheinen würde.

Padvana richtete sich auf und trat von dem Tisch zurück. Dann schaute er nach rechts und links und reckte den Hals, um zu sehen, ob jemand den Korridor entlangkam.

„Wovor haben Sie solche Angst? Was wollen Sie nicht enthüllen?", fragte Thomas. „Dass Sie auch in das Komplott verwickelt sind, Malakas Reichtum zu stehlen?"

„Komplott?"

Thomas konnte nicht sagen, ob er die Wahrheit sprach oder nicht, und wünschte sich einmal mehr, er hätte Jorge mitgebracht, aber selbst als er es tat, wusste er, dass Jorge zu weich war für das, was er vorhatte. Er war bereit, jemanden zu verletzen und demjenigen körperliche Schmerzen zuzufügen, um herauszufinden, was er wissen musste. Er hielt sich für einen Narren, weil er es nicht früher erkannt hatte. Die Verlagerung des gesamten Reichtums der Stadt an einen einzigen Ort. Es mochte schon öfter dazu gekommen sein, wie Kohen al-Farsi behauptet hatte, aber nie zu Zeiten einer Belagerung. Nur jemand, der töricht oder dumm war, würde glauben, dass ein solcher Plan eine Chance auf Erfolg haben könnte. Thomas glaubte nicht, dass Padvana das eine oder das andere war, was seinen Verdacht nur noch verstärkte.

„Ja, Komplott", sagte er. „Wenn die Stadt fällt, wird die Gilde ihren Reichtum geschützt wissen wollen, aber Sie wissen so gut wie ich, dass, sobald die Spanier triumphieren, der Handel weitergehen wird wie bisher. Sie sind nicht dumm, sie belassen immer diejenigen in ihren Ämtern, die den Reichtum anhäufen, auch wenn sie alle anderen versklaven. Die Hälfte der Verwalter in Ixbilya sind Juden, auch wenn die katholische Kirche sie verfolgt."

„Sie werden uns unseren Reichtum nehmen", sagte Padvana. „Alles stehlen."

„Und Sie werden weitere Einnahmen lukrieren."

„Es ist so viel!" Padvanas Stimme war ein entsetztes Wimmern.

„Was bedeutet, dass es wieder mehr geben wird. Seien Sie kein Narr. Sind Sie in das Komplott verwickelt? Sagen Sie es mir jetzt oder Sie nützen mir gar nichts mehr. Ich werde ein nützlicher Freund sein, wenn die Spanier in die Stadt kommen, vergessen Sie das nicht. Ein nützlicher Freund oder ein schrecklicher Feind." Thomas griff über den Schreibtisch. Er musste sich so weit vornüber beugen, dass er beinahe umfiel, aber er schnappte sich Padvanas Hemd und zog ihn daran näher. „Sind Sie daran beteiligt? Wer noch?"

„Es gibt kein Komplott!“

„Halten Sie mich nicht für dumm. All diese Papiere, die Hauptbücher, Sie haben nach etwas gesucht, nicht wahr? Dann war es also Ihr Meister?“

„Lassen Sie mich los, Sie tun mir weh.“

Thomas zögerte, dann löste er seinen Griff. Padvana taumelte zurück und ließ sich auf den Stuhl fallen. Sein Gesicht war aschfahl und ein Zucken, dessen er sich wahrscheinlich nicht einmal bewusst war, tobte in seinem Augenwinkel.

„Ich habe schon seit einiger Zeit einen Verdacht, konnte aber nichts dagegen tun.“ Sein Blick hob sich, um den von Thomas zu treffen. „Wie denn auch? Er war mein Meister und ich sein Stellvertreter. Wie hätte ich ihn verraten können? Außerdem schien mir der Plan zu kühn, um erfolgreich zu sein.“

„Sie hätten es Durdush sagen können“, sagte Thomas.

„Nein, das hätte ich nicht.“

Thomas setzte sich auf die Ecke des Schreibtisches. „Weil Sie ihn auch verdächtigen?“

Padvana nickte.

„Warum?“

„Sie flüsterten immer in dunklen Ecken. Izem verbrachte mehr und mehr Zeit in Durdushs Büro. Und dann gab es noch andere Treffen, mit Leuten, die nicht aus der Stadt waren.“

„Hieß einer Woodville? Ein Engländer, wie ich?“

Padvana musterte Thomas. „Er ist nicht wie Sie. Er ist ein Gentleman.“

„Ein Gentleman, der Geld braucht. Wer sonst noch?“

„Ich weiß es nicht, deshalb prüfe ich die Bücher. Irgendwo wird ein Hinweis zu finden sein. In Malaka bleibt nichts undokumentiert.“ Er beugte sich vor und hob eines der Bücher vom Boden auf. „Geben Sie mir Zeit, Thomas

Berrington, und ich werde die Rädelsführer für Sie entlarven."

„Durdush?"

„Wenn er es ist. Wenn er in irgendeiner Weise beteiligt ist."

„Wen kennen Sie in seinem Büro? Einen der Schreiber? Die müssten alles wissen, was er tut."

„Und sie wären ihm gegenüber äußerst loyal. Nein, die Antwort liegt in den Büchern. Geben Sie mir bis morgen früh Zeit, dann bringe ich Ihnen die Namen."

„Sie wissen nicht, wo ich wohne. Ich werde im Morgengrauen hierher zurückkehren."

„Sie wohnen im Haus von Miguel Jiminez, das ist allgemein bekannt. Ich werde zu Ihnen kommen. Es ist zu gefährlich hier, so nah an der Macht."

Als er sich auf den Weg zu Diegos Haus machte, fragte sich Thomas, ob er einen Fehler gemacht hatte, Padvanas Unschuldsbehauptung so bereitwillig zu glauben, aber er wusste auch, dass es ein Test war. Wenn der Mann nicht auftauchte, würde das seine Schuld bestätigen.

Er näherte sich der Haustür, als eine hochgewachsene Gestalt, deren Gesichtszüge in der Dunkelheit kaum zu erkennen waren, aus einer Seitengasse trat. Thomas griff nach seinem Gürtel, nur um festzustellen, dass er keine Waffe bei sich trug. Er hatte sie am Eingang der Alcazaba zurücklassen müssen und vergessen, sie wieder mitzunehmen, als sie gingen, zu sehr abgelenkt durch seine sich überschlagenden Gedanken. Er wappnete sich für einen Angriff und plante bereits seine ersten Bewegungen, als die Gestalt in den Lichtschein eines Fensters trat und Thomas sich entspannte.

„Was machst du denn hier?"

Yusuf lächelte. „Olaf hat die Nachricht geschickt, dass er bereit ist, zu gehen."

Thomas schüttelte noch den Kopf, als er Yusuf einen Klaps auf den Rücken gab. Dabei stellte er fest, dass ein Klaps nicht genug war, und zog ihn in eine Umarmung, froh, dass sie erwidert wurde, froh, dass noch etwas von dem Jungen übrig war, der ihn früher verehrt hatte.

„Was auch immer Olaf gesagt hat, ich entscheide, wann er bereit ist zu gehen."

„Er behauptet, er sei es." Yusuf legte seine Hand auf Thomas' Schulter und so standen die beiden auf der nächtlichen Straße, nur ein paar Schritte vom Haus entfernt.

„Dann irrt er sich. Er ist Olaf Torvaldsson, also stärker als drei Männer, aber wie ich ihn kenne, wird er sofort in die Schlacht zurückkehren wollen. Ich würde ihn lieber nicht sterben lassen, bevor er bereit ist."

„Wir brauchen ihn. Wir brauchen alle Männer, die wir kriegen können. Wir sind dabei, diese Schlacht zu verlieren. Diesen Krieg zu verlieren."

„Dann komm und sag Olaf, dass du deinen Bruder verdrängen wirst. Du kennst meine Meinung in dieser Angelegenheit. Das ist die einzige Möglichkeit, etwas zu retten." Thomas sah Yusuf an. „Du hast eine Entscheidung getroffen, nicht wahr?"

„Das habe ich."

„Muss ich fragen, welche?"

„Nein."

Als Yusuf ihnen von seinem Vorhaben erzählte, war Olaf der Erste, der das Wort ergriff.

„Ich muss zurück nach Gharnatah." Er sprach mit dem Mund voller Fleisch. Anhand der Mühe, die ihm das Kauen bereitete, vermutete Thomas, dass es zäh war. Belia hatte es geschafft, eine Ziegenkeule von einem Hirten zu ergattern, der seinen Weg durch die Reihen der Spanier und die Mauer gefunden hatte.

„Frag deine Tochter, ob du dafür bereit bist.“ Thomas wusste, dass er ein Feigling war, nicht direkt zu antworten. „Sie verbringt mehr Zeit mit dir als ich.“

Olaf schaute zu Lubna, die auf das Fleisch verzichtete und mit dem Fladenbrot etwas von der gewürzten Sauce aufwischte. „Thomas sagt mir, ich sei zu zaghaft in meiner Diagnose. Ich würde dich mindestens noch einen Monat behalten.“

Olaf drehte sich wieder zu Thomas und wartete.

„Du bist noch nicht so weit. Zwei Wochen. Ich werde in zwei Wochen entscheiden.“ Schon als er es sagte, wusste er, dass Olaf es als Versprechen auffassen würde.

„Ich kann nicht so lange warten. Ich werde vor Langeweile sterben. Dieses Herumsitzen macht mich verrückt.“

„Ich habe dich mit Usaden gesehen, als ich nach Hause kam – du hast ihm geholfen, Will zu trainieren. Das war kein Herumsitzen.“

„Ich brauche Ablenkung. Außerdem muss ein Junge die Axt vor dem Schwert erlernen, und so gut er auch ist, Usaden weiß nicht, wie man eine Axt benutzt. Er denkt, man muss sie in der Hand halten.“ Olaf schüttelte den Kopf über die Torheit eines solchen Gedankens.

„Ich auch“, sagte Thomas. „Wie sonst benutzt man sie, mit den Füßen?“

Olaf schüttelte den Kopf und steckte sich ein weiteres Stück Fleisch in den Mund, bevor er weitersprach. „Jeder weiß, dass man einen Lederriemen benutzt. Eine Axt ist zu schwer zum Greifen. Wenn man zuschlägt –“, und er demonstrierte es, seine Hand flog durch die Luft, bis er zusammenzuckte und sich die Schulter rieb, „– ermüdet man nur seinen Arm und verliert die Axt wahrscheinlich. Hast du nicht den Lederriemen gesehen, der an meine Axt gebunden ist, wenn ich kämpfe?“

„Nun, falls ich es getan habe, war ich zu sehr damit beschäftigt, mein eigenes Leben zu retten."

„Dann komm und schau morgen zu, wenn ich Will trainiere, und du wirst sehen, wie man eine Axt richtig benutzt." Er lächelte, ein Leuchten in den Augen bei dem Gedanken an den Kampf. „Mit einem Riemen hat die Axt ein Eigenleben. Sie bewegt sich selbständig. Ich muss mir nur überlegen, wohin ich sie schlagen will. Normalerweise in den Schädel oder in den Bauch eines Mannes, das gebe ich zu. Du siehst also, ich muss nicht vollständig wiederhergestellt sein, um zu kämpfen."

„Jorge hat mir erzählt, dass du eine neue Theorie über die Morde hast." Es war klar, dass Belia das Thema wechseln wollte.

„Das tue ich, aber ich muss bis zum Morgen warten, bevor ich sie bestätigen kann."

Belia ignorierte die ausweichende Antwort und wandte sich an Yusuf, weil sie wissen wollte, was er getrieben hatte, seit er abgereist war. Will, der neben Yusuf saß, lehnte sich nahe heran und wollte die Details jedes Scharmützels und jeder Schlacht hören.

Als das Essen beendet war, nahm Jorge Yusuf unter einem Vorwand mit, aber Thomas wusste, dass sie zu al-Zakis Haus und den Frauen dort gehen würden. Er konnte weder Yusuf noch Jorge einen Vorwurf machen, war aber überrascht, als sie weniger als eine halbe Stunde später wieder auftauchten.

„Wir wurden abgewiesen." Empörung färbte Jorges Stimme. „Gracia behauptete, alle Mädchen seien weg, aber ich habe zwei von ihnen durch ein Fenster gesehen. Sie hat uns angelogen. Warum sollte sie das tun?"

„Vielleicht will sie sie für sich und ihren Liebhaber. Wer weiß." Thomas grinste. „Nimm ihn wieder mit, wenn du willst, es gibt saubere Huren in der Nähe der Alcazaba. Wenn Olaf einen Monat lang nicht nach Gharnatah zurückkehren kann, wird Yusuf morgen wieder zu seinen

Männern stoßen. Lass ihn eine Frau genießen, solange er kann."

Aber sie blieben vorerst im Haus, und später, als die Frauen und Kinder in ihre Betten gegangen waren, saß Thomas mit Jorge, Olaf und Yusuf mit zwei Karaffen Wein zusammen und versuchte, ihnen seine Gedanken zu erklären. Die Worte fielen ihm schwer, weil er selbst gerade erst anfing zu verarbeiten, was vor sich ging.

Am Ende sagte Yusuf: „Warum sollte dieser Durdush involviert sein? Du sagst, er ist der Obermeister der Gilde?"

Thomas nickte und füllte seinen Becher erneut. Er hatte aufgehört zu zählen, wie viele er schon geleert hatte.

„Dann kann er sich dieses Gold doch einfach nehmen. Schließlich ist er es, der über das Vermögen wacht, oder?"

„Aber es gehört nicht ihm, sondern den einzelnen Zünften."

„Dies sind keine normalen Zeiten", sagte Yusuf. „Wenn nicht jemand dieses Gold wegzaubert, fällt es an die Spanier. Ihr Götter, ich würde es selbst stehlen, wenn ich wüsste, wie."

Thomas lächelte. „Da kann ich wahrscheinlich helfen. Ich habe ein paar Theorien zu diesem Thema."

Jorge lehnte sich nach vorne. Ausnahmsweise hatte er weniger getrunken als Thomas, ausnahmsweise hatte er seine Zunge bis jetzt gezügelt und nur zugehört. „Sag mir noch einmal, wen du verdächtigst."

„Woodville." Thomas hielt einen Finger hoch, dann einen zweiten. „Und … noch jemanden. Durdush oder Padvanab oder … oder irgendjemanden."

„Ich bin froh, dass du das Rätsel so eloquent gelöst hast. Warum Woodville? Der Mann ist unsympathisch und Engländer, aber das ist kaum Grund genug, ihn zu beschuldigen. Außerdem, ist er schlau genug?"

„Er muss nicht klug sein, er muss nur andere kennen, die es sind. Er hat die Männer, die er mitgebracht hat, und wird seine eigenen Hände nicht mit irgendwelchen Morden beschmutzen wollen, wenn sie es für ihn tun können. Diego sah, wie einer von ihnen den Schlag ausführte, der al-Zaki getötet hat. Er sagte, es waren zwei Männer im Raum, einer größer als der andere. Ohne Zweifel war der andere Woodville."

„Und sein Begleiter, Danvers? Er muss auch Teil dieses Komplotts sein." Jorge schüttelte den Kopf. „Was schade ist, denn ich mag den Mann und er ist gutaussehend und, wie ich vermute, auch willig."

Thomas runzelte die Stirn, mehr über die Anschuldigung als über die Beobachtung. „Es wäre nachvollziehbar, aber ich habe mit ihm gesprochen und ihn immer für unschuldig gehalten. Wie das sein kann, wenn sein Herr involviert ist, ist allerdings schwer vorstellbar. Also ja, er ist wahrscheinlich auch involviert, oder er wird dafür benutzt, ohne sich dessen bewusst zu sein."

„Danvers ist nicht dumm, aber sein Meister ist es. Er würde jeden Versuch durchschauen, ihm etwas zu verheimlichen. Es sei denn, Woodville wird von jemand anderem benutzt. Glaubst du, seine Geschichte über die Brautsuche ist wahr?"

„Ich bezweifle nicht, dass er hier ist, um eine Verbindung zwischen einer von Isabels Töchtern und diesem englischen Prinzen anzubahnen, aber der Mann braucht Geld, und wo könnte er es besser finden als hier in Malaka? Es wurde sogar schon in Kisten verpackt, damit er es einfach mitnehmen kann."

„Nicht alles davon."

„Er bräuchte nicht alles davon. Ein Dutzend Kisten, auch nur ein halbes Dutzend. Verdammt, eine einzige wäre mehr, als er braucht. Das könnte der Grund sein, warum er in Malaka ist und mit Durdush spricht. Er behauptete, es sei, um den Handel mit England zu fördern, aber selbst Diego hat diese Geschichte durchschaut. Es kann keinen Handel zwischen England und Malaka geben, wenn die Stadt an die Spanier fällt."

„Es sei denn, Spanien und England sind durch Heirat verbunden", sagte Jorge.

„Ich würde gerne mit Danvers sprechen", sagte Thomas. „Wir beide, du entscheidest, ob er die Wahrheit sagt oder nicht, und ich setze ihn unter Druck. Wenn er unschuldig ist, hegt er vielleicht einen Verdacht, dass sein Meister es nicht ist. Wenn er nicht unschuldig ist oder bestätigt, dass Woodville ein Komplott schmiedet, können wir es Durdush sagen und ihn sich um das Gold der Gilde kümmern lassen. Aber wie wir an Danvers herankommen, ist mir nicht klar. Zweifellos halten sie sich unter den Spaniern auf, während wir hier innerhalb der Stadtmauern eingesperrt sind. Vielleicht kann Padvana mir morgen Früh einen Hinweis geben."

Olaf war eingeschlafen. Yusuf sah aus, als wollte er dasselbe tun. Jetzt waren nur noch Thomas und Jorge übrig und Thomas wusste, dass er nicht genau erklären konnte, wie er zu seinem Schluss gekommen war. Könnte Jorge recht haben und sein Verdacht beruhte auf nichts weiter als einer Abneigung gegen Woodville? Er musste den Mann mit Amreqan und der Münzengilde in Verbindung bringen. An diesem Punkt liefen alle Hinweise zurück zu Cesare Padvana und den Informationen, die er am Morgen überbringen könnte.

KAPITEL DREISSIG

Es war das Herabstürzen von fallendem Mauerwerk, das Thomas weckte. Er sprang aus dem Bett und war auf den Beinen, noch bevor seine Augen offen waren. Für einen Augenblick stand er angespannt da, aber er hörte keine Schreie, kein Gekreische. Das Geschoss war irgendwo anders in der Stadt eingeschlagen und hatte nur in seinem Traum so laut geklungen.

Lubna wälzte sich zur Seite, zog die Decke über sich und murmelte etwas. Thomas beobachtete sie einen Moment lang, erfüllt von einem ehrfürchtigen Staunen über die Perfektion seiner Frau, erfüllt von einer Liebe, die ihn zurück ins Bett zu treiben drohte, um sie diese Liebe spüren zu lassen. Stattdessen zog er sich an und verließ das Zimmer, weil er wusste, dass er sie in der Nacht zuvor zu lange mit Gesprächen und anderen Vergnügungen wachgehalten hatte.

Olaf war bereits aufgestanden, saß an dem langen Tisch und pickte an den Resten der Ziege des Vorabends. Er blickte auf und zog eine Grimasse. „Werde ich Yusuf wirklich helfen, einen Sultan zu stürzen?" Olaf schüttelte den Kopf, als ob er traurig wäre. „Was ist aus mir geworden?"

„Der Retter von al-Andalus." Thomas saß ihm gegenüber

und nahm ein Stück Fleisch in die Hand. Es war nicht besser als am Abend zuvor, aber jetzt war er hungriger.

„Was, wenn es ihn verändert, Sultan zu werden? Muhammed war nicht so übel, bis er den Hügel übernahm."

„Muhammed war schon immer übel. Yusuf ist nicht wie sein Bruder. Wir haben geholfen, ihn aufzuziehen, du und ich, weil sein Vater sich nicht um ihn gekümmert hat. Er stand nicht in der Thronfolge des Sultans, also wurde er sich selbst überlassen. Der Junge hat eine zu sanfte Seele für die Politik."

„Er ist kein Junge mehr und ich sehe nichts mehr von dieser Sanftheit in ihm."

„Du hast recht, Thomas, ich habe mich verändert, und nicht zum Besseren. Das ist es, was der Krieg mit einem Mann macht. Nicht, dass es nötig wäre, so etwas einem von euch zu erklären."

Thomas drehte sich um und sah Yusuf in der Tür stehen.

„Wie kann irgendjemand bei diesem Lärm schlafen?" Yusuf hob ein Stück Fleisch auf, schnupperte daran und legte es zurück. „Und ich habe keine sanfte Seele, Thomas. Nicht mehr. Der Krieg hat sie mir ausgetrieben."

„Du wirst sie wiederfinden. Ich muss jetzt los und einen Mann befragen, der zu mir kommen sollte. Ich habe gute Lust, ihm den Kopf einzuschlagen, bis er mir sagt, was ich wissen will."

„Kann ich mitkommen?", fragte Olaf. „Ich habe auch Lust, jemanden zu schlagen. Jeder, wie er will. Hat diese Schlägerei mit dieser wilden Theorie zu tun, von der du uns gestern Abend erzählt hast?"

„Das hat sie, aber am besten bleibst du hier. Du auch." Letzteres richtete Thomas an Yusuf, der interessiert zusah. „Ich werde zurück sein, bevor die anderen aufstehen. Wenn ich etwas Besseres zu essen finde – nein, etwas Essbares –, bringe ich es mit."

Die Ataranzana war fast menschenleer. Da die Spanier

den Zugang sowohl vom Meer als auch vom Land aus blockierten, gab es keinen Handel, und ohne Handel war das Gebäude nichts weiter als eine riesige, leere Halle. Einige Waren befanden sich noch im Lager, aber die Leute konnten weder Schwerter noch Karren oder Töpfe essen. Thomas spürte das Nagen des Hungers in seinem Bauch und wünschte, er hätte sich gezwungen, etwas von der Ziege zu essen, so ekelhaft sie auch gewesen war. Es würde noch schlimmer kommen, da war er sich sicher.

Durdushs Büro war leer. Es wirkte verlassen, ein paar Papiere waren auf dem Boden verstreut, die Regale größtenteils leer, und Thomas fragte sich, wohin der Mann verschwunden war. Er hatte genug zu tun gehabt, während Malaka florierte, war es da jetzt nicht seine Pflicht, die Stadt durch schwierigere Zeiten zu führen? Fernando und Isabel waren Personen, mit denen man fertig werden konnte, aber zu ihren Bedingungen. Thomas hatte es in Ronda gesehen. Verärgerte man sie, würde die Stadt die Konsequenzen tragen.

Er ging zum Fenster und schaute hinaus auf die Ansammlung von Soldaten, die sich nach Westen erstreckte, so weit das Auge sehen konnte. Auf dem Wasser tümpelten ein Dutzend Galeeren bei schwachem Seegang im Meer, ihre Ruder einsatzbereit. Ihnen fehlten die Segel, aber dadurch waren sie manövrierfähiger und nicht auf einen unbeständigen Wind angewiesen. Als Thomas sie beobachtete, wurde ihm klar, dass zwei oder drei solcher Galeeren ausreichen würden, um die in der Alcazaba gelagerten Reichtümer zu transportieren. Aber würden sie auch eine Chance haben zu entkommen? Das hing, so vermutete er, vom Wind, seiner Richtung und der Entschlossenheit derjenigen ab, die die Ruder bedienten.

Ein weiterer Gedanke kam ihm in den Sinn. Es gab eine Seefahrergilde, die sich um den Betrieb und die Kontrolle der riesigen Anzahl von Schiffen kümmerte, die von und nach Malaka fuhren. Ihr Meister wäre ein nützlicher Mann, wenn es darum ging, eine große Menge Gold und Silber zu transportieren. Er hatte keine Ahnung, wo die Büros dieser Gilde liegen könnten, aber Padvana wusste es bestimmt, und ihn würde er als Nächstes aufsuchen.

Niemand stellte ihn zur Rede, weil niemand hier war, um es zu tun, als er die Länge des oberen Korridors bis zum Ende entlangschritt. Er sah eine Lampe, die noch auf dem Schreibtisch stand und brannte, aber von Padvana fehlte jede Spur. Hatte er die Stadt verlassen oder hatte er sich zu Durdush gesellt, wo auch immer dieser sein mochte? Thomas hätte sich fast nicht die Mühe gemacht, das Büro zu betreten, aber als er sich gerade abwenden wollte, sah er etwas, das ihn zusammenzucken ließ. Eine Hand schaute hinter dem Schreibtisch hervor, die Finger gekrümmt, als wollten sie sich in den Holzboden graben.

Padvana war schon einige Zeit tot gewesen, zumindest einige Stunden. Thomas kniete nieder und tastete seinen Hals ab, obwohl er wusste, dass es sinnlos war. Der Körper hatte sich bereits abgekühlt und begonnen, sich zu versteifen, als Thomas den Kiefer abtastete. In einer Ecke waren Papiere zum Verbrennen aufgestapelt worden und ein beißender Geruch lag in der Luft, obwohl sich der Rauch inzwischen verzogen hatte.

Er lehnte sich zurück und starrte auf Padvanas Körper hinab. Alles drohte ihm zu entgleiten. Die Spanier standen vor den Toren, die Stadt war verängstigt, und jemand plante, einen Reichtum verschwinden zu lassen, der es al-Andalus erlauben würde, ein weiteres Jahrzehnt zu kämpfen. Er wusste, er sollte seine Suche aufgeben, denn sie war hoffnungslos. Er sollte an der Seite von Olaf und Yusuf nach Gharnatah zurückkehren und ihnen helfen, Muhammed vom Thron zu stürzen, helfen, wiederherzustellen, was wiederhergestellt werden konnte.

Er wusste, dass er Padvanas Körper untersuchen sollte,

um herauszufinden, wie er getötet worden war, aber auch das war sinnlos. Was änderte das schon?

Thomas fragte sich, ob er den bevorstehenden Angriff überleben würde. Ob sie alle ihn überleben würden. Und mit diesem Gedanken fasste er einen Entschluss. Wen kümmerten die Toten, wen kümmerte das Gold, wen kümmerte Malaka – es war doch bereits verloren. Sollte Woodville doch sein Komplott durchziehen und sich bereichern. Er könnte sich damit neue Kleider kaufen. Thomas würde zu Isabel gehen und sich ihrer Gnade anheimgeben. Sie würde ihn aufnehmen, auch seine Familie. Jedenfalls einige von ihnen. Olaf und Yusuf würden ihren eigenen Weg in die Freiheit finden müssen, aber Thomas zweifelte nicht daran, dass sie es schaffen würden. Der Rest von ihnen würde Isabels Schutz suchen.

Als er aufstand und zur Straße hinunterging, fühlte er sich erleichtert. Er wandte sich von seinem neuen Zuhause ab, ging durch ein kleines Tor zum Meer hinunter und hielt Ausschau nach den Fischern, von denen er hoffte, dass sie dort sein könnten. Sie kamen oft in der Morgendämmerung und mit etwas Glück würden sie ihm ein paar Fische verkaufen, Tintenfische, was auch immer sie gefangen hatten. Belia hatte noch ein wenig von dem Gewürz, das Narjis ihnen gegeben hatte, und würde alles, was er fand, in etwas Essbares, wenn nicht gar in etwas Köstliches verwandeln. Aber das Ufer war leer, abgesehen von einer Galeere, die in der Ferne unter der hoch aufragenden Mauer der Alcazaba vorfuhr. Thomas fragte sich, ob sie bereits damit begonnen hatten, die Kisten fortzubringen, aber das war nicht mehr seine Sorge. Er fluchte, denn sein Bauch krampfte sich vor Hunger zusammen, als er zurück zu Diegos Haus ging.

Die spanischen Kanonen nahmen ihre Arbeit wieder auf, Kugeln aus Stein und Eisen flogen über die Stadt hinweg und krachten in Mauern und Dächer, auf Straßen und Plätze. Der größte Teil der Bevölkerung verschanzte sich in seinen Häusern und wogte sich in falscher Sicherheit. Nur wenige tauchten auf den Straßen auf und so nahm Thomas, als er sechs Männer in einer Querstraße heranmarschieren sah, an, dass es sich um Soldaten handelte, die auf dem Weg waren, die Mauern zu bemannen – bis sie sich ihm zuwandten. Er sah eine kleine Gestalt an ihrer Spitze, gekleidet in ein ledernes Wams, ein breitkrempiger Hut schirmte sein Gesicht gegen die Morgensonne ab. Sie waren seinetwegen gekommen. Hatten sie die Ataranzana beobachtet, in der Erwartung, dass er zurückkehrte, oder war diese Begegnung nichts als ein Zufall? Es spielte keine Rolle. Alles, was zählte, waren ihre Anwesenheit und ihre Absicht.

Thomas berührte seinen Gürtel, fand den Griff eines Messers, aber kein Schwert, und verfluchte seine Dummheit, das Haus in Eile verlassen zu haben. Er beobachtete, wie sich die Männer aufteilten, um die Straße zu blockieren. Dahinter trat eine Frau durch eine Tür, drehte sich jedoch sofort wieder um und schlug die Tür hinter sich zu. Die Männer waren vierzig Schritte entfernt. Thomas lächelte und drehte sich um.

Weitere sechs standen hinter ihm, sogar näher als die anderen. Harte Männer, erfahrene Soldaten, an das Kämpfen und Töten gewöhnt. Hatte Woodville sie alle für seinen Plan benutzt oder nur den kleinen Mann mit Hut? Es spielte keine Rolle. Überhaupt keine. Thomas zückte sein Messer und schwang die Arme. Er hatte sich schon oft tot geglaubt, hatte vermeintlich aussichtslose Kämpfe gekämpft und es geschafft zu überleben. Er hatte keinen Zweifel daran, dass er auch diesmal überleben würde, wusste aber, dass es schwierig werden könnte. Er ging los, hörte, wie die Männer in seinem Rücken ihm folgten, sah, wie die Männer vor ihm ihre Reihe schlossen, während er entschied, wen er zuerst töten würde. Den kleinen Mann, natürlich. Es war klar, dass er ihr Anführer war, trotz seiner Größe. Er war einen halben

Fuß kleiner als Thomas, aber das bedeutete nichts. Thomas war noch kleiner gewesen, als er seinen ersten Gegner getötet hatte. Größe zählte nicht. Ein großer Feigling würde immer einem geschickten tapferen Mann unterliegen, egal wie klein er war. Ein Dutzend Männer. Ein weiteres Dutzend Männer, die heute sterben würden, und Thomas wurde klar, dass er keine Ahnung hatte, wie viele er im Laufe der Jahre getötet hatte. Mehr als hundert, da war er sich sicher, aber weniger als tausend. Nicht viele Männer zählten mit, vermutete er.

Diese besondere Kälte erfüllte ihn wieder, als er schrie und auf den kleinen Mann zurannte, der grinste, bereit für ihn, das Schwert in der einen Hand, ein scharfes glänzendes Messer in der anderen, aber Thomas hatte in der Vergangenheit besseren Kriegern gegenübergestanden und der Kampf hatte wenige Sekunden gedauert.

Zu selbstsicher schwang der Mann sein Schwert. Thomas duckte sich, wich aus, dann vergrub er seine eigene Klinge in der Flanke des Mannes. Es war kein tödlicher Stoß und als der Mann wegzuckte, blieb das Messer in seinem Körper stecken und löste sich aus Thomas' Griff.

Egal. Er machte einen Schritt zurück, drehte sich und schlug einem der anderen hart ins Gesicht, bevor er ihm das Schwert aus seiner schlaffen Hand zog. Er spürte eher, als dass er sah, wie der kleine Mann wieder auf ihn zukam, diesmal jedoch langsamer. Das Messer hatte ihn nicht getötet, aber es musste eine Qual sein, und ein verletzter Mann konnte nicht anders, als langsamer zu werden. Dann erinnerte sich Thomas daran, dass hinter ihm noch andere Männer waren. Die Männer vor ihm zogen sich ein paar Schritte zurück, als ihre Kameraden sich zum Angriff bereit machten.

Thomas warf sich seitlich zu Boden und rollte sich ab. Als er wieder auf die Beine kam, stellte er sich mit dem Rücken an die Stadtmauer und wandte sich den Männern zu, die einen Moment brauchten, um einen neuen Angriff zu organisieren. Es waren diese Augenblicke, in denen er drei von ihnen tötete.

Am Ende der Straße erschienen zwei Gestalten, eine großgewachsen, die andere schlichtweg riesig.

Eine Axt hing an einem Lederriemen von Olafs Handgelenk. Yusuf trug in jeder Hand ein Schwert und dazu ein Lächeln im Gesicht. Sie stürmten nicht los, schrien nicht auf. Olaf begann die Axt zu schwingen, als er zwanzig Schritte von den Männern in der zweiten Reihe entfernt war, wobei er den Griff kaum berührte. Stattdessen nutzte er ihr Gewicht, um sie rasant zu schwingen, die Klinge kaum mehr als ein verschwommener Fleck, und Thomas sah, was er in der Nacht zuvor gemeint hatte. Will musste unbedingt lernen, auf diese Weise zu kämpfen. Olaf war eine Tötungsmaschine. Seine Klinge traf einen Mann in den Rücken und er ging in die Knie. Der Schwung der Axt trug sie in einem weiten Bogen um Olaf herum, bevor sie ein zweites Mal zuschlug.

Thomas wandte sich ab und begann zu rennen, während der kleine Mann sich schnellen Schrittes die Straße entlang schleppte und seine Gefährten ihrem Schicksal überließ. Er war schnell, aber das war Thomas auch, trotz des Feuers, das in seinen Lungen aufloderte, und des Bleis, das seine Beine füllte. Der Mann rannte den Weg zurück, den Thomas gekommen war, in Richtung des Durchgangs zum Ufer. War er von dort gekommen, wo die Galeere aufgetaucht war? War dies der Anfang ihres Plans, den Reichtum von Malaka zu stehlen? Wenn ja, würde er ihn nun vereiteln.

An der Ataranzana hätte Thomas ihn beinahe erwischt, wäre nicht ein einzelner Arbeiter gekommen, der einen Karren durch die Bögen direkt in seinen Weg schob. Thomas versuchte auszuweichen, aber der Mann fuhr einfach weiter und er krachte in die Seite des Karrens. Er musste zusehen, wie der kleine Mann zurückblickte und seine Anstrengung verdoppelte, um seinen Vorsprung zu vergrößern. Thomas stieß sich von dem Karren ab und setzte seine Verfolgungsjagd fort.

Hätte sich der Mann nach Osten gewandt, wäre er vielleicht entkommen, aber stattdessen lief er Richtung Westen. Ob er den Fluss nicht kannte, wie breit und tief er war, wusste Thomas nicht, aber als er zu ihm aufschloss, stand er bereits am Ufer. Er legte seine Waffen ab und warf sie zu Boden, wissend, dass ihr Gewicht ihn auf den Grund ziehen würde, wenn er mit ihnen ins Wasser ging. Er begann, in den Fluss zu waten, wo das Bett steil abfiel, sodass er mit den Armen strampeln musste. Thomas lächelte. Er wartete, denn er wusste, dass der Mann entweder ans Ufer zurückkehren oder zulassen musste, dass das Wasser ihn in den Tod riss. Allerdings hatte er große Schwierigkeiten damit, aus dem Fluss zu kommen, also watete Thomas bis zur Brust hinein, packte den Mann an seinem Wams und zog ihn heraus. Zurück am Ufer drehte er ihn auf den Rücken, kniete sich auf seine Arme und verpasste ihm eine Ohrfeige.

Thomas sprach auf Englisch, auch wenn es mittlerweile eingerostet war. „Wer ist dein Meister? Sag es mir, oder du wanderst zurück in den Fluss und dieses Mal wirst du ertrinken."

Der Mann lachte nur und spuckte Thomas Salzwasser ins Gesicht.

KAPITEL EINUNDDREISSIG

„Du hättest ihn töten sollen“, sagte Olaf.

Sie standen auf derselben Straße, auf der das Dutzend Männer Thomas überfallen hatte. Drei Leichen waren weggeschafft worden, der Rest der Angreifer geflohen. Blut befleckte das Kopfsteinpflaster. Unter normalen Umständen wäre schon jemand gekommen, um es wegzuwischen, aber dies waren keine normalen Zeiten.

„Tot kann er keine Antworten geben.“

„Aber du hast ihn nicht mitgenommen“, wies Olaf ihn zurecht. „Wir hätten ihn ins Haus bringen und ihn höflich fragen können. Und dann, wenn wir damit gescheitert wären, hätte ich ihn von seiner eigenen Dummheit überzeugt.“

„Ich würde Diegos Haus nicht auf diese Weise beschmutzen wollen. Er ist jetzt eingesperrt und ich kann ihn später noch einmal befragen. Vielleicht ziehe ich sogar in Erwägung, dich das nächste Mal mitzunehmen – nicht, dass es viel nützen würde. Er starrte mich einfach an. Sagte kein Wort. Es war, als ob er wusste, dass er unverwundbar ist.“

„Oder es ist ihm egal, ob er lebt oder stirbt“, sagte Olaf.

„Ja, nimm mich das nächste Mal mit und wir werden sehen, wie er sich anstellt."

Thomas wandte sich an Yusuf. „Hatte ich unrecht? Was hättest du getan?"

„Ich hätte ihn getötet, Antworten hin oder her."

Thomas sah in Yusufs Augen und erkannte die Wahrheit seiner Worte, sah, wie sehr sich der Junge, den er einst so gut zu kennen geglaubt hatte, verändert hatte.

„Ich werde es wieder versuchen und wenn die Spanier kommen, wird er als Mörder ausgeliefert."

„Dann stell deine Fragen besser bald", sagte Yusuf.

Thomas ging auf das Haus zu. „Wieso seid ihr mir gefolgt?"

„Sind wir nicht. Olaf war langweilig. Ich glaube, er hat einen Kampf gesucht und gehofft, dass ein paar spanische Soldaten versuchen würden, die Mauern zu stürmen. Und dann kam Diego herein und sagte uns, dass du in Gefahr bist. Jorge sagte, er hätte das Gleiche schon einmal getan und wir sollten auf ihn hören."

„Woher wusstet ihr, wo ich sein würde?"

„Wir wussten es nicht, aber Diego hat uns gesagt, welchen Weg wir gehen sollen." Yusuf schüttelte den Kopf, sein Gesicht war ernst. „Ich bin mir nicht sicher, ob es mir gefallen hat, dass seine Vorhersage wahr wurde. Es hat mich erschreckt, muss ich zugeben."

„Er ist seltsam, das stimmt", sagte Thomas. „Und jetzt hat er mir schon zweimal das Leben gerettet."

„Du hättest es sicher auch ohne uns geschafft", sagte Yusuf. Diesmal lächelte er und Thomas erkannte den Scherz in seinen Worten. „Aber es ist ein Glück, dass einer von uns Olaf Torvaldsson war und ich nicht mehr der Junge bin, der einst auf deinem Knie saß."

„Das ist mir aufgefallen."

Will kam ins Zimmer geschlittert, sobald sie das Haus betraten. Er muss ihre Stimmen gehört haben. Er sprang auf Thomas zu, der ihn aus der Luft fing und herumwirbelte.

„Wo bist du gewesen, Pa?“ Will klammerte sich an ihn. „Warum bist du so nass?“

„Ich bin in den Fluss gefallen.“

Will lachte und schlug Thomas auf die Brust. „Dummerchen, Pa. Ich will wissen, wie man schwimmt. Diego kann nicht schwimmen. Er hat mir gesagt, ich muss es lernen.“

„Warum?“

Will zuckte mit den Schultern.

„Ich werde es dir beibringen.“ Thomas sah zu, wie Yusuf in den Hauptraum verschwand, während er Will in die andere Richtung trug und die Treppe zu dem Zimmer hinaufstieg, das er mit Lubna teilte. Er warf den lachenden Will auf das leere Bett und fand dort saubere Kleidung für sich vor. Er war müde, obwohl es noch nicht einmal Mittag war, und legte sich neben Will, aber sein Sohn stellte immer wieder Fragen und sprang auf ihm herum, sodass er ihn die Treppe hinunterschickte, bevor der Schlaf ihn fast sofort überkam und die Geräusche der Stadt im Nichts versandeten.

Als er einige Stunden später die Treppe hinunterkam, hatten Olaf und Yusuf Will und Diego hinausgebracht, und Belia stand mit vor der Brust verschränkten Armen und einem finsteren Blick da.

„Was habe ich diesmal verbrochen?“, fragte Thomas.

„Ich sagte doch, ich will nicht, dass dieser Mann hierher zurückkommt. Und woher weiß er, wo wir jetzt wohnen?“ Sie schüttelte wütend den Kopf, sodass ihr dunkles Haar durch die Luft flog. „Bring ihn ins Krankenhaus, ich will ihn hier nicht haben.“

„Mandana?“, fragte Thomas. „Wann ist er hier aufgetaucht?“

„Nun, vor ein paar Augenblicken. Er fragte nach Lubna,

aber sie weigerte sich, ihn zu behandeln. Tu es und schick ihn weg. Und dann ist es genug, Thomas, heute endet es."

„Ich werde es ihm sagen. Wo ist er?"

„Im Innenhof. Ich habe ihm gesagt, dass er das Haus nicht betreten darf. Ich will nicht, dass er es beschmutzt."

„Hast du die Salben?"

„Ein Glück für dich, dass ich das tue."

„Nein. Ein Glück für Mandana. Ich werde es heute beenden, ich verspreche es."

„Versprechen, das ist alles, was ich von dir höre. Ich will Taten sehen." Aber Belia wandte sich ab, um die Salben zu holen, die Thomas für Mandana brauchen würde.

Er wartete im Innenhof und sprach mit Jorge. Mandana warf ihm ein Lächeln zu, oder zumindest das, was einem Lächeln am ähnlichsten kam. Er tat es so selten, dass sein Gesicht zweifellos vergessen hatte, wie es funktionierte.

„Zeig mir deinen Arm." Thomas war ruppig und nicht in der Stimmung für Smalltalk. Er zog Mandanas Ärmel hoch, als der Mann den Stumpf seiner linken Hand ausstreckte. „Hast du Schmerzen?"

„Das fragst du mich jedes Mal und meine Antwort ist jedes Mal die gleiche."

„Mehr als sonst? Weniger?"

„Es ist besser mit der Salbe deiner Freundin, aber es gibt gute und schlechte Tage."

Thomas stocherte mit den Fingern in dem pigmentierten Fleisch, wickelte seine Hand um den Stumpf und drückte zu. Er beobachtete Mandanas Gesicht auf irgendeine Reaktion hin. Es gab Zeiten, in denen er sich fragte, warum er das für ihn tat, nachdem er so vielen Menschen Leid zugefügt hatte, aber es schien in den letzten Jahren eine echte Veränderung in dem Mann stattgefunden zu haben. Er war immer noch ein Killer, aber jetzt tötete er nur noch aus einem bestimmten Grund oder wenn es ihm befohlen wurde. Thomas fragte sich, ob der Anlass für seine Wesensänderung gewesen war, dass Mandana sich in der Zwischenzeit mit seinem Sohn versöhnt hatte. Er schien sich oft genug über Will zu äußern, dass es durchaus wahrscheinlich war.

Thomas goss ein wenig von der dicklichen Flüssigkeit in seine Handfläche und trug sie auf den Stumpf auf. Unter der Haut konnte er einen scharfen Knochenzapfen spüren.

„Wird es heiß oder entzündet es sich?"

„Nicht so sehr wie früher. Ich habe deiner Freundin gesagt, dass sie eine Wunderheilerin ist."

„Das ist sie in der Tat. Bist du mit Fernandos Truppen hier?"

„Ich tue, was er will, aber meine kleine Gruppe arbeitet jetzt abseits der Hauptarmee, wie du weißt."

Thomas war sich nicht sicher, ob er die genaue Natur seiner Arbeit kannte. Er erinnerte sich an die wenigen Male, die er Mandana und seine Männer gesehen hatte, den Rest jener Soldaten-Mönche, die bei ihm geblieben waren, mittlerweile eine kleine Gruppe, aber tödlich. Vor der Belagerung von Ronda hatte er einmal einen Blick auf sie werfen können. Und dann wieder auf einem Hügel jenseits eines trockenen Flussbettes, als Thomas sich auf dem Rückweg von Fort Auta befunden hatte.

Thomas trug die letzte Salbe auf und wischte sich die Hände mit einem Tuch ab.

„Warum bist du aus dem prächtigen Haus auf dem Hügel ausgezogen?" Mandana sah sich in dem Innenhof um. „Dieser Ort ist zweckmäßig, aber es ist nur ein Haus unter Tausenden."

„Es könnte etwas mit deinen Freunden um Malaka zu tun haben."

Thomas bemerkte, dass Jorge gegangen war, um durch die Seitentür zu starren, die zur Straße führte, vielleicht auf der Suche nach Mandanas Begleitern, vielleicht auf der Suche nach schönen Frauen.

„Sie sind keine Bedrohung für dich. Es gibt nur wenige in

Fernandos Armee, die nicht von deiner Beziehung zu ihm und der Königin wissen. Vor allem zur Königin. Ist es nicht so?"

Thomas öffnete einen kleinen Topf und goss den Rest der Creme hinein, wobei er die letzten Tropfen mit einem hölzernen Stab herausschabte, bevor er den Deckel verschloss. Er reichte den Topf an Mandana weiter.

„Benutze es so wie früher. Mindestens einmal am Tag, öfter, wenn du kannst."

„Ich werde dich in vierzig Tagen wiedersehen", sagte Mandana.

„Nein."

Mandana starrte ihn an, seine grauen Augen kalt, in ihnen lag immer noch der Blick eines Wolfes, aber jetzt war er ein alter Wolf, ein kranker Wolf. Thomas wusste, dass kranke Wölfe oft die gefährlichsten waren.

„Dann deine Freundin, die Exotin. Ich möchte, dass sie meine Haut mit der Salbe einreibt."

„Nein." Es war Jorge, der sprach, ohne sich umzudrehen.

Mandana stand auf und schnürte den Gürtel um seine Kutte neu, die in der jüngsten Vergangenheit gewaschen worden war. Er sah fast respektabel aus.

„Wie bist du in die Stadt gekommen?", fragte Thomas. „Wir werden belagert, oder hast du das noch nicht bemerkt?"

„Ich habe ihnen natürlich gesagt, dass ich zu dir komme. Dein Name ist weit und breit bekannt. Der große Sir Thomas Berrington. Und wäre ich abgewiesen worden, gäbe es andere Wege. Du weißt, dass es die gibt."

Ein Geräusch kam von der Straße, Gelächter, Rufe, und dann verlagerte der Lärm sich in das Haus und Thomas drehte sich rechtzeitig um, um Will hochzuheben, der gerade auf ihn zulief. Sein Sohn klammerte sich an ihn, roch nach Schießpulver und Staub. Thomas sah Olaf an, der leicht nach rechts gebeugt hereinkam, bis er Mandanas Anwesenheit bemerkte und sich aufrichtete, um vor dem

Mann nicht den geringsten Anflug von Schwäche zu zeigen.

„Wir haben Fleisch, Pa“, sagte Will. *„Morfar* hat uns Fleisch besorgt.“

„Du hast sie zu nah an die Mauer gebracht, nicht wahr?“, sagte Thomas.

„Sie wollten die Spanier sehen. Und dort kauft man Fleisch, in der Nähe der Mauer.“

„Du bist eine Zielscheibe, ist dir das nicht klar? Die halbe spanische Armee weiß, wer du bist, und jeder einzelne Mann wäre stolz darauf, den großen General des Sultans zur Strecke zu bringen.“

„Aber das haben sie nicht. Wir waren gar nicht lange draußen, und siehe da, ich bin unversehrt nach Hause gekommen.“

„Dieses Mal. Nimm die Jungs nicht wieder mit.“

„Sie wollten hin. Außerdem tut es ihnen gut. Ein Junge wird irgendwann ein Mann und muss wissen, was es heißt, ein Mann zu werden.“ Olaf lächelte und zerzauste Diegos Haare. „Alle, außer diesem hier.“ Er blickte in Mandanas Richtung. „Ich nehme an, er ist auf dem Weg hinaus?“

„Das ist er.“

Mandana nickte. Thomas begleitete ihn bis zur Straße, wo er am anderen Ende zwei Männer in ähnlichen Kutten sah, die auf ihren Herrn warteten.

„Ich danke dir, Thomas Berrington“, sagte Mandana. „Wenn ich etwas für dich tun kann, brauchst du nur zu fragen. Wenn es in meiner Macht steht, werde ich es tun.“

„Ich nehme an, du kannst diesen Krieg nicht verhindern, oder?“ Thomas’ Stimmung hatte sich gebessert und eine Last war von ihm durch die Gefangennahme des Mörders von den Schultern gefallen, doch er war immer noch neugierig, wer sein Auftraggeber war, obwohl er einen starken Verdacht hatte. Er würde ihn später noch einmal befragen und darauf drängen, den Namen seines Meisters preiszugeben, denn er wollte eine Bestätigung dafür, dass es Woodville war, obwohl er sich nicht sicher war, was dieses Wissen nützen würde. Er fragte sich, ob er zu Fernando gehen und ihm sagen könnte, was der Mann vorhatte.

„Ich habe alles gesagt, was in meiner Macht steht", sagte Mandana.

„Hast du deinen Sohn in letzter Zeit gesehen? Es ist hart, die eigene Frau zu verlieren."

„Er gibt dir immer noch die Schuld daran, fürchte ich. Ich habe ihm gesagt, du hättest alles getan, was du konntest, aber Söhne hören nicht oft auf den Rat ihres Vaters. Ich bin sicher, du weißt das gut genug." Mandana wandte sich ab, aber Thomas rief ihm hinterher.

„Noch eine Frage. Kennst du einen Mann namens Woodville?"

Mandana lachte. „Ein Landsmann von dir, nehme ich an. Ja, ich habe den Namen gehört, aber ihn nie kennengelernt. Warum?"

„Ich fragte mich, was ihn nach Spanien geführt hat."

„Was bringt alle Menschen in den Krieg? Geld. Status. Macht. Ein Mann kann alle drei erhalten, wenn er gut kämpft und überlebt."

„Woodville scheint mir kein Mann zu sein, der gut kämpft."

„Er hat einen Titel, wie ich höre, was bedeutet, dass er andere hat, die die Kämpfe für ihn austragen, während er den Großteil der Beute einsteckt. Ich höre, dass er einen Gefährten hat, der weiß, wie man kämpft, und eine kleine Gruppe von Männern, die er mitgebracht hat. Das ist der Lauf der Dinge, das weißt du, und daran ist nichts auszusetzen. Gibt es sonst noch etwas?"

„Du bist sicher, dass du ihn nicht kennst?"

Mandana schüttelte den Kopf. „Das habe ich dir doch schon gesagt."

„Oder einen seiner Männer?"

„Woher soll ich das wissen? Tragen sie eine unverwechselbare Uniform?“

„Nein.“

„Nun, dann.“ Mandana drehte sich um und dieses Mal ließ Thomas ihn gehen. Er beobachtete, wie er die beiden Männer begrüßte, die die Straße entlangblickten, um Thomas anzustarren, bevor sie ihre Plätze zu beiden Seiten ihres Meisters einnahmen.

Thomas’ Weg zum Krankenhaus führte ihn in dieselbe Richtung, in die Mandana gegangen war, aber er sah kein Zeichen von ihm oder seinen Männern. Er wurde sich des Gestanks des Schießpulvers in der Luft bewusst. Das Geräusch des Kanonenfeuers war so häufig geworden, dass er es ausgeblendet hatte, denn von dem Lärm besessen zu sein, konnte einen Mann in den Wahnsinn treiben.

Lubna sah müde aus, als er sie fand, ihre Hände waren bereits mit Blut befleckt, ihre Kleidung damit und mit Schlimmerem. Als er sich näherte, bäumte sich der Soldat, an dem sie gerade arbeitete, von dem Tisch auf, an dem er eigentlich festgeschnallt sein sollte, und schwang eine Faust nach ihr. Thomas bewegte sich schnell, aber nicht schnell genug, um einen Schlag zu verhindern, der in ihre Brust knallte und sie zu Boden schleuderte. Er ging dazwischen, drückte den Mann nach unten und zerrte an den Leinenbändern, die jemand ganz vergessen oder nicht achtsam genug verknotet hatte. Es war nicht die Schuld des Soldaten, aber trotzdem bemühte Thomas sich nicht, sanft zu sein, und der Mann schrie auf.

Thomas drehte sich um, um Lubna zu helfen, aber sie war bereits wieder auf den Beinen, ihr Blick entschlossen.

„Geh weg, ich bin noch nicht fertig mit ihm.“ Sie zerrte an den Leinenbändern, die Thomas festgebunden hatte, und nickte, dann hob sie die dünne Zange auf, die sie hatte fallen lassen, und stieß sie in eine Wunde an der Seite des Soldaten. Er schrie auf, aber Lubna ignorierte ihn, wie sie auch das Zappeln seines Körpers ignorierte. Ihre Hand passte sich seinen Bewegungen an, um das Instrument an seinem Platz zu halten, dann ächzte sie, drückte fest zu und zog eine runde Eisenkugel heraus. Sie ließ sie in einen Eimer fallen, wo das Metall ein kleines Platschen verursachte. Daraufhin wandte sie sich ab und durchquerte den überfüllten Raum zur anderen Seite, wo Kohlen in einer kleinen Schale glühten. Metallstangen mit Holzgriffen waren hineingelegt worden. Sie hob eine auf und kehrte zurück. Ohne zu zögern stieß sie das Eisen in die Wunde in der Seite des Soldaten, und dieses Mal ereilte ihn die Gnade, in Ohnmacht zu fallen.

„Du musst dich ausruhen." Thomas fing ihren Arm auf, als sie sich umdrehen wollte. „Und ich sollte die Stelle untersuchen, an der er dich getroffen hat."

„Mir geht es gut", sagte Lubna. Sie hob ihren Blick und starrte ihn an. „Und dem Baby geht es auch gut. Hier gibt es zu viel Arbeit. Es wäre besser, du würdest mithelfen, anstatt eine gesunde Frau zu untersuchen." Sie ging hinaus auf der Suche nach dem nächsten Patienten und überließ die Wunde des Soldaten einem der Helfer, der sie nähen würde. Thomas sah einen Moment lang zu und ein Kribbeln durchlief ihn. Sie hatte sich zu einer guten Chirurgin entwickelt und die Weichheit, von der er befürchtet hatte, sie würde ihre Fähigkeiten einschränken, war nicht mehr erkennbar. Er nickte, mehr zu sich selbst, und machte sich auf die Suche nach jemandem, dem er helfen konnte.

Das nächste Mal, als sich ihm ein ruhiger Moment bot, bemerkte er, dass es Nacht geworden war. Immer noch heulten die spanischen Kanonen, immer noch wurden verwundete Männer, Frauen und Kinder hereingebracht. Thomas ging dorthin, wo sie hereingebracht wurden, und nahm seine übliche Tätigkeit auf, diejenigen herauszufiltern, denen geholfen werden konnte, während er diejenigen mit leichteren Verletzungen zur Seite verwies und diejenigen, die nicht überleben würden, an einen Ort geleitete, wo sie versorgt werden konnten, bis ihre Zeit gekommen war.

Irgendwann brachte Lubna ihm Essen und sie aßen stehend im Innenhof, beide kaum noch wach, beiden bewusst, dass noch mehr Arbeit zu erledigen war. Lubna lehnte sich an ihn und er sah, wie müde sie war. Erst jetzt wurde ihm bewusst, wie müde er selbst war. Er wusch sich die Hände in einem Trog, küsste sie und ging wieder an die Arbeit.

Die Morgendämmerung kam und mit ihr sank die Zahl derer, die zum Krankenhaus gebracht wurden. Thomas machte sich auf die Suche nach Lubna und musste sie fast wegzerren.

„Du musst nicht alles selbst machen", sagte er und war überrascht, als sie lachte. „Was?"

„Wie oft habe ich diese Worte schon zu dir gesagt?"

Er verzog das Gesicht. „Wie oft habe ich auf dich gehört?"

Sie hielt einen einzelnen Finger hoch, dann klappte sie ihn wieder zwischen die anderen, und auch er lachte.

Die Straßen waren kühl im grauen Licht des anbrechenden Tages. Eine Gruppe von Soldaten zog vorbei, Gomeres, und Thomas suchte ihre Reihen nach Usaden ab, entdeckte ihn aber nicht. Im Haus erlaubte er Lubna, sich zuerst zu reinigen, dann stand er nackt im Schlafzimmer und versuchte, den Gestank des Krieges von seinem Körper zu waschen.

Als er sich zum Bett umdrehte, war Lubna schon fast eingeschlafen, aber sie drehte ihren Kopf zu ihm, die Augen bereits geschlossen. „Geh und hol Will, ich schlafe besser, wenn er bei uns ist."

Er nickte. Sie hatte recht. Seine Anwesenheit würde helfen, die Erinnerungen zu vertreiben, die sie beide von ihrer Arbeit in dieser Nacht mitgenommen hatten. Diego war allein in dem Bett, das er normalerweise mit Will teilte, das andere war unbenutzt. Will schlief auch nicht bei Olaf, wie er es manchmal tat, also schlüpfte Thomas in Jorges Zimmer.

Jorge brummte und rollte sich auf die Seite, weigerte sich aber, aufzuwachen. Es war Belia, die sich aufsetzte und die Decke hochzog, um ihre Nacktheit zu verbergen.

„Brauchst du etwas?"

„Ich suche Will."

„Warum? Hast du ihn verloren?"

Thomas runzelte die Stirn, verstand nicht. „Ich habe ihn hier gelassen und er ist nirgendwo. Wenn er –"

„Du hast eine Nachricht geschickt, dass er zu dir kommen soll. Ich fand das seltsam, aber Yusuf sagte, du kennst die Frau, genau wie er."

„Welche Frau?" Thomas bewegte sich weiter in den Raum hinein. Er starrte durch das Fenster, um zu vermeiden, Belia anzusehen, und erwartete halb, Will auf der Straße zu entdecken, aber sie war leer. „Von wem redest du?"

„Von der Frau mit dem Harem. Gracia – ist das ihr Name?"

Thomas stieß einen tiefen Atemzug aus, von dem er nicht bemerkt hatte, dass er ihn angehalten hatte. „Du hast Will allein in die Nacht gehen lassen … mit einer Fremden? Während da draußen der Krieg tobt? Bist du verrückt?"

„Ich sagte doch, er ist nicht allein gegangen. Diese Frau kam, die Frau des toten Mannes. Die, die den Fehler gemacht hat, wieder in sein Haus zu ziehen. Sie sagte, du und Lubna wärt bei ihr und würdet bei ihr übernachten, weil ihr Haus näher am Krankenhaus liegt. Und dass sie Will zu euch bringen soll."

Thomas starrte Belia an.

„Will erkannte sie und ging ganz fröhlich mit. Diego wollte ihn begleiten, aber sie sagte, er dürfe nicht. Bist du sicher, dass er nicht irgendwo hier im Haus ist? Wo haben du und Lubna geschlafen?“

„Wir waren nie dort. Wir waren den ganzen Tag und die ganze Nacht im Krankenhaus und sind danach direkt hierher zurückgekommen.“

KAPITEL ZWEIUNDDREISSIG

Thomas kehrte in ihr Schlafzimmer zurück, aber Lubna war bereits in einen tiefen Schlaf gefallen. Er beobachtete sie einen Moment lang, unschlüssig, ob er sie wecken sollte oder nicht, dann tappte er leise auf nackten Füßen davon. Lubna brauchte nicht zu wissen, was passiert war, bis er es selbst überprüft hatte, obwohl er keinen harmlosen Grund dafür erkennen konnte, dass Gracia ihn mitgenommen hatte. Er zog sich schnell an und weckte stattdessen Jorge, da er wusste, dass er ihn noch brauchen würde.

Als sie sich ihren Weg durch fast leere Straßen bahnten, ertönte das Knallen einer einsamen Kanone. Das Krachen von Stein auf Stein folgte einen Moment später, als die Ecke eines Hauses in der nächsten Straße abbröckelte, auf die Straße herabfiel und eine Staubwolke aufwirbelte.

„Er wird dort sein und wir werden ihn zurückbringen", sagte Jorge.

„Hat denn niemand daran gedacht, die Frau nach ihren Gründen zu befragen? Warum hätten wir mitten in der Nacht nach ihm schicken sollen, anstatt die zusätzliche halbe Meile zu unserem eigenen Haus zu laufen?"

„Gracia sagte, du wolltest ihn bei dir haben, dass du besser schlafen würdest mit ihm an deiner Seite."

Die Erklärung war so nah an dem, worum Lubna ihn gebeten hatte, dass Thomas verstand, wie sie sie hatte überzeugen können. Aber was er nicht verstand, war, warum sie ihr geglaubt hatten, dass er und Lubna lieber in Gracias Haus übernachtet hätten, anstatt die kurze Strecke nach Hause zu gehen.

„Was, wenn wir dort ankommen und das Haus ein Trümmerhaufen ist? Verdammter al-Tagri – warum beugt er sich nicht dem Unvermeidlichen und kapituliert? Es wird für alle schlimmer werden, je länger er diese törichte Hartnäckigkeit fortsetzt."

Eine Gruppe von Menschen überquerte vor ihnen die Fahrbahn, ein Mann mit seinen zwei Frauen und fünf Kindern. Eines der Kinder, das verletzt war, trug er in seinen Armen. Sie verschwanden in Richtung Krankenhaus, ohne sich umzudrehen, wofür Thomas dankbar war. Hätten sie um Hilfe gebeten, hätte er sie abweisen müssen.

Das Haus von Zufar al-Zaki erschien unbeschädigt, das Dach fing bereits die ersten Strahlen der aufgehenden Sonne ein. *Dies ist das Haus, in dem alles begann*, dachte Thomas, und eine plötzliche Angst durchfuhr ihn, dass es auch der Ort sein könnte, an dem sich mit einem weiteren Tod der Kreis schloss. Er schob die Angst zwar beiseite, doch sie traf ihn härter als sonst, weil er den Gedanken, Will zu verlieren, nicht ertragen konnte. Seine Brust spannte sich an und als Jorge sich zu ihm umdrehte, biss Thomas sich auf die Innenseite seiner Wange und schluckte seine Emotionen hinunter.

Der Rest von al-Zakis Harem schlief noch, aber das würde sich gleich ändern. Ein Blick auf Thomas und die drei Frauen drängten sich zu Jorge, doch ausnahmsweise bot er ihnen keinen Trost, und so standen sie dicht zusammen und klammerten sich aneinander.

„Ich bin nicht euretwegen hier“, sagte Thomas. „Wo ist Gracia?“

Es dauerte einige Zeit, bis eine von ihnen reagierte, und dann wurde die Älteste nach vorne geschoben.

„Sie ist gegangen.“

„Mit meinem Sohn?“

Die Frau runzelte die Stirn. „Sie ist mit einem Mann gegangen. Ist Ihr Sohn groß und gutaussehend?“ Sie betrachtete Thomas von oben bis unten und entschied, dass er tatsächlich der Vater des Mannes sein könnte, den sie gesehen hatte.

„Er ist vier Jahre alt, fast fünf. Kannte Gracia den Mann, mit dem sie ging?“

Ein Nicken. „Ja. Er hat sie schon einmal besucht.“

„Um wie viel Uhr haben sie das Haus verlassen?“

Die Augen der Frau wanderten in eine Ecke des Raumes, bevor sie zu Thomas zurückkehrten, aber sie begegnete seinem Blick nicht und starrte stattdessen Jorge an. „Ich habe geschlafen, wurde aber von ihrem Streit geweckt. Ich wollte nicht nach unten gehen, also habe ich vom Balkon aus zugeschaut.“

„Worüber haben sie gestritten?“

„Ich weiß es nicht, sie sprachen Spanisch. Es sah so aus, als wollte der Mann, dass Gracia etwas tut, doch sie weigerte sich. Schließlich packte er sie am Arm und zerrte sie nach draußen. Ich kam nach unten, als ich sicher war, dass sie nicht zurückkommen würden, und schaute durch das Fenster. Da konnte ich sie gerade noch am Ende der Straße sehen.“

„In welche Richtung sind sie gegangen?“, fragte Thomas.

„Ähm … da lang?“ Sie zeigte in die Richtung und Thomas dachte nach. In diese Richtung wären sie zu Diegos Haus gelangt, wenn sie lange genug gegangen wären. Was sie offensichtlich getan hatten. Er wünschte, er hätte seine

Familie nie nach Malaka gebracht, sondern sie alle auf dem Hügel gelassen, wo sie es mit den Spaniern hätten aufnehmen können, aber jetzt war es zu spät und er musste mit den Konsequenzen leben.

Will war entführt worden, so viel war klar, und er glaubte zu wissen, wer außer Gracia noch daran beteiligt war.

„Hast du einen Namen gehört? Irgendetwas?"

Die junge Frau schüttelte den Kopf. „Aber Olivia könnte es wissen."

Der Name löste eine blasse Erinnerung aus und langsam wurde Thomas klar, dass das Mädchen von Gracias Gefährtin sprach.

„Wo ist sie?"

„Ich bin hier."

Thomas drehte sich um und sah sie auf der Treppe stehen. Sie trug ein Nachthemd, eine Hand auf dem Geländer. Thomas warf einen Blick auf die jungen Frauen, die sich immer noch um Jorge scharten, dann ging er zu Olivia und ergriff ihren Arm. Sie schrie erschrocken auf, aber er zerrte sie die Treppe hinauf und blieb dann stehen, unschlüssig.

„Wo ist Ihr Zimmer?"

„Sie tun mir weh."

„Und ich werde Ihnen noch mehr wehtun, wenn Sie nicht antworten. Ihr Zimmer!"

Sie zeigte mit ihrer freien Hand auf eine Tür. Thomas zog sie hinein und warf sie auf das Bett. Olivia fiel mit weit aufgerissenen Augen auf die Matratze. Thomas erkannte, dass sie befürchtete, er würde sie vergewaltigen, und trat einen Schritt zurück.

„Mir wurde gesagt, dass Gracia mit einem Mann gegangen ist. Haben Sie ihn gesehen? Kennen Sie ihn?"

Olivia schüttelte den Kopf. Sie fing an, ihre Fassung wiederzuerlangen und setzte sich auf, ordnete Kissen hinter sich und schlug die Beine übereinander. „Ich bin aufgewacht, als ich unten Ihre Stimme hörte, aber Gracia hat mich nicht geweckt, als sie ging. Sind Sie sicher, dass sie fort ist und nicht irgendwo im Haus?"

Thomas ging aus dem Zimmer zum oberen Ende der Treppe. „Jorge!"

Er wartete, bis er auftauchte, eine junge Frau klammerte sich immer noch an seinen Arm.

„Frag sie, ob der Mann an die Tür geklopft hat oder ob Gracia ihn erwartet hat." Er kehrte in den Raum zurück. „Sie erwarten von mir, dass ich glaube, dass Sie nichts gehört und gesehen haben?"

Sie lächelte.

„Aber Sie wissen, wer der Mann ist, nicht wahr?"

Thomas wusste nicht, ob er die Wahrheit sprach oder nicht, bis er Olivias Lächeln verblassen sah. Er durchquerte den Raum, zögerte, setzte sich dann an das Fußende des Bettes und war froh, als sie sich nicht vor ihm zurückzog. Ihre Augen musterten sein Gesicht, misstrauisch. Von unten stieg das Geräusch der jungen Frauen auf, ein schwaches Hintergrundgeflüster, und er wusste, wenn jemand mitten in der Nacht an die Tür geklopft hätte, hätte das sowohl Olivia als auch Gracia geweckt.

„Sie wollte nicht, dass jemand stirbt", sagte Olivia und eine plötzliche Angst durchfuhr Thomas. Ihm fiel auf, dass sie *sie* gesagt hatte, nicht *wir*. Bedeutete das, dass Olivia nichts weiter als eine unschuldige Beobachterin war? Doch das war unmöglich, sofern sie gewusst hatte, was vor sich ging. Es wäre ihre Pflicht gewesen, die Behörden zu informieren.

„Erzählen Sie mir, wie es angefangen hat." Thomas versuchte, seine Stimme leise zu halten, während er darüber nachdachte, wie Jorge dieses Gespräch führen würde, und er fand, dass er es ganz gut hinbekam.

„Wir brauchten Geld", sagte sie. „Was Zufar uns gab,

konnte nicht einmal eine Katze ernähren, geschweige denn zwei Frauen."

„Was Zufar euch gab? Das verstehe ich nicht. Ich dachte, er lehnte eine Scheidungsvereinbarung ab."

Olivia lächelte verschmitzt. „Dachten Sie, er könnte sie ganz aufgeben? Oh, diese Mädchen sehen hübsch aus, aber ihnen fehlt die Erfahrung zweier reifer Frauen." Und wieder dieses Lächeln.

Thomas dachte, dass sie vielleicht eine gewisse Schockstarre von ihm erwartet hatte, aber wenn dem so war, war sie sich nicht bewusst, was Jorge ihm darüber erzählt hatte, was zwischen Männern und Frauen möglich war.

„Er kam zu euch beiden … wohin, nach Ballix?"

„Immer nach Ballix. Es war nicht so, dass wir Huren waren. Nicht am Anfang. Er hinterließ uns kleine Geschenke. Manchmal sehr kleine. Wie ich schon sagte, nicht genug zum Leben. Also ist das wirklich alles seine Schuld. Alles, was passiert ist, ist die Schuld dieses Mannes."

„Warum hat Gracia ihm erlaubt, euer Bett zu teilen? Er war respektlos ihr gegenüber, indem er sie nach der Scheidung nicht auszahlte. Sie sagte mir, sie hasse ihn. Ich glaubte ihr damals und ich glaube ihr auch jetzt noch."

„Wenn sie es nicht getan hätte, wären wir verhungert."

„Wer hat diese Treffen veranlasst? Zufar oder Gracia?"

„Gracia ging zu ihm und verlangte Geld. Sie ging ohne mich und als sie zurückkam, war sie anders. Ich konnte sehen, dass etwas vorgefallen war. Sie hatte Geld, aber sie wollte mir nicht sagen, wie sie es bekommen hatte, nicht bis später in der Nacht, als wir im Bett lagen. Zufar hatte Sex verlangt. Sie hatten sich gestritten. Sie sagte mir, er habe sie genötigt, aber ich war mir nie sicher, ob das wirklich die Wahrheit war. Doch dann gab er ihr wieder Geld, später. Nicht viel, zweifellos um sein schlechtes Gewissen zu besänftigen. Es verging ein Monat, bis sie ihm eine

Nachricht schickte, in der sie ihm sagte, wenn er wolle, könne er uns beide im Bett haben."

„Wie oft hat er …"

„Einmal im Monat, manchmal öfter. Wann immer ihn Geschäfte nach Ballix oder in die Gegend führten. Die meisten Routen nach Osten und Norden führen an der Stadt vorbei und Zufar hatte für die Gilde immer viel zu tun." Sie sah ihn herausfordernd an. „Was er uns gab, wenn er kam, war immer noch nicht genug, um davon zu leben."

„Ihr hättet euch Arbeit suchen können."

„Gracia war an ein einfaches Leben gewöhnt. Außerdem, wenn er bereit war, uns zu bezahlen, waren wir gerne bereit, ihm zu dienen." Sie lächelte. „Es dauerte selten lange, nicht, wenn wir gut zusammenarbeiteten. Und dann brachte er eines Tages einen Begleiter mit."

„Den gleichen Mann, mit dem Gracia heute Abend weggegangen ist?"

„Ich habe geschlafen, das habe ich Ihnen schon gesagt."

„Natürlich haben Sie das. Wer war der Mann, den Zufar mitbrachte?"

„Sein Name war Woodville. Richard Woodville. Ein Landsmann von Ihnen." Olivia neigte den Kopf zur Seite. „Sind Sie ein talentierter Liebhaber? Richard war außergewöhnlich talentiert. Sind alle Engländer so? Er konnte –"

Thomas unterbrach sie. „Was haben Sie ihm erzählt?" Er hatte keine Lust, die Details davon zu erfahren, was sie mit Woodville gemacht hatten. Die Anwesenheit des Mannes bestätigte nur, was er bereits wusste. Woodville war hier, um sich zu bereichern und eine Ehe zu arrangieren.

„Wir wussten nicht, dass es so enden würde."

„Da bin ich mir sicher. Ihr Geheimnis ist jetzt raus, also sagen Sie mir, was Sie ihm erzählt haben."

„Zufar prahlte gerne. Mit seinem Reichtum. Mit dem Reichtum der Gilde. Und dann, als klar war, dass die Spanier kommen würden, auch über die unermesslichen Reichtümer, die in der Alcazaba angehäuft wurden, und wie er einen Teil davon für sich selbst nehmen würde. Er hatte einen Plan, obwohl ich nie herausgefunden habe, welchen, nur dass es einen gab."

Thomas starrte auf das Kopfteil neben Olivia und versuchte, die Zusammenhänge, die Bedeutung davon zu verstehen, was ihm nicht gelang.

„Erklären Sie es mir. Nehmen Sie an, ich sei dumm."

Olivias Ausdruck zeigte, dass sie nicht daran zweifelte.

„Zufar brachte Richard zu uns, stellte ihn vor. Er schenkte uns dem Mann. Er dachte, er sei schlau, aber Richard erzählte uns auch Dinge. Er erzählte uns, dass Zufar mit seinem Plan zu ihm gekommen war, etwas von dem Vermögen der Gilde zu stehlen, wenn es verlagert wurde. Er sagte, es sei sicher und so einfach zu bewerkstelligen, dass derjenige, der das Gold an einen anderen Ort bringen wollte, ein Narr sei. Aber dann bekam Zufar einen Brief von seinem Schreiber." Sie winkte mit einer Hand. „Miguel so und so, sagte er, ich kenne seinen vollen Namen nicht. Er fühlte sich davon bedroht."

„Woher wissen Sie von dem Brief? Warum sollte Zufar Ihnen davon erzählen?"

„Nicht Zufar, Richard. Er kam inzwischen immer öfter zu uns und wollte uns damit beeindrucken, was für ein Schurke er sei. Er war es, der uns erzählte, dass Zufar einen Brief erhalten und Angst hatte, dass sie entlarvt werden würden, aber dass er sich um die Sache gekümmert hätte."

„Hat er gesagt, wie?"

„Nein, nur dass sie jetzt in Sicherheit seien."

„Hat er gesagt, was in dem Brief stand?" Thomas war sich sicher, dass es um jenen Brief ging, den Diegos Vater geschrieben hatte, in dem er Anschuldigungen gegen Izem Amreqan erhob, nicht ahnend, dass sein eigener Meister ebenfalls Teil des Komplotts war.

„Richard sagte nur, dass ihnen in dem Brief gedroht wurde, sie zu entlarven, das ist alles. Er sagte, Zufar habe versucht, die Situation zu regeln, sei aber gescheitert. Dann erklärte er uns, er habe sich um die Dinge gekümmert, prahlte damit, ohne uns zu sagen, wie, aber dann starb Zufar und wir beide wussten es. Er hatte sie getötet, um zu verhindern, dass das Komplott aufgedeckt wird. Wir hatten Angst, aber da war es schon zu spät, also haben wir geschwiegen, damit er uns nicht auch umbringt. Er ließ auch Izem Amreqan töten, da bin ich mir sicher. Er war es, gegen den die Anschuldigungen erhoben wurden, nicht Zufar, aber sie waren alle daran beteiligt. Bis auf den Mann, der den Brief geschrieben hat, aber auch er wurde zum Schweigen gebracht." Sie lachte, aber es lag keine Spur von Humor darin. „Richard hat sich gefreut, weil alle dachten, der Mann sei eines natürlichen Todes gestorben … Er hatte nicht jedoch nicht gleich mitbekommen, dass dieser Miguel mit seiner Frau gesprochen hatte, also musste er sich auch um sie kümmern. Und Zufar wusste natürlich auch von dem Geheimnis und musste ebenfalls zum Schweigen gebracht werden." Sie atmete scharf aus und ihr Gesicht legte sich in Falten, als würde sie erst jetzt das Ausmaß dessen begreifen, was sie getan hatten. Als sie aufblickte, glitzerten unvergossene Tränen in ihren Augen. „Werden Sie mich jetzt umbringen?"

„Sie töten? Warum sollte ich Sie töten?"

„Weil Gracia sagte, Sie seien Teil des Komplotts. Zwei Engländer, die zusammenarbeiten, um maurisches Gold zu stehlen." Ihr Blick flackerte zu einer Kommode, kam aber schnell zu ihm zurück. „Sie hat einen Brief geschrieben, den ich an Ali Durdush schicken soll, falls ihr etwas zustößt. Sie hat ihn mir gezeigt. Er nennt die Beteiligten und Ihr Name steht auch auf der Liste."

„Woodville hat Will“, sagte Thomas. Er ging schnell neben Jorge her, als sie al-Zakis Haus verließen. Er hatte ihm geschildert, was Olivia ihm erzählt hatte, erklärt, welche Schlüsse er aus den Informationen gezogen hatte, und nun waren sie beinahe zurück zu Hause. „Sie werden Will aus der Stadt gebracht haben. Woodville wird sein Lager in der Nähe von Isabel und Fernando aufgeschlagen haben, irgendwo da draußen.“ Er winkte mit einer Hand in Richtung der Stadtmauer. „Wir können ihn finden.“

„Ins spanische Lager gehen?“

„Fällt dir eine andere Möglichkeit ein, meinen Sohn zu retten?“

Als sie in ihre Straße einbogen, erblickte Thomas einen Mann, der vor ihrer Tür kniete, und er begann zu rennen. Der Mann hörte das Geräusch seiner Stiefel, drehte sich um und machte sich aus dem Staub. Thomas verfolgte ihn bis zu den Gassen, die sich an der westlichen Stadtmauer neben der Ataranzana entlang schlängelten, bevor er sich eingestehen musste, dass er ihn verloren hatte. Als er zum Haus zurückkehrte, standen schon alle draußen auf der Straße.

„Habt ihr ihn gefunden?“ Lubnas Augen waren von dunklen blauen Ringen der Erschöpfung gezeichnet, aber Thomas wusste, dass sie nicht schlafen würde, bis Will zu ihnen zurückkehrte.

„Nein, aber ich weiß, wer ihn entführt hat.“

Lubna schlug ihm auf die Brust. „Wieso bist du dann nicht auf dem Weg, sondern stehst noch hier?“

„Weil wir uns vorbereiten müssen.“

„Will ist entführt worden!“ Sie schrie ihm die Worte entgegen, ihre Fäuste schlugen auf ihn ein. „Unser Sohn ist entführt worden.“

Diego stellte sich neben sie und reichte Lubna eine Hand. „Will“, sagte er.

„Er ist nicht hier. Geh zurück ins Bett und du wirst ihn bald wiedersehen.“

„Eine Frau hat ihn mitgenommen." Diegos Gesicht schien all die Weichheit verloren zu haben, die es normalerweise zeigte. Selbst seine Sprache war klarer. „Aber es ist alles in Ordnung, Thomas. Er ist unversehrt. Er wird bis morgen in Sicherheit sein."

Thomas drehte sich zu Olaf um. „Ist Usaden im Haus?" Die beiden Gomeres hatten bei ihnen gewohnt, seit sie in die Stadt gekommen waren.

„Soweit ich weiß. Ich habe ihn nicht weggehen sehen."

„Geh und hol ihn, er muss etwas für mich tun. Du auch, wenn du bereit bist."

„Natürlich bin ich bereit." Olaf drehte sich um und ging ins Haus.

„Wenn du kämpfen willst, dann komme ich auch mit", sagte Yusuf. „Für Will. Für dich. Das weißt du doch, Thomas."

„Was ich vorhabe, wird schnell und heftig und gefährlich sein, und ich wage es nicht, dich unter die Spanier zu mischen. Ich habe eine andere Aufgabe für dich, wenn du sie erledigen willst. Wir treffen uns alle drinnen, um einen Plan zu schmieden, sobald ich mir angesehen habe, was dieser Mann hier gemacht hat."

Thomas näherte sich vorsichtig der kleineren Türöffnung, an der er den Mann hatte knien sehen. Er hatte gehört, dass die Spanier kleine Pakete mit Schießpulver und Lunten mit sich führten. Sie zündeten sie an und warfen das Ganze dann dem Feind ins Gesicht. Aber er konnte nichts Derartiges erkennen, als er sich hinkniete. Doch dann fiel ihm die Ecke eines Blattes Papier ins Auge und er griff danach.

Als er daran zog, entpuppte es sich als ein Zettel. Eine Art Erpresserbrief. Geschrieben auf Englisch, was nur bestätigte, dass Woodville ihn verfasst haben musste, obwohl keine Unterschrift und kein Siegel zu finden waren, nur die Worte, die mit einer beschädigten Feder geritzt worden waren, sodass die Tinte über die Zeilen gespritzt war.

Wir haben deinen Sohn. Hör auf, dich in Dinge einzumischen, die dich nichts angehen, und er wird dir in drei Tagen unversehrt zurückgegeben werden. Mach weiter und du kriegst ihn Stück für Stück zurück.

KAPITEL DREIUNDDREISSIG

„Verschwinden Sie!“ Thomas stieß den heiligen Mann al-Antiqamun an, aber er tänzelte weiter um sie herum. Er stank, sowohl sein Körper als auch die Lumpen, in die er gekleidet war. Sein Haar war verfilzt und Thomas versuchte, Abstand zu ihm zu halten, aus Angst vor dem, was darin wohnen könnte.

„Sie gehen, um Spanische zu töten, ja? Ich werde helfen. Ich werde sie verfluchen. Ich werde Allahs heiliges Feuer auf ihre heidnischen Köpfe herabrufen. Antiqamun kommt mit, Thomas Berrington.“

Thomas drehte sich zu Usaden um, der teilnahmslos vor dem schweren Tor der Ataranzana stand. Hinter ihm zeigten weitere Gomeres nicht mehr Emotionen als er, nicht einmal das verräterische Zittern eines Fingers oder das Klopfen von Zehen, das die Männer normalerweise an den Tag legten, bevor sie in die Schlacht zogen. Diese Männer waren aus härterem Holz geschnitzt als andere.

„Sie haben ihnen erklärt, was wir brauchen?“

Usaden nickte.

„Und sie wissen, dass sie vielleicht nicht zurückkommen?“

Usaden lächelte. „Wir werden zurückkommen, wir alle. Wir sind Gomeres. Und wenn nicht, dann sterben wir bereitwillig für Ihren Sohn. Außerdem wird es eine Ehre sein, ihn kämpfen zu sehen." Er blickte zu Olaf, der in der einen Hand eine Axt und in der anderen einen Schild hielt. Er hatte sein Gesicht blau bemalt mit einer Farbe, die Belia für ihn vorbereitet hatte, das Weiß seiner Augen hob sich von der Dunkelheit ab.

Es waren Stunden vergangen, bevor sie bereit gewesen waren. Lubna war verschwunden, immer noch wütend auf Thomas, weil er Will nicht sofort zu Hilfe geeilt war.

„Hat er sich schon ausreichend erholt?" Usaden lehnte sich nahe heran, sodass niemand sonst ihn hören konnte.

„Er behauptet es jedenfalls."

„Aber Sie sind der Arzt."

„Und er ist Olaf Torvaldsson." Thomas glaubte nicht, dass eine weitere Erklärung nötig war. Er hatte gesehen, wie furchterregend Olaf sein konnte, als er die Männer auf der Straße angegriffen hatte. Jetzt blickte er in den stockdunklen Himmel und der Mond neigte sich dem westlichen Horizont zu. „Es ist Zeit zu gehen."

„Ja. Es ist Zeit." Usaden winkte mit einer Hand und vier der Gomeres hebelten die schweren Bretter aus, die das Tor geschlossen hielten, aber sie schwangen es noch nicht weit auf. Stattdessen konnten sie nun eine kleinere Tür öffnen. Die Männer traten lautlos hindurch, ohne sich umzusehen.

Thomas blickte zu Jorge und sah seine Hand vor seiner Brust zusammengeballt. Er berührte seine Schulter, sagte aber nichts, und Jorge nickte. Er tat dies aus Liebe. Aus Liebe zu Will, aus Liebe zu Lubna und aus Liebe zu Thomas, der sich fragte, in welchem Moment genau sie beide sich so nahe gekommen waren. Die Liebe, die sie verband, hatte sich so langsam angeschlichen, dass er keinen bestimmten Zeitpunkt definieren konnte, vielmehr war es die Anhäufung von Tagen, Monaten und Jahren, die ihm zeigte, wie sehr sie sich aufeinander verließen. Sie waren unzertrennlich geworden. Brüder.

Er ging weiter und folgte den Gomeres, wohl wissend, dass Jorge direkt hinter ihm sein würde.

Jenseits des Tores spannte sich eine breite Holzbrücke über das Wadi al-Medina, die zu einem zweiten Tor führte, das in einen Steinturm eingelassen war. Die Brücke war leer und die Geräusche ihrer Stiefel waren zu laut, als sie sie überquerten. Auf der anderen Seite hielt ein halbes Dutzend Soldaten Wache, doch als die Gomeres sich näherten, begannen sie damit, ein Tor zu entriegeln, das demjenigen glich, durch das sie gerade getreten waren.

„Was liegt dahinter?“, fragte Usaden.

„Dort sind ein paar Männer, aber nicht viele. Ab und zu wird jemand versuchen, über eine Leiter hinaufzuklettern, dann beschießen wir sie mit Pfeilen. Kämpft euch schnell durch und kämpft hart. Möge Allah mit euch sein.“

Usaden sah kurz zu seinen Begleitern, doch auf Thomas und Jorge ließ er seinen Blick länger ruhen.

„Sie sind sich dieser Sache sicher?“

„Natürlich“, sagte Thomas.

„Wir werden versuchen, Ihnen eine Stunde zu verschaffen, aber es wird wohl eher weniger sein.“

„Eine Viertelstunde wird ausreichen. Sobald wir uns unter sie mischen, werden wir sicher sein.“ Er und Jorge hatten sich als spanische Soldaten verkleidet, nachdem sie die Uniformen aus einem Stapel toter Angreifer herausgesucht hatten. Thomas’ Gewand war eng, Jorges noch enger, aber Belia hatte die Nähte aufgetrennt und sie ein wenig bequemer gemacht. Thomas hatte erwartet, dass ihn tagsüber eine quälende Ungeduld plagen würde, doch dann war der Tag wie im Fluge vergangen, so viel war zu tun gewesen.

Usaden wandte sich ab und nickte den Söldnern zu. Als die Tür sich öffnete, rannten sie hindurch. Andere Männer hätten geschrien und gebrüllt, um den Feind zu erschrecken. Die Gomeres rannten schweigend, während ihre Schwerter das Reden übernahmen.

Eine Gruppe von Spaniern saß am Ufer des Flusses und kam nur langsam auf die Beine, einige schafften es nicht einmal auf die Knie, bevor geschärfter Stahl ihnen das Leben raubte.

Thomas und Jorge folgten als Letzte und hielten sich absichtlich im Hintergrund.

Olaf ging eher, als dass er rannte, seine Axt pfiff am Ende ihres Lederriemens um seinen Kopf und sein Schild klapperte, als spanische Schwerter auf ihn einschlugen. Er hatte es nicht eilig damit, die Dunkelheit mit seinem Chaos zu erfüllen. Schließlich war er ein Nordmann.

Al-Antiqamun stand inmitten des Durcheinanders, die Arme in den Himmel gehoben, als er Allahs Feuer auf die Heiden herabrief. Gut möglich, dass in seiner Einbildung tatsächlich der Himmel in Flammen stand. Aus irgendeinem Grund versuchte jedoch niemand, ihn zu töten.

Thomas grinste, aber es war ein düsteres Grinsen. Er wollte sich zu den anderen gesellen, zustechen und durchtrennen und verwunden, aber er wusste, dass ihm diese Freude nicht vergönnt war. Später, vielleicht, wenn sie Will befreit hatten. Um dem Jungen zu zeigen, worum es im Krieg wirklich ging. Eine Lektion, die vielleicht einen Teil seiner Aggressionen heilen würde, vielleicht aber auch nicht. Kurz erinnerte sich Thomas an seine erste Kampferfahrung und wie er sich vor Angst in die Hose gemacht hatte. Aber das war lange her und jetzt weit weg, und er hatte seitdem gelernt, die Verwüstung des Krieges zu lieben. Nur heute Abend wandte er dem Handgemenge den Rücken zu.

Er parierte den Stoß eines Spaniers und rannte an ihm vorbei, im Vertrauen darauf, dass Jorge dicht hinter ihnen sein würde. Nach Süden am Flussufer entlang, bis sie dunklen Vulkansand erreichten, dann in Richtung Westen, das Rauschen der Wellen zu ihrer Linken.

Nach einer Viertelmeile blieb Thomas stehen und versuchte, Luft in seine Lungen zu saugen. Neben ihm tat Jorge das Gleiche. Das spanische Lager schlief. Aus einer Entfernung von drei- oder vierhundert Schritten hörte man das Geräusch von Metall auf Metall und die Schreie sterbender Männer, die von denen überhört wurden, die in den Zelten schlummerten oder auf dem Boden um die Feuer herum lagen, welche zu kaum mehr als einer schwachen Glut heruntergebrannt waren. Solche Angriffe waren auf beiden Seiten üblich und die Armee hatte verinnerlicht, alles andere als die Befehle ihres Königs zu ignorieren. Genau darauf verließ sich Thomas. Er marschierte weiter und schritt durch die Haufen schlafender Männer, für die Jorge und er nichts weiter waren als zwei Soldaten, die von den Latrinengruben oder den Huren zurückkehrten, die in der Nähe ihr Lager aufgeschlagen hatten.

Er wählte seinen Weg mit Bedacht, bewegte sich nach Westen, immer nach Westen, bis sie fast am hintersten Ende des Lagers von über zehntausend Männern angekommen waren, wissend, dass die Zelte der Adligen so weit wie möglich von der Stadtmauer entfernt liegen würden. Irgendwo in der Nähe schlief Fernando, oder vielleicht saß er wach und schmiedete Pläne. Thomas fragte sich, ob Isabel ihn begleitet hatte. Er wusste, dass sie keine Angst vor dem Schlachtfeld hatte und dass ihre Anwesenheit die Moral der Soldaten weit mehr stärkte als die ihres Mannes.

„Ich nehme an, du hast einen Plan“, sagte Jorge.

„Sie werden ihn irgendwo in Woodvilles Nähe festhalten.“ Thomas’ Augen suchten die Dunkelheit ab, die nur vom schwachen Schein der Feuer erhellt wurde, und von ein oder zwei Lampen, die an Stangen hingen und eine graue Leinwand beleuchteten.

„Warum sollte er ihn in seiner Nähe wollen?“

„Weil es das ist, was ich tun würde. Es gibt ihm Kontrolle und Macht."

Jorge schüttelte den Kopf. „Ich verstehe es immer noch nicht. Er ist ein Freund von Fernando, ein wichtiger Mann. Seine Nichte ist mit dem englischen König verheiratet. Warum das alles riskieren?"

„Er besitzt Titel, aber mein Vater hat immer gesagt, ein Titel bringt kein Essen auf den Tisch. Er braucht Geld. Er braucht den Reichtum von Malaka, oder zumindest einen Teil davon. Darum geht es bei all dem hier. Die Morde, um die Menschen zum Schweigen zu bringen. Er hat vor, das Gold der Gilde zu stehlen."

„Nicht möglich", sagte Jorge. „Du hast den Turm gesehen, in dem es aufbewahrt wird, die Art, wie es Tag und Nacht bewacht wird, und den Fluchttunnel. Wenn er glaubt, dass er das in die Finger bekommt, ist er ein noch größerer Narr, als ich ohnehin schon meine."

„Es ist machbar."

Jorge lachte, hielt sich dabei aber die Hand vor den Mund, um das Geräusch zu dämpfen. „Glaub du nur, was du willst. Also, wo werden wir Woodville finden?"

Thomas nickte in die Richtung, in der ein großes Zelt abseits der anderen stand. „Das werden Isabel und Fernando sein. Dann ist Woodville nicht weit. Dort … oder dort …" Er deutete auf weitere noblere Zelte, alle mit Bannern geschmückt. Sie flatterten in einer starken Brise, die den scharfen Geruch von verfaultem Fisch mit sich brachte. Die Armee würde riesige Mengen fangen müssen, um sich zu ernähren, und die Abfälle mussten irgendwo in der Nähe entsorgt worden sein.

Als er das schattige Lager überblickte, drang der Ruf eines Mannes deutlich durch die Nacht. Eine vertraute Stimme und dann eine vertraute Gestalt. Al-Antiqamun rannte einer Gruppe von Soldaten voraus, seine zerfledderten Gewänder flatterten hinter ihm her. Er hätte fliehen können, wenn das tatsächlich seine Absicht gewesen wäre, aber eine andere Gruppe kreuzte seinen Weg und er lief direkt in sie hinein.

„Geisteskranker", sagte Jorge. „Wenn er nicht aufpasst, weckt er das ganze Lager auf und wir werden auch gefangen genommen."

„Fernando würde uns befreien." Thomas sah ein Handgemenge mit an, als die Soldaten versuchten, al-Antiqamun festzuhalten, ohne ihm näher zu kommen, als sie mussten, was keine einfache Aufgabe war. Dann schien ein Gespräch stattzufinden und nach einigen Minuten führten vier Männer al-Antiqamun weg in Richtung eines der feineren Zelte.

„Wo bringen sie ihn hin?", fragte Jorge. „Das ist nicht Fernandos Zelt."

„Ist es nicht. Aber es könnte das von Woodville sein." Thomas machte ein paar Schritte in das Lager hinein. Die Männer waren aufgewacht, begannen aber jetzt, sich wieder zur Ruhe zu begeben, Soldaten, die in der Lage waren, zu jeder Zeit zu schlafen. Thomas folgte schmalen Pfaden, die sich zwischen Lagerfeuern und schlafenden Männern hindurchschlängelten, wobei sich der Gestank ungewaschener Körper mit dem Rauch vermischte. Ein tief stehender Sichelmond bot gerade genug Licht, um einen Weg zu finden.

Al-Antiqamun wurde durch den Eingang des Zeltes geschleift und Thomas bewegte sich schneller. Er erreichte eine Seite und lehnte sich nahe an den Zeltstoff, um nach Stimmen im Inneren zu lauschen. Eine davon erkannte er nur langsam, denn al-Antiqamun sprach Spanisch, eine Fähigkeit, die er bisher noch nie offenbart hatte.

„... haben Neuigkeiten für Ihre Gnaden", sagte al-Antiqamun. „Es gibt einen Weg, um in die Stadt zu gelangen, einen Ort, den tausend Männer unbemerkt passieren könnten. Und ich werde es nur dem König erzählen."

„Der König ist beschäftigt. Erzählen Sie es mir und ich werde Ihre Nachricht weiterleiten."

„Fordern Sie zuerst diese Männer auf, mich loszulassen."

„Das werde ich nicht tun."

„Dann kann ich Ihnen nicht sagen, was ich weiß. Es ist eine Schande. Diese Belagerung könnte morgen enden."

Der Soldat lachte. „Morgen endet sie sowieso, Spinner."

Jorge zog an Thomas' Ärmel, aber er riss seinen Arm weg.

„Er ist nicht dein Mörder", flüsterte Jorge, seinen Mund an Thomas' Ohr.

„Warten wir noch ein bisschen ab und sehen, was passiert." Thomas trat von dem Zelt weg, nicht gewillt, ihre Unterhaltung im Flüsterton fortzusetzen. Er ging zwei Dutzend Schritte, ein Dutzend weitere, dann blieb er neben einem anderen feinen Zelt stehen, aus dem kein Geräusch drang.

„Hast du deinen Sohn so schnell vergessen?", fragte Jorge.

„Diego sagte, ihm würde heute Abend nichts passieren."

„Diego? Du hast zu viel Vertrauen in die geheimnisvollen Kräfte des Jungen. Das sieht dir nicht ähnlich."

„Hat er sich schon einmal geirrt?"

„Ein Erdbeben und ein Ring, irgendein Trick mit den Würfeln, und der Ring war wahrscheinlich nicht mehr als irgendein glänzendes Ding, das er haben wollte. Du weißt, dass der, den wir suchen, keine Angst hat, Menschen zu verletzen oder ihnen das Leben zu nehmen."

„Will ist fünf Jahre alt", sagte Thomas, als ob diese Tatsache allein schon Schutz böte, aber schon während er es sagte, wusste er, dass es demjenigen, der seinen Sohn entführt hatte, egal sein würde, ob er fünf Jahre oder fünf Monate alt war. Dennoch vertraute er auf Diego, wusste aber nicht wirklich, warum.

Er begann wieder zu gehen und entfernte sich dabei von dem Zelt, in dem al-Antiqamun seinen Fall vortrug. Erst als er begann, sich seinen Weg zu dem anderen Zelt zu bahnen, kamen Schreie von hinten und er drehte sich um.

Al-Antiqamun kam durch den Eingang des Zeltes gerannt und seine Gewänder flatterten erneut im Wind. Ohne zu zögern, steuerte er direkt auf das größte Zelt auf dieser Seite der Truppen zu. Jene armseligen Soldaten, die ihn mehr schlecht als recht gefangen gehalten hatten, kamen hinter ihm herausgelaufen, einer von ihnen umklammerte seinen Arm, und selbst in der Dunkelheit sah Thomas, wie Blut von den Fingern des Mannes tropfte.

Al-Antiqamun erreichte das Zelt und stieß eine verschlafene Wache beiseite, die am Eingang stand. Thomas begann zu rennen, den gleichen Weg zurück, den sie gekommen waren, ohne sich darum zu kümmern, ob Jorge noch hinter ihm war oder nicht. Wenn al-Antiqamun eine Bedrohung für Isabel oder Fernando darstellte, musste er aufgehalten werden. Es war ein gefinkelter Plan, der von mehr Gerissenheit zeugte, als er dem Verrückten zugetraut hätte.

Er erreichte den Zelteingang vor den spanischen Soldaten, die langsamer waren, und stürzte hinein. Thomas schrie auf. Eine gut gekleidete Frau stand mit dem Rücken zu ihm und zuerst hielt er sie für Isabel, den Mann neben ihr für Fernando. Dann sah er jedoch, dass das Haar der Frau dunkel, lockig und lang war, und der Mann viel größer als der spanische König. Nicht, dass al-Antiqamun das gewusst hätte. Sein Schwung ließ ihn auf den Mann zustürzen, ein Messer über den Kopf erhoben.

Er holte aus, zielte eher auf gut Glück und landete einen Treffer, der den feinen Stoff über der Brust des Mannes teilte, aber nur eine oberflächliche Wunde verursachte, bevor Thomas ihn erreichte. Er warf sich auf al-Antiqamun, landete auf seinem Rücken und schlang seine Beine um ihn, dann packte er sein Handgelenk gerade in dem Moment, als der Mann erneut zustechen wollte.

Die dunkelhaarige Frau schrie auf, der gut gekleidete Adlige fluchte und hielt sich eine Hand an die Brust. Der Schmerz der Wunde verbarg die Tatsache, dass sie nicht lebensbedrohlich war.

Thomas verdrehte al-Antiqamuns Handgelenk, um das Messer aus seinem Griff zu lösen. Er ließ seine Beine los und kam wieder auf die Beine, drehte den Mann herum und schlug ihm hart gegen die Seite des Kopfes.

Al-Antiqamun lachte, dann trafen die Soldaten ein.

Thomas trat zurück, damit sie den Mann wieder festnehmen konnten, aber stattdessen zogen zwei von ihnen ihre Schwerter und schlugen damit auf den verrückten Prediger ein, bis er in die Knie ging. Einer von ihnen trat vor ihn, setzte die Spitze seines blutverschmierten Schwertes gegen al-Antiqamuns Schulter und drückte sie kraftvoll nach unten.

Im nächsten Moment wurde Thomas von Armen umklammert, einer an jeder Seite, und der Mann, der den tödlichen Stoß ausgeführt hatte, drehte sich zu ihm um, ein Lächeln auf seinem Gesicht.

KAPITEL VIERUNDDREISSIG

„Dieser Mann ist Thomas Berrington, ein Freund eures Königs!“ Jorge stand im Eingang des Zeltes, als wolle er sich nicht auf drinnen oder draußen festlegen, falls sich die Soldaten auch gegen ihn wendeten. Nicht, dass er eine echte Chance gehabt hätte, wenn sie es taten, egal wo er stand.

„Und ich bin der Papst“, sagte der Soldat mit dem blutigen Schwert. Er machte einen weiteren Schritt auf Thomas zu, der sich entspannt hatte, sodass diejenigen, die ihn festhielten, ihren Griff lockerten.

„In diesem Fall, Eure Heiligkeit, werdet Ihr ihm ohne Zweifel Gnade erweisen.“

„Die Gnade der Klinge.“ Der Mann wendete die Spitze seines Schwertes und besah sich die Stellen, die er damit durchbohren könnte. Hier … oder hier? Wo auch immer er sie versenken würde, der Stoß wäre tödlich, daran hatte Thomas keinen Zweifel.

Die dunkelhaarige Frau kam näher und trat zwischen Thomas und den Soldaten. „Dieser Mann ist unschuldig. Er hat das Leben von Don Alvaro gerettet und zweifellos auch meines.“ Sie blickte zu Thomas, dunkle Augen, in denen Leben aufflackerte, die Aufregung des Todes, die Freude, weiter Atem zu schöpfen. „Lasst ihn frei, denn der Mann ist ein Held und sollte belohnt werden."

Genau das, was ich brauche, dachte Thomas, *eine Verehrerin.* Er prüfte den Griff der Soldaten, was diese jedoch nur daran erinnerte, ihn wieder fester zu packen.

„Ihr Name ist gefallen, Sir", sagte die Frau. „Sir Thomas, so nennen sie Sie, der König und die Königin. Ich höre, Sie sind ein Freund des englischen Königs Heinrich und ein wichtiger Mann in Ihrem Land." Ihre Stimme, bisher weich, verhärtete sich zu einem Befehlston, und sie klang wie jemand, der es gewohnt war, dass man ihm gehorchte. „Und jetzt lasst ihn los!"

Thomas dachte, sie hätte ihn mit Woodville verwechselt, aber das spielte keine Rolle, denn wie durch ein Wunder lösten die Männer ihren Griff.

Thomas lockerte sein Schultern und starrte in die Augen des Mannes, der bereit gewesen war, ihn zu töten. Der Soldat trat einen Schritt zurück und blickte auf sein Schwert, als würde er es zum ersten Mal sehen. Dann schüttelte er den Kopf, schob es in die Scheide und sah zu Jorge, der ein paar Schritte in das Innere des Zeltes gewagt hatte.

„Ist es wahr, dass er ein Freund von König Fernando ist?"

Jorge nickte. „Und der Königin. Aber wir werden diese Angelegenheit nicht erwähnen, denn Sie haben gut daran getan, den Verrückten zu töten. Das ist alles, was die Leute erfahren müssen."

„Nein, ist es nicht", sagte Thomas. Er starrte den Mann vor sich an. „Ich suche einen anderen Engländer, einen mit dem Namen Woodville. Wissen Sie, wo er ist?"

„Ich kenne nur den Namen", sagte der Soldat, „aber nicht, wo er sein Zelt aufgeschlagen hat." Seine Kameraden bewegten sich an ihm vorbei, hoben den Körper von al-Antiqamun auf und schleppten ihn fort.

„Ich weiß, von wem Sie sprechen." Die Frau kam näher und berührte Thomas' Arm. Sie blickte zu Jorge, dann wieder zu Thomas, als wolle sie sich zwischen ihnen entscheiden. Entgegen aller Weisheit entschied sie sich für Thomas.

Das hat mir gerade noch gefehlt, dachte er und hoffte, Jorge würde seinen Charme aufblitzen lassen und sie ablenken. Ihr Begleiter hatte seine Weste und sein Hemd aufgeknöpft, um den Schnitt quer über seine Brust zu untersuchen.

„Ich blute!“

Thomas ging zu ihm und zog an den Rändern der Wunde. „Der Schnitt ist oberflächlich und sauber. Suchen Sie sich sauberes Wasser und reinigen Sie die Wunde gründlich, dann lassen Sie sie bis zum Morgen unbedeckt. Wenn sie anfängt zu jucken oder rot zu werden, waschen Sie sie erneut und lassen Sie genug Luft an die Haut.“

„Und wenn es schlimmer wird?“

„Normalerweise würde ich Ihnen sagen, dass Sie in diesem Fall nach mir schicken sollten, aber unter den derzeitigen Umständen könnte sich das als schwierig erweisen.“

„Sie sind ein Freund von Fernando und Isabel, nicht wahr? Das hat Ihr Begleiter doch gesagt. Warum kann ich dann nicht nach Ihnen schicken?“

„Weil ich auf der anderen Seite der Stadtmauern wohne.“

„Sie sind ein Heide?“ Die Frau kam näher. Diese neue Information machte Thomas in ihren Augen nur noch attraktiver.

„Ich bin nichts davon“, sagte Thomas. „Wenn Sie mir jetzt zeigen, wo Woodville schläft, ich muss mit ihm sprechen.“ Er zog es vor, den wahren Zweck ihrer Anwesenheit nicht zu erwähnen.

Sie warf ihrem Begleiter einen Blick zu, der weiter an seiner Wunde herumdrückte und darin herumstocherte, bevor sie sich wieder Thomas zuwandte. „Ich bringe Sie zu ihm. Sie beide.“ Der Hauch eines Lächelns umspielte ihre hübschen Lippen, bevor sie sich abwandte.

„Adelige", sagte Jorge, als er neben Thomas herging. „Manchmal frage ich mich, was aus der Welt noch werden wird."

„Ich denke, wir wissen bereits, was aus der Welt werden wird. Nichts Gutes."

Die Frau führte sie in Richtung eines großen Zeltes, nicht so groß wie das, in dem sie selbst untergebracht war, aber dennoch beachtlich. Thomas ergriff ihr Handgelenk und zog leicht daran, damit sie stehen blieb.

„Das ist weit genug. Mein Dank."

„Ich kenne Richard und es ist kein Problem, wenn ich Sie hineinbegleite."

„Ich kenne ihn auch", sagte Thomas. „Bitte, ich möchte ihn überraschen. Kehren Sie zu Ihrem Begleiter zurück und erinnern Sie ihn daran, die Wunde zu reinigen."

Als sie sich entfernten, blieb die Frau stehen, wo sie war.

„Was ist, wenn Will nicht hier ist?", fragte Jorge.

„Bestimmt ist er nicht hier, es wäre zu offensichtlich. Man würde ihn hören, wenn er schreit." Thomas wandte sich der Seite des Zeltes zu, die auf die offenen Weiten hinaus zeigte. Was einmal ein Getreidefeld gewesen war, lag jetzt verbrannt und geschwärzt vor ihnen, der Gestank des Brandes schwer in der Luft. „Aber Woodville wird wissen, wo er ist."

„Warum bist du dir da so sicher? Weil Gracias Liebhaberin es dir gesagt hat? Ich würde dem Wort der beiden nicht trauen."

„Ich glaube es, weil er hier ist. Ich kenne den Mann nicht, aber ich kenne seinesgleichen. Warum sollte ein englischer Earl eine so gefährliche Reise wie die nach Spanien antreten, wenn er nicht auf der Suche nach etwas ist?"

„Er ist doch bereits ein wichtiger Mann. Ich verstehe das nicht. Wir sollten nach dem wahren Schuldigen suchen, nicht nach dieser Witzfigur."

Thomas musste bei Jorges Worten fast lachen.

„Der Mann hat Ansehen, aber ihm fehlt der Reichtum, um das zu untermauern. Er will das ganze oder einen Teil des Goldes der Gilde und ist bereit zu töten, um es zu bekommen."

„Aber selbst will er sich die Hände nicht schmutzig machen", sagte Jorge.

„Natürlich nicht. Er ist ein Earl. Er wird jemanden haben, der das Töten für ihn übernimmt. Erinnerst du dich an seine Männer, die wir in der Nähe der Burg von Auta gesehen haben? Soldaten, Söldner, die er England hergebracht hat. Ob er schon mit einem bestimmten Ziel vor Augen nach Spanien gekommen ist, spielt keine Rolle. Jetzt hat er ein Ziel, aber er hat einen Fehler gemacht, als er meinen Sohn entführt hat."

Thomas blieb dicht an der hinteren Wand aus Segeltuch stehen. Durch den Wind, der vom Meer herwehte, schlug sie Wellen. „Hier, glaube ich." Er zückte ein Messer, kurz, aber scharf, und schnitt auf Augenhöhe ein Loch in das Tuch. Mit beiden Händen zog er die Klinge abwärts und musste sich abmühen, um das schwere Segeltuch zu teilen.

Ein blassgelbes Licht erhellte das Innere und ein muffiger Geruch stieß ihnen entgegen, als sie den Raum betraten, der größer war als erwartet. Das Licht kam von einer Lampe, die an einer hölzernen Stange hing, welche das Dach stützte. Ein breites Bett nahm eine Seite des Raumes ein und Richard Woodville lag abgewandt von ihnen, schlief tief und fest.

Thomas schlich sich nahe an ihn heran und beugte sich über den Mann. Hinter ihm war eine Einbuchtung auf einem zweiten Kissen zu erkennen und die Decke war zerwühlt. Jemand hatte neben ihm gelegen, aber wer auch immer es war, war fort. Es sei denn, die Person war nur nach draußen gegangen, um sich zu erleichtern. Thomas griff hinüber und befühlte das Kissen, aber es war kühl.

Woodville rührte sich, rollte sich auf den Rücken und murmelte etwas.

Thomas legte eine Hand über seinen Mund und hielt das Messer so, dass er es sehen würde, sobald seine Augen sich öffneten, was sie fast unmittelbar taten. Sie huschten zwischen den beiden Männern hin und her und er wehrte sich, aber Jorge kam und drückte ihn nach unten auf das Bett.

„Ich habe eine Frage." Thomas sprach leise. Er war sicher, dass mindestens eine Wache am Eingang des Zeltes postiert war, vielleicht auch zwei. Und selbst wenn nicht, waren hundert Soldaten in Hörweite. „Antworten Sie mir wahrheitsgemäß und Sie können zu Ihren Träumen zurückkehren. Führen Sie mich in die Irre oder lügen Sie mich an und ich werde eine Verwendung für diese Klinge finden. Mein Begleiter ist in der Lage, eine Lüge zu erkennen, wenn er eine hört, vertrauen Sie darauf. Ich werde meine Hand jetzt von Ihrem Mund heben. Schreien Sie und es wird das letzte Geräusch sein, das Sie jemals von sich geben. Vertrauen Sie auch darauf."

Thomas zog seine Hand zurück, bereit, sie ihm wieder auf den Mund zu drücken, falls Woodville einen Laut von sich gab.

Der Mann lag nur da und atmete schwer.

Thomas griff mit der freien Hand in seinen Gehrock und schloss die Faust um den Ring, den Diego einst besessen hatte. Er war in letzter Minute in sein Zimmer zurückgekehrt, bevor sie abgereist waren, um ihn zu holen. Zwar zog er seine Hand wieder aus der Tasche, hielt sie aber für den Moment um den Ring geschlossen.

„Du kannst ihn jetzt loslassen", sagte Thomas zu Jorge. „Sie werden sich doch nicht wehren, oder, Richard?" Er benutzte absichtlich den Vornamen des Mannes, weil er wusste, dass es ihn ärgern würde. Obwohl er England vor über dreißig Jahren verlassen hatte, kannte er die Gepflogenheiten des Adels gut genug, um beleidigend sein zu können.

„Dafür werde ich Sie töten lassen“, sagte Woodville.

„Sie werden es sicher versuchen, aber Sie sollten wissen, dass es schon viele vor ihnen versucht haben und gescheitert sind. Also kommen wir zu meiner Frage.“

„Stellen Sie sie.“ Woodvilles Augen huschten zwischen ihnen hin und her und suchten den Raum ab, aber es war nichts da, was ihm hätte helfen können, und es war klar, dass er Angst hatte, mit einem Messer an der Kehle nach Hilfe zu rufen.

Thomas öffnete seine Faust, sodass der Ring im Schein der Lampe glänzte. „Das ist Ihrer, nicht wahr?“

Woodville starrte den Ring an und sein Gesichtsausdruck sprach Bände, auch wenn er sagte: „Den habe ich noch nie in meinem Leben gesehen.“

„Ich bin enttäuscht, dass Sie, ein englischer Gentleman, so dreist lügen können. Ich weiß, dass er Ihnen gehört. Ein Geschenk Ihrer Schwester Elizabeth, der Frau eures letzten Königs. Die Inschrift bestätigt es.“

Woodvilles Gesichtsausdruck veränderte sich, was ebenso viel mit der Thomas’ Androhung von Gewalt zu tun hatte wie mit seinen Worten. „Woher haben Sie ihn? Ich habe den Ring seit Monaten nicht mehr gesehen. Ich glaubte, ich hätte ihn schon zu Hause verloren.“

„Erwarten Sie, dass ich das glaube?“ Thomas lehnte sich näher heran, sodass sein Gesicht nur eine Haaresbreite von Woodvilles entfernt war. „Sie haben ihn verloren, als Sie Zufar al-Zaki getötet haben. Sagen Sie mir, was haben Sie mit meinem Sohn gemacht?“

Ein Ausdruck der Verwirrung glitt über Woodvilles Gesicht. „Was ist das für ein Unsinn? Ihr Sohn? Ich wusste gar nicht, dass Sie einen Sohn haben, oder eine Frau. Geschweige denn einen Hund, es sei denn, das da ist der treue Hund an Ihrer Seite.“

Jorge lächelte.

„Wo ist Will?“

„Wer?"

„Ich kann dieses Messer benutzen, um Ihre elende Existenz zu beenden, wenn Sie es mir nicht sagen, und ich kann mich damit anfreunden, mir Zeit zu lassen, genau wie Ihr eigener Hund es handhabt."

Woodville versuchte, sich aufzusetzen, aber Thomas legte ihm eine Hand auf die Schulter.

„Wenn Sie aufhören, wirres Zeug zu reden, kann ich Ihnen vielleicht antworten."

Thomas sah Jorge an, als ihn eine plötzliche Unsicherheit überkam. Jorge schüttelte den Kopf. „Er weiß, wovon du sprichst. Lass ihn bluten."

Thomas grinste und sah, wie die Farbe aus Woodvilles Gesicht wich. Das Messer blitzte auf und Blut sammelte sich in einer roten Linie auf dem Arm des Mannes. Er schrie auf und drückte die Wunde an seine Brust.

„Ich warte immer noch", sagte Thomas, „aber meine Geduld ist langsam am Ende."

„Ich weiß nichts von dem, was Sie sagen. Ich bin hierhergekommen, um eine Ehe zwischen zwei Ländern zu arrangieren, nichts weiter."

Das Messer schnellte erneut durch die Luft und Blut quoll aus dem anderen Arm.

„Hören Sie auf! Sofort aufhören mit diesem Blödsinn."

Thomas' Unsicherheit wuchs. Er wusste genug über Männer, um zu erkennen, wann sie logen und wann nicht. Er warf einen Blick auf Jorge, der die Wahrheit noch besser erkennen konnte.

„Ist er es oder ist er es nicht?"

Jorge schüttelte den Kopf. „Du hast gesagt, dass Gracia ihn als den Täter genannt hat."

„Wer ist Gracia?"

„Al-Zakis Frau."

„Und wer ist al-Zaki? Reden Sie mit mir, Mann, oder töten Sie mich jetzt und bringen Sie es zu Ende."

Thomas setzte sich neben Woodville auf das Bett. Jorge setzte sich auf die andere Seite und streckte seine Beine aus.

„Das ist ein gutes Bett." Er tätschelte die mit Federn gepolsterte Matratze, beugte sich vor und schnupperte an dem Kissen auf seiner Seite des Bettes, woraufhin ein kurzes Stirnrunzeln sich auf seiner Stirn abzeichnete. „Wer hat neben Ihnen gelegen? Keine Frau. Ist es Danvers?" Jorge lächelte. „Er ist durchaus gutaussehend, das muss ich ihm lassen, und ich bin gewiss kein Mann, der über einen anderen Menschen aufgrund seiner Vorlieben urteilt. Was weiß er denn von dieser Angelegenheit?"

„Sie sind genauso verrückt wie Ihr Meister."

„Oh, ich habe keinen Meister", sagte Jorge. Er streckte die Hand aus und fuhr mit einem Finger an Woodvilles Kiefer entlang, dann hinauf in sein Haar. „Jetzt sagen Sie Thomas, was er wissen will, bevor er die Geduld verliert. Vielleicht sollte ich Sie warnen – er ist kein geduldiger Mann."

„Ich *weiß* nicht, was er wissen will." Woodvilles Stimme hatte sich in ein gequältes Wimmern verwandelt. „Ja, Edward hat neben mir gelegen, aber er ist vor Stunden aufgestanden und gegangen. Ich bin sicher, Sie haben auch schon ein Bett mit Ihrem Meister geteilt. Es hat nichts zu bedeuten. Überhaupt nichts."

Jorge schnupperte in die Luft wie ein Hund und bewegte dabei seine Lippen. Dann lächelte er. „Verstellen Sie sich nicht vor einem Mann, der den Geruch von Sex so gut kennt wie ich. Sagen Sie Thomas, wo Sie seinen Sohn hingebracht haben."

Woodville versuchte, sich aufzusetzen, aber Thomas drückte ihn mit einer Hand nach unten.

„Ich weiß nichts von Ihrem Sohn, nichts von irgendwelchen Morden. Ich sage Ihnen noch einmal, ich bin im Auftrag meines Königs hier." Er sah zu Thomas' Hand. „Ja, dieser Ring gehört mir, aber ich sagte Ihnen bereits, dass ich ihn seit Monaten nicht mehr gesehen habe." Seine Augen verengten sich. „Vielleicht hat Edward ihn gestohlen. Ja, das muss es sein, Edward hat meinen Ring gestohlen. Er ist es, den Sie suchen."

Thomas stand auf und stellte sich vor das Bett. Er wartete darauf, dass Jorge sich zu ihm gesellte, behielt aber Woodville im Auge, der auf dem Bett liegen blieb, zu ängstlich, um einen Fluchtversuch zu wagen. Was er sagte, hörte sich schlüssig an. Der Mann war ein Schwächling und ein Feigling. Danvers war es nicht, aber er war ihm immer zu gefügig vorgekommen, um die Morde begangen zu haben.

„Glaubst du ihm?", fragte er Jorge mit leiser Stimme.

„Soweit ich das beurteilen kann, sagt er die Wahrheit. Er ist nicht schlau genug, sich eine so ungeheuerliche Lüge auszudenken."

„Danvers ist auch Engländer und sie sehen sich durchaus ähnlich. Was, wenn er ihnen gesagt hätte, dass er sein Herr ist? Wäre es nicht nachvollziehbar, dass er den Diebstahl und die Morde geplant hat? Olivia sagte mir, der Mann in ihrem Bett sei ein talentierter Liebhaber gewesen." Ein weiterer Blick in Richtung Woodville. „Er ist es sicher nicht."

„Das glaube ich auch, aber Danvers … Ja, er könnte es sein. Er ist ein wenig wie ich, aber seine Männlichkeit ist noch intakt."

Thomas starrte Woodville an. Er erkannte die Schwäche des Mannes, der dort lag und auf sein Schicksal wartete. Die meisten anderen würden zumindest versuchen zu fliehen oder zu kämpfen. Er sah sich um. Woodville bewahrte nicht einmal eine Waffe in Reichweite auf.

Schließlich näherte er sich dem Bett. „Wo hat Danvers meinen Sohn hingebracht?"

„Er sagt mir nichts, verschwindet zu jeder Tages- und Nachtzeit. Gestern war er den ganzen Tag weg und kam erst um Mitternacht zurück und jetzt ist er wieder verschwunden."

„Wohin?"

Woodville schien einzuknicken, jeder verbliebene Widerstand gebrochen. „Gestern ritt er nach Westen, kehrte aus dieser Richtung zurück. Ich weiß nicht, wo er war, aber das ist die Richtung, in der Sie suchen sollten. Allerdings ist in dieser Richtung nichts mehr übrig, Fernando hat das Land verbrannt, soweit das Auge reicht."

Thomas starrte Woodville wieder an. Er musste grinsen, als der Mann auf dem Bett nach hinten rutschte, als er die Absicht in Thomas' Augen sah. Und es stimmte, Thomas wollte ihn töten. Er versuchte zu entscheiden, wie viel Wahrheit in den Worten des Mannes lag. Wenn er davon überzeugt war, dass Woodville darin verwickelt war, konnte er ihn nicht am Leben lassen, nicht nachdem Will entführt worden war. Aber er war sich nicht vollkommen sicher. Er warf einen Blick auf Jorge, der zweifellos wusste, was er dachte, und schüttelte kaum merklich den Kopf.

Thomas schob sein Messer zurück in die Scheide. Woodvilles Ring ließ er auf das Bett fallen.

„Wenn Sie mich anlügen, komme ich zurück und stopfe ihnen den in den Magen. Und dann werde ich ihn aus Ihnen herausschneiden."

„Ich sage die Wahrheit. Von einem Engländer zum anderen, Sir Thomas."

Thomas' Finger zuckten.

„Ich dachte, du würdest ihn für den *Sir* umbringen", sagte Jorge.

„Er ist ein zu großer Narr, als dass ich ihn wegen ein paar Worten umbringen würde."

Sie waren eine Viertelmeile von der Rückseite des spanischen Lagers entfernt und folgten einer breiten, gut gepflasterten Straße, die schnurgerade in die Ferne führte. Zu beiden Seiten lagen verbrannte Felder und die Überreste von verkohlten Hütten und Häusern, die diese Landschaft einst geziert hatten. Tiefer Nebel waberte um ihre Knie und teilte sich wie Wasser, als sie hindurchmarschierten. Durch die Dunkelheit zeichneten sich die Umrisse eines einzelnen Bauernhauses vor den fernen Hügeln ab. Es war das einzige Gebäude, das in der verbrannten Landschaft noch stand.

„Was machen wir, wenn wir dort sind?“

„Beobachten. Es wird bald hell. Wir suchen uns ein Versteck und sehen uns die Lage an, und wenn wir sicher sind, holen wir Will und töten sie alle.“

„Das Töten überlasse ich dir, wenn es dir nichts ausmacht. Ich habe nicht die gleiche Vorliebe dafür wie du.“

Thomas blickte Jorge an. „Es ist nichts, was ich leichtfertig tue, aber es kommt eine Zeit, in der Menschen für das Böse, das sie anderen zufügen, bestraft werden müssen. Aber du bleibst doch bei mir, oder?“

„Natürlich. Ich werde immer bei dir bleiben.“

KAPITEL FÜNFUNDDREISSIG

Thomas drückte seinen Rücken gegen den rauen Stein des Bauernhauses. Seine Nase schmerzte von dem beißenden Rauch, der weiterhin die Luft verpestete, aber das Haus selbst schien unversehrt zu sein. Zu seiner Rechten war ein Fenster halb geöffnet und warf einen schmalen Lichtschein auf den Boden darunter. Der Nebel war höher aufgestiegen und hüllte nun das verbrannte Land in eine silberne Decke. Thomas lauschte auf Stimmen, auf einen Hinweis dafür, dass sein Sohn darin gefangen gehalten wurde. Er wusste natürlich, dass er einfach hineinstürmen und jeden töten konnte, auf den er traf, aber was, wenn Will gar nicht hier war? Und wenn er es war, hielt ihm vielleicht jemand ein Messer an die Kehle. Thomas zweifelte nicht daran, dass derjenige in dem Fall nicht zögern würde, seinen Sohn zu töten. Also wartete er, bis er mehr wusste. Jorge versteckte sich auf der anderen Seite der Fahrbahn, kauerte hinter einem Haufen versengten Strohs.

Thomas zog sein Schwert, während eine nagende Ungeduld in ihm aufstieg. Will war jetzt fast einen ganzen Tag lang in Gefangenschaft und er fragte sich, wie es ihm ging. Hatte er Angst? Oder war er – und der Gedanke formte sich, obwohl er es nicht wollte – bereits tot? Es war eine Möglichkeit, die er nicht bereit war anzuerkennen.

Thomas spannte sich an, bereit, durch die Tür zu stürmen, als er das Geräusch eines sich schnell nähernden Pferdes hörte. Zuerst konnte er nicht zuordnen, aus welcher Richtung es kam, und zögerte, dann nahm er im zunehmenden Licht der Morgensonne eine Bewegung wahr, einen Schatten in dem dichten Nebel, und er wich zurück, um nicht gesehen zu werden. Ein schneller Blick zu Jorge erleichterte ihn, denn er konnte ihn nicht sehen, was bedeutete, dass auch der Reiter ihn nicht entdecken würde.

Thomas schlich vorsichtig an der Seite des Hauses entlang auf der Suche nach einem weiteren Fenster, an dem er lauschen konnte. Auf der anderen Seite fand er, was er suchte, sowie eine in den Boden eingelassene Luke, die Zugang zu einer Art Keller bieten musste. Er zog an der Falltür und stellte fest, dass sie unverschlossen war. Vorsichtig hob er sie an und zog sie ganz auf.

Das Pferd erreichte im selben Moment das Haus und er hörte, wie sich Menschen aus dem Haus auf die Straße bewegten.

„Es passiert jetzt, heute", sagte eine Stimme in temperamentvollem Spanisch. „Ich will euch bei mir haben, euch alle."

Thomas fragte sich, warum nicht Englisch gesprochen wurde, bis er Gracias Stimme hörte. „Und der Junge?"

„Er ist nicht mehr von Nutzen für uns. Tötet ihn. Lasst die Leiche als Warnung zurück. Berrington hätte vorsichtiger sein müssen."

„Du hast nichts von Töten gesagt", sagte Gracia.

„Er ist ein gefährlicher Mann." Eine andere Stimme. Thomas versuchte krampfhaft herauszuhören, gegen wie viele er würde kämpfen müssen, wie viele er würde töten müssen, wobei ihm nun jeglicher Widerwille abhandengekommen war. Sie hatten Will entführt, ihn als

Mittel zum Zweck benutzt, und jetzt würden sie ihn einfach entsorgen.

„Mach dir keine Sorgen um Berrington – er wird bald tot sein und seine Familie mit ihm, und bis Sonnenuntergang werden wir reicher sein, als wir es uns jemals erträumt haben. Jetzt geh und töte den Jungen, dann folge mir."

Thomas sprang in die Kellerluke und hockte sich hin. Er fand sich in einem kleinen Raum wieder, eine schummrige Lampe schwang von dem Balken, der das Stockwerk darüber stützte. Will hockte auf einer schmutzigen Decke in einer Ecke, ein Messer in der Hand und kalte Entschlossenheit auf seinem Gesicht. Thomas grinste bei dem Anblick seines kampfbereiten Sohnes. Natürlich würde er bereit sein zu kämpfen.

Er hob ihn hoch und küsste sein Gesicht, dann setzte er ihn wieder ab, da er erwartete, dass jemand in den Keller kommen würde, aber niemand erschien. Vielleicht freuten sie sich immer noch darüber, dass ihr Plan heute aufgehen würde, obwohl er fand, dass Gracia eher besorgt darüber geklungen hatte, wie sich die Ereignisse entwickelt hatten.

Er ging auf ein Knie. „Wie viele?"

Will hielt eine Hand hoch, die Finger gespreizt. Fünf. Plus der Mann, der gerade angekommen war. Danvers, wenn Thomas sich nicht irrte. Der Mann, der hinter allem steckte. Nicht Woodville, sondern der Begleiter, der sich selbst zum Meister erhoben hatte.

Thomas hob Will auf und trug ihn durch die zerbrochene Luke, bevor er seine Füße auf der geschwärzten Erde abstellte.

„Geh vor das Haus und zeig dich. Jorge ist dort, er wird dich von hier wegbringen."

„Pa kommt mit."

„Noch nicht. Ich komme nach, so schnell ich kann."

Will starrte auf seinen Vater herab, den Mund verschlossen, das Messer immer noch in der kleinen Hand.

Er machte einen Schritt auf die offene Luke zu. „Pa bleibt, Will bleibt."

Thomas schubste ihn. „Geh. Geh jetzt. Es ist wichtig. Ma braucht dich, damit sie in Sicherheit ist. Tu, was ich sage."

Thomas dachte, sein Sohn würde sich wieder wehren, aber stattdessen drehte er sich nach einem Moment um und lief um die Ecke des Hauses. Thomas konnte nur hoffen, dass Jorge zusah und wissen würde, was zu tun war.

Noch immer war niemand die Treppe hinuntergestiegen – und dann wurde ihm klar, warum. Will stieß einen Schrei aus, dem sofort der Fluch eines Mannes folgte. Von der Vorderseite des Hauses ertönten weitere Rufe, dann das Klappern von Pferdehufen, als jemand mit hoher Geschwindigkeit davonritt.

Thomas kletterte aus dem Keller, so schnell er konnte, nur um sich mit vier Männern konfrontiert zu sehen. Keine Spur von Gracia. Keine Spur von Danvers. Einer der Männer kam ihm bekannt vor und grinste ihn an, während er sinnlos und übertrieben mit seinem Schwert herumfuchtelte. Jemand hatte offenbar den Mann freigelassen, den Thomas den Behörden übergeben hatte, aber ein zweites Mal würde er ihn nicht verschonen.

Thomas sah sich nach Will um, konnte ihn aber nicht sehen. Das war gut so. Er wollte nicht, dass er Zeuge dessen wurde, was sich hier gleich zutragen würde. Er sah, wie einer der Männer seinen Arm wiegte und Blutperlen durch seine Finger tropften, und Thomas wusste, dass sein Sohn das getan hatte. Will war ihm so ähnlich und ein Hochgefühl stieg in ihm auf, ein Bedürfnis, eine innere Spannung zu befreien, die er zu lange unterdrückt hatte.

Er griff ohne Vorwarnung an. Keine Gnade mehr. Er erwischte den ersten Mann an der Kehle, dann wandte er sich den anderen zu. Zwei wichen zurück, wollten weglaufen, aber sie zögerten nur das Unvermeidliche hinaus. Thomas brauchte weniger als fünf Minuten und als er fertig war, durchsuchte er das Haus, aber Gracia blieb verschwunden. Also machte er sich allein auf den Weg, ließ vier Leichen zurück und den inneren Hunger, noch mehr zu töten.

Thomas holte Jorge auf halbem Weg zum spanischen Lager ein. Er trug Will in seinen Armen, wodurch er langsamer war, aber als Thomas in den Schritt fiel, bekam er die Geschichte davon erzählt, wie sie sich versteckt hatten, während der Mann an ihnen vorbeigeritten war.

„War er allein?" Noch während Thomas die Frage stellte, schossen ihm bereits Gedanken durch den Kopf, die versuchten, diese neuen Informationen einzuordnen.

„Ich kann es nicht sagen, er ritt im vollen Galopp vorbei."

„Gracia war nicht im Haus."

„Wie viele waren es?", fragte Jorge.

„Vier."

„Wie viele hast du am Leben gelassen?"

Thomas ignorierte die Frage, da er eine Antwort für unnötig hielt. „Der Reiter war Danvers. Bist du dir sicher, dass niemand bei ihm war?"

Es war Will, der antwortete. „Die Frau." Er klammerte sich an Jorge, während sie gingen, und sah zwischen ihnen hin und her. „Die Frau, die mich geholt hat." Er lachte. „Sie hat sich festgeklammert." Er fuchtelte mit den Armen, um nachzuahmen, was er gesehen hatte. „Sie sagte, Will keine Sorgen machen. Ich bin sicher bei ihr."

„Danvers steckt hinter der ganzen Sache", sagte Thomas. „Was ich nicht weiß, ist, ob Woodville beteiligt ist oder nur von ihm ausgenutzt wurde."

„Er wird ausgenutzt", sagte Jorge.

„Da bin ich mir nicht so sicher. Ein Mann tut viel für die Liebe, sogar für die eines anderen Mannes."

„Da gibt es kein *sogar*. Aber du hast recht, nur ist Woodville ein Mann, der keine große Vorliebe für Sex hat."

„Was ist Sex?", fragte Will. „Wie Geld?"

Jorge lachte und reichte ihn hinüber zu Thomas. „So ähnlich, ja, aber viel stärker."

„Danvers hat etwas gesagt, das ich kaum glauben konnte. Er sagte, mein ganzer Haushalt sei in Gefahr." Sie gingen schneller, jetzt, da Thomas Will trug. Er drückte den Körper seines Sohnes an seine Brust und diese Berührung beruhigte die tobende Gewalt in seiner Seele. „Weiß er, wen wir in unserem Haushalt haben? Danvers sagte, ich sei in Gefahr, meine Familie sei in Gefahr, … aber Olaf, Yusuf und Usaden – Himmel, diese drei sind genug, um eine Armee aufzuhalten. Und Danvers hat jetzt vier Männer weniger. Wie viele haben wir in der Nähe von Auta kampieren sehen – ein Dutzend, oder? Einer ist weggesperrt, Olaf und Yusuf haben drei getötet. Damit hat er nur noch vier Männer. Vier Männer gegen mich, Olaf, Yusuf und Usaden? Die haben keine Chance."

„Es sei denn, er kann noch weitere mobilisieren", sagte Jorge. „Kämpfende Männer sind in Kriegszeiten billig und bereit, für die Arbeit, die sie gut können, einen kleinen Gewinn zu machen."

„Das könnte bedeuten, dass noch jemand beteiligt ist, und ich habe sogar eine Idee, wer das sein könnte."

Mittlerweile war der Tag angebrochen. Lange Schatten fielen über den Boden, als die Männer sich erhoben und in Gruppen versammelten. Pferde wurden gesattelt. Aus der Nähe der Stadtmauern ertönte das tiefe Ächzen der Kanonen, ihr Klang nun eine Konstante. Der Wind hatte sich fast gelegt und Rauch hing in der Luft, als die Feuer zu Kohlen zerstampft wurden. Thomas bahnte sich seinen Weg in Richtung eines makellos weißen Zeltes, an dem lange Banner wehten, aber bevor sie es erreichten, entdeckte er Fernando rittlings auf einem glänzenden schwarzen Hengst, umgeben von Männern. Und dann blieb Thomas stehen. Einer der Männer war Ali Durdush und sie unterhielten sich, die Köpfe dicht beieinander, bevor Fernando den Arm des Gildenmeisters ergriff und ihm erlaubte, in die Stadt zu reiten. Thomas schrie etwas, aber die Entfernung war zu groß, als dass seine Stimme zu ihnen hinübergetragen worden wäre.

Er drückte Will in Jorges Arme. „Bring ihn nach Hause, trommle alle zusammen und bring sie zur Alcazaba, das wird der letzte Ort sein, der fällt. Ich treffe euch dort. Führe sie so weit und so tief wie möglich hinein, bis in die Rabita, wenn die Tore offen sind, dort werden sie noch sicherer sein."

„Was hast du vor?"

„Durdush hat Malaka an die Spanier verkauft. Zweifellos sind die Stadttore inzwischen weit aufgerissen. Lauf, Jorge, stiehl ein Pferd, tu, was du kannst, aber komm vor ihnen an, bevor das Haus angegriffen wird. Diese Armee ist nicht in der Stimmung für Gnade."

„Und du? Komm mit uns, Thomas. Niemand kann dich töten und ich würde mich sicherer fühlen, wenn du an meiner Seite bist."

„Ich muss mit Isabel sprechen. Mir fällt nichts anderes ein, was uns alle retten könnte." Er schüttelte den Kopf. „Ich habe keine bessere Idee." Er stieß Jorge an. „Geh. Hier!" Er schwang sich zur Seite und packte die Zügel eines vorbeikommenden Pferdes, zerrte daran und riss den Reiter aus dem Sattel.

Jorge schwang sich hoch wie ein Mann, der das Reiten gewohnt war, und Thomas lächelte darüber, wie sehr sich sein Freund verändert hatte. Er reichte ihm Will und gab dem Pferd einen kräftigen Klaps auf den Hintern, bevor einer der beiden widersprechen konnte. Das Tier preschte los, Jorge wurde durchgeschüttelt, doch Will saß sicher zwischen seinen Beinen.

„Hey, was –“ Der Mann rappelte sich auf, ging aber sofort wieder zu Boden, als Thomas ihm einen Schlag verpasste.

Eine Gruppe von Männern in grauen Kutten näherte sich Fernando, Mandana an ihrer Spitze, sein Sohn neben ihm, und es kam zu einem eiligen Gespräch. Es war, wie Thomas befürchtet hatte. Danvers brauchte Männer und Mandana hatte sie. Sie waren beide in den letzten Monaten in Malaka gewesen, und nun schien dieser Zufall zu groß zu sein. Thomas suchte die Gruppe ab, aber Danvers war nicht unter ihnen. War er zu Woodville zurückgekehrt, um die letzten Bande mit seiner Vergangenheit zu brechen? Thomas erwog, sich auf den Weg zu seinem Zelt zu machen, entschied dann aber, dass er Woodville nichts schuldig war.

Er drängte sich durch die Menge; Soldaten, Frauen, Köche und Knappen, Männer, die Befehle erteilten, und Männer, die Befehle entgegennahmen. Er war fast nah genug an Fernando dran, um ihm etwas zuzurufen, als der König seinem Pferd die Sporen gab und mit hoher Geschwindigkeit davonritt. Die Gestalten in ihren Kutten blieben zurück und Mandanas hagere Gestalt hockte auf einem zu kleinen Pferd. Pedro Guerrero saß aufrecht auf einem größeren Tier. Mandana sah Thomas und grinste, beugte sich vor und sagte etwas zu seinem Sohn. Er zeigte auf ihn und beide kamen sie auf ihn zu.

Thomas wich zurück, drehte sich um und rannte, vertraute darauf, dass Beweglichkeit über Größe siegen würde. Er glaubte, es mit beiden aufnehmen zu können, aber nicht umgeben vom Rest der spanischen Armee.

Der Eingang zum königlichen Zelt war gut bewacht, also wartete er, bis alle nach Osten blickten und zusahen, wie die Armee ihre Kräfte für den letzten Angriff sammelte. In einem unbeobachteten Moment schlüpfte er um die Seite des Zeltes herum und benutzte sein Messer, um eine Öffnung in die Plane zu schneiden. Eine schlanke Gestalt drehte sich schnell um. Die drei Frauen an ihrer Seite traten zwischen ihre Königin und den Eindringling.

„Isabel“, sagte Thomas.

Sie starrte ihn an, ihr Gesicht wurde blass.

„Man sagte mir, du seist tot!“ Sie brach in schallendes Gelächter aus. „Ich hätte es besser wissen müssen. Gott sei Dank, du lebst, Thomas.“

Erst jetzt fiel ihm auf, wie sie gekleidet war, oder eher entkleidet. Ihre Beine waren von einem glänzenden Stahlpanzer umhüllt, in dessen Oberfläche feine Muster geritzt waren. Ein Arm war ähnlich umhüllt, jedoch hielt eine Dienerin die Brustplatte noch in den Händen, und so stand Isabel, Königin von Kastilien, in kaum mehr als einer dünnen Schicht Baumwolle vor einem Mann, der nicht ihr Ehemann war.

Die Frau, die die Brustplatte hielt, rannte auf ihn zu und schwang sie wild gegen seinen Kopf. Thomas fing sie mit einer Hand ab und legte seinen anderen Arm um ihre Taille, wo er sie an sich gedrückt hielt, während er sich Isabel näherte. Eine der Dienerinnen drehte sich um und floh, zweifellos um Wachen zu holen.

„Sag ihnen, dass du mich kennst“, sagte Thomas. Er ließ die Frau los und reichte ihr die Brustplatte zurück, dann drehte er sich um. „Bedeckt die Königin.“

Vier Wachen stürmten in die Kammer und blieben abrupt stehen. Sie drehten sich halb zur Seite, um zu vermeiden, Isabel anzuschauen, doch sie waren sich des Eindringlings bewusst. Mit von ihrer Königin abgewandten Köpfen schoben sie sich durch das Zelt in seine Richtung.

„Lasst ihn!“ Isabels Stimme fauchte einen scharfen Befehl und die Männer hielten verunsichert inne. „Ich kenne Sir Thomas. Er ist ein Freund.“

Noch immer wirkten die Männer unschlüssig. Ein Freund war eine Sache, aber ein Freund in der Gesellschaft ihrer nur spärlich bekleideten Herrscherin?

Isabel machte eine abwinkende Handbewegung. „Geht jetzt, alle von euch. Thomas, komm näher, und dreh dich um. Du hast mich bei der Geburt gesehen, ich bin sicher, mein Körper ist kein Geheimnis für dich. Du wärst nicht ohne Grund hier."

Thomas beobachtete, wie die Wachen eine nach der anderen aus der Kammer schritten. Der letzte Mann blickte zu ihm zurück und Thomas sah einen grimmigen Hass in seinen Augen funkeln. Unbekümmert drehte er sich um und sah Isabel an. Er hatte schon mehr als genug Feinde, was war da noch einer mehr?

„Was geschieht da draußen?", fragte er. „Ich habe Durdush mit Fernando gesehen. Hat er die Stadt übergeben?"

Isabel streckte ihre Arme aus und die Frauen fuhren fort, sie in die Rüstung zu kleiden. Er konnte sehen, dass sie ihre Brust bedecken wollten, aber trotz allem, was sie gesagt hatte, waren ihre Brüste nicht zu sehen, nur die Wölbung unter der dünnen Stoffschicht. Es war notwendig, die Rüstung in einer bestimmten Reihenfolge zusammenzuspannen, die Brustplatte war das letzte Stück. Sie wuselten um die Königin herum, zupften und zerrten und wuselten noch mehr.

„Malaka fällt", sagte Isabel. „Fernando ist losgeritten, um ihre Kapitulation entgegenzunehmen. Die Kapitulation aller bis auf euren dummen Gouverneur, aber der kann von uns aus bis zum Jüngsten Tag in dieser Burg verrotten."

„Und Durdush?" Thomas sah sich um, fand einen Stuhl und setzte sich. Eine weitere Verletzung des Protokolls, aber er war müde. Seine Knochen schmerzten und er fragte sich, wie lange er noch durchhalten würde.

„Er ist es, der gegenüber Fernando kapituliert hat. Er will nicht, dass Malaka zerstört wird, aber mein Mann ist nicht in der Stimmung für Gnade, nicht nach dem Widerstand, den sie gezeigt haben."

„Durdush ist in die Stadt zurückgekehrt", sagte Thomas.

„Ist das so? Solche Angelegenheiten überlasse ich dem König. Ist das alles, weswegen du hergekommen bist? Du bist ein großes Risiko für so wenig Information eingegangen."

Endlich waren die Frauen bereit, die Brustplatte anzubringen. Isabel streckte die Arme seitlich von ihrem Körper weg, als sie ihn ihr anlegten und weitere Laschen anzogen, weitere Bänder verschnürten. Eine von ihnen brachte einen einfachen Helm, verziert mit den gleichen Mustern wie der Rest der Rüstung, aber Isabel winkte ab.

„Lasst uns allein, ich rufe euch, wenn ich bereit bin."

Die Frauen sahen einander an.

„Ich sagte, lasst uns allein!" Isabels Worte waren scharf und es lag eine unverkennbare Macht in ihnen, die die Frauen davonhuschen ließ.

„So, das ist besser", sagte Isabel. „Nur du und ich, Thomas. Bring mir einen Stuhl, damit ich mich einen Moment ausruhen kann. Ich glaube nicht, dass ich mich allein weit genug bewegen kann."

Er erhob sich, brachte einen breiten, gepolsterten Stuhl und stützte ihren Arm, als sie sich darauf niederließ.

„Und jetzt bring noch einen, damit du mir ins Gesicht sehen kannst, wenn wir sprechen. Sag mir, wovor du Angst hast." Sie lächelte, aber es lag kein Hauch von Heiterkeit darin. „Ich sehe es in deinem Gesicht und deinen Augen. Du hast Angst und du bist hier. Was kann ich tun?"

„Ich habe Mandana mit Fernando gesehen", sagte Thomas. „Sein Sohn war bei ihm. Weißt du, welche Aufgabe er ihnen gestellt hat?"

„Fernando denkt, ich wüsste nichts von seiner Tändelei mit diesem Mann, aber ich weiß alles." Sie runzelte die Stirn. „Allerdings wusste ich nichts von einem Sohn. Bist du dir sicher?"

„Ziemlich sicher. Womit wurden sie beauftragt?"

„Einige Männer wollen Malaka um jede letzte Münze und jeden einzelnen Edelstein bringen, solche gibt es in jedem Krieg. Fernando hat Mandana losgeschickt, um sie aufzuhalten."

„Damit die Reichtümer ihm zufallen", sagte Thomas.

„Ich gestatte deine Unverschämtheit, weil ich weiß, dass du Angst hast, aber es gibt keinen Grund dafür. Mandana wurde geschickt, um auch auf deine Familie aufzupassen. Du hast deine Frau und deine Freunde in der Stadt. Sie sollen beschützt werden." Sie beugte sich vor. Die Gelenke ihrer Rüstung knirschten und sie zuckte zusammen. „Hast du gedacht, ich würde dich nicht beschützen, Thomas?" Sie streckte eine Hand aus, klein und blass, und wartete auf seine Antwort. Thomas starrte sie an. Schließlich hielt er ihr seine eigene Hand hin und nahm ihre, wobei ihm bewusst war, wie sehr er in diesem Moment das Protokoll brach, aber Isabel hielt seine Finger fest umklammert.

„Wir sind Freunde, du und ich, nicht wahr? Gute Freunde." Ein Lächeln. „Ich werde alles in meiner Macht Stehende tun, um dich zu beschützen, denn ich bin noch nicht fertig mit dir. Komm zu mir, Thomas, nimm mein Angebot an, an meiner Seite zu bleiben, denn deine Welt geht dem Ende zu. Du weißt, dass sie es tut. Bald, nächstes Jahr, wird dein al-Andalus nicht mehr sein. Komm jetzt zu mir und hilf mir, ein neues Spanien aufzubauen, das England und Frankreich gewachsen ist."

Er starrte auf ihre Hand, fühlte, wie ein Zittern sie durchzuckte und fühlte, dass sie dasselbe in seiner Hand spüren würde. Er dachte an alles, was sie gesagt hatte, sowohl jetzt als auch in all den Jahren, in denen er sie gekannt hatte. Die Angebote. Die Freundschaft. Und noch mehr. Er wusste, dass die Welt, die er liebte, unterging. Wusste, dass darin kein Platz mehr für ihn war.

Er sah auf und schaute ihr in die Augen.

„Ja. Wenn das hier vorbei ist, komme ich zu dir."

Isabel lächelte.

KAPITEL SECHSUNDDREISSIG

Isabel gab Thomas ein Pferd, damit er Malaka schneller erreichen konnte, aber er stieg fast sofort wieder ab. Das Tempo der anderen Reittiere, der Männer und ihrer Ausrüstung, war zu groß. Stattdessen ging er zu Fuß weiter, versuchte, an Leichen vorbeizuschlüpfen, und scheiterte oft, sodass er langsamer vorankam, als ihm lieb war. Als er Jorge zurückgeschickt hatte, um die anderen zu holen, hatte er nicht erwartet, dass der Angriff so schnell und so heftig kommen würde. Die gesamte spanische Armee versuchte, nach Malaka einzureiten, einige direkt durch das Ataranzana-Tor, andere drehten nach Norden zum Antequera-Tor ab und zu anderen, die dahinter lagen. Nur die Rabita und die Alcazaba würden als Zufluchtsorte übrigbleiben. Zumindest für den Moment.

Das Gedränge wurde immer dichter und Thomas sah, warum. Vor ihm lag die bemannte Brücke, ein Engpass für die Tausenden, die versuchten, durch die Tore, die geöffnet worden waren, um den Spaniern Zugang zu gewähren, in die Stadt zu gelangen. Als sich nun die Menschenmassen darüber drängten, wurden einige Männer in den langsam fließenden Fluss gestoßen. Die meisten, schwer bewaffnet, sanken wie Steine. Andere kämpften noch eine Weile, um dann noch langsamer unterzugehen. Nur die leichter bewaffneten schafften es, das andere Ufer zu erreichen, wenn auch zweihundert Schritte südlich der Brücke, bevor sie dem Wasser entkommen konnten.

Thomas schaute nach Norden und versuchte, über die schwerfällige Masse von Männern hinwegzusehen. In dieser Richtung war es nicht besser. Er arbeitete sich nach Süden vor, riss sich die Waffen vom Leib und ließ sie auf den Boden fallen. Dann entledigte er sich des ledernen Wamses, das ihn als Spanier tarnen sollte, und zog alles aus, was er konnte, bis er nur noch Leinenhemd und Hose trug. Die Menge begann sich zu lichten, als er sich dem Fluss näherte, und die Menschen bewegten sich mit ihm, als sie alle versuchten, die Brücke zu erreichen. Thomas erreichte das Flussufer und zögerte. Obwohl das Wasser nicht allzu hoch stand, war die Strömung unerbittlich. Er sah Männer, die versuchten, das andere Ufer zu erreichen, doch die meisten von ihnen scheiterten und verschwanden unter der Wasseroberfläche. Ihre Leichen würden tagelang am Ufer angeschwemmt oder Futter für die Fische in der Bucht werden.

Thomas hasste das Wasser. Das war nicht immer so gewesen. Als Junge war er in die Tiefen der Lugge gesprungen, die zügig durch die Felder seines Vaters geflossen war, und hatte sich vom Fluss tragen lassen, wohin er wollte. Und dann war er auf einem desolaten Schiff über das Meer gebracht worden und hatte seine Liebe zum Wasser verloren. Aber er wusste, dass er gut genug schwimmen konnte für das, was jetzt nötig war.

Er sprang, wie er in die Lugge gesprungen war, ein längerer Fall dieses Mal, und das Wasser umarmte ihn wie ein Liebhaber, als es über seinem Kopf zusammenschlug. Thomas benutzte seine Arme und Beine und streckte sich nach der Oberfläche. Schließlich durchbrach er sie und wusste, hätte er nicht allen zusätzlichen Ballast abgeworfen, würde er jetzt auf dem Boden des Flussbettes liegen.

Er orientierte sich. Die Strömung hatte ihn bereits gute fünfzig Schritte nach Süden getragen und er spürte, wie sie ihn weiter anschob, als er begann, an das andere Ufer zu schwimmen. Es war keine große Entfernung. Als Junge hätte er über diese Aufgabe gelacht und dieser Junge hätte auch über den erwachsenen Mann gelacht, der sich jetzt so schwer damit tat. Einen Moment lang glaubte Thomas, sich selbst als Zwölfjährigen zu sehen, der lachend am anderen Ufer stand. Ein Moment nackter Panik durchfuhr ihn bei der Vorstellung, dass das, was er sah, sein eigener Tod war. Er verdoppelte seine Anstrengung, war nun fast auf halber Strecke, und kurz darauf lag das andere Ufer näher als das in seinem Rücken.

Seine Füße verfingen sich im Seegras und er wurde unter die Wasseroberfläche gezogen. Er strampelte, befreite sich und brachte ein letztes Mal all seine Kräfte auf. Das nächste Mal blieb sein Fuß im Schlamm stecken und er griff nach dem Schilf, das das Ufer säumte, um sich aus dem Wasser zu ziehen. Er war triefnass, als er auf die gewölbten Tore der Ataranzana zuging, deren Pforten weit aufgerissen waren, um den Eindringlingen Einlass zu gewähren. Innerlich verfluchte er Ali Durdush und schwor, dass er den Mann finden und seinen Verrat ahnden würde. Sein Blick fiel auf einen toten Spanier, der an das Ufer gespült wurde, und nahm sich sein Messer.

Innerhalb der Ataranzana liefen die Soldaten in chaotischen Mustern umher und Thomas erkannte, dass niemand mehr das Kommando hatte. Die Kommandanten waren so tief in ihren Blutrausch gefallen wie ihre Männer, sie wollten morden, vergewaltigen und plündern. Das war es, wofür sie in den Krieg gezogen waren.

In einer Nische sah Thomas einen Mann eine Frau besteigen, ihr blutverschmiertes Gesicht zur Seite gewandt, und er machte einen kleinen Umweg, um das Messer, das er gestohlen hatte, in den Hals des Soldaten zu rammen und seinen Körper von ihr zu ziehen. Sie lag fassungslos da, während Thomas weiterging, wissend, dass es nur Augenblicke dauern würde, bis jemand anderes den Platz des toten Mannes einnehmen würde, aber er konnte sie nicht alle retten. Er konnte nicht einmal eine retten, wie es schien, aber es gab andere, die seinen Schutz mehr brauchten.

Um ihn herum herrschte das Chaos und die Angst drohte ihn zu lähmen. Wie konnte seine Familie einen solchen Wahnsinn überleben? Er hoffte nur, dass Jorge rechtzeitig da gewesen war, um sie in die relative Sicherheit der Alcazaba zu führen. Es würde andere Frauen geben, andere Soldaten, und er versuchte, sich unsichtbar zu machen, ein großer Mann in nasser Kleidung, an dessen Füßen keine Stiefel mehr steckten. Nur die, die er liebte, zählten jetzt.

Er erreichte Diegos Haus und hoffte, es leer vorzufinden. Wie erleichtert er war, als niemand hier war. Zumindest niemand von denen, die er suchte, aber menschenleer war es nicht. Ein halbes Dutzend Spanier saß auf Stühlen, Krüge mit Wein an die Brust gelehnt. Sie hatten Thomas' Papiere und Bücher im Kamin aufgestapelt und trotz der Hitze des Tages angezündet. Es war eine sinnlose Zerstörung, aber dafür waren sie genauso gekommen wie für die Plünderungen. Thomas beobachtete die Männer einen Moment lang und wandte sich gerade ab, als einer von ihnen ihn bemerkte und sich zu erheben begann. Es würde heute schon genügend Tote in der Stadt geben, ohne dass er dazu beitragen musste. In diesem Haus hielt ihn nichts mehr.

Er kam am Geschäft von Narjis al-Ishraq, der Meisterin der Gewürze, vorbei und sah, dass die Tür aufgebrochen worden war und nun auf der Straße lag. Von drinnen kamen die Schreie von Frauen, aber er ging weiter. Er hoffte, dass die meisten ihrer Mädchen bereits geflohen waren, aber wenn nicht, gab es nichts, was er für sie tun konnte. Thomas' ganze Welt war auf keine zwei Hände voll Personen geschrumpft. Lubna. Jorge und Belia. Olaf und Yusuf. Will und Diego. Nichts anderes war von Bedeutung.

Im Krankenhaus hatten Soldaten Ärzte und Krankenschwestern nach draußen gezerrt. Einige waren getötet worden, andere geschändet. Ein paar irrten auf der breiten Straße umher, nicht wissend, was sie tun oder wohin sie gehen sollten. Thomas ignorierte sie. Sein Ziel kam näher. Nur noch eine Viertelmeile.

Schreie kamen aus einer Gasse und eine Reihe von Gomeres rannte heraus und drehte sich um, um eine Barriere zu bilden, als hundert Spanier ohne zu zögern angriffen. Er suchte die Gomeres nach Usaden ab, sah ihn aber nicht. Er hoffte, dass der Mann überlebte und sah mit schmerzlich verzerrtem Gesicht zu, wie die beiden Streitkräfte aufeinandertrafen – fast bekam er Mitleid mit den Spaniern, die die Gomeres zweifellos für leichte Opfer gehalten hatten.

Der Gestank von Schießpulver, von Verbranntem und Blut erfüllte die Luft. Rauchwolken stiegen aus Gebäuden auf. Leichen von Männern, Frauen und Kindern lagen an jeder Ecke. Auf einem kleinen Platz hatte ein Kommandant seine Männer organisiert, die nun alles Wertvolle aus den umliegenden Häusern schleppten und auf einen bereits großen Haufen stapelten.

Thomas erreichte das alte römische Amphitheater. Hier befanden sich einige Soldaten, aber der Großteil der Spanier war noch nicht so weit vorgedrungen. Er ging durch ein offenes Metalltor und fragte sich, wo all die Wachen geblieben waren. An der nächsten Barriere, einer schweren Tür, die sich seinen Bemühungen, sie zu öffnen, widersetzte, blieb er stehen, um zu verschnaufen. Er hämmerte auf das Holz ein und wünschte, er hätte einem der toten Soldaten eine Waffe abgenommen. Alles, was er bei sich hatte, war das kurze Messer, das er einem Mann am Flussufer gestohlen hatte, und er schätzte sich glücklich, dass er es bisher nicht hatte benutzen müssen.

Er polterte wieder an die Tür, sicher, dass ihn jemand auf der anderen Seite hören musste. Eine Gruppe von Spaniern betrat den weiten Platz vor der Alcazaba, aber sie ignorierten ihn, betrunken von dem gestohlenen Wein und ihren Morden. Thomas riskierte dennoch einen genaueren Blick, auf der Suche nach dem Mann, den er suchte, obwohl er nicht erwartete, ihn zu finden. Danvers. Woodvilles Geliebter. Sollte er ihn erwischen, versprach er sich, sich Zeit nehmen, ihn zu töten. Ihn spüren zu lassen, wie sich seine Opfer gefühlt hatten, auch wenn Danvers ihnen nicht selbst das Leben genommen hatte. Er versuchte es noch einmal an der Tür. Diesmal erregte das Geräusch die Aufmerksamkeit einiger der Soldaten, die sich umdrehten und Beleidigungen und Drohungen in seine Richtung riefen. Eine Gruppe von einem halben Dutzend Mann machte sich schnellen Schrittes auf den Weg zu ihm, wobei sie nur leicht torkelten.

Thomas sah ihnen zu und machte sich bereit.

Sie waren zu sechst, stark bewaffnet, aber betrunken.

Und dann rief eine heisere Stimme etwas, als eine neue Gruppe den Platz betrat, ein hochgewachsener Mann an ihrer Spitze, seine Begleiter in grauen Kutten anstelle der für den Krieg typischen Uniformen.

„Lasst den Mann, er gehört mir!“, rief Mandana.

Seine Gruppe war größer, mindestens zwanzig Männer, und sie drängten sich an den sechs Soldaten vorbei, bis sie vor Thomas standen. Sein Blick schweifte über sie, während sich ein Gefühl des Grauens in ihm breit machte. Ein halbes Dutzend hätte er vielleicht noch besiegen können, aber nicht so viele. Er wusste, wie gut trainiert Mandanas Männer waren, wie fanatisch ihre Hingabe an ihn und ihren Gott. Und dann sah er Pedro Guerrero, der in der hintersten Reihe stand. In seinen Augen tanzte ein Sturm, während er sie auf

Thomas gerichtet hielt, und er wusste, dass der Mann immer noch einen Hass gegen ihn schürte und ihn für den Tod seiner Frau verantwortlich machte.

Thomas breitete die Arme aus. Er ließ das Messer aus seinem Griff fallen und Mandana lachte.

„Wir sind nicht hier, um dich zu töten, Berrington. Es gibt wichtigere Dinge, um die wir uns innerhalb dieser Mauern kümmern müssen. Fernando hat mich geschickt, um die Festung auf dem Hügel einzunehmen. Er erwähnte auch, dass ich deine Familie beschützen soll, wenn ich es kann."

Thomas runzelte die Stirn. War das, was Isabel ihm gesagt hatte, also die Wahrheit gewesen? Er konnte es kaum glauben.

„Warum?"

„Weil er mein König ist und es von mir verlangt hat. Außerdem wird dieser Wahnsinn morgen zu Ende sein und dann beginnt meine wahre Arbeit. Die Priester sind bereits dabei, das Innere der Moschee herauszureißen, damit sie einen Altar errichten können. Der König und die Königin werden kommen, um der ersten christlichen Messe in dieser Stadt seit einem halben Jahrtausend beizuwohnen." Mandana trat an Thomas vorbei, griff mit seiner guten Hand nach oben und hämmerte mit dem Schwertgriff gegen die Tür.

„Ruf sie", sagte er. „Sie werden dich einlassen, so wie sie deine Freunde eingelassen haben."

„Wenn da jemand ist." Thomas ließ seinen Blick über die versammelten Männer schweifen, aber Guerrero war verschwunden, zusammen mit der Hälfte ihrer Truppe. Einen Moment lang fragte er sich, ob der Mann jemals dort gewesen war oder ob es nur sein eigener Verstand war, der ihm einen Streich gespielt hatte.

Mandana trat zurück und sah an den Wänden hoch. Er wandte sich an einen seiner Männer. „Seht, ob ihr Leitern findet. Es wird einige außerhalb der Stadtmauern geben, die …" Er schaute zu Thomas, der in eine Richtung zeigte.

„Hier entlang seid ihr am schnellsten. Dreihundert Schritte und ihr steht vor einem Tor, das nun zweifellos weit aufgerissen ist wie alle anderen.“ Er drängte sich an Mandana vorbei und fand einen niedrigen Mauerabschnitt, auf den er sich setzen konnte. Er versuchte, sich daran zu erinnern, wann er das letzte Mal geschlafen hatte, und konnte es nicht. Die Erschöpfung überkam ihn jetzt in immer stärkeren Wellen und er schreckte auf, unsicher, ob er gerade für eine Sekunde geschlafen hatte, als Mandana sich vor ihn stellte.

„Sag mir, warum willst du diese Mauern wirklich betreten? Bestimmt nicht, um meine Familie zu beschützen. Ist es das Gold? Wenn ja, dann ist es bereits an einen Ort gebracht worden, an dem du es niemals finden wirst.“

Die Männer, die Mandana losgeschickt hatte, kehrten mit drei grob gezimmerten Leitern zurück. Sie lehnten sie an jenen Stellen gegen die Burgmauern, an denen sie über die Brüstung reichten.

Thomas stand auf und stellte sich dicht vor Mandana. „Ich bin mir immer noch nicht sicher, ob ich dir vertraue. Gib mir eine Stunde Zeit, bevor du mir folgst, und dann werde ich dir helfen. Ich kenne einen Mann, der euch Zugang zur Rabita verschaffen kann, aber dort werden Soldaten sein.“

Mandanas blasse Augen musterten Thomas. „Ich bin es gewohnt, dass Soldaten gegen mich kämpfen, und doch bin ich hier. Meine Männer sind gut ausgebildet.“ Er nickte. „Keine Stunde, ich gebe dir die Hälfte, und dann kommen wir. Finde diesen Mann, damit wir schnell handeln können.“

Thomas warf einen Blick auf die Leitern. Ein Mann war bereits über die Mauer oben geklettert, ein anderer war dicht hinter ihm. „Ruf deine Männer zurück. Oder lass sie dort, wenn du willst. Aber gib mir Zeit.“

Mandana fuhr sich mit einer Hand über das Gesicht, seine Haut dunkel von dem vielen Schmutz. „Nicht für dich, sondern für deinen Sohn, Berrington. Ein Mann muss seinen Sohn lieben, nicht wahr?"

Thomas zögerte und versuchte, durch Mandanas Augen hindurch in seine Seele zu blicken. Konnte er ihm vertrauen oder nicht? Der Mann war ein Meister der Täuschung, aber in den letzten Jahren war er weicher geworden, hatte seine Hilfe und Belias Tränke in Anspruch genommen. Hatte das etwas zu bedeuten oder nichts? Er wusste es nicht, aber er wusste, dass der Mann sich verändert hatte. Wieder blickte er zu den Soldaten hinüber, sah aber immer noch kein Zeichen von Guerrero und war mittlerweile überzeugt davon, dass er nie da gewesen war. Eine Fata Morgana. Ein Schreckgespenst.

Thomas rannte zu einer der Leitern und kletterte schnell daran hinauf. Ein Soldat an der Spitze zog sein Schwert, aber Mandana rief ihm etwas zu und er steckte es wieder weg. Thomas sah nach unten, aber schon führte Mandana seine Männer weg und formierte sie in Reihen, als maurische Soldaten von den Straßen auf den weitläufigen Platz gelaufen kamen. Jetzt war es Mandana, der den Eingang der Alcazaba schützen sollte.

Schließlich wandte Thomas sich ab und lief den schmalen Gang entlang, wo eine Reihe von Stufen ihn hinunter in das innere Heiligtum führte. Er musste noch drei weitere Türen passieren, aber es waren auch drei Türen, die denjenigen Schutz boten, die er liebte.

KAPITEL SIEBENUNDDREISSIG

Innerhalb der Alcazaba war es beinahe möglich zu vergessen, dass in der Stadt jenseits der Mauern eine erbitterte Schlacht tobte. Hier hielten sich nur wenige Wachen auf, aber die, auf die er traf, versuchte Thomas zu überreden, ihm zu folgen. Ein Drittel der Männer tat es, aber bis er zu den inneren Kammern vordrang, hatte er immer noch ein halbes Dutzend Männer bei sich. Er bahnte sich seinen Weg durch enge Gänge mit hohen Wänden, die Angreifer aufhalten sollten, und sich immer wieder um sich selbst drehten und wendeten. Während er zu den innersten Räumlichkeiten hinaufstieg, achtete er darauf, dass er jede Tür hinter sich mit den massiven Eichenriegeln verriegelte, die neben jeder einzelnen bereitstanden. Er kam an Menschen vorbei, die Wertsachen trugen, in dem vergeblichen Versuch, zumindest etwas davon vor den Spaniern zu retten. Die Alcazaba war aus drei Reihen hoher Mauern gebaut, aber jeder wusste, dass selbst sie irgendwann fallen würden. Thomas versagte fast darin, Jorge und die anderen zu finden, weil sie nicht dort waren, wo er sie hinbeordert hatte.

Er bog in einen großen Innenhof ein, in dem Wasser in einem Becken still und leise von einer Seite zur anderen lief.

Dunkle Eiben verströmten ihr Aroma. Lubna und Belia saßen auf einer Steinbank und starrten über die Mauer hinweg auf das ferne Meer, als ob es ein Versprechen auf Freiheit verhieße. Thomas konnte sich kaum zurückhalten, Jorge zu schlagen.

„Warum bist du hier? Ich habe dir gesagt, du sollst sie in die Kammern jenseits des Speicherturms bringen, in die Rabita, wenn du kannst."

„Es befinden sich sehr dicke Mauern zwischen uns und dem Chaos da draußen", sagte Jorge. „Willst du, dass ich sie Dunkelheit und Elend aussetze, wenn sie hier genauso sicher sind?"

„Mandana kommt", sagte Thomas, unsicher, ob es eine Drohung war oder nicht. Isabel hatte ihm gesagt, dass er geschickt worden war, um seine Familie zu beschützen, aber trotzdem konnte er sich auch nach all der Zeit nicht dazu durchringen, dem Mann völlig zu vertrauen.

„Olaf und Yusuf sind hier und auch Usaden. Und ich, natürlich. Wir sind gut und gerne zwanzig Männern gewachsen, wenn nicht sogar mehr."

„Olaf ist noch nicht ganz genesen." Noch während er die Worte sagte, erinnerte sich Thomas an den Anblick des Mannes, wie er mit schwingender Axt in die Mitte der spanischen Soldaten stürmte.

„Ein Dutzend Männer könnten wir gemeinsam trotzdem besiegen."

„Du hast recht. Aber unsere Arbeit ist für heute noch nicht getan. Danvers hat einen Plan, das Gold zu stehlen, und ich glaube, ich weiß, wie er es anstellen will. Ich brauche euch alle an meiner Seite. Die Frauen und Kinder müssen noch weiter ins Innere. Du musst sie an den Ort führen, den ich dir aufgetragen habe."

Yusuf stellte sich in ihre Nähe, Olaf ein paar Fuß entfernt. Usaden blieb bei den Frauen, ein Schwert in einer Hand. Sein

Gesichtsausdruck allein war genug, um die meisten Männer tot umfallen zu lassen.

„Ich werde die Frauen nicht unbewacht lassen", sagte Yusuf.

Thomas wusste, dass er Lubna meinte. Yusuf hatte ein viel zu großes Interesse an ihr entwickelt, vielleicht sah er in ihr all die Attribute, die ein Sultan in einer Ehefrau wollen würde.

„Ich habe ein paar Männer mitgebracht und hier laufen noch weitere herum, die alle jemanden suchen, der sie befehligt. Geh und finde sie und erteile ihnen Befehle, die sie befolgen können."

„Ich bleibe hier." Yusufs Gesicht war ausdruckslos. Thomas wusste, dass er keine Zeit hatte, ihn zu überreden, wenn er Danvers' Plan aufhalten wollte, und auch nicht die Kraft, ihn gegen seinen Willen mitzuschleppen.

Er nickte knapp. „So soll es sein. Olaf bleibt bei dir, ich kann meinen Plan mit Jorge umsetzen."

„Ich komme mit dir", sagte Olaf. „Wie kann ich meinen Töchtern gegenübertreten, falls du stirbst? Ich kenne dich, Thomas. Du bist eigensinnig."

Eigensinnig? Und das von Olaf. Thomas schüttelte den Kopf.

„Dann bleibst du eben bei Usaden und mit allen Soldaten, die ihr finden könnt. Bringt alle in die Sicherheit der inneren Kammern und beschützt sie."

Yusuf lachte. „Wenn mein Bruder und mein Vater hören könnten, wie du mir Befehle gibst, würden sie dir den Kopf abschlagen." Er trat näher an Thomas heran und umarmte ihn, küsste beide Wangen, dann nahm er sein Gesicht in die Hände und küsste ihn auf den Mund. „Ich werde mich um sie kümmern, als wären sie mein eigen Fleisch und Blut. Was sie auch sind, hier drin." Er klopfte sich auf die Brust. „Ich würde lieber dich Vater nennen als den, den ich habe. Hier, du bist ohne eine richtige Waffe zu einem Kampf gekommen, nimm das.“ Yusuf trug zwei Schwerter am Leib. Er zog das zu seiner Linken aus der Scheide, eine Klinge von erlesener Schönheit, die offensichtlich speziell für einen Prinzen der herrschenden Dynastie angefertigt worden war. Einen Moment lang dachte Thomas daran, abzulehnen, dann streckte er jedoch die Hand aus und nahm es an seinem Griff. Yusuf hatte recht, er war mit nichts weiter als einem gestohlenen Messer gekommen und würde vermutlich eine Waffe brauchen, bevor der Tag zu Ende war.

Daraufhin ging er zu der kleinen Gruppe, die sich im Schatten der Eiben geschart hatte. Hier in diesem Innenhof, mit Blick über die Mauern auf das Meer, war es leicht anzunehmen, dass sie sicher waren, aber unweit von hier wurde eine Schlacht geschlagen. Er umarmte Lubna und küsste sie, legte seine Hand auf die Wölbung ihres Bauches, bis er die Bewegung ihres Kindes spürte, dann küsste er sie erneut. Sie klammerte sich an ihn.

„Bleib bei uns, Thomas. Vergiss die Morde, vergiss dieses Komplott. Bleib bei mir und Will.“

„Du weißt, dass ich das nicht kann. Nicht jetzt. Erwartest du, dass ich mich von denen abwende, die des Mordes schuldig sind?“

„Es ist mir egal. Alles, was mich interessiert, bist du und sind die, die ich liebe. Was macht es schon, wenn sie entkommen? Du kannst nicht die ganze Welt retten. Dieser Reichtum, den du beschützt, gehört nicht dir. Lass ihn gehen.“

Thomas riss sich aus ihren Armen los, stieß sie zurück, als sie ihm nachkam, und sein Herz brach, als er die Tränen sah, die ihr über das Gesicht liefen.

„Hier seid ihr sicher. Geht mit Yusuf. Und du kennst mich, ich komme immer zurück. Wir werden heute Abend feiern und über unsere Sorgen lachen.“ Er drehte sich um und ging weg, aber Will kam ihm hinterhergerannt und klammerte sich an seine Beine. Thomas hob ihn hoch, atmete seinen Duft ein, bevor er ihn auf seine kleinen Füße stellte und auf ein Knie ging, sodass er auf Augenhöhe mit seinem Sohn war. „Ich habe eine wichtige Aufgabe für dich." Er wartete, bis Will nickte. „Pass auf Ma und die anderen auf. Kannst du das tun?"

Will nickte erneut. Thomas reichte ihm das Messer, das er dem toten Spanier abgenommen hatte, und Will starrte es an. Dann nahm er es, Entschlossenheit in seinem jungen Gesicht. Thomas umarmte ihn, dann schob er ihn weg und sah zu, wie sein Sohn sich mit einem wütenden Arm über das Gesicht wischte. Er starrte zu Thomas hinauf, als ob er versuchte, eine Erinnerung einzuatmen, die ewig andauern könnte.

„Geh nicht, Pa. Diego sagt, du sollst nicht gehen."

Thomas streichelte Wills Kopf, zerzauste sein Haar. „Ich muss." Er klopfte sich auf die Brust. „Ich bin wie *Morfar* – niemand kann uns beide töten."

„Aber sie könnten uns töten. Diego sagte mir, sie könnten uns töten."

Thomas schaute an Will vorbei zu der Stelle, wo Diego im Schatten einer Eibe kniete. Er hatte den Satz Würfel, den er ihm gegeben hatte, dabei, und warf sie wieder und wieder, und bei jedem Mal waren die zwei Dreien oben. Es war ein guter Trick, aber er bedeutete nichts, bedeutete sicher nicht, dass Diego die Gabe der Prophezeiung besaß.

Thomas kniete sich noch einmal nieder und hielt Wills Schultern fest. „Diego sieht Dinge, die nicht da sind, das weißt du. Ich *muss* gehen. Du bist hier sicher. Usaden ist bei dir und Yusuf auch. Glaubst du, jemand könnte an den beiden vorbeikommen?" Er umarmte Will ein letztes Mal, stand auf und wandte sich schnell ab, bevor der Junge einen weiteren Einwand erheben konnte. Thomas wusste, dass er bereits zu viel Zeit hier verbracht hatte.

Er empfand ein Gefühl der Freiheit, der Vollendung, als er zu Olaf und Jorge ging. Drei von ihnen würden in dem

Tunnel hinunter zum Strand ausreichen. Ausreichen, um schuldige Männer zu bestrafen, die glaubten, mit dem Reichtum einer Stadt entkommen zu können. Er erhob sich und ging voran zu dem Turm, der höher als der Rest der Festung stand, in der Hoffnung, dass er noch rechtzeitig kommen würde und seine Theorie sich als richtig erwies.

Der Körper von Kohen al-Farsi, dem Meister der Alcazaba, lag am Fuß der Stufen, die zu den Kammern hinabführten. Thomas kniete an seiner Seite, fand aber keine Wunde außer einem dunklen Bluterguss an seiner Stirn, wo er auf dem Weg nach unten auf den Stein aufgeschlagen war. Er überprüfte seinen Puls, aber dieser war bereits zum Stillstand gekommen. Seine Hand umklammerte die Schlüssel, mit denen man den Turm aufgesperrt hatte, und Thomas nahm sie an sich. Er hatte Mandana versprochen, dass er ihm einen einfachen Weg in die Rabita bieten konnte, und die Schlüssel würden diesen Zweck erfüllen.

„Wo sind die Wachen?", fragte Jorge.

„Ihr Auftrag ist erfüllt – hier gibt es kein Gold mehr." Thomas erhob sich auf seine Füße, ging zum Eingang der oberen Kammer und schaute hinein. Der Steinboden war leer, aber Spuren im Staub zeigten, wo einst Kisten gestanden hatten, andere Spuren, wo sie hinbewegt worden waren. Ein stabiles Flaschenzugsystem zeigte die Stelle, an der sie zum Fuß des Turms hinuntergelassen worden waren, die Seile schwangen noch. „Die Wachen haben die Kisten hinunter in den Tunnel gebracht. Also müssen wir dorthin. Es war immer geplant, dass es heute passiert. An dem Tag, an dem die Spanier die Stadt einnehmen."

Er begann die Stufen hinunterzugehen, die sich drehten und wandten und immer tiefer hinabführten. Jede Kammer, an der sie vorbeikamen, lag nun leer von den Reichtümern, die dort einst gelagert worden waren.

„Bei den Göttern, wie viel war das alles wert?", fragte Olaf, der die Kammern zum ersten Mal sah.

„Kein Mensch wird es je erfahren. Mehr Gold, als man sich vorstellen kann. Mehr Reichtümer, vermute ich, als selbst die Gilde von Malaka erahnt. Jeder dieser Räume war mit Kisten gefüllt. Jede Kiste enthielt genügend Reichtümer, um einen König ein Jahrhundert lang zu versorgen, und es waren … ich weiß nicht, wie viele."

„Wir sind bisher sechs Etagen hinabgestiegen", sagte Jorge, „und wir nähern uns dem Ende, also acht insgesamt. Wie viele Kisten waren es pro Kammer?"

„Spielt das eine Rolle?", fauchte Thomas.

„Ich war neugierig, das ist alles."

Sie erreichten die unterste Ebene, die ebenfalls leer war. Die massive Holztür an der Rückwand des Raumes, die Thomas zuvor benutzt hatte, stand nun offen, ein starker Luftzug wehte ihnen entgegen. Er neigte den Kopf, um einzutreten, weil er wusste, dass es Olaf schwerfallen würde, aber der alte General erwähnte es mit keinem Wort, als er ihm folgte.

Der Tunnel war dunkel, ohne jegliches Licht, aber eine schwache Beleuchtung kam vom anderen Ende her und wurde stärker, je weiter sie hineingingen. Das Geräusch von Wellen, die sich an Felsen brachen, wurde langsam lauter. Sie passierten die Tür zur Seitenkammer und Thomas stieß im Vorbeigehen dagegen, erleichtert, dass sie standhielt. Einen Moment lang hatte er befürchtet, dass noch mehr Männer auftauchen könnten, um ihren Fluchtweg zu blockieren.

Thomas hielt eine Hand hoch, als sich der Ausgang vor ihnen abzeichnete, ging auf Hände und Knie und kroch vorwärts. Er entdeckte fünf Männer, die ihnen alle den Rücken zuwandten. Einer von ihnen war groß und als er sich umdrehte, erkannte Thomas, dass es Woodville war, der die

Wahrheit darüber gesagt haben musste, dass er im Namen von Fernando verhandelte – obwohl es ihm ein Rätsel war, warum der König einem Engländer vertrauen sollte.

„Wir haben die Anteile im Voraus vereinbart", sagte Ali Durdush und sprach in gestelztem Spanisch. „Dreißig Kisten für den König, der Rest für die Stadt."

„Meinst du nicht eher, der Rest ist für dich?"

„Ich bin jetzt die Stadt", sagte Durdush.

„Wir sollten sie alle hier und jetzt töten." Olaf kniete neben Thomas, seine Zähne blitzen weiß im Halbdunkel auf.

Thomas sah hinter die kleine Gruppe. Vier Kisten standen jenseits des Tunnels. Der Rest wurde entweder zu den Galeeren getragen – oder war getragen worden, besser gesagt –, die am Strand warteten. Es waren vier, denn drei wären nicht genug gewesen. Kein Wunder, dass Männer für dieses Wissen gestorben waren.

„Danvers ist nicht hier."

„Wer ist Danvers?", fragte Olaf. „Ist er Spanier? Ich habe gute Lust, noch mehr Spanier zu töten."

„Das sind nicht die Männer, die ich suche", sagte Thomas und ging zurück in den Tunnel. Olaf und Jorge blieben in der Nähe des Eingangs, Olaf aus dem Bedürfnis nach Chaos heraus, Jorge aus Neugierde.

„Sie streiten sich", sagte Jorge und Thomas kam wieder näher. Durdush stand in der Nähe eines Schreibers, den Thomas bisher nicht gesehen hatte. Er war es, der lauthals debattierte.

„Wo sind sie?" Der Schreiber trat dicht an Durdush heran, ohne sich um seinen Status zu scheren. Sie waren dazu übergegangen, Arabisch zu sprechen, und Woodville stand an der Seite, ein Stirnrunzeln im Gesicht, seine eigene Position bedroht.

„Jede einzelne Kiste wurde herausgebracht."

„Haben Sie nicht daran gedacht, sie zu zählen? Es fehlen zwei."

„Wir haben jede einzelne Kiste herausgebracht. Es war nicht unsere Aufgabe, sie zu zählen. Ist das nicht Ihre Aufgabe als leitender Schreiber der Münzengilde?“ Durdush trat näher an den Mann heran und nutzte seine Körpermasse als Drohung. „Warum sollten wir das tun? Dann lassen Sie sie noch einmal zählen. Wie viele sollten es sein?“

„Vierundsechzig und ich zähe nur zweiundsechzig.“ Der Schreiber lief über den schwarzen Sand zu den Galeeren, wo das Beladen fortgesetzt wurde. Jede Kiste wurde auf einen Flaschenzug gehoben, um daran an Bord geschwenkt zu werden. Bevor er sie erreichte, umrundete eine andere Galeere die Landzunge und zog hart auf das Ufer zu. Am Bug stand Fernando, bereit, als erster von Bord zu springen. Thomas vermutete, dass er die Übergabe der Kisten weder Woodville noch Durdush hatte anvertrauen wollen.

„Hier gibt es nichts für uns zu tun“, sagte Thomas und ging wieder hinein, und dieses Mal folgten ihm die anderen beiden. Er marschierte zurück bis zum Seitentunnel, bevor er anhielt und die Schlüssel ausprobierte, die er al-Farsi abgenommen hatte. Einer von ihnen öffnete das Schloss und er schob die Tür einen Spalt weit auf, gerade so weit, dass er hineinspähen konnte, aber alles, was er sah, war Dunkelheit.

„Wir sollten zurück zu den anderen gehen“, sagte Jorge. „Mandana wird inzwischen in der Alcazaba sein.“

„Und wurde angewiesen, meine Familie zu beschützen. Danvers ist offenbar hier entlang gegangen, mit zwei Kisten Gold.“ Thomas stieß die Tür auf und trat hindurch, ohne sich darum zu kümmern, ob die anderen folgten oder nicht. Er fuhr mit der Hand die niedrige Decke entlang, wissend, dass es hier keine Hindernisse gab, denn er vertraute auf sein Gedächtnis.

Nachdem er sechzig Schritte gegangen war, wurde es schlagartig dunkler. Weitere vierzig und er konnte vor sich den Tunnels erkennen, wo er in die Kammer mündete, die er bei seinem ersten Besuch entdeckt hatte. Von hinten hörte er, wie die anderen ihm langsam folgten, ein Fluch von Jorge, als er mit dem Kopf gegen die Decke stieß.

Eine Kerze flackerte auf einem Regal in der Kammer, ihr spärliches Licht blendete sie fast nach dem finsteren Tunnel. Hier waren weder Kisten noch Menschen. Thomas nahm die Kerze und ging weiter, in den Gang auf der anderen Seite, den er beim letzten Mal, als er hier war, nicht erkundet hatte.

Wie er vermutet hatte, begann der Tunnel, an diesem Punkt nach oben zu führen. Holzschienen liefen weiter am Boden entlang, Abdrücke auf ihnen zeigten, dass vor Kurzem etwas daran entlang gefahren worden war. Der gerade Gang veränderte sich an dieser Stelle in eine ansteigende Kurve, danach eine weitere.

„Wie weit ist es noch?" Jorge war jetzt direkt hinter Thomas.

„Ich habe keine Ahnung. Wir müssten inzwischen fast ebenerdig sein." Er blieb stehen, lauschte, hörte aber nichts, die Stille so dicht wie die Dunkelheit ohne die Kerze. Er ging weiter und wurde schneller, weil er befürchtete, dass Danvers der Justiz entkommen könnte.

Noch eine Kurve und dann tauchte plötzlich eine Lichtquelle vor ihm auf, ein Fleck blauen Himmels und der dunkelgrüne Umriss einer Eibe, und Thomas ließ die Kerze fallen und begann zu rennen. Er landete in einem kleinen Innenhof. Neun Männer standen um zwei Holzkisten herum und versuchten herauszufinden, wie man sie ein Dutzend Stufen hinauftragen konnte. Einer der Männer war größer als die anderen, unverkennbar war er Danvers. Er sprach besser Spanisch als sein Meister, als er versuchte, die Söldner zu überreden, einer Art von Plan zu folgen. Er hörte weder Thomas noch Jorge, als auch dieser er sich zu ihnen in den Hof gesellte, doch als Olaf auftauchte, stieß der große nordische General ein erschütterndes Brüllen aus und stürzte sich auf die Gruppe.

Zwei der Soldaten rannten sofort davon. Ein anderer fiel

Olafs Axt zum Opfer, noch bevor er sein Schwert hatte ziehen können. Und dann begannen die anderen, sich zu verteidigen.

Thomas hatte nur Augen für Danvers. Er sah, wie der Mann zurückwich, sah, wie er dorthin schaute, wo die Kisten auf dem Kopfsteinpflaster standen und ihn mit ihrer Nähe verhöhnten, dann drehte er sich um und rannte die Stufen hinauf.

Thomas ignorierte die anderen weiter und stieß einen Mann zur Seite, als dieser auf ihn zukam. Er wusste, dass Olaf allein mit ihnen fertig werden konnte, selbst wenn Jorge versuchte zu helfen. Er ignorierte das Feuer in seinen Beinen und den Schmerz in seinen Lungen, als er zu Danvers aufholte. Die Stufen, wie alle in der Alcazaba, machten unzählige Wendungen. Danvers war mit dieser Art von Wendeltreppe nicht vertraut, sodass Thomas ihn einholte, als sie in einem kleinen Hof tief im Inneren der Festung ankamen. Er griff nach Danvers, der stolperte und auf die Knie fiel. Aber er war schnell. Sogar als Thomas schon über ihm stand, rollte er sich noch zur Seite ab und hielt plötzlich ein Schwert in der Hand. Er schlug zu und erwischte Thomas beinahe am Oberschenkel, doch Thomas schaffte es im letzten Moment, zur Seite zu springen. Das verschaffte Danvers genügend Zeit, wieder auf die Beine zu kommen. Diesmal rannte er nicht, sondern stellte sich Thomas, der jenes Schwert zog, das Yusuf ihm gegeben hatte. Er hoffte, dass man so gut damit kämpfte, wie es aussah.

Danvers' Augen flackerten zu der Stelle, an der die Stufen in den Hof führten, und kehrten zu Thomas zurück.

„Da oben stehen zwei Kisten. Genug für hundert Männer, ganz zu schweigen für uns beide." Er schenkte ihm ein Lächeln, das Charisma, das dem Mann anhaftete, immer noch vorhanden, aber Thomas sah es jetzt als nichts weiter als eine Maske, die die Wahrheit dessen verbarg, was in

Danvers' Seele verborgen lag. „Ich werde sogar meine Hunde zurückrufen, wenn wir uns arrangieren."

„Welche Hunde?" Thomas trat einen Schritt näher. „Wenn Sie Richard meinen, er ist am Strand und feilscht um die Mittel, die ihn nach Hause bringen werden. Und was Ihre Männer angeht, ich glaube, die habe ich alle schon auf dem Bauernhof in der Ebene getötet."

„Weshalb ich nach anderen schicken ließ. Richard ist nützlich und er hat Kontakte, die ich unmöglich selbst herstellen könnte. Es gab einen Mann, den Sohn eines Priesters, der mehr als bereit war, Ihre gesamte Familie für eine bemerkenswert geringe Gegenleistung zu töten. Er erwähnte etwas von Rache."

„Der Sohn eines Priesters?"

Danvers lächelte und nickte. „Ich glaube, Sie kennen den Priester. Alter Mann, nur eine Hand. Nicht mehr lange auf dieser Welt, würde ich sagen. Aber sein Sohn … Ihn kennen Sie auch und er kennt Sie. Pedro Guerrero. Spanier, aber dennoch ein interessanter Mann. Er kann Sie nicht ausstehen, Thomas Berrington, absolut nicht." Danvers neigte den Kopf zur Seite. „Also haben wir eine Abmachung? Das Gold im Tausch gegen euer aller Leben?"

„Wir haben keinen Deal."

Thomas dachte, dass es hart werden würde, dass sie kämpfen würden müssen, um sich gegenseitig auf die Probe zu stellen, denn er rechnete damit, dass Danvers viel vom Krieg gesehen hatte, aber am Ende war es einfach. Zu einfach und von keinem Gefühl der Befriedigung gekrönt.

Danvers hatte Thomas' Antwort erwartet und schlug zuerst zu. Thomas trat zur Seite, winkelte sein Knie ab und ließ Yusufs wundersames Schwert in den Freiraum zwischen zwei Rippen gleiten. Danvers blickte überrascht zu Boden und fiel dann nach hinten, wobei sich Thomas' Klinge so leicht löste, wie sie eingedrungen war. Er lag auf dem Rücken, die Augen weit aufgerissen, das Leben bereits erloschen, und Thomas wollte wieder und wieder auf ihn einschlagen. Stattdessen rannte er zurück zu Olaf, der mit blutverschmiertem Gesicht dastand, alle Soldaten lagen verstreut um ihn herum, kein einziger Körper unversehrt.

„Schnell jetzt", sagte Thomas, „Danvers hat nach mehr Männern geschickt."

KAPITEL ACHTUNDDREISSIG

Als sie in den Turm hinabgestiegen waren, war die Alcazaba fast menschenleer gewesen, die Menschen hatten sich in die tiefsten Keller und Räume zurückgezogen, an genau jene Orte, die Thomas für seine Familie vorgesehen hatte. Jetzt versperrten ihnen spanische Soldaten den Weg, aber nicht lange, denn Olaf schleuderte sie alle zur Seite. Er achtete jedoch darauf, niemanden zu verletzen, sein Blutdurst für den Moment gestillt.

Thomas war besorgt, dass die anderen ihn erneut ignoriert hatten oder zu langsam gewesen waren, also rannte er in Richtung des Innenhofes, in dem er sie zurückgelassen hatte. Spanische Soldaten und Söldner aus einem Dutzend Ländern lagen nun zwischen ihm und seinem Ziel, aber er ignorierte sie und sie ignorierten ihn ihrerseits, vielleicht weil sie dachten, er sei einer der ihren. Nur ein weiterer Mann auf der Suche nach Kriegsbeute. Er hörte ein Klirren von Waffen hinter sich und wusste, dass Olaf einen weiteren Kampf gefunden hatte. Er hielt Männer davon ab, die Gänge hinaufzusteigen, die dazu angelegt worden waren, einer Invasion standzuhalten. Ein Mann wie Olaf würde ausreichen, um einer Armee auf engstem Raum Widerstand zu leisten.

Als Thomas den Innenhof erreichte, fühlte er einen Anflug von Erleichterung, als er niemanden dort stehen sah, doch dann entdeckte er den Grund dafür. Ein Haufen von Leichen lag dicht beieinander im Schatten der duftenden Eiben.

„Verschließt die Tore", befahl Thomas, als Olaf und Jorge hinter ihm hereinkamen. Olaf gehorchte, aber Jorge rannte an ihm vorbei und warf sich neben einer zusammengesunkenen Gestalt auf den Boden. Er drehte den Körper um und stieß einen großen Schrei aus, der die Luft zerriss.

„Ich bin hier, mein Liebster." Belia trat hinter dem Schutz der Bäume hervor und ging neben Jorge auf die Knie.

Thomas starrte die Toten an. Die Gestalt, über der sie knieten. Seine Füße weigerten sich, sich zu bewegen. Er wollte nicht sehen, was sie sahen. Dann tauchte Will auf, mit festem Schritt. In seiner Hand hielt er das Messer, das Thomas ihm gegeben hatte. Davon tropfte Blut auf das Kopfsteinpflaster.

„Ich habe ihn erstochen, Pa", sagte er, aber sein Gesicht war kreidebleich und es lag nichts von Triumph in seinen Worten. „Madana – Will hat ihn gut erstochen. Aber er –" Der Junge blickte zu den Bäumen, dann brach er zusammen und fiel auf den Boden. Es war der Schubs, den Thomas gebraucht hatte, um sich zu bewegen. Er hob Will in seine Arme und trug ihn zu den anderen, wissend, was er sehen würde, dennoch in der Hoffnung, dass die Leiche durch ein Wunder eine andere Person wäre.

Thomas blickte in den Schatten unter den Bäumen. Eine weitere Gestalt lag dort. Diego, mit einem Schwert in der Hand. Wie jene von Will war auch seine Klinge befleckt und Thomas konnte kaum begreifen, welche Angst er gefühlt haben musste und wie tapfer er sich ihren Angreifern entgegenstellte. Es war offensichtlich, dass er versucht hatte, die anderen zu verteidigen. Hätte er es nicht getan, hätten sie ihn vielleicht ignoriert, aber Diego hatte sie alle als seine Familie angenommen und diese Entscheidung hatte ihn sein Leben gekostet.

Yusuf, der Erbe von Gharnatah, lag auf dem Rücken im Hof, ein blutiges Schwert in der einen Hand, ein Messer in der anderen. Er war umgeben von einem Dutzend toter Spanier. Thomas schenkte den anderen Leichen keine Beachtung. Sie bedeuteten nichts, gehörten nicht zu seiner Familie. Einige waren Mandanas Männer, aber Mandana war nicht unter ihnen. Andere waren spanische Soldaten, die auf der Reise nach Malaka rekrutiert worden waren. Mehr als ein Dutzend Männer und Thomas wusste, dass Yusuf und Usaden für die meisten ihrer Tode verantwortlich gewesen sein mussten. Er sah sich um, aber es gab kein Zeichen von Usaden und er vermutete, dass sein Körper irgendwo außer Sichtweite versteckt liegen musste.

Im Vorbeigehen warf er noch einen Blick auf Yusuf. Die letzte Hoffnung von al-Andalus. Thomas wusste, er war gestorben, als er Lubna beschützt hatte. Er hatte sein eigenes Leben für die Liebe zu ihr geopfert. Denn es war Lubna, über der Jorge und Belia knieten. Sie hoben ihren Oberkörper an und Thomas spürte, wie sein Herz wieder heftig zu schlagen begann, als er sah, wie sich ihre Augen öffneten. Er warf sich auf den Boden und ergriff ihre Hand. Sie war blutverschmiert und er zerrte an ihrem Gewand, eine bekannte Verzweiflung erfüllte ihn, als er sie nach Verletzungen untersuchte, die ihr zugefügt worden war.

„Rette …“ Lubnas Stimme war kaum noch ein Flüstern.

Thomas lehnte sich nahe heran, tastete sie ab, fand Wunde um Wunde. Er war fast nackt hier hergekommen, ohne seine Instrumente, obwohl er sehen konnte, dass das einzige Instrument, das Lubna retten würde, ein Wunder war. Sie war jenseits von allem, was selbst der berühmte Thomas Berrington vollbringen konnte, und er fluchte zum Himmel, ein lautes Wehklagen, von dem er hoffte, es würde die Herzen der Götter durchbohren, die über ihm thronten.

Lubna hob eine Hand und griff nach seinem Hemd, zog ihn dicht an sich heran, sodass sein Ohr an den Lippen lag, die er so oft geküsst hatte.

„Rette unser Kind, Thomas, ... mich kannst du nicht retten ... Aber du kannst unser Kind retten."

Ihr Kopf fiel zurück und ihre Augen schlossen sich, erschöpft von der Anstrengung des Sprechens.

Thomas legte seine Finger an ihren Hals. Lubnas Herz schlug immer noch, schwach und schnell, aber sie lebte und er wusste, dass er ihr Sterben nicht beschleunigen konnte, obwohl sie ihn darum gebeten hatte. Er schüttelte den Kopf und versuchte, seine Qualen vertreiben, versuchte, seine Schuldgefühle zu ignorieren, sie hier zurückgelassen zu haben. All der Reichtum der Gilde, all der Reichtum der Welt, war nichts im Vergleich zu Lubna, und er wusste, dass er diesen Schmerz für immer mit sich herumtragen würde, dass er bis an sein Lebensende bereuen würde, was er getan hatte, anstatt bei ihr zu sein, auch wenn er wusste, dass es gleichzeitig bedeutet hätte, dass nun sein eigener Körper in diesem Innenhof liegen würde. Was war der Sinn des Lebens, wenn sie nicht an seiner Seite war?

Olaf stand mit dem Rücken zu den wuchtigen Holztoren. Sie waren mit Bohlen verbarrikadiert, bebten aber bei jedem Schlag von der anderen Seite. Olaf stand da, verwurzelt wie eine Eiche, so stark wie eh und je. Eine Gestalt erschien auf der anderen Seite des Hofes und Thomas spannte sich an, weil er weitere Soldaten erwartete, aber es war Usaden, zwei blutverschmierte Schwerter in den Händen. Er blickte zu Lubna, zu Thomas.

„Sie sind weiter in die Gänge vorgedrungen. Wenn sie zurückkommen, werdet ihr kämpfen müssen." Er blieb neben Thomas stehen. „Der Mann, der sie erstochen hat, ist weg. Ich habe ihn verfolgt, konnte ihn aber nicht finden." Er starrte einen Moment lang auf Lubna hinunter, dann schüttelte er sich und ging zu Olaf an das Tor.

Jorge hielt Belia in seinen Armen, während sie ihrerseits Will festhielt, der Lubna und Thomas schockiert anstarrte.

„Ma", sagte er und versuchte, sich aus Belias Armen zu befreien, was ihm aber nicht gelang.

„Ist es vorbei?", fragte Jorge.

Thomas schüttelte den Kopf. „Noch nicht."

„Dann rette sie. Du kannst jeden retten, also rette sie."

„Ich kann keine Wunder vollbringen." Er hielt Lubnas Hand, hoffte, dass sie seine Berührung spürte, wollte, dass es das Letzte war, was sie wahrnahm, bevor sie dieses Leben verließ und zu ihrem Gott heimging. Denn gehen würde sie, da war er sich sicher. Ihr Glaube beschützte sie und einen Moment lang fragte sich Thomas, ob das der Unterschied zwischen denen war, die glaubten, und denen, die wie er an nichts glaubten. War es dieser Glaube, der sie in den Himmel tragen würde?

Lubna gab einen Laut von sich, aber ihre Augen blieben geschlossen.

Thomas sah, wie sich das Kind in ihr drehte, die Form eines Ellbogens, eines Knies. Junge oder Mädchen? Er wusste es nicht, niemand konnte es wissen, ungeachtet dessen, was die Hebammen behaupteten. Er wollte es auch nicht wissen. Als er Lubnas Bauch abtastete, fand er keine Wunde vor, also hatte sie recht, das Kind konnte gerettet werden, aber nur, indem sie ihr eigenes Leben umso früher aufgab. Und das konnte er nicht tun. Er konnte ihr Leben nicht eine einzige Sekunde eher beenden. Er dachte an Guerreros Frau, die vor all den Wochen eingeliefert worden war, als Thomas' eigenes Leben noch in Ordnung gewesen war. An diesem Tag hatte es kein Zögern gegeben. Aber er konnte nicht dasselbe mit Lubna tun. Es war die logische Entscheidung, denn er wusste, dass es keine Rettung für sie gab, und doch konnte er es nicht tun. Tausendmal vor die gleiche Wahl gestellt, würde er die gleiche Entscheidung treffen. Also wartete er, streichelte ihr Gesicht und küsste ihre Lippen. Möge sie in Frieden gehen, dachte er, ohne Schmerzen gehen.

Seine Gedanken eilten voraus und er fragte sich, wo sie zur letzten Ruhe gebettet werden wollte. Er wusste, dass es noch heute geschehen musste, wie es ihre Religion verlangte. Er würde den Scheiterhaufen selbst errichten, allein, wenn die anderen es ihm erlaubten. Aber schon als ihm der Gedanke kam, wusste er, dass Olaf nicht zustimmen würde, auch nicht Jorge. Und warum sollten sie auch, denn liebten sie Lubna nicht genauso sehr wie er?

Lubnas Brust bebte, als sie nach Atem rang.

Es wäre eine Gnade, zu tun, was er so oft getan hatte, und ihrem Leiden ein Ende zu bereiten, aber er konnte es nicht. Er war schon immer kalt gewesen. Brutal, sogar. Aber nie bei ihr. Mit ihr hatte er nie etwas anderes als liebevoll sein können.

Sie ist zu stark, dachte er. *Sie wird bis zum Ende kämpfen.* Stark, aber nicht stark genug, um dem zu entkommen, was sie erwartete. Er blickte auf, als Belia auf Lubnas anderer Seite niederkniete. Ihre Finger streckten sich aus und berührten Lubnas Nacken, schoben ihr das dunkle Haar aus dem Gesicht. Ihre Hand wanderte zu Lubnas geschwollenem Bauch und verweilte dort, während sich das Kind in ihr bewegte, jetzt mit einem Anschein der Dringlichkeit in der Bewegung.

„Du musst es holen“, sagte Belia.

„Nicht, solange sie lebt.“

„Dann wird es zu spät sein.“ Sie drehte sich um. „Jorge, bring mir eine Klinge.“

„Nein!“ Thomas schlug nach ihr. Er erwischte Belia an

der Schläfe und sie fiel nach hinten. Im nächsten Moment war Jorge auf ihm und schlug stattdessen Thomas, der die Schläge einsteckte, ohne sie zu spüren. Olaf kam, schlang seine Arme um Jorge und schleuderte ihn beiseite. Dann drehte er sich um, stand über seiner Tochter und sah sie an, all seine Kraft vergebens.

Ein Krachen ertönte und das letzte Tor, das den Innenhof vor Eindringlingen beschützt hatte, flog auf. Spanische Soldaten strömten herein. Usadens Klingen blitzten auf und die Männer wurden langsamer, dann endeten die Kämpfe auf einmal, als Fernando zwischen seinen Truppen hereinschritt. Er blickte auf Thomas, auf die Frau, über der er kniete.

„Diese Leute sind in Ruhe zu lassen", befahl er. Er kam zu Thomas, aber es fielen keine Worte. Stattdessen legte er ihm eine Hand auf die Schulter, dann ging er weiter, über den Hof und darüber hinaus, während er seine Männer tiefer in die Festung führte.

Lubna hustete, Blut befleckte nun ihre Lippen. Thomas wischte es weg und sie küsste seine Fingerspitzen. Ihre Lippen bewegten sich und Thomas lehnte sich nahe heran.

„Mein Liebster …"

Er küsste ihre Stirn.

Und dann sprach sie ihre letzten Worte, sprach sie zu ihm allein.

Ihr Brustkorb hob sich ein letztes Mal, senkte sich und blieb dann still.

Belia rappelte sich auf die Knie, ein anschwellender blauer Fleck auf ihrem Gesicht. Sie sah Olaf an. „Bring ihn weg von hier, denn er soll nicht sehen, was ich jetzt tun muss."

Olaf beugte sich hinunter und schlang seine Arme um Thomas. Er kämpfte darum, seiner Umarmung um zu entkommen, aber niemand befreite sich aus Olafs eisernem Griff. Er trug ihn auf die andere Seite des Hofes und sah nicht, wie Belia das Messer von Jorge nahm und damit das Leben, das noch in Lubna steckte, befreite. Aber Thomas hörte, wie ein Neugeborenes einen Schrei ausstieß, der seinem eigenen glich, als er seinen Kopf zurückwarf und in den Himmel brüllte.

KAPITEL NEUNUNDDREISSIG

Es war ein hoher Gipfel. Ein Ort, über dem die Adler ihre Kreise zogen. Im Süden glitzerte das strahlende Meer. In der Ferne stiegen Wolkentürme auf und markierten, wo die Küste Afrikas lag. Im Norden erstreckten sich die Berge, so weit das Auge reichte. Im Westen lag Malaka, darüber waberten dichte Rauchwolken, der Boden dunkel von den marschierenden Truppen. Die Stadt war nach einer grausamen Schlacht gefallen und nun versuchten die Spanier, sie wieder aufzubauen. Der größte Teil der Bevölkerung war versklavt worden, aber den Reichen, wie Durdush, war es erlaubt worden, mit ihren Familien und Gütern zu entkommen. Thomas hatte nichts mehr von Woodville gehört, seit er ihn am Strand gesehen hatte. Er fragte sich, ob es ihm gelungen war, einen kleinen Teil von dem auszuverhandeln, was an diesem Tag weggeschafft worden war, aber er dachte nicht weiter darüber nach. Seine eigene Welt war zerstört worden. Er würde sie auf eine neue Art und Weise wieder aufbauen müssen, sobald diese letzte Aufgabe, die er sich gestellt hatte, erledigt war.

Thomas nahm eine brennende Fackel von dort, wo sie in einem kleinen Feuer lag, und ging zu dem Scheiterhaufen, den sie alle gemeinsam errichtet hatten. Er atmete ein und fühlte, wie seine Brust bebte, aber er hatte keine Tränen mehr übrig. Er war leer bis auf den Schmerz. Er stieß die Fackel in das trockene Anzündholz und trat zurück, aber nicht weit. Die tobende Hitze versengte sein Haar und seine Haut, aber er wollte sie spüren, wollte Lubnas Aufstieg miterleben.

Dann kamen die anderen und warfen ihre eigenen Fackeln hinterher. Jorge. Belia. Olaf. Will.

Seine neue Tochter lag an Belias Brüsten und versuchte vergeblich zu säugen. Sie hatten eine Amme gefunden, aber die Frau war unten in der Stadt geblieben. Sie war nicht Teil ihrer Familie und dieser Moment war nur für die Familie reserviert.

Will kam und nahm Thomas' Hand und er trat zurück, um den Jungen vor der Hitze zu schützen.

Flammen stiegen auf. Holz knisterte. Rauch kräuselte sich in der Luft und trug Lubnas Seele dorthin, wo immer ihr nächstes Zuhause sein würde. Diegos Leichnam lag mittlerweile bei seiner Mutter und seinem Vater auf dem christlichen Friedhof. Der von Yusufs war nach Gharnatah geschickt worden, wo er mit der Zeremonie, die einem Prinzen gebührte, beigesetzt werden würde.

Sie blieben auf dem Hügel, sie alle, bis die Flammen erloschen waren. Sie sammelten Lubnas Asche ein, die Stücke unverbrannter Knochen, und legten sie in eine steinerne Schale. Und dann, als die Sonne den westlichen Horizont berührte, wandte sich Thomas ab. Er übergab Will an Jorge.

„Kümmere dich um ihn. Kümmere dich um sie beide."

„Du kümmerst dich um ihn."

Thomas schüttelte den Kopf. „Wenn ich nicht zurückkomme, musst du versprechen, ihn so zu erziehen, dass er stark ist und sich seine eigene Meinung bilden kann. Auch meine Tochter."

„Sie hat einen Namen", sagte Jorge. „Benutze ihn. Amal. Er wurde ihr von Lubna geschenkt. Sie würde wollen, dass du den Namen benutzt."

Thomas erinnerte sich an Lubnas letzte Worte an ihn in den Momenten vor ihrem letzten Atemzug. Das Geschenk eines Namens für ihr Kind. Jorge hatte recht, er muss ihn benutzen.

„Dann kümmere dich auch um Amal. Und wenn ich nicht zurückkehre, ziehe sie als deine eigene auf. Du sagtest mir, Belia will Kinder, dann schenke ich dir meine beiden. Bitte Usaden, dich zu begleiten, wenn du Malaka verlässt. Du wirst jemanden brauchen, der stark ist, wenn ich nicht mehr da bin."

„Du wirst zurückkehren", sagte Jorge, aber Thomas wusste, dass es mehr eine Hoffnung als eine Erwartung war. Er drehte sich um und ging. Er hatte Männer zu töten und eine Kälte in seinem Herzen, von der er hoffte, dass sie niemals nachlassen würde, bis der letzte von ihnen keinen Schaden mehr anrichten konnte.

Usaden wartete auf Thomas, als er den Abhang hinunterstieg. Er ging neben ihm.

„Sie sind sich sicher, welche Männer das getan haben?", fragte Thomas, ohne den Gomeres anzusehen, der zu einem Freund geworden war.

„Der Sohn des Graubarts", sagte Usaden. „Ja, ich bin sicher. Ich habe es mit meinen eigenen Augen gesehen. Will erstach den Vater, aber sein Sohn erstach Lubna." Sie gingen eine Zeit lang schweigend weiter, die Schatten um sie herum wuchsen. Nach einiger Zeit sagte Usaden: „Ich konnte es nicht verhindern, konnte sie nicht erreichen. Wir werden sie langsam töten."

„Ich werde sie langsam töten", sagte Thomas. „Ich habe eine wichtigere Aufgabe für Sie. Kümmern Sie sich um die, die leben. Trainieren Sie Will weiter. Er muss stark genug sein, um in dieser Welt zu überleben."

„Ich wäre lieber bei Ihnen."

„Und mir wäre es lieber, Sie wären bei meiner Familie."

Thomas ging weiter, nachdem Usaden stehen geblieben war. Er blickte nicht zurück, sondern wusste, dass der Mann so lange wie eine Statue stillstehen würde, bis er ihn nicht mehr sehen konnte. Und dann würde er tun, wozu er aufgefordert worden war.

Thomas würde dasselbe tun.

HISTORISCHE ANMERKUNG

Im Sinne der Fiktion habe ich die Zeitskala der Ereignisse im Jahr 1487, die zum Fall von Málaga führten, stark komprimiert. Spanische Truppen kamen am 16. April an den Mauern von Velez-Málaga an und blockierten die Mündung des Wadi al-Cuevo. Die Kämpfe waren sporadisch, bis Velez am 2. Mai kapitulierte und Fernando und seine Truppen gegen ihr Hauptziel Málaga ziehen konnten.

Die anschließende Belagerung und Blockade war eine der längsten und grausamsten des gesamten Krieges gegen die Mauren und stellte die Geduld und das Durchhaltevermögen sowohl von Fernando als auch von Isabel auf die Probe. Sie begann am 7. Mai und dauerte bis zur Kapitulation der Stadt am 18. August, ein Zeitraum von über drei Monaten. Hamid al-Tagri zog sich in die Festung Gibalfaro (damals Rabita genannt) zurück, aus deren Sicherheit heraus er sich weigerte, sich zu ergeben. Allerdings hatte er keine andere Wahl, als zwei Tage nach dem Fall der Stadt die Niederlage einzugestehen.

Eine solch ausgedehnte Belagerung hätte den Zeitrahmen von *Die Glücklichen Toten* gesprengt und Thomas'

Ermittlungen stark beeinträchtigt, und so habe ich sowohl den Zeitraum als auch die Ereignisse bewusst gekürzt.

Was als aufgezeichnete Tatsache bekannt ist, ist, dass die Bürger von Málaga dazu übergingen, alles zu essen, was sie konnten: Pferde, Maultiere, Hunde, Vögel, sogar Blätter von den vielen Bäumen. Es wird auch angedeutet, dass Yusuf, der jüngere Bruder von Muhammed XII., tatsächlich mit einer kleinen Gruppe von Männern Guerillaangriffe auf die Spanier verübte und sein Leben während der letzten chaotischen Kämpfe in Málaga einbüßte.

Yusufs Onkel, al-Zagal, brachte eine große maurische Streitmacht aus Granada mit, um die Spanier anzugreifen, geriet aber in der Dunkelheit in einen Hinterhalt, wobei viele seiner Männer getötet wurden und andere um ihr Leben flohen. Während er versuchte, Málaga zu befreien, startete sein anderer Neffe und älterer Bruder von Yusuf, Abu Abdullah, Muhammed XII., einen Staatsstreich, nahm seinen Platz ihn in der Alhambra ein und sicherte sich damit eine Machtposition, die bis zum 1. Januar 1492 andauern sollte. Aber diese Ereignisse liegen für meine Figuren an diesem Punkt noch in der Zukunft.

Ein Erdbeben wurde für den 14. April 1497 aufgezeichnet – ein viel zu katastrophales Ereignis, um es beim Schreiben dieses Buches zu ignorieren. Ein oder zwei Tage danach spülten sintflutartige Regenfälle Teile der Berghänge weg, die bereits durch das Beben der Erde gelockert worden waren, und überfluteten die Straßen von Málaga. Da ich während der gelegentlichen sintflutartigen Regenfälle Zeit in Spanien verbracht habe, habe ich einen kleinen Eindruck davon bekommen, wie das gewesen sein muss, und ein Großteil der Beschreibung des Regens und seiner Folgen stammt aus persönlicher Erfahrung.

Ich habe die Struktur der Gilde von Málaga für den Zweck dieser Geschichte konstruiert. Mittelalterliche Gilden oder Zünfte waren zu dieser Zeit in ganz Europa,

Nordafrika und dem Nahen Osten vertreten und gut etabliert. Es scheint unwahrscheinlich, dass es gar keine Form der Organisation zur Kontrolle des bedeutenden Handels, der durch die Stadt floss, gab.

Verschiedene Online-Quellen deuten darauf hin, wenn auch nicht mit großer Verlässlichkeit, dass Isabel und Fernando während der Belagerung von Velez-Máalaga in der Burg Auta nördlich der kleinen Stadt Riogordo residierten, bevor sie ihr Hauptquartier näher an Málaga verlegten. Falls sie jemals existierte, ist die Burg Auta nicht einmal mehr als Steinhaufen zu erkennen, und die Hinweise darauf sind vage, obwohl es sicherere Indizien dafür gibt, dass das spanische Königspaar die Gegend um Riogordo für eine gewisse Zeit zu ihrem Stützpunkt machten, bevor der Hauptangriff auf Málaga erfolgte. Da ich ein kleines Haus in dieser Gegend besitze, habe ich es mir gegönnt, Thomas Berrington und Jorge auf ihrem Weg nach und von Riogordo an meiner eigenen Haustür vorbeireiten zu lassen.

Für den Zweck dieser Geschichte habe ich mir Freiheiten mit einigen saisonalen Zeitangaben genommen. In der Umgebung von Riogordo blühen die Mandeln Anfang Februar und nicht im April, aber ihr Anblick ist so wunderbar, dass ich sie unbedingt erwähnen musste. Bitte verzeihen Sie mir. Wenn Sie jemals die Gelegenheit haben, die Region Axarquia früh im Jahr zu besuchen, werden Sie sehen, was ich meine – Unmengen von grau-rosa Mandelblüten überziehen die Hänge. Wilder Spargel kann jedoch fast das ganze Jahr über geerntet werden und ist sowohl reichlich vorhanden – wenn man weiß, wo man suchen muss – als auch köstlich.

Die heutige Stadt Velez-Málaga liegt über eine Meile landeinwärts vom Meer entfernt, aber das ist das Ergebnis langer Arbeit, um Land für die landwirtschaftliche Nutzung zurückzugewinnen, insbesondere für den Anbau von Zuckerrohr, das einst eine wichtige Kulturpflanze in

Andalusien war, die inzwischen in Vergessenheit geraten ist. Zu der Zeit, über die ich schreibe, plätscherte das Mittelmeer an den Rändern von Velez-Málaga, und die trockenen Flussbetten, die jetzt das Gebiet durchziehen, haben somit eine regelmäßigere Wasserversorgung gehabt.

Wie immer geht mein Dank an die Wikinger-Schwestern (die mich immer wieder unüberhörbar darüber belehren, dass „wikinger" ein Verb und *kein* Substantiv ist), die mir unschätzbare Ratschläge darüber gaben, wie ein Nordmann eine Axt benutzen würde. Der Hinweis auf einen Lederriemen kam direkt von Gee, wobei jeglicher Fehler oder Fehlgebrauch mir selbst zuzuschreiben ist. Sie erklärten mir auch, wie die verschiedenen Länder des Nordens ihre eigenen, einzigartigen Rollen zu spielen hatten. Die Norweger waren die Entdecker. Die Dänen waren die Händler. Und die Schweden waren die Krieger und Söldner.

Schließlich verbrachte ich schlaflose Nächte mit der Frage, ob jemand dieses Buch überleben sollte (ich nenne keinen Namen, falls Sie diese Anmerkung zufällig vor dem eigentlichen Buch lesen). Ich hatte die Todesfälle von Anfang an geplant, aber als der Moment des Schreibens dieser letzten Szenen näher rückte, wurde es immer schwieriger. Ich wollte gerade diese Figur nicht verlieren, die für mich so sehr zu einer realen Person geworden war wie die Menschen, die ich tatsächlich kenne, aber es war notwendig für die Fortsetzung von Thomas' Geschichte, sosehr es auch ihm weh getan haben muss.

Schließlich danke ich Thomas Shepherd für die Karte von Málaga, wie es 1487 ausgesehen hätte, basierend auf einer Version, die im Museum von Málaga zu finden ist. Thomas hat mir auch eine noch detailliertere Karte von Granada zur gleichen Zeit zur Verfügung gestellt sowie eine Zeichnung von Thomas' Haus auf dem Albayzin. Sie können höher aufgelöste Bilder von beiden Karten und Thomas' Haus auf meiner Website finden, hier.

Band 7 von Thomas' Abenteuern, *Das Versprechen des Schmerzes,* führt ihn auf der Suche nach Rache in das maurische Hinterland der Axarquia und Alpujarras. Es wird innerhalb weniger Monate nach *Die glücklichen Toten* veröffentlicht werden.

Ich entschuldige mich für jede Verärgerung, die ich meinen Lesern bereitet habe. Denken Sie einfach daran – in der Fiktion, wie im Leben, ist niemand sicher.

REFERENZEN

Abgesehen von meinen üblichen Quellen waren die folgenden beim Schreiben von *Die glücklichen Toten* von unschätzbarem Wert:

William Hickling Prescott: *The History of the Reign of Ferdinand and Isabella the Catholic – Band 2.*

The Return of the Guilds: Towards a Global History of the Guilds in Pre-industrial Times: v. 1: Herausgegeben von Jan Lucassen, Tine de Moor, Jan Luiten van Zanden.

Granada 1492, The twilight of Moorish Spain und *The Moors, The Islamic West 7th-15th Centuries AD.* Geschrieben von David Nicolle, illustriert von Angus McBride. Diese beiden Bücher (und andere in der Reihe) könnte man mit Schultexten für Kinder verwechseln. Aber tauchen Sie tiefer darin ein und Sie finden eine Fülle von Details und akribischer Forschung, sowie wunderbare Zeichnungen und Karten. Beide sind sehr empfehlenswert für einen Überblick über die Zeit, über die ich schreibe.

20200127.1010

Erstellt mit Vellum

ÜBER DEN AUTOR

David Penny ist der Autor der Thomas-Berrington-Reihe historischer Krimis, die im maurischen Spanien am Ende des 15. Jahrhunderts spielt. Derzeit arbeitet er am nächsten Buch der Serie.

Erfahren Sie mehr über David Penny
www.davidpenny.com

Printed in Poland
by Amazon Fulfillment
Poland Sp. z o.o., Wrocław

75684771R00251